SHANGHAI MEMORABILIA

上海的风花雪月

NON-FICTION WORKS OF CHEN DANYAN

陈丹燕 著

上海文艺出版社
Shanghai Literature & Art Publishing House

"上海三部曲"总序

城市是个生命体,它是一个人,而不是一个物。所以,城市有自己的性格,命运,脾气,丰富的怪癖,独特的小动作,以及如同体味般,连大风也吹不掉的气味。在它身上,明亮的一面与暗黑的一面总是共存在同一处,一个街区,一条街道,一栋房子,甚至一条走廊。所以,它永远是有趣的。而且,它可以说是一个生生不息的生命体,它有时凋败,似乎死去,但它又会适时地复活。它有时兴旺,四下欣欣向荣,处处夜夜笙歌,但它一定会在某个时代的拐角处被迎头痛击。城市总能在经历中长出新的经历,在生命中孕育出新的生命,在面容中呈现出新的容颜,真的,它好有趣。所以我喜欢观察它,描述它,看穿它,写透它。

过了这么长的时间,我才有点发现自己,我想自己是个描写城市的作家,该隐的子孙。在创世纪,该隐杀了兄弟,被逐出土地,流浪四野,他算是第一个城市人。现在,该隐的子孙在世界各地的城市里繁衍了一代又一代。

我出生在北京,生长于上海,旅行去过世界上将近三百个城市,并描写它们的面貌与生活,城市总是我的描写对象,从上海到圣彼得堡。这些城市对我来说好似一间巴洛克房间里的各种镜子,它们彼此映照,相互证明,重重复重重的倒影里最后映衬出一张真实的面孔。我在圣彼得堡见到了1950年代的上海,在1990年代的上海遇见的，是1970年代的伦敦。这些城市好似一个连环套，当你看懂一个，就看懂了更多其他的。当我在斯特拉斯堡推倒第一张认识城市的多米诺骨牌，1992年的上海便展现出梧桐树下旧房子那通商口岸城市的旧貌。在我的故事里，街道与建筑都是城市这个人物形象的相貌，居民的故事都是城市这个人物形象的细节，城市历史都是城市这个人物形象的内心世界，所以，"上海三部曲"其实是一本书，这本书就叫上海。

失去与找到的游戏是我最喜欢玩的游戏，找来找去，这样我度过了二十多年的时间，它们是我一生中最好的时光。如今，"上海三部曲"（《上海的风花雪月》《上海的金枝玉叶》《上海的红颜遗事》）首版十九年后又回到上海再出新版，回首望去，我满意自己这样地度过了这些日子。这些年，有无数我不认识的读者伴随我成长，给予我鼓励，我感恩自己获得过这么多人在这么多年里安静的阅读，遥远但恒久的陪伴，感恩作家这个职业能获得的纯粹幸福一直都在，其实，我不敢相信这样的幸运竟降临在我身上。

陈丹燕
2015年3月17日星期二，晴
于上海

上海不是一个单纯温厚之地，它总是充满生机、冲突、矛盾与野心。它不曾清高避世，或铿锵激昂，但它的风花雪月里却遍布小而坚实的隐喻，它的十字路口倒映着无数过去与未来，以及多重的现在。

* SHANGHAI MEMORABILIA *

CONTENTS

目录

一、咖啡馆

- 2- 时代咖啡馆
- 10- 1931'S 咖啡馆
- 15- 裴德的酒馆
- 22- 爱尔兰酒馆
- 29- 白发苍苍的及时行乐
- 35- 1997-2007，咖啡馆十年记
- 42- 2008-2015，咖啡馆再八年记
- 50- 2016-2020，咖啡馆新记：关于咖啡馆的闲谈

二、房屋

- 60- 张爱玲的公寓
- 68- 颜文梁的客厅
- 77- 江青的房间
- 86- 旧屋
- 92- 1993年上海大拆屋
- 95- 怀旧的理由
- 104- 1997-2007，房屋十年记
- 116- 2008-2015，房屋再八年记
- 126- 2016-2020，房屋新记：贺友直旧居，1:20的纪念

三、街道

- 150- 上海法国城
- 159- 有普希金像的街角

· 1 ·

- 167- 外滩的三轮车
- 178- 华亭路
- 194- 福佑路旧货街
- 200- 弄堂里的春光
- 207- 1997-2007，街道十年记
- 219- 2008-2015，街道再八年记
- 228- 2016-2020，街道新记：江声浩荡，自屋后升起

四、城市

- 254- 圣彼得堡与上海：红色都市的浪漫
- 262- 巴黎与上海：不夜之城的红唇
- 270- 纽约与上海：移民都市的自由
- 277- 1997-2007，城市十年记
- 291- 2008-2015，城市再八年记
- 306- 2016-2020，城市新记：码头城市的血缘

五、人群

- 316- 上海女子的相克相生之地
- 325- 欲望的车站
- 331- 街心花园的舞蹈者
- 335- 上海美容院
- 339- 过年回家
- 342- 星期二晚上的记事
- 350- 上海的狐步舞
- 359- 白皮书时代的往事

376- 1997-2007，人群十年记
380- 2008-2015，人群再八年记
386- 2016-2020，人群新记：爬上高楼

六、肖像

412- 张可女士
427- 皮克夫人
435- 郭家小姐
453- 王家妹妹
461- 传教士的私人相册
471- 上海人杜尔纳
480- 1997-2007，肖像十年记
487- 2008-2015，肖像再八年记
504- 2016-2020，肖像新记：袁筱一

七、跋和其他

512- 跋一（1998年）
514- 跋二（2007年）
516- 跋三（2015年）
518- 跋四（2020年）
552- 地图星标志的说明

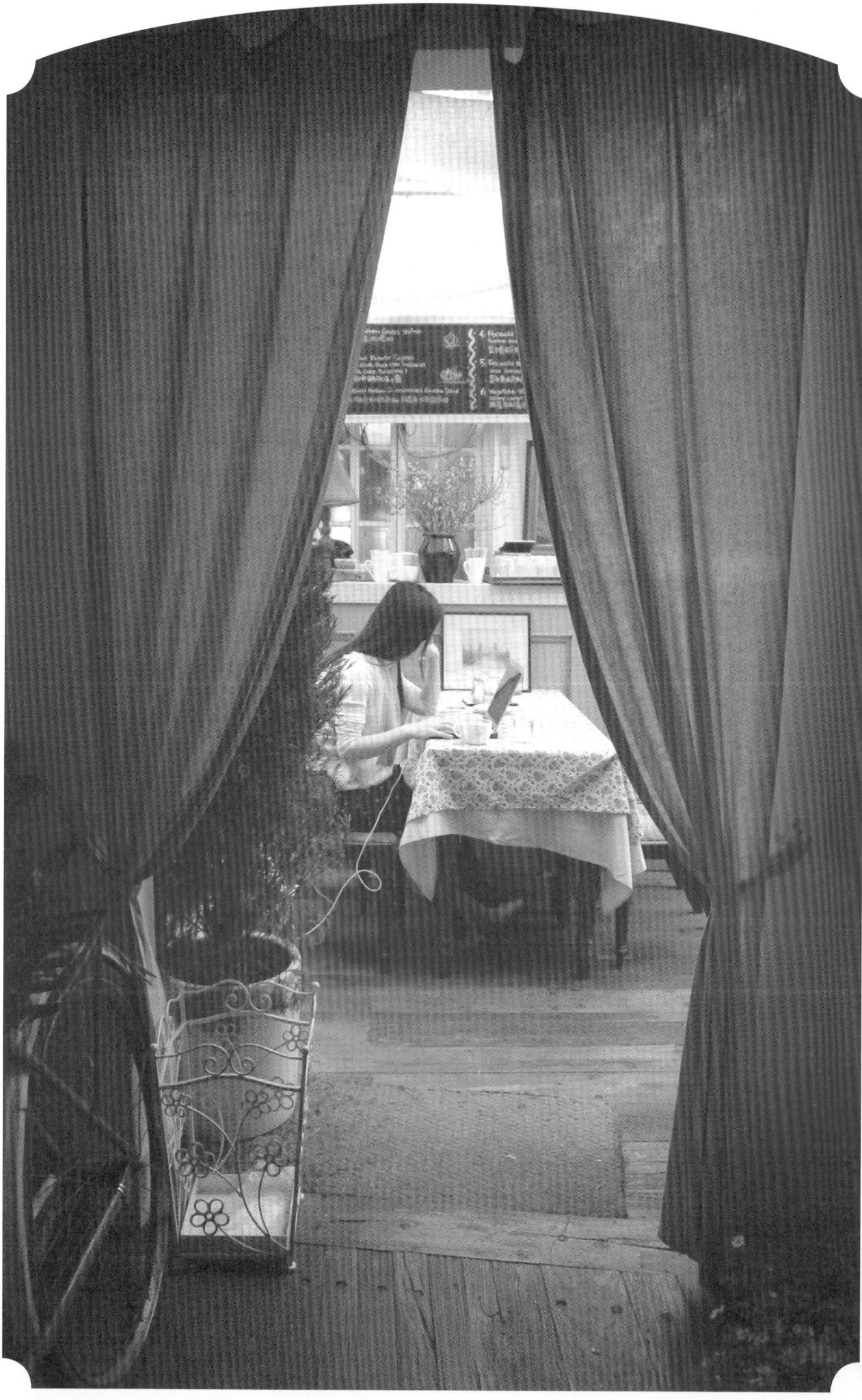

* SHANGHAI MEMORABILIA *

Part One

CAFE

一

咖啡馆

时代咖啡馆

这个咖啡馆在上海人最喜欢的淮海中路上，四周有老牌的西点店，有最贵的百货店，楼里面有长长的电动扶梯，一路上去，还没有到地面的时候，先就看到了从外国来的那些闪闪发光的东西，店面里还有轻轻的音乐。还有许多门面看上去不错、价钱公道、货色也算时髦的店铺，是上海精明的年轻女孩子最常去的地方。她们约一两个好友，一家家店铺看下来，和店员讲讲价钱，看中了的，也会大包小包地买回来，走累了，常常就看到了这家咖啡馆——从前是一家电影院，后来改装成一个娱乐总会，二楼就是一个咖啡馆，有电影院那么大的一家咖啡馆，还分了两层楼，四个座的小长桌子，看上去很小。一走进去的时候，都觉得自己是走到一个开舞会的地方。

那是个上海市民的咖啡馆，是那种流传着"好男不上班，好女嫁老板"的上海人去会朋友、谈生意的地方。他们都有点改变自己原来生活的志向，也都切切实实地做出过努力，而且也有了最初的进步。要不然，他们也不能在下午1点以后，穿着上海滩上时髦的衣服，画好了眉毛，手里握着一个大哥大，皮鞋亮亮的来喝咖啡；也不能在走进门来的那一刻全身都是得意而精明的神气。

这咖啡馆的咖啡十五块一杯，还有果汁和东南亚进口来的水果茶，二十五块钱。要是要到一份炸鸡翅、炸薯条、时代炒饭连汤、三明治或者面条什么的，可以饱饱地吃一顿饭了。比起来，它们是贵了一点，可没有过分。

一、咖啡馆

这地方轻轻地响着音乐，外国轻音乐，柔和的，有一点异乡情调，但不先锋。年轻的领台小姐恭谦而不俗，你不理她，她也对你一声声地问着好。桌子上的番茄沙司是进口的，小舞台上的白色钢琴能自动演奏轻音乐，看上去很有一点洋派。这里的客人喜欢有一点洋派的东西，包括这里暖暖的咖啡香，都让人想到一点点的与本土中国的不同，但也没有洋派到温和的中国胃不能接受。这就是上海的气息，让上海弄堂里的人走遍中国都要怀念的气息。客人也都体体面面，有些闲钱又积极进取的样子，可又不高贵逼人。

大玻璃墙对着街口，靠窗的小桌子是客人最喜欢的位子。隔着不停地晃动的黄铜大钟摆，能看到淮海中路上衣着光鲜的人们，从对面的大百货店出来了，进去了。那黄铜大钟，据说是改建的时候专门从美国定做来的，有四层楼那么高，很是气派。外面的人也能站在对街，看到钟摆后面的人，隔着大玻璃也能看到他们在那里闲神定气地享受着他们的生活。

上海的市民常常有着两种生活，一种是面向大街的生活，每个人都收拾得体体面面，纹丝不乱，丰衣足食的样子，看上去，生活得真是得意而幸福。商店也是这样，向着大街的那一面霓虹闪烁，笑脸相迎，样样东西都亮闪闪的，接受别人目光的考验。而背着大街的弄堂后门，堆着没有拆包的货物，走过来上班的店员，窄小的过道上墙都是黑的，被人的衣服擦得发亮。小姐还没有梳妆好，吃到一半的菜馒头上留着擦上去的口红印子。而人呢，第二种生活是在弄堂里的，私人家里的，穿家常衣服，头上做了花花绿绿的发卷，利落地把家里的小块地毯挂到梧桐树上打灰，到底觉得吸尘器弄不

1990年代的巴黎大戏院原址,由1949年从上海逃亡台湾、后去美国经商的上海人投资改建,取名为时代公司。巴黎大戏院前的小梧桐树已长成参天大树,雪弗莱车转眼成了德国的大众车,从前的《人猿泰山》也成了《阳光灿烂的日子》,从前前厅小吃部里的咖啡桌现在成了两层楼的整整一个大厅:时代咖啡馆,从美国定制来的黄铜大钟摆慢慢摆动,已经完全把从1949年到1992年之间的五十年轻轻略去。(摄影:陈丹燕,1992年)

1940年代的巴黎大戏院,曾经是当时好莱坞新片在上海的一个重要放映点,好莱坞新片出品两周后就在这里上演。日本和东南亚的富人为赶美国时髦,常飞来上海,夜宿霞飞路,为看一个夜场电影,香鬓云衫,在入夜时分云集电影院的前厅。(摄影:佚名,1940年代)

清爽。男人们围着花围裙洗碗,他们有一点好,手不那么怕洗洁精的损伤,所以家里的碗总是他们洗的。

上海市民真正的生活,是在大玻璃墙和黄铜的美国钟摆后面的,不过,他们不喜欢别人看到他们真实的生活,那是他们隐私的空间,也是他们的自尊。

常常有这样的说法,一个城市的咖啡馆,就像这个城市的起居室一样。

下午1点以后,时代咖啡馆的小姐们都知道要忙起来了。过夜生活,上午在家里睡觉的先生和小姐,上午处理了小公司的业务,下午开始和客户谈判的总经理们,上午逛了公司,现在准备歇脚的漂亮年轻的女人们,陆陆续续就要来了。

小姐们是来吃饭聊天的,一张张脸都漂亮,出手也大方,许多人都能抽烟,样子也好看,不像风尘女那么妖娆,也不像知识女人那么自命不凡。她们不过分,也不土气,那才是弄堂里有父母教训的女孩子,住在亭子间里干干净净的小木床上的女孩子的做派,这样的小姐正在稳扎稳打地建设自己的新生活,绝对要比自己家的那条弄堂高级的新生活。

要是那样的年轻女孩子正坐在你的对面,你有机会看到她们柔和的脸上,有一种精明和坚忍的神情,像最新鲜的牛皮糖那样,几乎百折不挠。

先生们常常是在这里谈生意,瘦瘦的人,注意着自己的仪表,把大哥大放在离自己手边近的桌子上,有时候它也是一种身价。上海弄堂里的人都懂得,家里有十万,才可以动用五万来冒险。银行

现在上海人晚上爱去消遣的地方，门票六十五元，你可以用付出的六十五元点小吃和饮品。天天晚上，在"时代"都人满为患，小姐们要小跑着服务。（摄影：陈丹燕，1992年）

里绝对要存好一家人防身的钱。他们把名片拿出来，大都是什么国际贸易公司的总经理，只是那是间小公司，办公室是在居民区的几号几室里，电话和传真接在一根电话线上面。他们懂得找一家看得上的咖啡馆和人谈生意远远比自己租一间面子上过得去的办公室合算得多。在咖啡馆里，你占一张桌子一下午，不过是几杯咖啡的钱。这也是弄堂里男孩子制约而有野心的生活培养出来的心计，也是稳扎稳打的。

　　下午正对着淮海路的那一层，小姐会把谈生意的先生们有意识地领到那里去，那里烟雾弥漫，大哥大的电话铃声和Call机的叫声此起彼伏，有人大声地说服别人做成那桩斥资的买卖，有人在为别人的一辆摩托车估价，还有人在问移民加拿大的价钱，好像都是不小的生意，他们的脸也是不动声色地激动着。

也有真的没有什么目的,只是在一起会朋友的人,男男女女一起来的,看起来是老相识的了。头发都是从美发厅里整理过的,穿得也正式,让人想起从前五月一日放假的时候,从弄堂里走出来的回娘家的一家人,簇簇新的人,第一粒纽扣也小心地扣好了,自己可真的不想给自己抹黑。他们常常开始点自己吃的东西时就打趣侍应生了,因为他们不想让自己那么隆重。那时候男人稍微派头一下,女人稍微矜持一下,都也不过分,大家彼此配合,谁也不拆谁的台,礼尚往来。

他们一面吃,一面说着自己的生活,在哪里买了三室两厅的房子,孩子送到了哪个私立学校里读书,不是住宿制的,那种贵族学校实际上是宰真正的暴发户的,只有那种从贫民窟里出来的人,才把自己的孩子送到那里去;自己在什么地方做生意,前不久到澳门去赌了一次,输得不多,三万人民币……

他们常常在这里遇到自己的熟朋友,那时他们彼此大声招呼着,有时也拼台子坐坐,人多了,女人们就一堆说什么地方的衣服好看,到什么地方去做脸,小姐整整为你按摩四十分钟,不像有的地方看上去花架子不错,可不合算。

时代咖啡馆的下午,常常有一个胖胖的男人,戴着金丝边的眼镜,笑容可掬的,身边的椅子上放着他拿来的几只印着大百货店名的塑料袋袋,里面放着意大利的皮具,瑞士的新款表,法国的香水,他把每一样东西拿出一样来,给他眼熟的客人们送去,每一样东西都是不可思议的便宜,因为那是假货,当然做得好,像真的一样,只是不经久,用上一两季,一定败坏。

一、咖啡馆

他是受这里客人欢迎的人,许多人和他相熟,就像弄堂里从前补碗的那个人,大家对他没有什么可矜持的,只是推心置腹。他的笑眼里,除了生意人的和气以外,还有卖假货的人对买主藏而不露的审度。谁也不用在他面前摆谱,大家都是假货朋友,靠它撑门面、讨生活的人。

他只要一来,时代咖啡馆里马上就有一种回到弄堂的轻松和实际,虚荣和精明,进取和稳健。他把这里看上去形形色色的人都串起来了,就像在淮海路的一条大弄堂里,星期天时候的情形一样。说起来,时代咖啡馆是一个淮海中路上的弄堂的起居室。

1931'S 咖啡馆

　　一进去,最先听到咿咿呀呀的音乐声,唱针在密纹唱片上轧到了细尘,扑扑地响。那是周璇的细嗓子,像一根细而坚韧的尼龙线,勒到你双手出血也不会被拉断的,柔弱而顽强地把六十年以前的多愁善感拖到你面前。

　　然后才看到瘦瘦的一个小姐,穿着齐膝的蓝色改良旗袍,披着一件短而窄的家织开司米毛衣,清清爽爽地迎上来。她有老式的短发,张爱玲时代的那种市井的细长眼睛,浙江人的那种大鼻子,还有苍白的面色。她从房间暗处走出来,那种幽暗,因为梧桐树的大叶子遮了光,因为上海多云的天气,因为老房子那不见阳光的朝向。里面的木头柜台上,开着一盏小小的台灯。

　　要是午后去,没有什么人,她总把你引到最亮的那张桌子上去。靠街面的那堵墙,用了一块大玻璃,是全屋子最亮的地方,放着小圆桌子,铺着洋布。坐在桌前,可以看到门前的大棵梧桐树,还有窄的人行道。

　　要是你没什么主意,她常常会推荐你喝老上海盐汽水,要是3点钟了,她就说,还有一种荠菜肉丝炒年糕也是好吃的,或者吃五香茶叶蛋加豆腐干。这里也有咖啡和蛋糕,1931年热朱古力,还有简单的日本菜。等你点好了东西,她就把账单送到里面柜台上,然后,大多数客人才发现柜台里还有一个男子,很矮小但相貌堂堂,中分的短发让发蜡打得一丝不苟,广东血统的大额头上很白净,而脸上

在上海的大街小巷，特别是那些梧桐树深处的小街，远离开商业区和黄金地段的地方，到处可以看到老房子顶上的石碑，和石碑上没有落尽的浮雕。1931年，那是一个上海年轻人从不了解，中学和大学的历史书也不教授的上海故事，可是在那里，许多人看到了雕在石上、不会凋谢的花朵。（摄影：陈丹燕，1993年）

没一根胡子。他戴着金丝边的圆眼镜，黑色的西服，黑色的领结。他将账单送进后门去，里面是窄而暗长的走道。那是殖民地时代的西式老公寓房子，那里有宽大的厨房和厕所，墙上有小小的白色马赛克，多少年过去，它们都发了黄。

咖啡馆的下午很安静，墙上挂着的东西都印在斑驳的光线里：

一幅笔法老旧的画，里面几个细眉红唇的女子在玩麻将，烫着齐肩的长发，穿着缎子的旗袍，脸上的笑容富足而时髦，还有些大圆脸带来的喜气洋洋的通俗，落款是吴光玉，听说他是上海最早的广告人，现在垂垂老矣。

一张拜耳大药厂的阿司匹林药饼广告。

一张旧结婚纸，那是中国画轴的规模，上面有娟秀不已的小楷，

1931'S深处的账台，黄铜的旧式留声机像孩子梦中的牵牛花一样开放在一张黑色的密纹唱片上方，但店堂里又细又尖利的1930年代上海流行曲却不是从这里转出来的，它们只是为了散发某一种让年轻人新奇的气息而来的。（摄影：陈丹燕，1995年）

从浙江来的人和从广东来的人在民国三十四年十一月六日结婚。

一张旧旧的结婚照，女子穿着改良旗袍默默地坐着，双膝紧拢，男子戴着金边的圆眼镜，穿着黑色的西服在后面默默地立着，带着那个时代的人的斯文与木讷。

透明的玻璃门外无声地走过穿着阿迪达斯97型篮球鞋的青年和复古1960年代打扮、涂了银色唇膏的女子，以及一辆被困在街头的酒红色的桑塔纳2000车，可里面却是时光倒转的六十年。

双妹嚟生发油的玻璃瓶，美国的老无线电，木讷的壁挂式老电话，那是上海的1931年留下来的碎片。那时，上海已经有了近百年的租界发展史，小河汊子变成了大马路，摇橹而来的宁波少年成了大亨，欧洲人在外滩挂出了一条横幅："世界上有谁不知道上海？"那时

一、咖啡馆

中国人的产业、商业、工业全面发展起来,南京路上的四大公司超过了外国人的百货店,四处灯红酒绿,欣欣向荣,大兴土木,上海在那个年代成为世界级的都市。而还要等几年,才会有日本人的炸弹炸断上海的繁荣路,那以后,上海才会像瘫痪在床的病人那样长满一身沉重的死肉,只有看上去白胖红润。

1931年的上海,是一个血色鲜活的少年,每天都在长大,每天都更接近梦想,让所有看到他的人都说,他的前途未可限量。如今在沧海桑田之后,再看到的一个从前装生发油的玻璃瓶子,瓶底没倒干净的剩油成了一团污垢,下一代人,从六十年以后薄薄的午后阳光里,想象着那玻璃瓶子里曾经装过的生发水,它如何被轻轻倒在一张用了美国蔻丹的手里,抹在电烫过、发梢有些发焦了的黑发上,它们虽然油腻,但可使得头发乌黑铿亮,油光可鉴,那是六十年以前古典的审美情趣。

1931'S咖啡馆的午后,很鼓励也很合适这样的怀想,并引导着你的遗憾,遗憾你没有早生六十年。

这时小姐用乌木托盘托来一只绿色的大玻璃杯,里面是老上海盐汽水。

定睛看去,才发现原来她就是照片上的女子。继而发现,柜台里的那个男子也就是相片上的那个男子。女子答话的时候露出了晦暗的牙齿,那是上海1970年代出生的孩子常常有的四环素牙,被化学污染了的牙。有时它是一种年轻的标志。那斯文与木讷,旧式的装束,和旧旧的黑白相片里的沉郁契阔,原来全是做出来的。再细看,那一对孩子的老照片,也可以说是天衣无缝,那种辽远的茫然和体面，要不是实在从心里眷恋那个年代，也做不到这样。1995年张艺谋和陈凯歌在上海拍摄两部描写旧上海故事的电影，也没能洋溢这种东西。

这里的老板是一个旧货商人，专收旧上海的旧货，这里的掌店就是这一对年轻的男女。这里到了晚上要预先订位，许多从公司里下了班的年轻职员爱来这里消磨晚上，许多青年人来过以后，纷纷写文章介绍这里，他们迷沉在时光倒流的恍惚里。台湾的电视台，香港的电视台，新加坡的电视台，都来这里拍过专题，他们看到了上海的鸳梦重温。而真正经历了十里洋场的上海老人，住在老公寓里、从英国留学回来的牙医生，下午3点在瘸了一条腿的小圆桌上慢慢喝一杯奶茶、吃用茶泡软了的沙利文小圆饼干的老人，却笑了一下说："1970年代的人，用什么来怀1930年代的旧呢？他们又知道什么？"八十岁了的永安公司郭家小姐，燕京大学的毕业生，在1930年代开着自己的美国汽车的上海名媛，在她桌布老化发硬了的小圆桌前，摇着一头如雪的白发，说："那个时代早就结束了，不会再来了。"

对1931年的怀旧，是属于年轻人的。他们用一小块一小块劫后余生的碎片，努力构筑起一个早已死去的年代。

柜台里的电话响了，那个头发中分、让人想起清秀的汪精卫来的男子开口说话，听上去，是什么人在预订晚上的桌子。这时，我才发现他是一个扮了男装的上海女子，声音细弱。我大吃一惊地看着她，而她微微侧过头去，像是恼怒了。

一、咖啡馆

裘德的酒馆

如果是从东面去裘德的酒馆，要经过襄阳路上的东正教堂。如果从西面去裘德的酒馆，要经过一个用低矮的铁栅栏围起来的街心花园，铁栅栏上漆了绿色的漆，要不然，就很像俄国墓地里的栅栏。裘德的酒馆，本身是一个从防空洞改装的酒馆，一路走下去，要过一个长长的、亮着白炽灯的窄走廊。听说，有一个法国人，到了上海，娶了一个上海姑娘，用很便宜的租金，租了这个修好了从来没有用过的防空洞，按照法国街角小酒馆的方式，开了这么一家小酒馆，在天花板上挂着没有剥掉壳的玉米和红辣椒，卖热乎乎的披萨饼。

到裘德的酒馆，如今不容易找到那个法国人了，他们说，他靠这个小酒馆赚钱赚得不认识家了。告诉我这个的，是个中国人，他喜欢所有新鲜的东西，是上海的男人里面，第一批在脑袋后面扎一个小马尾的人，又是上海第一代为外国大公司的上海办事处做总代表的人，为了那个有高薪的工作，他剪掉了他的长发，用白金的袖卡，扣住自己的白衬衣。他知道所有上海外国人爱去的地方，甚至还知道，在香格里拉工作的一个美国人，他说的一口上海下流话，是跟上海妓女学的。他的脸上带着一种惊奇的微笑，对我说：

"你还记不记得，小时候有一本书，《旧上海的故事》，说1949年以前的事情？那上面说，上海那时候是西方冒险家的乐园，他们拿着一只破皮箱踏上上海，来上海发财，成了百万富翁。"

"对，"我说，"1949年以后，中国人民把他们都赶走了。"

十九世纪末，上海玉兰花盛开时，西人在上海举行了盛大的婚礼，只是我们现在无法知道那婚礼是为谁，那对新人为什么不远万里来到中国，他们的爱情是不是因为人在异国的孤独而被夸大了，也不能知道他们日后在上海过得是否幸福。右上角现

在我们还能看到的玉兰花显然早已发黄凋谢，而他们的故事却被新一代重复了。
（摄影：佚名，十九世纪末）

"他们现在又回来了。"他用手点着裘德的酒馆的那块地面说。

可是，他并不喜欢那些外国人，他说："我们做的是一样的工作，可是，我拿的是当地雇员的工资，他们拿的是海外雇员的工资，比我多三倍。他们比在他们国内本部工作的工资，要多一倍。这些来上海的外国人，发财了。"

第一次，我和他一起去了裘德的酒馆，走在空而长的走廊里，就听到有音乐从前面传来，还有融化了的忌司那既臭又香的气味。

然后，我看到了一个暗暗的，可是并不暧昧的地方，又闻到了体味和香水混在一起的气味。

有的桌子上的人，好像是在等人，所以我们一进去，就看看我们。

桌上点着一支细蜡，照亮桌上人的脸，放眼一望，中东人卷卷的像乱钢丝一样的大胡子，非洲人发黑的大嘴，高丽人的细眼睛和眼睛里杀身成仁的凶光，南美人不安分的绿眼睛，真的是什么人都有。比起来，那金发蓝眼睛的人，倒没什么了不起。

有个人远远地向我打一个招呼，一看，是从前认识的一个学汉语的学生。我以为他回欧洲去了，他说不，他学完了汉语以后，到上海的一家外国电话公司找到了一个工作。然后，他发现上海是一个大银行，可是不知道怎么走进去，于是，他回到大学里去学了一年经济系的社会主义政治经济学，正式开始做生意。他在上海租了公寓，把欧洲的太太也接来了，买了一屋子的中国古董家具，他们如今睡的，是一张从北京买来的一百多年以前的大鸦片床。

一、咖啡馆

说着，他等的人来了，来了一大群荷兰人，头上戴着尼龙的大鸭子嘴，那一天正好是欧洲足球赛，荷兰和德国踢，在上海的荷兰电话公司的荷兰人，和"上海大众"的德国人，约好了到这里集合，去看电视。

裘德的酒馆那么响的音乐，1960年代的欧洲音乐，都被他们的声音盖下去了。

有一天，在裘德的酒馆前面的小花园前，看到一对外国人在吵架，那女的把嘴闭成了一条线，鼻子尖得像剪刀，那男人则气得眼睛眉毛全都白了。那时候，我突然发现，外国人，已经不再在上海的街上，因为太多人要看他们而小心仪表、脸上要像皇帝巡游一样地笑了。现在他们多得没有人要看，他们也胆敢在街上吵架。

后来，和一个比利时人约见面，那个人在电话里说，就到裘德的酒馆吧。那时候，才知道原来那是在上海的外国人约会的地方，就像我们在欧洲的时候，有事情约人，就说，到广场的鱼喷泉前见一样。

那天去得早了，酒馆里没有什么人。对面的小房间里，有一个人在独自玩飞镖，他的头发整整齐齐的，穿了美式大花裤衩，那是白领在休息天的打扮。他手里拿了一大把红色的飞镖，一个一个，无声地向靶心飞过去。

我自己找了一个长桌坐下来，对面墙上有一块黑板，上面写着这个周末的惠价菜，那大而笨拙的英文字，是真正的外文字，中国人写的可比它们秀气多了。

慢慢地，看到我坐的桌子深处，有一个人已经坐着了，前面放了

那个年代，的确有一些外国人把上海当成赚了钱就走的过场，也的确有人把上海当成终老之地。静安寺对面的万国公墓，曾让许多全世界漂洋过海而来的人安息在上海总是潮湿的泥土里，这是许多年以前的一次万国公墓葬礼。又过了许多年，万国公墓被迁至虹桥郊区，长长的墓穴变成短短的一小块石碑，由于姓氏来源于不同语种，不少姓氏被拼错在石碑上。（摄影：佚名，十九世纪末）

一个杯子和一瓶德国啤酒。他把桌上的蜡烛放得远远的，所以我看不清他。

他说"嗨"。他是芬兰人，到上海来做船生意。他们那里冷，所以他长得有两米高。

我说："你想家吗？"

他说想。可是他自己要出来工作，从前他在美国，后来又到了香港，又到了澳洲，现在又是中国。他说他愿意在外面，他没有自己的家，所以到哪里，哪里就是家。每到圣诞的时候，回到家乡去，看到自己的朋友在老地方，自己的老家也在老地方，他们都在等着他，那才是好感觉。

问他为什么到中国来，他说一是为了海外工资，一是为了要到

一百年前，西人在上海郊外玩垒球。一百年以后，同样在上海郊外，西人去玩高尔夫球。同样是上海郊外的苍茫和不那么茁壮、不那么绿的草地，同样还有郊外清澈的气息和野外燃烧了什么的那种气息，他们又回来了。（摄影：佚名，1920年代）

一个遥远的地方生活一次，比花钱当旅游者有意思。只是，他没有想到上海会像百十年前的欧洲。

好久，我等的那个比利时人才来，他说，他忙得一个星期要工作六天，只有星期天下午的几个小时，到外滩去呼吸一下新鲜空气。而在欧洲，他只要工作四天半，星期五下午，办公室里就不工作了。"挣钱挣疯了。"他说，"我们被上海人同化了，东方人那种工作狂。"

那天是周末，到11点以后，裘德的酒馆的跑堂的，把桌子都推到一边去，腾出好大的地方，让大家在中间跳舞。外面则停满了亮红灯的出租车，一直排到小花园那里，等从地下上来回家的客人。

爱尔兰酒馆

雨下湿了方格子的人行道，在路灯下闪着小水洼的光亮。空气冷而潮湿，里面有被又冷又湿的连天小雨淋透了的树皮和落叶的陈腐气味。街上有车子开过去，雪亮的车灯照亮了浮在街道上的雾气。街拐角的地方，有一个爱尔兰酒馆亮着灯，蓝色的窗子上人影幢幢，有一个绿色的后背从门那儿掠过去，那是穿绿衣服的酒保托着大盘子上菜，上面的白瓷钵子上盖着盖子，里面是爱尔兰炖羊肉。那刚刚加完班的人，又冷又乏，眼窝都青了，还没有吃晚饭。

推开门走进去，暖气和着食物的气味迎过来。吧台深处，酒红色的老墙壁和褐色护壁板前面，木酒桶，航海的长望远镜，和几个世纪以前用的航海地图下面，旧旧的渔网边上，有三个男人坐在高凳子上，一个吹笛，一个拉手风琴，一个抱着吉他，奏出热烈而单纯的爱尔兰舞曲。那里围了一大圈人，找不到桌子坐下，于是都在墙角站着，喝黑啤酒。吧台里面一个金发女子在盛蘑菇沫子浓汤，钵子边上放了爱尔兰黑面包，结实的褐色面包片散发着麦子粗糙的清香。那女子的脸颊和嘴唇鲜丽欲滴，就像从乡村来城市不久的英国姑娘。那穿绿衣服的酒保端着羊肉，咚咚踏着木头楼梯上楼去，楼上的灯光照亮了他已经秃了的、粉红色的头顶。

楼上有人在玩桌球，边上围了一些男人，穿着毛衣或者牛仔衣，手里握着黑啤酒的大玻璃杯子，因为天气的关系，他们白色的脸上开始变得有些苍白了，欧洲人的皮色一旦苍白，就让人觉得他们像

一、咖啡馆

要化了的冰山一样。和楼下一样，放眼一望，看见的都是欧洲人，听到的都是英语。

到楼上的围栏那儿，才找到两张凳子落座。安顿下来看到边上靠着一个脖子红红的大胖子，嘴唇上留着麦色小胡子，把快喝光了的啤酒杯子靠在自己的大肚子上，出神地看着人拉那放在腿上的手风琴，一脸落寞而无聊的晦气样子。

你以为这是英国的什么地方？不是，这是一个秋夜，在上海桃江路。从路上不见人的雨夜里走进这地方，真的一时不知道自己是不是在中国。

如今来上海谋生活的欧洲人真的是多起来了。十多年前，上海的外国人大都坐在大玻璃前放了国际旅行社的牌子的汽车上，花花绿绿的，散发着不是花露水的那种香气。在南京路的工艺品商店外面，马路上总会围着一些人看他们，上海人好奇而羡慕地看着他们。那种默默的眼光真的能抹杀人的自知之明，何况人在旅途中，远离了日常生活。于是，就连里面个子小、身体胖、头发少，总之是最不起眼的那一位，都做出亲王的样子登上车去。我理解他也是不得不这样，要不然所有中国人，包括他自己，全要失望的。外国人太少了，怎么可以不与众不同？现在不同了，现在欧洲人重新找回多年以前他们爷爷这一辈发过财的城市，一个个，一群群，又拎着各种各样的皮箱来到上海。

听说他们对上海有着世代传下来的好感，在他们欧洲的老家，他们可以找到六十年以前长辈从上海带回去的明信片，宽阔的外滩，沿江而立的雕像，就像波罗的海沿岸的城市。而这些明信片，如今在上海已经很难找到了。在家乡的日子里,他们就隐约听到过上海欧洲人的传奇故事:在上海发了财,在上海遇见了心爱的姑娘,在上海找到了梦寐以求的奋斗的机会,在上海过上了高人一等的生活。甚至还有只凭着一张欧洲人的脸和一个贵族头衔,可以在上海最豪华的饭店里白住,在上海最美味的餐馆里白吃,而没有人怀疑这个人是否付得清账单,直到几年以后东窗事发。虽然大多数人不会这么做,可听上去还是让欧洲人舒服,像是有个喜剧等着你似的。

于是他们就来到上海。来上海,当然为了挣钱。有英国人说他只要能挣到他在英国想要挣的钱,马上就回家,上海的死活不管他什么事。大概来到一个陌生城市谋生的人大都会这么想。可慢慢地,混得不那么好的,就回家去了,真在上海找到了自己生活的,就不愿意回欧洲去,因为他们在自己的国家不那么容易找到自己想要的位置,而在上海,似乎事情就变得容易一些了。上海的确像一个睡狮,一旦醒来,就充满活力,连空气里都有机会的气味。上海又像一条家狗,对自己认同的人非常亲切慷慨。

十九世纪初年,来上海的欧洲人在东大名路上开出第一家欧洲式的酒馆,此后一百年,是上海门户洞开的时代,最多时,在上海有十二万常住户口的外国人。他们给上海带来了电话、汽车、染料、贸易、香水、玻璃丝袜、机器、鸦片、咖啡、沙发、照相机和柯达胶卷以及陆陆续续的整个西方文明,还有洒着血污泪水的通向世界之路。一百余年过去,当中经过三十多年中国人对在上海的外国人彻底的清洗,当年东大名路靠近码头的那家酒馆早已不知去向,现在在靠近领事馆区的桃江路的街角,又开了在欧洲流行的

一、咖啡馆

爱尔兰酒馆，为现在到上海谋生的六万外国人在远离家乡的夜晚有个像家一样的地方可去，去忘记自己到底是在哪里。

隔了四十年再来上海的外国人，为上海带来了投资、计算机，再一次的汽车、电话、染料、贸易、香水、广告、电视、可口可乐、西班牙瓷砖、意大利皮鞋、美国大片，还有抗抑郁症的标准药物百忧解。如今这一代人，不像他们的爷爷辈，买一张船票就来了，他们大都特别在北京或者台北学习了中文，能读会说的，还用社会主义政治经济学洗好了脑，更能入乡随俗。在爱尔兰酒馆的楼上很容易能看到下面桌子上的情形，那位刚刚和一个金发女子一起吃了家乡炖肉的先生，结账时接过女子递过来的小钱包，数出人民币来，没有忘记对跑堂的说一句汉语："我要发票。"

说起来，上海真的是个奇特的城市，当这里的大楼里云集着谋生的外国人，它就是在发展，当在它的街道上只能看到一个金发旅游者端着亲王的架子时，它就凋落了。

爱尔兰人如今在桃江路拐角上的酒馆里唱着他们家乡的歌。一支爱尔兰生来忧伤的曲子从寡淡无味、可在这里大受欢迎的炖羊肉气味里升了起来。

在楼下吧台里面，走出来一个穿厨师服的红胡子人，他把一双特别结实的大手撑在木头柜台上，远远地看着唱歌的人。不知道他是不是就是那酒馆特别从爱尔兰雇来的面包师傅。为了做地道的爱尔兰面包，老板特别从爱尔兰雇了面包师傅来，就像那些在上海夜校里学出三级厨师证书的上海小伙子一样。所不同的是，他漂洋过海来，为了那些思乡的胃。而他们漂洋过海而去，是为了留在他乡找到好日子。

楼上的人纷纷围到围栏四周来。他们定是回家换了衣服来的，大多数人穿的是宽松的夹克和外套，但仔细看他们，刮干净的鬓角，修干净的指甲和剪齐的头发，可以想到白天他们笔挺的办公室生涯。还有加了班来不及回家换衣服的，在桌子上用手把领带拉松，像从深水里伸出头来似的，把自己的脖子从紧紧扣了一天的白领子里长长地伸出来。在自己本土穿着最不讲究的德国人，到了上海也天天要小心对待自己的衣服，因为这个地方谁对谁也不知根底，可又势利，要是没有好衣服证明，就是再有一头金发，也要遭人怠慢的。在这里，难得有人看得懂随意后面欧洲人的骄傲。于是，除了办公室里的累，还要加上身体时时刻刻在考究衣服里的累。此刻他们一个个在歌声里握着喝到半残的大玻璃杯子，看着唱歌的人，什么也不说。

正对着唱歌人的那张桌子上，坐着一个看上去像是瑞士人的年轻人和他的中国女友，那中国女孩有一个敏感而骄傲的尖下巴，她和她的情人手缠着手，听他与他的四个欧洲朋友说话。有时她也轻声说些什么，他们笑的时候她也笑了，不是那种一点听不懂话的露水夫妻。只是在他们谈话时，她的脸上有着游离的神情，她加入不进去，只是专心地拨弄着他的手，他的手上没有戒指，她的手上也没有。她的头发染了一点点红色，盖在东方人柔和的脸上，感觉有些不妥。爱尔兰酒馆里的上海女孩，没有专心听歌，也没有专心说话，她们像点点滴滴的油星子，浮在汤的表面。不论到底是为了什么，她们至少是陪伴了那些离乡的人。

1930年代坐落在爱德华七世大街上的酒吧，顾客多为船就停靠在不远的江边的水手和水兵，他们常年在海上漂流，到了上海，想喝家乡的酒，那种东方人不那么喝得惯的酒，东方人觉得像咳嗽药水。1950年代以后，大街小巷中的酒吧转业为饮食店和糕点店，爱德华七世大街也改名为延安东路，只有一样不曾改变，在路的尽头，江边吹来潮湿的江风，还有一个小小的灯塔，从前为进港的船引航，现在是外滩历史博物馆。(摄影：佚名，1930年代)

一支歌唱完，满屋子掌声和呼啸声。听不出从什么地方，有一个人叫出一个歌名来，唱歌的人点点头，唱起来。一支老歌了，关于航行的。接着，又有人叫出另一支歌来，唱夏天的，渐渐听出来，那些高喊出来的声音，有的说着带外国口音的英语，像是德国人说的，像是法国人说的，像是意大利人说的。一个人要将头伸出去看看下面那唱歌的人，一下子踢到高凳子的脚上，缩着脚轻呼一声："哦噗斯。"

在歌声回荡的几分钟里，褐色眼睛的新西兰人悄悄收走了女孩面前的空沙拉盘子，女孩懂事地把自己的叉和刀顺着放在一起，表示吃完了，让他亲热地对她笑了一下。他是这里的老板。天天晚上都在满满登登的酒馆忙，在老老的木头楼梯上利落地走上走下，招呼客人，顺手收去喝光了放在边上的杯子。酒馆里的价钱和欧洲的一样，有的还要贵一些，可生意要比欧洲好多了，大家都说，这老板，靠在上海开酒馆挣钱了。听人说，在美国，有一个上海年轻人去餐馆吃饭，遇到老板是从上海去美国的白俄，他在里面听到有人在店堂里说上海话，就特地出来招呼，那大腮帮子的老人陪上海的年轻人吃了饭，说了上海话，他已经到美国四十年了，可还是怀念在上海开餐馆的日子。他当时的餐馆就在淮海路上，离现在的桃江路不远。他到美国生活的钱，还是当初在上海的时候挣下的。说起来，那个老人，算是爱尔兰酒馆老板的上一代人了，他们为异乡的人们担当着思乡的调味，于是，他们都能算是上海好日子的见证人和受惠者。

一、咖啡馆

白发苍苍的及时行乐

中英合营的红宝石面包房1987年在上海开张时，本埠还没有几家小圆桌子上铺上红白格子桌布的面包房附带咖啡室，咖啡室大都开在几家老牌酒店里，为来上海旅游的外国人服务，要用外汇券付账。它是最早的几家可以让市民有钱就进来坐的咖啡室。那时，它街对面的静安宾馆的法式面包房外总是有人排队，等着买新出炉的长棍子面包，最疯狂的时候，有一些人家专门雇人去排队。人们买一大包长棍子回家，吃好几天，直到本来松软的面包全潮得像牛皮糖。

红宝石面包房的英方老板是上海人，姓过。上海圣约翰大学的毕业生，去英国多年以后，成了英资老板。他回到上海开面包房，联络过去的老朋友、老同学，于是，那些当年留在上海没有离开，现在大多已经退休的老工程师、老教师、老职员、老翻译、老会计师就把自己每星期三次的咖啡聚会从对面的静安宾馆迁过来。一个星期总有几天，早上到面包房去买早点的人，可以看到店堂靠里的那些圆桌子被团在一起，二十个左右的老人围在一起聊天，桌上有红茶或者咖啡，还有两片吐司，烤得脆了边，黄油化在中间，像六一节在学校里演出的小孩子腮上的胭脂粉。

老人的咖啡聚会从1970年代就开始了，当时开始在八仙桥一个街角的点心店里，喝的是上海咖啡厂出品的磨碎咖啡，放在洋铁罐子里，香得很烈，可一点也不甜蜜。那时这些解放前的大学生大都在夹着尾巴做人，下放也总不能少了他们，许多人要在八仙桥中转交通，于是他们就在街角找了一个点心店聚聚。当时参加聚会，现在还健在的，是八十六岁的周先生。就是和所有的人一样穿着蓝布人民装，他们也还是要将人民装穿出一点笔挺的意思，不让人想到毛泽东，而让人想到孙中山。只是他们从来不像孙中山那样谈政治，他们从来不谈政治，也不谈是非，他们说到红房子吃饭最好点名要厨子小谢烧，那人年龄不大，可做法国菜还真的拿手。

后来，更多的人陆续退休，大家选择了离家比较近的西区，虽然经过几十年，家中父辈留下来的房产绝大多数已经不在手里，他们还都住在从前法租界拥挤破旧的洋房里，炼出了在堆满杂物的黑暗走廊里灵巧穿行的功夫。他们的咖啡聚会到了淮海路老大昌的楼上，四周围是棕色的火车座，当时年轻人谈恋爱最好的去处。他们坐在中间的桌子边。那时老大昌有奶茶卖，装在发黄的钢化玻璃杯里。那时已经陆续有了海外亲戚的消息，也已经小心翼翼地通信。参加聚会的人，家家有人在海外，常常说的，是他们的消息，好几家人都同住在纽约的法拉盛区，他们说那里很好，没有黑人，可是没有说，那是纽约人眼睛里的贫穷移民住的地方。

随着海外可以寄钱进来，他们中许多人的日子丰富起来，他们从老大昌楼上转移到静安宾馆的咖啡室里。那白色老房子里面，大都保持着1949年以前的样子，外国来的旅游者给大堂留下了久违的科隆香水的气味。有时他们就在这里聚餐，这里的水晶虾仁是有名的，还有狮子头。这时许多人暗暗准备把子女或者孙辈送出国去，为他们准备考托福，可极少有人在聚会上提起来。倒是常有人

一、咖啡馆

说到自己治病的经验，年纪大了，百病上身，可医院里的医生是空前的差，让人不能信任，所以，宁可交流自己看病吃药的经验。

再后来，就到了红宝石。这时有一批打网球的老人也加入进来。打网球的人里面，很有一些是圣约翰毕业的，当时圣约翰重视体育，建校之初的第一届全校运动会开中国大学运动会的先河，他们的足球队，被称为"圣约翰辫子军"。也许是因为求学时代在学校养成的习惯，也许是从小良好的家境让他们打好了身体基础，来红宝石的老人里面，常常可以看到几个上海最早穿美国运动鞋、用英国球拍、身手矫健的老先生，让人想起陈年的酒。

那以后，在十年的日子里，星期二、星期四和星期五的早上，不相干的人来买面包，就能看到这些老先生，有时也有人带了太太来，他们说话很轻，神情也安详，雪白的头发在店堂的暗处云似的浮动，有人在领上围着深蓝色的丝围巾，上面有绛红的花纹，让人带着羡慕去想象他们的生活。

我问："你们现在要是靠养老金生活，不可能再来这里吃咖啡的，总是在吃外汇。想想从前你们亦是佼佼者，现在靠孩子汇款生活，怎么想？"

当年孙中山到圣约翰做演讲，对同学寄托深切希望。而学校的校训是要使学生成为新的、自由坦直、有思想、肯钻研学术、忠诚教育、有崇高目的和行为的人。为了实现这个目的，圣约翰一直以管教严格著称。

老先生望着我问："你说我们能怎么想？"

从被华丽丝围巾轻拢的脸上，一层层的谦恭忍让里面，泛出了总是被羞辱的傲岸、被冷落后的自尊和"你又算什么"的反诘的底色。就像脸上真的被人踩了一脚。然后，才说："这是命运，只能这么想。要不然你让我怎么想呢？在我住着三层楼的大洋房，国家要我交出去，私人不能有房子，我们就交。现在国家又要我买房子住，可我已经一无所有，我拿什么买房子？"再问下去，觉得是不是后悔1949年不走，老先生会说："你能不能说英文，我们可以用英文讨论话题，我教你英文，这样就没有问题，要不然，我不能回答你的问题。"一口圣约翰训练出来的英文，到八十岁都不会忘记。也就是圣约翰的背景，使得他们一辈子从来没有离开过"必须努力改造洋奴意识"这句话。

他们将吐司折起来，斯文地放到嘴里，被改造了这么多年，现在还是能看出他们年轻时代受到良好西式教育，和他们心里对自己生活方式的尊重。那白发如雪的老人是荣毅仁圣约翰大学的同班同学，温文尔雅地自谦说："从前上海衡量学堂好不好的标准，一是英文好不好，二是抓得紧不紧。圣约翰是好学校，可我是里面的推板货色，我的英文勿灵光。"

我刚刚看过了一小段《上海滩野史》，里面说到了1925年5月上海发生外国人打死中国工人的事件，上海市民群起支持工人，遭租界巡捕镇压。圣约翰大学的学生为了参加上海学生的罢课声援，与"不参加任何政治活动"的校规发生冲突，五百多名学生立誓永不再进教会学校，永远离开圣约翰校园，随即，十七名教授为支持学生也辞职随学生离开。随后，他们成立了光华大学，是光大中华的意思。

一、咖啡馆

当时我将书读给我的父亲听，他并不觉得奇怪，他说："当时有两类大学最容易出共产党，一类是师范学校，因为都是穷人子弟。另一类是教会学校，富家子弟里有人因为理想而投身革命，自己与自己的阶级决裂，但这样的人终身坎坷。"

当我和红宝石的老人坐在咖啡前时，我问到他们关于1925年的事。朱老先生是1940年圣约翰英国文学系的毕业生，他说他是在校园里听说这件事的，"都是四年级马上要毕业的学生，说走，就这么走了。"他说，"可是有什么用呢，没有人相信圣约翰的人为爱国会做这种事。多少年，有谁真正提起了这件事。"

张老先生是1927年进光华大学念会计专业的。一进大学就知道是从圣约翰分裂出来的大学。在他上学时遇到太平洋战争，他一个只知道好好读书、对得起家里供自己读书的一年一千块袁大头的单纯学生，只要学生会一声令下，他也跟着去睡铁轨，也跟着去枫林桥市政府所在地请愿。光华大学继承了五卅的传统，常常组织学生游行，张先生总是跟着去，他说他什么也不知道，只知道应该为国家做学生该做的事。"当然人人都是爱国的。我们读了英文，也不是就不爱国，我们总也是中国人啊。"他说。

老先生们都说："我们老了，不愿意想，也不愿意说过去的事了，开心的，不开心的，都不要再想起。现在我们就要安安定定，每星期可以到这里和老朋友碰碰头，吃吃咖啡，说说话，解解厌气，就可以了。"

要不是我问，他们不会说这些事，不管是那五百学生的事，还是"改造洋奴思想"的事。他们在一起，说梅龙镇的三鲜汤不错，说十元钱可以买到一只吃口好到底了的烤鸡,说下午的卫生麻将到谁家去搓,说二十号有老先生要做八十九岁生日,请大家吃中饭,大家都年事高了,晚上出来不那么方便。也说到东南亚经济危机对中国会有什么样的影响,因为日元的贬值,日本钢铁价钱会比中国低,这样宝钢会出现失业问题。当然也说戴安娜,红颜薄命的女子让巴黎从今以后添一个旅游点。现在一生都停止了,只是背景气味相投的人聚在一起度过最后的一段日子。

到十点多钟,大家就陆续散了。有人搬得远了,在梅陇那里,每次也搭地铁过来,只是要早些回去。走的时候,总是互道珍重。现在,每年总有十来个老人,下一次没有来,再下一次也没有来,永远不来了。早餐聚会的老人们从不去参加大殓,但会订鲜花请人送去。然后,红宝石面包房的早餐桌子上再不会有人提起这个人,白发之聚,及时行乐是基本原则。

一、咖啡馆

1997-2007，咖啡馆十年记

目睹上海的咖啡馆，就像目睹人生的变化一样，这家开张，那家歇业，此起彼伏。当年我常去的咖啡馆，细数起来，竟是变化的为多。

时代咖啡馆关门了，裘德的酒馆也关门了，连房子都拆掉了。我做人物访问时常去的邮局对面的佐伊咖啡馆，现在成了广东发展银行营业厅的一部分。有天黄昏时和大学同屋散步经过那里，她说："从前我们总在这里见面。"我说是的，那时我喜欢坐在靠窗的座位上，她喜欢日式的抹茶咖啡。华亭路口的真锅咖啡馆也不见了，在那里，作为畅销书《上海的风花雪月》的作者，我接受过日本记者的访问。我写《时代咖啡馆》的申申咖啡馆，现在是一家受欢迎的新式川菜馆子，我还常去那里和朋友吃饭，还喜欢坐靠窗的敞亮座位。

和平饭店的大堂咖啡馆现在已不是外滩最合适会朋友和歇脚的地方了，更多的屋顶花园开张了，更多的咖啡馆开张了，现在，那里很少见到隆重地来喝一口咖啡的上海本地人了。

不过，红宝石面包房还在原来的地方，原来的红白方格子桌布已经被洗得起了球，但还用着。每逢星期四早上，圣约翰大学校友的早餐会还在继续。只是在早餐会上，老人们越来越少，即使来参加，也越来越沉默。陪他们来的子女，成了谈话的主力。一个寒流将要到来的阴霾星期四早上，我坐在早餐会旁边的桌上看他们，还像从前一样，他们选在一个角落里，将小桌子拼起来，桌子上的羊角面包和本地产的笨拙不锈钢奶壶，让我想起十年前的情形。老人们沉默地喝着咖啡，他们头发已经花白的子女们就台湾面包房的蛋糕价钱高谈阔论。

1931'S咖啡馆也还在原先的旧公寓大楼底层开着，大致保持了原来的模样。只是，这些年以怀旧为号召的咖啡馆数不胜数，它便沉寂下来。当年，它在茂名路上发出第一声对旧世界的呼唤，现在，这个街区的马路上到处都是小小一开间门面的精致店铺，都以上海本地人清淡精致的怀旧口味装饰起来，抗衡淮海路上的美式大商厦。从1931'S咖啡馆开始，一路往南去，一路都是旗袍店，鞋店，小画廊，旧家具店，小餐馆，形形色色的A货铺子，上海菜餐馆的菜谱里有小黄鱼汤馄饨和油焖笋。过了复兴中路的红绿灯，就是一家上海人开的爵士酒吧。满店堂用的，都是复原的1930年代西式家具，连壁炉和楼梯，门和地板，都是一一从拆迁的旧楼里找来的，生生地在单调的简易房子里装饰出一个旧日上海。

我就在附近住，每次在傍晚时分，看到那小小一开间的咖啡馆泻在人行道上的灯光，都想起在里面吃雪菜笋丝年糕的那几个小时。周璇的歌就搅拌在年糕的袅袅热气里。后来，凤凰卫视来做作家访问，也把那里当采访的场地。许戈辉以为我十分喜欢这地方，但我却好像并不是这样。要喜欢一个地方不容易，也许它只是有趣。还有一次，我在那里喝了盐汽水——我小时候夏天的苏打饮料，1950年代后漫长海禁时代的上海可乐，完全没有咖啡因的朴素饮料，再加上一点劫后余生的异国情调。从那里的窗上，能看到南

一、咖啡馆

昌大楼,那是1929年建造的著名的装饰艺术公寓,即使多年失修,门厅里停满旧脚踏车,住户们只能侧身而过,给佣人们的楼梯更是堆满弃物,好像几十年来都不曾清扫过,但它的表面,仍洋溢着喧嚣明快的现代主义遗风,甚至连粗鲁的白色空调外挂机,都不能破坏它镀金时代的乐观和炫耀。

在我看来,一个人对年少时光的眷念,和一个市民对自己城市过去的怀想,是富有意味的,并饱含着价值判断的感情。在通商口岸城市的文化背景下,这种感情如同历史真实和丰富的细节一样。探索这种感情,不光可以因此而探索这个城市,同时也是探索自己的途径。它因此而吸引了我。这种感情还很容易被误会,这是后来我才懂得的。十年前,我以为鲁迅骂施蛰存"洋场恶少",黄宗江称赞姚克"洋场良少"的时代都已经过去,现在我知道也许并不是这样,价值观的冲突还在继续。而这并不可怕,可怕的是价值判断中的文化意义会被物质主义大潮淹没,一切都因为标上了价钱而庸俗。

十年后,我再去——探访那些原先我写过的咖啡馆,才发现自己竟也好久没有到这些地方去了。还是一出太阳便暖得令人不知季节的冬天,还是街上的行道树枝光秃秃的在半空中纵横交错,摇晃着发黑的悬铃,我的老理光相机已经报废了,我从小长大的街区如今已是历史风貌保护区,它的气氛还是自命不凡又松弛颓唐。十年的时间,似乎没留下什么痕迹,但我都去哪里了呢?

我去了陕西路口的一家星巴克咖啡馆。在那里我读完了一些书,包括奈保尔的几本游记和库切的小说,他们是我喜欢的作家,这时我可以说自己的喜欢，因为心中明确。我也见到有人和我一样在那里读书。有个女孩读到酣处，将一头长发松开，长长地从沙发扶手上挂下来。就像格林童话插图里被囚禁的公主，将长发从城堡上垂下，接应她前来幽会的情人。

《漫卷西风》的提纲和前两章都在那里完成，就在窗边的圆桌上，那里离电源插座最近。后来，它的出版合同也是在那里谈的，那是2004年的冬天，我的编辑正害着腰椎病，在椅子上歪着坐了整整一下午。我们说了许多事，突然他惊呼："医生让我至多只能坐一个小时的！"接着，他的腰就立刻直不起来了。

在那张小圆桌上，我见了不少朋友。

我美国的朋友，是用英文写作的上海人，我们讨论了为什么他的书会被那么多语种的出版社喜欢，他说，也许因为他在写以前，就知道自己的读者是读英语的，不是读中文的。这有一种叙事上微妙的区别：更坦诚，更简洁。

我英国的朋友，是用英文写中国菜谱的伦敦人，她完成了一本新式四川菜的书以后，决定要找一个地方好好休息，所以来了上海。她解释了来中国好好休息的理由：让她的神经感到更放松。我们是在一次晚会上认识的，我仗着自己的一张东方脸，自告奋勇做了中国菜献宝。她当时滴水未漏，没说她有川菜三等厨师的证书。

我喜欢临窗角落里的那张小圆桌，私心里将它看成是我自己的座位。要是被别人抢先占了，我找到别的座位安顿下来，完成自己要做的事，可心里终是不痛快。

我还在那里陪孩子度过准备中考最艰难的几个星期天。那是

一、咖啡馆

暮春。考试前夕，她做卷子已经做到麻木，但却不肯放弃，所以我们到咖啡馆里来。我对她说，在一家你感情上觉得舒服的咖啡馆做事，可以放松神经，提高效率，甚至可以获得意外的灵感，这都是我的经验。常常，我们就与旁边的客人聊起天来。

有一次，旁边桌上坐着的祖孙三代都和我们说话。老祖母是个钢琴教师，孙女是个文雅的大学生，她们齐声鼓励我的孩子说："你一定行的。"我的孩子则对我说："你一定要老得像那个婆婆一样帅气，我好带你出来喝咖啡。"

还有一次，一个在美国公司工作的印度人坐在我们的桌子旁边。他很寂寞，只好借了我孩子的数学卷子去做，然后开始与我们说话。他说孟买也有许多星巴克咖啡店，我们比较了纽约、孟买和上海的星巴克牛奶咖啡的价钱，找到里面的微妙差别：美国本土的最便宜，孟买的最贵。不过，口味都是一样的，点心的品种也一样，店员招呼客人的用语都一样。所以即使跟孟买或者上海的店员说英语，也没有什么不妥的感觉。那个印度人说："这就是全球化。"他觉得举目无亲的时候，就来星巴克坐坐。

他的话让我想起自己的经历，在美国和英国，甚至维也纳，要是觉得举目无亲，我也去星巴克，在那里喝一大杯滚烫的牛奶咖啡。一小条滚烫的水顺着食道蜿蜒而下，整个身体就柔软下来，勇于将自己的身体嵌进一张陌生的沙发里。咖啡馆的沙发都是充满别人的痕迹和皱纹的，但你能感受到他们与你相同的寂寞和安顿，这就安抚了你飘摇的心。

在美国的星巴克咖啡馆，我写了外滩的采访记。在伦敦的星巴克咖啡馆，我继续写外滩的采访记。它们都是草稿，最后的润色，是在陕西路口的星巴克咖啡馆里完成的。窗外能看到正在做2006年圣诞节采购的人们，正从百货商店的大门里汹涌而出。这情形，让我想起上一年在芝加哥过圣诞节，和在伦敦过复活节时，透过星巴克玻璃看到的街景，它们有某种类似，我想。这也是全球化吗？

写到外滩之书的最后一章，我已经接近崩溃，几乎不能在自家写字桌前安定下来，每天必须去星巴克的那张小圆桌。牛奶咖啡的账单每天一张，就像中学生的周记一样，一张也不缺，看上去很机械。

星巴克的客人们安抚了我的焦虑。他们走来走去，或者发呆，他们高谈阔论，或者读书，他们吃东西，研究地图，谈生意，做面试。中年男女在这里小心翼翼地接近对方，试图发现对方是否可以与自己共度以后的日子。年轻男女在这里热烈地讨论结婚的排场，十万够不够，二十万够不够。中年女子在这里与中学时代的密友讨论，中年以后，男人和女人在性情上的变化。美国和法国的旅游者在这里讨论，襄阳路市场被拆除以后，到哪里可以买到做工精良的亚洲A货和盗版游戏盘。他们自由自在，各自为政，但有效地安抚了我的焦虑。在四周流水般客人的陪伴下，我写下了最后一个句号。六年来我一直期待这个时刻。向后靠向椅背，我突然想起了当年在这里鼓励我孩子的老太太的脸，她干净而狡黠的脸，她闪烁着一百条皱纹的美好微笑，自己原来还没有忘记她。

是的，这些年，我总在星巴克咖啡馆，总是喝一大杯牛奶咖啡，不加奶油，也不试新品种。世界各地的星巴克，上海从陕西路口，到

一、咖啡馆

徐家汇,到外滩的星巴克,那相同的牛奶咖啡配方,让我和那个孟买人一样觉得安慰。咖啡馆的世界大同趣味开始流行了吗?它不再是本地人的客厅,而是人们在世界各地的避难所。十年前咖啡馆的个性,也已渐渐转化成营销美学意义上的个性。

2008—2015，咖啡馆再八年记

时光只是飞驰不已。

南昌路口的1931年咖啡馆寿终，月份牌广告画撤去了，旧唱机撤去了，钟和公寓底楼靠设计强调出来的装饰艺术风格的装饰也一一撤去了，新店是二十世纪简约的欧洲风格，卖西式甜品。沿街的大玻璃窗内，一人高的地方装了细白布的绉纱帘，既是北欧老城那些咖啡馆的样式，也是从前上海底楼窗内的寻常装饰。但是，在武康路开出了一家摆满老家具的咖啡馆，小小的房间，花布窗帘，旧桌椅，旧橱柜，旧咖啡杯子，木头地板咯吱咯吱在脚下响。去那里坐坐，好像去旧日同学家吃下午点心。祁门红茶，克力架饼干，隔着沿街的窗能听到行人路过时说话的声音。附近的法国居民众多，所以常常听到有人说着法国话，这咖啡馆的名字，也有个Petit。

和平饭店大堂朝向滇池路的那一翼，本来的咖啡馆已消失在上海世博会前夕饭店大修的新设计里。这次大修恢复了华懋饭店时的丰字形大堂，因此也恢复了旧大堂的布局。熟悉了1956年后和平饭店大堂格局的人，倒觉得这样的丰字形大堂是个新事物，所谓新旧相合不相识。因此，酒店的咖啡馆恢复到原来的位置，靠近南京东路。1937年时，炸弹炸爆了大玻璃窗，炸死了一个坐在窗边的美国女教师。如今咖啡馆人气仍旧很旺，面向南京东路的大玻璃窗边仍是最抢手的位置，常常满座，咖啡馆的名字叫维克多咖啡馆，取的是沙逊爵士的名字。

一、咖啡馆

　　2007年，和平饭店底楼咖啡厅。这里曾经是上海最具有装饰艺术风格的咖啡厅，在街头巷尾装饰艺术风格的大小建筑都沉浸在无尽的雨痕与积尘中时，这里是维护得最好，连光线都保留下来，被咖啡气味浸泡得不知今夕何夕的咖啡厅，所以，这里是人们最重要的怀旧地。2010年，饭店大修，咖啡厅的一部分恢复成1929年时的茶舞厅，放在茶舞厅二楼乐队阳台的白色雕塑也消失了。（摄影：陈丹燕，2007年）

一个城市的咖啡馆原来就是这样开着流水席般，一路盘旋前去。

上海现在又是亚洲最大的都会了。1946年站上这个位置是拼人口，现在拼的还是人口。它总有一万家咖啡馆的吧，作为人们看书会朋友或者谈心谈生意的地方。这些咖啡馆不论大小丰简，总能给人一张舒服的桌子，或者舒服的角落，给人一个安顿。就像世界上其他处在和平之中，并且充满机会的大城市一样，咖啡馆总是一座城市里最家常的公共空间。

回头去看，1990年代，时代咖啡馆和申申咖啡馆里守株待兔卖A货的中年男人都不见了。在时代咖啡馆的时代，总有个满脸烟火色，被纸烟熏哑了嗓子的本地男人守在一排靠墙的沙发座里，他身边有只南国风格的蛇皮袋，里面装着各种包包、墨镜、皮夹、手表、香水……全是盗版货，式样时髦，却卖得便宜。打扮时髦的女人们熟门熟路地走过去，叫他"阿哥"。如今咖啡馆里流行的新鲜事物，是中文私教。五花八门的外国人认真学汉语，五颜六色的眼睛越过咖啡桌和中文教材，紧紧盯住老师的嘴，分辨那神奇的四声。来自澳大利亚的人通常都说得比较标准，而韩国人和日本人发音通常都有点糟糕，也许因为他们再努力，也难以清除精神上与外貌上双重的中华性，所以老师们格外不能原谅他们的大舌头。机灵的人懂得，学语言最好的法子就是找一个当地的爱人，所以在咖啡馆里如果看到这样的情人，听到他们满嘴上海话也就不奇怪了。上海这些年变得越来越放松，被紧紧关住的噩梦已经远去。

是的，如今这里又是一个与四海之水相连的码头，各种咖啡馆

2015年，武康路上开出了一些非常安静的小咖啡馆。这家名叫小茉莉的开在一个老房子里，用一些老家具布置成家居的模样，走廊里停着脚踏车。小花园里的台阶上、花盆里种着各种鲜艳的小花，咖啡是手工做的，饼干放在大玻璃瓶里，搁在旧缝纫机改的小桌子上。向着马路的飘窗上装着老式的磨砂玻璃，武康路上沿街房子的底楼，大多装这样的玻璃阻挡行人的视线，保护自家的隐私。（摄影：陈丹燕，2015年）

在街头巷尾遍地开花。土耳其咖啡不再是传奇里的饮品，在修复的张园二楼，有个土耳其人开的土耳其馆子名叫黑胡椒，里面能喝到原汁原味的土耳其咖啡，小杯，烫嘴，香甜，一不小心就喝得满嘴都是咖啡渣。上海街巷中，讲究质量的咖啡馆常常也从天南地北请来有名的咖啡师，示范世界顶级咖啡的烘焙与冲泡技巧。据说那些咖啡馆里进口了上好的咖啡豆，晚上喝也不会睡不着。更有各种人体与咖啡相匹配的健康秘笈，比如，如果想要晚上随意喝咖啡，戒除吃咖喱的嗜好即可。又比如，咖啡可以预防癌症。

各种各样的咖啡店主都在店堂里宣示着自己的审美风格，生意经以及生活哲学。与历史建筑风格相联系的是开在一栋旧公寓底楼，装饰成装饰艺术风格的汉源咖啡书店，有时他家也推荐一些写上海的作家作品。与独立设计相关的是开在一栋花园洋房底楼的城市山民小店，展示的是顺应自然色彩和身体自然形态的各种衣物和饰品，提倡的是亲近自然的清淡感受。有太阳的时候，可以端着杯子到院子里，坐在一张靠墙的大竹床上喝东南亚进口的白咖啡。隔墙是家北非馆子，有时能闻到他家烧羊肉用的阿拉伯调料气味。

1990年代初上海的咖啡馆大都刻意装饰得幽暗暧昧，要是有个单身女子在桌上放一盒香烟，这大多暗示自己是货腰女郎。要是中年男女相跟着来此，总是举止混沌，大多是所谓淫妇奸夫。现在这些晦暗如磐的情形是再也看不见了。如今上海的咖啡馆不再令人感受到罪恶与诱惑的暗示。它在2015年，是上海明媚而斯文的所在，与小众精美的书籍相关，也与爱护自然的世界时装潮流相关，当然，与上海的世界性也是相关着。

2010年夏天，大雨，夏朵咖啡馆的阳光房里坐满了人。它算是上海的一家老字号咖啡馆了。雷雨倾盆而下，刷刷地打在玻璃天棚上的绿萝和紫藤上。坐在玻璃棚里，有种与世隔绝的奇怪感受，仿佛自己置身于大雷雨中，却有金刚罩保护，可以安然无恙。许多桌子上都因为这种奇异的感受特别加了下午茶套餐，平时觉得甜腻的糕点，此时刚刚好。许多咖啡馆都试图给人世外桃源的感受，但这个下午的夏朵咖啡馆，是真正的世外桃源。（摄影：陈丹燕，2010年）

2015年，各种各样小而舒适的咖啡馆在上海老城区的大街小巷处处开花。这家小咖啡馆在初春的雨夜里散发着舒适干爽而且芬芳的气味，而它曾经是一家气味复杂的废品回收站，堆满了旧报纸、旧纸板箱、旧衣物和旧铝锅等等城市废品。怎么也不会想到，一个从1960年代到1980年代一直都是废品回收站的小屋子，现在可以是这样一个令人舒服的小咖啡馆。（摄影：陈丹燕，2015年）

1990年我遇到过一个私营咖啡馆的老板，他若不是从劳改地出来，没有工作，绝不会用家里靠近上海宾馆的街面房子开咖啡馆。那年我遇到他，说起咖啡馆的事，他双手高举做投降状，说：我便是阶级敌人呐。2014年我遇到另一个私营咖啡馆的老板，她是个年轻的插画家，有一双明亮的褐瞳，看上去非常纯净。她说自己非常幸运，这么年轻就实现了开一家咖啡馆的梦想。"岁月静好，我只想烘焙好每日下午的胡萝卜蛋糕和柠檬蛋挞。"那是个阳光明亮的下午，她家店堂的空气里开始飘散出烘焙甜品的气味。

　　上海从来都是一个野心勃勃的城市，来此寻找机会的人们总是太多，总是携带着一股焦灼火热。上海从来还是一个奋勇争先的城市，它的时间表总是满格，生怕赶不及什么重要的场合。而2015年的咖啡馆，却开始以提供一种战场边缘处，浮生半日闲的安适为精神上的号召力。咖啡这样的东西在上海，始终都不是意大利、奥地利和法国这样的寻常杯中物，它到底与生活中的一些不寻常有关。时代一直都是制约上海咖啡馆精神面貌的主要因素，所以1990年代初的咖啡馆藏着些禁锢时代对色欲的绮丽之想，如今马力十足的物质时代则赋予咖啡馆偷闲的意义。2015年，与它联系在一起的是承接世界大城的旧轨道，以及清淡有机有制约的生活追求。咖啡馆开开关关，复旧与更新，它总是反映了这座城市的精神面貌与内心的需求。

2016-2020，咖啡馆新记：关于咖啡馆的闲谈

高明是个温文尔雅的四十岁上海男子，可以说他有点传统宁波人的长相，可他却让我想起比亚兹莱画片里的奥斯卡·王尔德。

他最早的咖啡记忆，是外公家里的咖啡糖，有人也叫它方块咖啡。看上去它像一块硬糖，被一张印满了咖啡豆的玻璃糖纸包着，但外公却是将它在热水里化了，当咖啡来喝的。那天，我们在一张长条桌子上喝茶，吃农庄主人自己风干的柿子，由一块咖啡糖说起了咖啡。

他先前是侧脸，听爽朗的戴踏踏说话。

踏踏正在说如何精心选择世界上优质咖啡豆，谁家出产，谁来烘焙，如何用手工萃取，到底是深烘的豆口味更酸，还是浅烘的豆口味更酸。踏踏还提到了瑰夏咖啡的矜贵和口感丰富。可还有比它更贵的，因为稀少。"全世界都等着那一小块地方，那几棵树上结的豆。大年时还好，小年更紧张。一粒咖啡豆等于二十元人民币哦，所以打豆的时候，掉在地上一粒，我都去拾起来的。"这些精微的咖啡知识，被踏踏理直气壮地说出来，有种不能质疑的嘹亮，整个时代给予的嘹亮。

"我最常买柏林Bonanza咖啡馆'白鲸咖啡'烘焙的豆子。因为喜欢活泼酸度和明亮果汁感，所以偏好肯尼亚产区的咖啡豆。"踏

一、咖啡馆

踏说,"一个geek呀,当然也考究生豆的不同处理方式,水洗、日晒、还是橡木桶或者厌氧蜜,都会让人想一一尝试下。"

这样的知识,我这代人真是没有。我这代人对于咖啡的认识,除了奥斯曼人所说的"思想的牛奶",十九世纪末上海人所说的"咳嗽药水",就是那令人想入非非的香气,那种始终幽浮于1970年代上海日常生活之上的香气。但是这种咖啡的香气却是1970年代日常生活里的精神。

踏踏是网络美食节目的制片人,对中国各地的食物见多识广,当然对世界各地的咖啡也是这样,她真的是喜欢咖啡。从上海的质馆咖啡馆开始认识精品咖啡,是2012年左右,那时她还是个年轻的撰稿人。

"哈哈,上学的时候,我有时去当时的真锅咖啡馆,日式咖啡,感觉很高级啊。"她脸上笑着,即使是她这样的三十多岁年纪,在上海生活着,也有了回望时光奔腾而过的心情,"那时候年轻,只觉得,手里握着一只星巴克纸杯咖啡,一手拎着一只电脑包,匆匆走在早晨的街道上,很有都市感,啧啧,年轻的白领,要去日理万机。现在我不到不得已,就不喝星巴克了。"

"最近出门,突然有了个发现,现在所有咖啡馆门口条凳上都坐着自拍抽烟发呆拗造型玩手机的人,就是没在喝咖啡。这大概是现在最流行的盲目,周末大型的集体行为艺术了。"她接着说,"其实没什么不好的,就和我们健身自拍一样的,开心就好了呀。别以为我在吐槽,我不反感他们的。咖啡馆本身也不是纯粹喝咖啡的地方,以前是写作,社交,商务,现在是自拍,互拍。现在咖啡馆的设计都喜欢在门口放条凳,门口的窗下肯定要有位子的,方便大家自拍和互拍,啊哈哈哈。"

仔细想想,这代人总还是把咖啡当成某种生活中仪式的创造物的。

高明一团和煦地倾听着,可突然就提起了咖啡糖。

"啊,那是上海咖啡厂出产的。"他一提及,一桌子的人就都想起了在天山路附近的上海咖啡厂。它原本是一家德国侨民在上海开的咖啡店,慢慢演变成了上海的一家咖啡厂。"现在它还活着吗?"桌上的人谁也吃不准上海咖啡厂的命运。

"它们家出产一种装在矮胖洋铁罐子里的咖啡粉。"其实这是一种云南咖啡。

"咖啡糖。"其实这是一种速溶咖啡。

"麦乳精是它家的吧。"其实这是如今大家已经认识到的可可粉。到了梅雨季,即使把盖子盖得很紧,打开时要用铁勺子柄来撬,里面的麦乳精还是受潮了,结成了坚硬的一团,用铁勺子都敲不碎。

"我这辈子都不怎么喝咖啡。不过,就知道家里面,祖母可以在一只铜吊里煮咖啡,就是祖母又拾回她从前过惯的日子了。"向扬比高明要年长一些,她正在给大家分栗子蛋糕吃。红宝石的栗子蛋糕是上海人喜欢的口味,香甜沉重。她从前在延安路上第一栋玻璃幕墙的联谊大厦里上班,是德国一家航运公司的雇员。在汉堡港口,她见过第一节上海地铁一号线车厢装入中波航运公司的情形。待到向扬渐渐成为一个喜爱在黄昏时分从外面望自己家灯火通明窗子的中年人,上海的地铁已然是全世界最长的地铁网了。她祖母一直喜欢喝咖啡,她父母一直喜欢喝咖啡,他们都在自

一、咖啡馆

己的时代里久久不能放弃这项爱好,她在自己遍地咖啡馆的时代,却已经不在意它了。

这个下午,我们集中到向扬朋友的农庄里吃新米做成的菜饭,又吃了阳澄湖的螃蟹和厚百叶蒸咸五花肉,全都是青浦本地的口味。在长桌上远远望向农庄里的田野,晚稻都收了,田野露出了褐色的土地,只有一只白鹭摇摇摆摆地在那里走着。这片田野算是古老的江南稻田了,人们在这里已经种了几千年的稻米,所以这个农庄名叫老谷仓。

这个镇,早年是在繁忙的水路上,它也出产玉米,不过在这里,玉米被人们称为番麦。这个镇上出产的西红柿,被称为番茄。我们玩笑地猜想,是不是咖啡早年在这里被称为番茶。

这些年来,上海从未停止过沧海桑田的奔忙,所以,轻易一个闲谈,都能勾起许多回忆里的涟漪。

高明是上海交通大学学机械的工科学生,如今却是罗德传播集团高级副总裁,大中华区奢侈品业务董事、总经理,他的客户都是这些年蜂拥进入中国市场的世界奢侈品牌,从手表里的江诗丹顿,到酒里的轩尼诗,以及珠宝里的卡地亚。他算是空中飞人。所以他不能像踏踏那么讲究,连在办公室喝的咖啡都自己冲,而且自备了一套咖啡具。他大多数时间都用办公室里的咖啡机,用一粒咖啡胶囊做咖啡喝。听到踏踏说起,早晨在路上手握一杯星巴克的时候,他和气地说,有时候,也是真需要在路上醒一醒,对如今在上海的上班族来说,咖啡还是承担了重要的日常功能。

他坐在长桌的另一头,当他第一次提起胶囊咖啡机的时候,我听成雀巢速溶。其实我自己从来不用咖啡机,在旅行时才用胶囊机做咖啡。所以,记忆里雀巢咖啡的褐色玻璃瓶出现了,那是最早在淮海中路的第二食品商店里能买到的外国咖啡,雀巢速溶咖啡的瓶子,配着咖啡伴侣一起。其实,高明说的是更好口味,更新式的胶囊咖啡机。除了不能按照自己当天的需要来做一杯咖啡以外,胶囊说得上是完整的了。

"说起来,还是胶囊咖啡的口感最稳定。我不用猜想,就知道自己能喝到什么。"高明说。所以,他能体谅那些现在也是早上手握一杯星巴克的人,不光是职场英雄的感觉,也是职场战役之前的热身。

"当年你外公也喝过雀巢速溶咖啡吧?"像外公那样的年纪,从上海咖啡厂的方块咖啡过渡到1980年代最早进入中国的外国咖啡,真是再自然不过的事情了。

高明说,家里煮开咖啡糖的铜吊子,在外公外婆去美国探亲以后就不用了。"他们带回来虹吸的咖啡机。"

一晃,竟然就是沧海桑田。如今上海已经有了超过两千家各种各样的咖啡馆,可生活里不再需要上海咖啡厂的咖啡糖和麦乳精了。

高明不像踏踏那样挑剔。踏踏提到了质馆,提到了芦田家,比较了同样是日本夫妇经营的手冲咖啡,鲁马滋咖啡馆和芦田家咖啡馆的不同。"我更喜欢芦田家的口感。"还有白鲸咖啡烘焙过的各种奇奇怪怪小众的豆子。

高明提到了安福路武康路口的马里巴昂咖啡馆,2005年就开了,在上海此起彼伏开张又关张的咖啡馆里面,它算是老牌了。

要是有时间,约朋友见面,或者想要去遇见什么人,他就去马里巴昂。

"它算是上海最早的街角咖啡馆。"说起咖啡馆,真的没踏踏不知道的,而且她也喜欢去那里。

"说起来,它家的咖啡没什么特别的,食物也没什么特别的,装饰也没什么了不起,可就是让我觉得亲切,觉得气氛跟我合拍。在那里也许能遇到很长时间都见不到的朋友。"高明说,"也许是因为去得久了,习惯了,对它也有了自己的回忆了,就觉得舒服。"

到了2019年秋天,晚稻都收割起来的时候,咖啡意味着什么呢?

向扬说,咖啡意味着久经波折的祖母家,爸爸妈妈家,自己家,又在那喷香的气味里回到了安稳的轨道里。所以,她最喜欢的,是站在外面看自家窗上的明亮灯火。她知道那灯下是她喜欢的蓝色沙发,沙发上坐着她爱的人,食物香气四溢的厨房,从园子里剪下来正在盛放的茉莉亚月季,所以自家明亮的灯火,就是当年祖母家的咖啡气味。它意味着个人对生活的自由选择,人们对自己生命过程平凡但不可剥夺的愉悦。

踏踏说,咖啡意味着好的日常生活。"我妈妈也很讲究咖啡的呀,妈妈就是个普通的退休工人。"在踏踏看来,生活中对咖啡的选择是理所当然的,没那么多象征意义,但却是自然而然的美好。

在安福路和武康路交界的马里昂巴咖啡馆，店招上认真地标明诞生的年份：2005年。这十五年的存在，就已经跟高明与踏踏的记忆融汇在一起了。

一、咖啡馆

高明却不能那么简单明了,他说要是生活中喝不到咖啡了,他也一定不肯再回头去喝外公那样的咖啡糖咖啡。他对咖啡并不讲究,可是,真正的一杯咖啡是日常生活中的标配,对他来说,没有咖啡喝,日常生活就不合格。

我说起从程乃珊那里听来的咖啡故事,当怎么也找不到咖啡的时候,她爸爸曾把青浦买回来的大麦茶,再回锅炒得更焦黑些,冲水,加一点点奶,大麦茶的味道有点像咖啡。程乃珊已经去世多年了,但我还记得她说的故事,甚至记得她说故事时的表情,她那白皙的团团面容上,浮现出一种既自豪又自怜的浅笑。人们回忆起过去,常常都在脸上浮起这样的浅笑,实际上,与其说那是一种笑容,还不如说是对回忆不知所措的神情。她心目中的咖啡如同世界,但我相信她不会有踏踏那样精微的,对咖啡本体的心得,但她却比踏踏更有执念,也更多愁善感。

忽然发现,此刻我们也是在青浦,在古老的稻田边上说着咖啡。

"好啦,都来吃水果羹。"

农庄里新收的晚稻,大火滚一滚,就烧出白蒙蒙的厚米汤。主人自己下厨用米汤做了水果羹。

冬天暗得早,夕阳还未落,天色就已经暗下来了,热乎乎的米汤来安慰我们的身体了,也许就像许多年前,程乃珊爸爸的那把炒焦的大麦吧。我突然想,程乃珊算是geek吧。

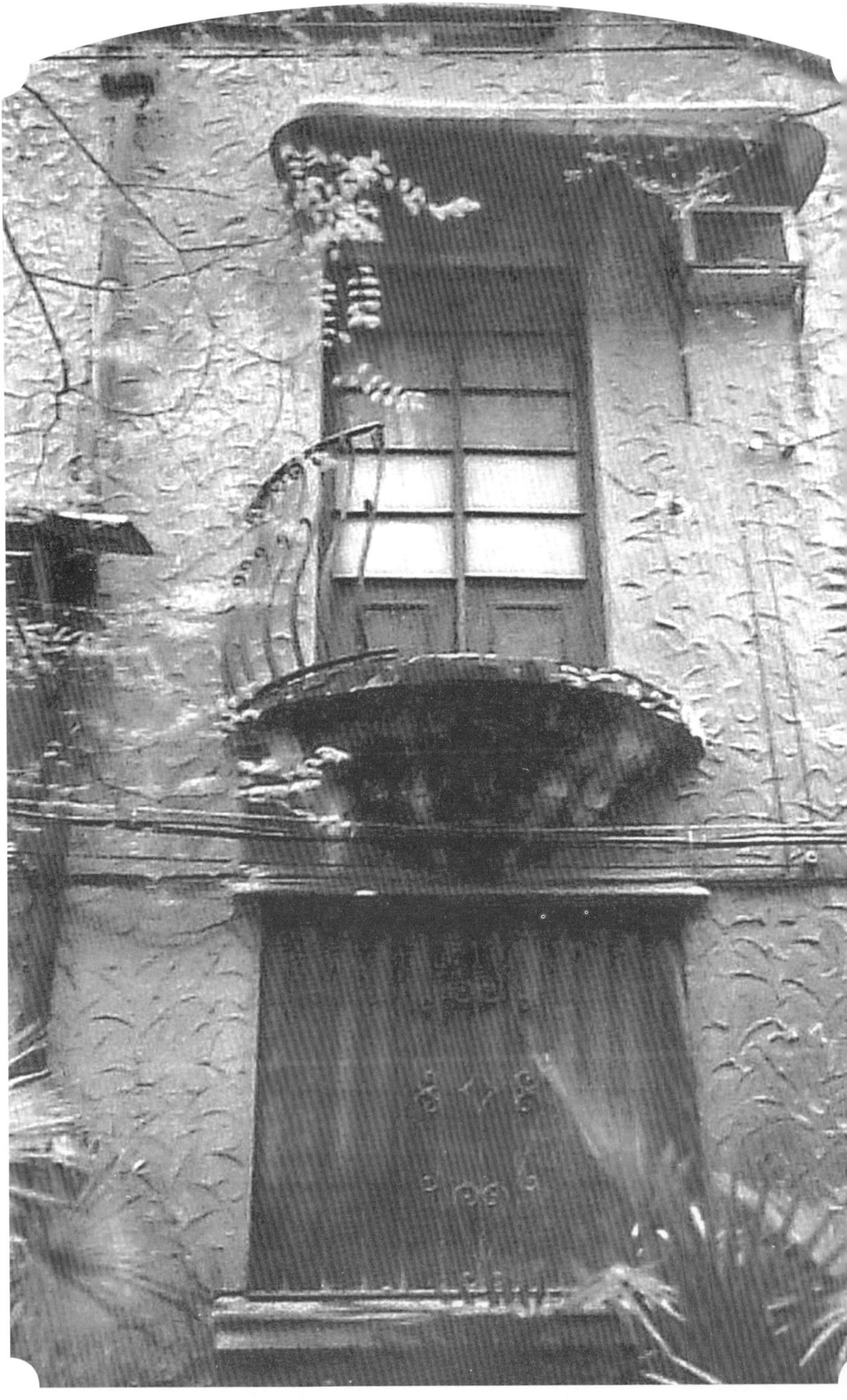

* SHANGHAI MEMORABILIA *

Part Two

THE HOUSE

二

房屋

张爱玲的公寓

张爱玲的家，是在一个热闹非凡的十字路口，那栋老公寓，被刷成了女人定妆粉的那种肉色，竖立在上海闹市中的不蓝的晴天下面。我远远地骑了一辆自行车，在一棵一棵又大又老、枝上在春夏时分生着绿色刺毛虫的法国梧桐下远远地向它去，想起来的是我妈妈给我的一个黄铜的好莱坞粉盒，那是过期了几十年的好东西，有时候我打开来看看里面没有用完的粉，就是这种颜色的。那盒粉再也不能用了，可是也舍不得丢了它，那里的一面老镜子，水银定得那么好，就像那个时代一样考究而微微发黄。

我站在她曾经用过的浴室里，看着那里的老浴缸，看到那上面的老热水龙头H字样，还有四周墙上贴着的瓷砖，那里龟裂着细小的裂纹。我打开水龙头，"嗡……赫赫赫"，一样的轰隆轰隆声从九泉之下发出来，那是她在她的文章里写到的特别多心、特别复杂的热水管系统，隔了五十年的沧桑剧变，发出来的声音。那些被深藏在墙壁里面的老管子们，已经有五十年没有流出过一滴热水了，可一直到现在，还不时发出"嗡……赫赫赫"的响声，震动了整个楼房。

张爱玲说它是一种空洞而凄怆的声音。

过了五十年以后，我听着，仿佛死尸还魂的诡奇而顽强，像是要喷薄而出。

从浴室到了张爱玲从前住过的客厅，当年胡兰成到这间客厅里来的时候，曾被它的一种华丽而不羁的气概慑住，他称之为一种兵

最下面一格的51号信件箱,放着一份晚报。这是孤岛战乱时期胡兰成情信送达张爱玲家的第一站:51号,张爱玲的信箱。(摄影:陈丹燕,1994年)

气。现在它已经荡然无存,变成了一间小小的储藏间兼饭间,和一间一家三口的卧室。从前,张爱玲是在这里爱上了胡兰成。

外面就是他们的恋爱和结婚以后总盘桓的大阳台,他们在阳台上看过上海黄昏时的红尘霭霭,看到西边天上有一道云缭处,清森遥远。那时候,是日本人在上海的时候,胡兰成为日本人做事。那一个夏天的黄昏,他们说到时局要翻,来日大难,像汉乐府里说的那样:"来日大难,口燥唇干,今日相乐,皆当欢喜。"

那时候,她走进房里去给他倒茶,倒了茶,拿出来。他上去接,她的腰身一侧,喜气洋洋地看着他的脸,眼睛里都是笑。

现在,张爱玲有爱的笑在哪里了呢?人是早早就仳离,果然,大难来的时候,为了自己的命,胡兰成不要张爱玲了。多少年以后,有人在纽约看到张爱玲,是一个在街上沉默着走过少有笑容的老妇人。有谁知道,如今她在纽约的家,是否也有一个大楼高处的、似有兵气的客厅?

我站在阳台的一角,看着那长长的、还是老的铸铁扶栏,那是张爱玲从前说着什么的地方吗?

有一个老太太在阳台上陪着我,她在张爱玲的时代是个年轻的牙医生,也爱看《流言》。我和这个娟秀的老太太,中间隔了1949年解放,1957年反右,1960年毛主席说以小说反党也是一大发明,1966年"文化大革命",1976年打倒"四人帮",1992年经济起飞……这么多这么多,说着张爱玲的小说。

"蛮好看的。"她说。

"蛮好看的。"我说。

这个大门，当年胡兰成站在门外求见张爱玲。(摄影：陈丹燕, 1994年)

我到这楼上来访张宅的时候，第一眼看到的，也是正对着大门的电梯。我一下子想起来的，是张爱玲时代的那个对公寓里每一家的起居都是一本清账的电梯司机。天热的时候，任凭人家将铃揿得震天响，他也要在汗衫背心上加上一件烫得溜平的仿绸小褂，才出来。

走进去，我看到了一个纹了两条蓝细蛾眉的女人，在电梯里的木凳子上精明不可欺地看定我。

我说："六楼。"

她不响，喀啦啦地拉上电梯的铁栅栏门，那是老式的德国电梯，地上的铁，被多少年的人的鞋底子，磨得雪亮。像张爱玲当时形容的一样，人字图案的栅栏外面，一重重电梯井的黑暗往下移，棕色的黑暗，红棕色的黑暗，黑色的黑暗……如今衬着那交替的黑暗，我看到的，是这女人梳得整整齐齐的市井发式。

到了六楼，我敲开胡兰成书上说的那个门牌，把我的来意说了，我感到那电梯里的女人在听，隔着打开的电梯门，雪亮的电梯灯将她的端坐的影子长长地拖过来，像是在垂帘听政一般。

过了一下，她在里面沉着地说："你错了。"

她出来，看了我的证件，要我仔细地陈述了找张宅的理由，然后说："那个门牌错了，是对门的一家。"

对门的一家是张家的亲戚。

我大喜，问："什么亲戚？"

她说："你自己敲门进去问，我们不好随便说的。"

她代我敲开了门，说明了来意。看到老太太接待我了，她才下楼。我听到我身后的电梯栅栏"哗啦"的一声响。

下去的时候，老太太和老先生送我到电梯口，老先生点给我看电梯的牌子，"奥斯丁，现在也是好牌子。"老先生说。

所以，再次看到电梯女人，我好像气也壮了好多一样。

我们看着那老旧的棕色的红棕色的黑暗，一路下去。那时候，

当年张爱玲和胡兰成执手吟诗的阳台,如今已有日本的冷气机。(摄影:陈丹燕,1994年)

我知道时光不再,就像楼上的客厅和大厨房已经改了几十年了一样。一家住户把大厨房改充房间,一家人从阿小她们那样的佣人楼梯上下,张爱玲时代的风气早没有了,可是我还是觉得她似曾相识。

她说:"老是有人来问张爱玲张爱玲什么的,他们都找错了,那些台湾人什么的,还在错了的地方看,拍照片,像真的一样。我都没有告诉他们。"

"为什么?"

"要看人家自己愿不愿意告诉你,老太太要你进去,我才能说。人家家里的事情,我们不好随便说的。"

"哗啦"一声,底楼就到了。

在底楼的小门厅里,我看到了一排旧信箱,小小的,隔着一些自行车,我看到它们落满了发白的灰尘。现在,从南京来的,胡兰成的信,再也不会在这里面的某一个信箱了。

在回家的路上,路过了张爱玲写过的那家电车场。它还在那里,下午的时候,有公共汽车进场,可是现在不用她的时代的电车铃了,汽车一扭一扭地到了它的那一长条地方,那地上流着黄黑的污油,然后噗的一声放掉气,好像放了一个又大又臭的臭屁。

路边也有一辆车子停了,像张爱玲五十年前在上海的这条路上看到过的一样。那时候,这民国女子说,它神秘地,像被遗弃了似的,停在街心。现在我骑着一辆旧车路过它的身边,看着它,想起了一条死得绝绝的、发着水和肉的腥气的大鱼。

张爱玲家的后阳台,如今种着夏天黄花灿烂的丝瓜。(摄影:陈丹燕,1994年)

颜文梁的客厅

颜文梁在上海的老宅子，在上海的新康花园。那是一条宽敞的大弄堂，西班牙式的两层楼房子一律刷成了绿色，失去了白墙红瓦的西班牙房子那种开朗和火热，以及温柔的悠闲，被一棵棵高大的雪松掩盖着的小绿房子，像波兰南部森林里的小矮人一样，一个，一个，独自紧紧裹着衣服卧在树下面，有种恍惚中乱穿衣服的神秘。大弄堂里什么声音也没有，就听到自己的皮鞋跟在身后的墙壁上笃笃地响过来。我从小在这条大弄堂里走来走去，从来不知道这里有颜文梁的家。

绿色的房子有棕色的木头大门，门开了，里面是老房子的昏暗和老宅地里面的特别气息，混合着老人的呼吸、油画布上松香水的辛辣、热过剩菜以后残留下来的气味，旧书落了细尘的干燥纸页，还有老家具返潮时把樟脑和木头的芳香一点点散了出来。玄关上有一盏老老的玻璃罩子灯，做成一朵金黄色倒挂着的铃兰花的样子，用微微生锈的铁环吊下来，让人想起巴黎的世纪初，从梯也尔血洗巴黎中走出来以后风行的新艺术风格的灯饰。可这灯不是颜文梁当年从巴黎带回来的。当年他从巴黎带回来的是一万多册美术书和五百多具著名雕塑的石膏复制品，没有为自己家带什么回来。

客厅里很暗，开着日光灯，壁上有两面金框围着的镜子，上面蒙了灰、水汽和餐桌上散过来粘上的油腻，当把镜子边上的金色长蜡烛灯点亮时，镜子里朦朦胧胧地反射出一只齐胸的、精致地雕刻着

二、房屋

花纹的柚木架子，那是从前为一套法文的百科全书专配的书架，那羊皮面子烫了金的书不是放在桌子上平着翻的，而是要将它架在这书架上，微微向你斜着。在它的后面，是那一书橱的百科全书，顶上放着一个旧马粪纸的纸板箱，粗糙的黄底子上印着丰收牌干菜笋的红字。

它们的边上有一架雕花的大衣橱，洛可可式的在边上雕满了复杂的花纹。那是从前颜文梁卧室里用的，现在卧室给了孙女当卧室，就把它移出来放在客厅里，它像是铜质的一样，渐渐长出绿色的锈渍。颜文梁即使是在巴黎学油画的时候，在咖啡馆里也只喝茶，一回到中国，能不穿西服的时候，总是穿中式不上肩的衣服，可他的卧室里有全套的西式家具。看起来，他是那种懂得挑自己喜欢的东西来组成自己生活的人，不那么刻意要将自己归纳到一个标志下面。这种人常常自己知道自己是度过了丰富的一生，可在功名上要逊色一些。功名是一种要经营的事业。所以在颜文梁的身后有一点寂寞，不过他已经不在乎它们了。

在客厅里，从一尊小小的青铜胸像上，我才知道颜文梁长的是什么样子，一个长长脸的老人，嘴有一点鼓，诚恳敦厚的样子。我觉得曾经在什么地方是见到过他的，穿着灰色的老棉袄，襟上像随意的老人那样，一不小心就弄脏了。一定是在什么时候，在弄堂里。那时我怎么会知道他就是颜文梁，那个1931年将欧洲雕塑阿加特米型复制品大量运回国的中国第一人？从此，不知有多少中国人受惠于他的那五百多具石膏像，从那里了解了遥远的文明。

1997年，我在意大利看到了《挑刺的男孩》，也是洁白的，我想

颜文梁生前长期住过的卧室已被家人移为他用，现在我们只能从他生前画过的卧室里看到那间屋了。他一生的画作里，曾还有一幅世纪初的苏州老家的卧室，雕花大床和低垂的帐幔，有着一致的温和随意和清洁风雅。他一生有名士风度，欣赏自己的

生活，享受自己的生活，却不经营自己的功名，所以也从不曾计算过要让自己的卧室成为陈列地。（摄影：莫束均，1994年）

起许多年以前,我在一个学校仓库的角落里看到那雕像的石膏复制品时,少年饥饿的心里像爆炸一样的震动和随之而来的甜蜜的惆怅,要过许多年我才知道那种感情是被艺术震动了。那时中国的学校才不再用西洋的石膏模型教学,可有人舍不得丢掉那已经多次翻模而细部模糊的《挑刺的男孩》,将它和不用了的少先队队鼓放在一起。1997年站在柔和灯光下的大理石原作前,我想起了少年时代的那个学校小仓库,隔了二十年,老友重逢。见我是东方人,总有朋友在那时要好意说到米开朗琪罗ABC,由我说下去DEF,他们惊奇,他们不知道在我远没有出生的时候,中国就有了颜文梁。

只是要到现在,在颜文梁黝暗的客厅里,我才知道心里对欧洲艺术的喜爱,是襟上有细小污渍的颜文梁种下来的。他一定不知道他是这样将这种子种在一颗寂寞而反叛的心里。他也一定不知道他这样启蒙了多少人。也许,他也没有想到今天我们对欧洲文明的了解远比欧洲人对东方的了解要多,有时那殷殷的喜爱让人觉得不公平啊。他当时历尽辛苦,是想要中国人开阔眼界而自强,做到别人能做好的事,可常常,在欧洲人的眼睛里,中国人的学习是出于仰慕。这样微妙而重要的差异,是不是也曾刺痛过他?

那五百具从意大利开往上海的邮船上带来的石膏像,使颜文梁在家乡苏州创立的苏州美术专科学校成为全中国设备最完整的学校,各地的美专纷纷到苏州来翻石膏模子。这些完全按照欧洲雕塑博物馆的陈列模式陈列起来的雕像,被人称为是美术界的玄奘取回的经卷。当年留法归来的徐悲鸿带着蒋碧微到苏州力劝已经三十七岁的颜文梁到法国学画,他以为中国会因此出一个自己的梅

颜文梁客厅的一角，颜文梁和学生谈天的地方，也是现在谈颜文梁的地方。（摄影：莫束均，1994年）

颜文梁设计的蜡烛镜架。他一生不到万不得已时不穿西服，留学巴黎三年，学美术，学习蒙马特高地的那些印象派大师的斑驳笔法，但不到万不得已，只泡咖啡馆而不喝咖啡。他认为自己是"中国人画油画"，他认为自己是个地道的中国人，但这并不影响他对法国式家具的爱好，他选择的那些家具大都是西洋古典式的，包括他设计的蜡烛镜架。看到他的东西，人们不会想到"崇洋"这个词，而是想到他欣赏眼光的"精致"。（摄影：莫束均，1994年）

原先的苏州美专,现在只剩下空荡荡的大厅。(摄影:陈丹燕,1994年)

索尼埃。徐悲鸿一定没有想到颜文梁做的是许多去法国学画而且也功成名就的中国人没有做的事。

1937年,日本军队侵入苏州,苏州美专被征为日军司令部,日本兵把那些石膏像当枪靶打。

1966年,红卫兵横扫四旧,将石膏陈列室悉数砸烂。

从此,颜文梁从法国带回的石膏雕像原件全不存在了。

客厅里有一只大三角钢琴,很旧了,上面供着一只法国式的大水罐,温暖的淡黄底子上烧着一些红玫瑰的图案,里面插着一些干旧的香槟玫瑰,也许是干花,也许是绢做的。下面放着落满了灰尘卷的空酒瓶子、泡菜罐子和空置的家什。

那是颜文梁生前最喜欢的东西之一,他喜欢自己作曲,然后在琴上自弹自唱。有时也拉小提琴。他一生画过许多温馨的小幅油画,画他家的小园子,画雪中的家,画邻家的面对他家客厅的窗子,那彩色玻璃里射出了夜晚金色的灯光,画得高兴了,他就为自己的画配上一首诗词,再作一支曲子。一直到老,他都是心地柔软的

二、房屋

人,有时像鸵鸟一样,把头藏进自己的家和自己的心的沙土里。外人只看到一个开朗的老人,像神奇的马兰花一样,风吹雨打都不怕。

而那颗心里有什么,因为他是藏起来的,所以看不到。

在颜文梁二十三岁时,母亲去世。母亲在去世的前一天,曾给了他一个苹果,母亲去世以后,他便收藏起那只苹果,当成是对母亲的纪念。此后,在苏州教书,到上海学画,去法国三年,再在大战中避难上海,战后回到苏州,1949年以后留居上海,去杭州教书,直到他1988年去世,那只1915年母亲给的苹果日久成灰,他一直带在身边,供在家里,不曾丢弃。

在苏州美专时,有一次一个女学生毕业前偷了人家五元钱,被查出来了。有的老师主张要开除她。颜文梁把那个女学生找来,知道她平时为人大方,并不在意钱,这次是没有回家的路费了。他拿出五元钱来给了女学生,然后为她隐瞒下来,叫被偷的人也不声张,使她按期得以毕业。后来,他收到那女学生寄回的五元钱,说要买自己的名誉。事隔半个世纪以后,颜文梁回忆起来,还是觉得很开心。

在上海避难时,颜文梁路过一个宰牛场,听到牛被杀时的哀叫,从此不吃牛肉。

颜文梁过年时听到家里厨房里杀鸡时的叫声,从此不吃鸡。一个从前苏州的老学生自己养了鸡,托人带到上海给老师,颜文梁特地打电话叫来亲戚,把鸡专程送回苏州。

有这样细密心思的老人,会怎么想他四十岁时的那五百个洁白的石膏像?在他的《谈艺录》里,说了为人,为画,修养,从没说到那些像。只是说为人要快乐。看到他画的小公园里红色的花，在太阳光里柔和自由地开着，只是要想到莫扎特在没有炉火的冬天里写下的那些柔美的曲子。

客厅靠门的边上，有一个玻璃橱，里面一层层的都是用报纸包好，再用尼龙塑料绳扎好的东西，有的装在旧纸盒子、旧鞋盒子里，那是颜文梁晚年时淘华亭路旧货店留下来的东西。那时，他常常在天好的时候到家对面的华亭路上去，那里有一长排铁皮房子，卖的是"文化大革命"中被匆匆卖钱的东西，整套的咖啡具，茶具，旧瑞士表。他去公园画了画以后，就到那里去买些喜欢的东西。家里没有合适的地方放，他就自己仔细把玩以后，用报纸包好，放好。现在看到那些报纸，上面写着"联系实际，狠狠揭批四人帮"的字，发了黄，在空白的地方留着颜文梁工整的小字：牛奶壶一把。

玻璃橱的门上加了挂锁，那是更早时，颜文梁从旧货店里因为喜欢淘来的，没想到在"文化大革命"以后派上了用处。那锁一直挂到现在。

家里人说，不想把颜文梁的东西动乱了。

二、房屋

江青的房间

在淮海路上接连向右拐，就能到江青1935年到1937年住过的那条大弄堂。想要真的找到那地方也不容易，我留意了好久，都无法得到准确的地址。一路上问了几个老人，他们都用一种大有深意的脸色对待我，但是帮助我找到了弄底的那栋房子，和大多数里弄洋房一样，它也是灰色的，窗下挂着孩子的花汗衫，平平淡淡，没一点出挑的地方。回头一望，长长的弄堂里一个人也看不见，那脸上带着奇怪微笑的老太太，在某一排房子的后门处一闪就不见了。听不见日常生活的声音，孩子的说话声啊，电台音乐声啊，洗衣机搅动衣服的机器声啊，什么也没有。

我的脚步声从弄堂两边的墙壁上反弹过来，一声声，走回到了江青当道的少年时代，一瞬间，就在周围和内心都感到了恐怖。她被乌黑短发环绕着的脸在颜色失真的新闻片里向我伸过来，她保养得好，看不出年龄，她的眉眼周正，神色峥嵘，从1930年代的剧照，到1970年代的新闻片，到1980年坐在法庭上受审，一直有一种傲岸的恶毒神情，就像乘风破浪的巫婆。一个和我要好的女孩子说，巫婆没有年龄。

弄底的一条小夹弄里，能看到二楼亭子间的窗子，和对面的楼只是一臂之隔。当年江青从苏州回来的夜里，就是在这潮湿小夹弄的窗下叫已经睡着了的唐纳开门的吧。那个夜晚定给唐纳留下非常好的回忆，使他在被变心的江青气得自杀前，在遗书里还提到。

后来他们的争吵声也是从这里传出来的吧，这样窄的两壁之间，有任何声音，都会像提琴的共鸣箱一样被放大，他们吵，他们打，大清早冲到朋友家去评理。那时候，二十三岁的江青从来不考虑面子问题。她也一定不知道有一天她能成毛夫人，红都的女皇，对她在上海度过的艺人生涯，得粉饰一新。

1930年代她在上海的朋友、熟人，多少知道她故事的那些人，后来被她收拾得只剩下几个九死一生家破人亡的，谁还敢像我这样，找到她从前和唐纳同居、又和章泯同居的亭子间来。要是她知道，会把我整死至少五回，把我的头发剃得只剩下头顶的一长撮，那是为了打手抓起我的头用的把手，像当年在这栋房子里照顾她的常州保姆阿桂在北京的监狱里一样。我真的害怕被人虐待致死，在我大学时代，看了许多这样的恐怖回忆录，说起来，都是青少年不宜的。所幸的，她已经早死在监狱里，她的肉体，已经烟消云散。可我还是怕。也许那些老人奇怪的神色，也是因为多年以来深深种在心里的，对这弄堂里的事实的恐惧吧。

她是巫婆，一辈子骑在扫帚上飞。就是她飞走了，那长长的阴影也还是拖在大地上。

楼道里很暗，很平民，是上海芸芸众生的地盘。那个在生活中处处碰壁的山东女子当年也是这样走上来的? 她租下这里，是因为亭子间的房租便宜。她在电通时的月薪是六十块钱，要寄四十块回山东养活妈妈和姐姐，剩下来的钱，总是不够一个月的生活。到了月底时候常常没钱吃饭，靠常州保姆阿桂从东家厨房里偷食物出来。她离开上海投奔延安的最后一顿夜饭，也是阿桂接济她的。上

蓝苹在上海的故居。（摄影：陈丹燕，1996年）

海的生活就是这样的，大明星们灯红酒绿的时候，小演员可以没有饭吃。江青住的弄堂当年正对着法国总会的大门，都市炫目的生活她天天可以看到，可就是进不去。而她是那么一个处处争强、要胜人一头的女子，自恋、泼辣，当她走上黑黑的木头楼梯时，回首望一望那灯火通明的法国式大房子，怎么会不想推翻这一切呢。

她是个苦孩子，从小生活在一个暴力的家庭里，父亲是个木匠，喜欢打人。有一个元宵节的时候，她还是小孩子，父亲为她的母亲打烂一个碗而痛打她的母亲，打断了妈妈的手指。她当时吓得大哭，被父亲打落了一颗牙。她的母亲带着她连夜逃出家门。那是她童年的创伤，多少年以后，她回忆她的童年，是"走夜路，穿过青纱帐，野狗咬了我的腿"。十五岁离开妈妈离开家乡的时候，连内衣都没有。我们常常不知道故事里一个巫婆的底细，也没有想过她们也有一个童年。其实她们也是有的，而且是一个极黑暗的童年，她将童年创伤化为一生为人的蛮横、无耻和仇恨。她恨天、恨地、恨人，心里装满报复的念头，1935年王莹和她争演《赛金花》，1966年她一旦有了权力，马上通过国家机器在中国找出王莹，将她关进监狱，置于死地。

到了二楼，看见一个小小的厕所，据说就是江青当年与房东家合用的厕所，浴缸、洗脸池和马桶都是那时的。厕所里刚刚有人洗了澡，地上湿漉漉的。老式的大搪瓷浴缸已经很旧了。

然后沿着走廊往里面走，到底的一个门，就是她当年住过的房间了，那是一个三角形的房间，听说是因为房产商买的地到这里就到头了，最后一间房是贴着地界造的。在那个尖角上拦出一个壁

长长的弄堂,是蓝苹当年回家睡觉的路。(摄影:陈丹燕,1996年)

橱，里面安了一个小小的绿色的洗脸池，那算是江青当年的化妆间。

房间里很暗，屋角充满了阴影。有一种异样的感觉，一种热腾腾的欲望和恼怒的气息，从现在黄色条子的墙纸和一套刚刚过时不久的组合家具的后面渗透出来，那是江青的气息，她一生的气息。一个人住过的房间有时比一个人的脸还能说明这个人。

这个房间是荒芜的，潦草的，让人想到这个女子一生大概都不会在意好看的内衣，她会在穿大领子衣服的时候尽量多露一点脖子，而将内衣领子一圈圈向里卷，不管她在吃的东西上如何挑剔，脸色是多么白净。

在这里，江青度过了她一生中作为年轻女艺人争锋的日子，为了出名，自己的身体，自己的廉耻，自己的脸都是工具。在这屋子里，她和两个有用的男子同居，一个是名编剧，一个是名导演。听上去，可以算是香艳的故事，可并不是。江青泼命去争，争名不争利，带着苦孩子无法无天的窘相和外地人赤手空拳的奋勇，她不爱跳舞，不坠入爱河，即使是做了时髦的电影演员，也穿得像一个农村姑娘般的纯洁质朴，她看不起爱情，看不起都市艺人风花雪月的小日子，她把它称为是"糜烂的生活"。她也看不起女子的性别，虽然她尽量地利用她的性别，可她实在是钟情于男装的。她为了事业可以随时放弃爱人，她演娜拉的时候说过，易卜生没有说明女子离开了家以后怎么办，她想，就是"不再做玩偶，要自立"。而她的目光，不光是自立，她要做大事。那个大事是出人头地，让别人都成鸡，而她一个人当那只成语里的鹤。当年那个在寄人篱下中长大的小姑娘，现在要生活加倍偿还她。到以后，她贵为主席夫人，说到上海

这是蓝苹离开上海、前往延安的那个门,她走出去时,是落魄了的上海电影演员。
(摄影: 陈丹燕, 1996年)

生涯时,她不在乎地说到了她的穷,可忍不住要把自己说成是当红的第一流演员。当年把一切都贡献出去,还站不住脚,这实在是不能释怀!

墙上贴着新的墙纸,没人想到要把它像什么人的故居一样保存起来,这里住了一户人家,又换了一户人家,墙上换了墙纸,又换了新的墙纸。这里的墙上,在1937年的那些晚上,暴怒的江青曾抓住唐纳秀气的长发,把他的头往墙上狠命撞过去。她一生都有杀人的倾向,她轻易就可以将一个人恨之入骨,她恨的人,就要置他死地。这让人想起她五岁的时候目睹父亲对母亲的暴力。要是这些墙会说话,它们会说什么?江青把知情者赶尽杀绝,她不想让人知道她1930年代在上海的事,她以此为耻吗?当年她离开上海的时候,曾说到她不想在上海继续"言行不一致"的生活,她曾在年轻的时候想过要从上海的生活里自新吗?可人人都说她其实是在拆散章泯家庭的桃色新闻里引起公愤,站不住脚了,一走了之了。她的一生中充满了谎言。

在那个三角形的房间里,你还可以感到那个不快乐的大腮帮的女演员,这被贪得无厌的渔夫老婆的鬼魂附了体的女人独处的时候,是孤独而怨怼的。这房间里没有安宁的痕迹,她的生活大概也没有过真正幸福的时光,和唐纳相处时,她说过"除了自己的妈妈,谁也不能相信"。她住在这被外面的楼房遮住、终年不见阳光的房间里,像一只鸡水淋淋首尾同向缩在壳里,苦等破壳而出的那一天。周围的墙是那么厚,弄堂是那么深,上海这个地方看上去大家都是来冒险的,机会相当,可其实上海更像一个大大的玻璃橱窗,

夜归的蓝苹在这个窗下叫唐纳开门。世事变迁,如今墙上多了空调机的室外机。
(摄影:陈丹燕,1996年)

把她想要的东西展示给她,但不给她。就像她天天路过法国总会回家,可是一次也没有进去过一样。大门很大地开着,但不是为了你而开。从1935年到1937年,她是真正的拼搏在上海,却离她想要的东西越来越远。她回忆起那时的情形,说过自己常常激愤得猛击自己的头来缓解心头的失望。可是即使是这样,也无济于事。

于是她走了,到延安去找她的机会。

旧屋

有一天的黄昏时分，我到一栋有大院子的上海旧屋里去探朋友。那是栋年代很久的欧式小楼，少说也有七十年了。

一路上路过武康路，那条小路上一到春天，会有樟树的芬芳久久不散，还有满地随风而起的榆钱儿，到了冬天，就只剩下偶然看到的老房子上的常春藤了。那一路有不少西班牙式的小楼。几十年都没有修，门上的把手还是从前的，被手摩挲得光亮如新。路边的一栋黄色的小楼，我猜想是意大利人造的，虽然如今已经那么那么旧了，可罗马人那种暗藏杀机的浪漫，还是深刻地留在了那房子在阳光中的阴影里。

不知道是哪个朋友曾经点着它说，那是罗密欧要爬的阳台，从此，大家都叫它罗密欧的阳台。

慢慢经过那意大利式的半圆的阳台，看明黄色的墙面上暮色初合，再看暗着灯、玻璃脏脏的阳台长窗，耳畔突然想起的，是罗密欧的歌声：听不懂的爱情宣言。

暮色如烟。大院子冬草衰黄，顶着一些灰白的冷霜。那房子里暗暗的黄灯，像疲倦的眼睛一样，在窗帘后面半开半合，看上去有一种沉默不语、怀着心事的样子。

那朋友在老房子里的公司当雇员，因为喜欢那房子，常常下了班仍旧独自坐在办公室的窗子前不回家，去听老房子四处兀自发出了陈年木头的吱嘎声。

1994年，冬天的罗密欧与朱丽叶阳台伫立于武康路街边。二十年以前，小格子的玻璃门里面曾挂着白色的针织窗纱，那是上海人的情调。（摄影：陈丹燕，1994年）

上海这个城市，自有它的一种蚀骨浪漫，那种浪漫来自异国风格的老房子，那些不曾被打扮一新的风尘仆仆的老房子，偏安于几十年的雨痕、风尘和油烟渍里，那是一种黄鹤一去不复返的沧桑。甚至我们都不能说这种浪漫的情怀来自于崇洋，它们更像来自于对自己的一次奇遇的怀想和追忆，有一点点像一个女孩对自己的短暂初恋的怀想。（摄影：陈丹燕，1995年）

二、房屋

她是个1950年代出生的人,不知道为什么那么喜欢1930年代,以至于独自在大屋子里的时候,会有幻觉出现,她能看到从前这房子的情形,灯光明亮,人声喧哗,人们穿着1930年代的旗袍和西服,女人们梳着爱司髻,在走廊里走进走出,是一个资产雄厚的大家庭。

可是那家里的人,看上去惶惑而神秘,像是正有什么可怕的事情迫近。

每到大房子里幻觉出现,总是在冬天下班以后,上海又冷又灰的黄昏。她的心情总是非常亲切,又非常紧张,而且非常的感慨。

因为她对此着迷,所以她在公司受着委屈,也不忍轻易地离开。

旧房子的墙有几十年的风尘,旧房子的烟囱美丽而无用地竖起在屋顶上,它长长扁扁,是英国式的,还是法国式的呢?在欧洲我看到过各种各样的旧式小楼,就像上海的一样,只是它们保留得好,看上去欣欣向荣鲜花灿烂的,就没有了上海那静默风尘的情调。学建筑的学生在冬日里背着绿色画夹去写生,说,这是一个可以开万国建筑博览会的城市。

走到朋友顶楼的办公室里,看到她握着一个暖手的青花茶杯,靠在老虎窗前,她的背后,是屋顶上的红瓦和有一个红色S字的烟囱。

这个漂亮的老房子的里面，现在有着黑黑的失修的墙面，吱吱作响的干燥地板和楼梯，漏了水的老式浴缸水龙头，坏了轴的老式钢窗。当你走进任何一栋老房子里，都会感到失修里的那个消失了的年代。（摄影：陈丹燕，1992年）

在广州的工匠不愿意为外国人造房子住、也不敢学习西洋建筑术的时候,上海的工匠几乎毫无心理压力地拿着欧洲各国的房屋图纸,在街边大兴土木。这就是如今在上海大街小巷里,有着这么多欧洲各国风格的房子的原因。隔着一百五十年的历史,在现在的墙面上,还能依稀看到南欧建筑的墙上那著名的"意大利黄色"。
(摄影:陈丹燕,1992年)

2015年再看,发现这就是当年我陪一个台湾人看复兴中路时拍下的照片,那时我并不知道以后我日后会多次拜访这座房子:2000年去看姚姚放学走过的楼道,2015年去看柯灵家即将修整的故居。

1993年上海大拆屋

这个星期在马路上走,是因为这个星期是入冬前最后的阳光灿烂的温暖日子,我想要享受1993年最后的阳光。突然发现,本来去买面条、买大馄饨皮子的小米店没有了,空空的房子大敞着窗和门。再往前走,小米店旁边的小杂货店也没有了,墙上还留着夏天卖西瓜的小贩写的大字: 西瓜包熟包甜,市场最低价,0.90元一斤。在那里我买过一个西瓜,黄昏的时候切开来,整个阳台里全是西瓜清新的气味。再往前走,方才发现,杂货店旁边的那些人家统统不见了,本来那些刷了红漆的木门总是大敞着的,门口放着一把旧竹椅子,竹椅子背都被磨得红红的了,门口望进去,昏暗的房间里放着床、桌子,有一架电视永远开着,我还记得它的显像管偏向一种压抑的蓝色。有一次我在那架电视机里看到一个熟人,透过那样的显像管,本来精神得可以跳起来打老虎的朋友,变成了煤气中毒的尸体。现在,那些拥挤的人家突然都不见了。

我想起来,这就是上海的旧房拆迁,还有土地的批租,原来挤得满满的旧房子,突然都空了,从敞开的门窗,可以看到里面一家人几十年生活的痕迹:门边上有一块污迹,那是本来的电灯开关,墙布上有一长条黄黄的东西,那一定是这家人从前放吃饭桌子的地方,如今摇摇欲坠的门上,还贴着小孩子的粘纸。

这个星期我还真走了不少地方,到处都在拆房子,到处都有洞开了门窗的房子,像是一些在阳光下大睁着的奇异的眼睛,就像在

从前的老房子，即使是那些不曾整修过的，也在1995年后的城市景观中成为被市民所喜爱的景观。社区建设时，将老的高围墙拆除，改建栅栏，让大家能在路上就看见尖顶的塔楼。（摄影：陈丹燕，1995年）

两个星期后建成新围墙。（摄影：陈丹燕，1995年）

说，你看，到底发生了什么，我终于要没有了。

在街上的拐角，我看到了又一片正在拆掉的房子，那一定是租界时代留下来的老房子了，那房子有红棕色的斜屋顶，瓦顶的中央，有石刻的花纹，洛可可式曲卷旖旎的花纹。那华洋混杂的式样，在一百年前的上海，是一种特别的历史痕迹，就像邮票里的错版票一样，有它特别的价值和风情。我常常都记得，在入冬前最后的温暖稠重的阳光里面，法国梧桐的落叶刷刷地落在它的长窗红瓦上，旧旧的红色木窗总被擦得很亮，擦亮的窗子总关得紧紧的，里面还有白色的窗幔。如今，这房子也大张着门窗，也拆掉了。

从窗子望过去，看到里面还有老式的挂镜线和细条的壁纸。窗子外面那些二十世纪初年的石头浮雕，仍旧浑不知情地沐浴在午后的阳光里。那房子大敞的门窗，也大睁着奇异的眼睛，也像在说，你看，到底发生了什么，我居然也要没有了。

从前走过房子前的时候，我想过也许有一天，它会像纽伦堡那样，被一砖一石完美地复旧，使得上海成为一个有特别风情的美丽城市。可是上海人不耐烦了，心甘情愿地在泼脏水的时候，把孩子一起泼掉。只让我奇怪的是，新建的房子潦草而乡气地建成了伪欧洲式样，墙上常常放着连比例都失调的希腊雕塑，那是复制品的重孙子，再三的粗糙复制，使它们从美变成了恶俗。既然要造的是复制品的复制品，为什么让那些真正的殖民式样的百年建筑，消失在乡下人的铁锤下面呢？

二、房屋

怀旧的理由

要是有时间到上海的那些旧大楼、旧公寓里走一走,哪怕你不认识什么人,就走进门厅,穿过原来有信箱的过道,沿着公用的楼梯往上走,上去的时候走楼梯,下来的时候用大楼的电梯,也许就会体会到,为什么说上海人喜欢怀旧。

找什么样的楼房,现在是很好辨认的,就找那些在门口的砖墙上钉了咖啡色牌子的,上面有金色的字注明了,这是上海近代著名的建筑。这样的楼房,大都有百年左右的历史,它们像一把碎金子一样,散落在上海的各个街道上,也散落在上海人的生活里,散落在他们的生活理想里。

挑一个阳光迷蒙的中午,到外滩附近的老楼里去看门厅里的信箱大阵。老式的红色大楼从外面看,真的像是一个老将军,纪念日的时候又穿上了军服。走到里面,阳光斜斜地跟进来,照亮了地板和廊柱,上面还雕着巴洛克式的花纹呢,里面嵌满了陈年的灰尘。然后,你可以看到整个门廊的墙上,一直到楼梯上,一个个,挂满了不同颜色、不同式样、不同房间号和姓名的自制信箱。

它们多得像冬天的晚上流满了水汽的窗玻璃一样。

那就是在这楼里现在住着的一家家人,每家人,哪怕是三口人一间屋子,也需要一个信箱。这就是大部分旧大楼不再用从前做在墙里面、有一长条玻璃的、信箱盖子上用铜字注明了门牌号码的信箱的缘故:从前这里的人家,是一户一套公寓,现在是几家合一套

从前的门厅，也许就是现在那钉满着木头信箱、停满了落尘脚踏车的地方。从前的灯，从前的沙发，从前固定地毯的铜夹子，现在出生的孩子常常在上楼梯的时候心下疑惑，不知道它为什么每级楼梯上都有一对。这样的猜想真令人发疯。（摄影：佚名，1906年）

住，在里面合用着厨房、厕所、走廊，合用着大门钥匙，再也不想合用一个信箱了。于是，自己动手做一个信箱挂在外面，那是私人的了。

看着那些信箱，无论是谁，都要想到从前和现在。住在里面的人，更会在偶尔自己白天在家而邻居不在的时候，大大地敞开自己家的房门，让空气穿过安静的长长的走廊，自己端着一杯茶，走来走去地想，从前的老主人，一家人住在这里，会是什么样的情形。

中午时分，大多数大楼里什么人也没有，你正好可以在那里出一会儿神，想想从前这里的整洁，晚上这里的拥挤。

也可以走到从前张爱玲在静安寺边上的公寓里，去看那里的电梯。五十年以前的电梯，听说从来没有换过，是老的奥斯丁。电梯

放眼望去，老式大楼仅仅一个拐角就可以数出五十九只私人自制信箱。上得楼去，拐过弯，还是信箱的世界。（摄影：姜敏，1993年）

还是走得很稳，只是如果你是在楼上的话，你看不到现在电梯正在几层楼，因为电梯的显示还是从前的样子，像半个钟面，每一层楼，在钟面上都有一个小红点表示着。一根红色的铁针在电梯上下着的时候，随着它的上升，慢慢地指到二楼，三楼。不知什么时候开始，它不再动了，红色的指针指到顶楼以上，它坏了。于是，等电梯的人把头凑到门边，靠听声音的大小来辨别它的方向。

在那里，听钢缆吱吱叫着，总是要想到从前那红针转动时候从容的样子，还有电梯在你要上去的那一层停下来时，那红针处发出的一声轻轻的"叮"。

要是你可以走到老公寓的里面，当然就看到更多的东西了，看到棕黄色的长条子地板，踩了八十年了，一打上蜡，还是平整结实，油光可鉴；看到厚重结实的房间门，褐色的好木头，上面的黄铜把手，细细地铸着1920年代欧洲时髦的青春时代的花纹，用了上百年了，还纹丝不乱；看到浴间有妇女专用的清洗盆，水流像喷泉一样从下而上；看到走廊的一面嵌在墙里的穿衣镜，在暗处照着人，水银定得那么好，玻璃压得那么平，隔多远照人，也不走样。

那时候，真的从心里要说一句：从前的上海，是有过精致的好日子啊。

只是你真的走在那里面，坐在那里面，还要闻到陈年的油气，旧木头气，灰尘气，食物气，马桶前面的一小块地方日久积累下来的尿臊气，浴缸下水泛出来的肥皂水气；你还要看到高大雕花的天花板上黑白莫辨、花纹里全是灰尘，像耳朵眼里全是耳屎、宽大的厨房里通体全是黄褐色的陈年油烟，遇上的灰尘，就在上面一缕缕地吊着，像圣诞树上挂小东西的绳子。

那时候，也是真的从心里要说一句：怎么把房子住成了这样。

我有一个朋友，最喜欢在初冬的雾夜，街上的人静下来以后，自己骑着自行车在老城一带慢慢逛，他说，那时候，夜色把老房子的颓败掩住了，雾模糊了许多东西，他觉得自己好像是走在几十年以前的上海，一切都是新的，好的，美丽的。他就是那一类上海怀旧的年轻人，心里满是为自己故乡而起的沧桑。他们当然也知道怀念租界时代是不对的，于是他们不说这个词，他们说"1930年代"。

上海的每栋老房子的拆除，淮海路被移走的每棵梧桐，美国快餐在上海的每个分号的开张，他们都是最坚决的反对者。

有时候他们不被年老的上海人所理解，有一个在上海最繁华的

二、房屋

时期在法租界住的老上海就说过，那时候他在街上玩，堵了走过来的外国人的路，曾被那个人"去"的一声，好像是赶狗。那个声音给了少年的他深深的侮辱，所以他说，不知道那样的心情，怀什么旧。

是的，看上去，现在的年轻人没有真正看到过从前的上海到底是什么样子，也没有真正生活在那样把外国人当作一等公民的故乡，他们怎么可以怀旧，又凭什么怀旧呢。

现在的孩子，没有看到外国人是怎么欺负中国人的，也没有看到从前的社会到底有怎样的不平。他们看到的是从前留下来的房子，是最美的；从前生活留下来的点点滴滴，是最精致的。而他们从小生长在一个女人没有香水、男人不用讲究指甲是否干净、街道上没有鲜花的匮乏的时代，所以他们就这样靠着对旧东西的想象而成了怀旧的人。

这城市破败而精美的建筑，就是他们怀旧的理由。

从前的圆明园路上的红房子,还是簇新的。(摄影: 佚名)

1996年时的建筑，比起一百年以前，它显得圆熟和黯淡。黯淡是因为多年的失修，在意料之中。而圆熟的感觉来自于房屋棱角的渐渐失去，就像风干了的山崖。（摄影：姜敏，1996年）

窗子虽然是旧的,杂乱的,但可以从那考究的线条上看出它的来历。(摄影:陈丹燕,2001年)

楼梯间虽然现在已经成为住户的公共厨房，一砖一木都散发出油耗气，但可以在它漂亮的长窗上感受到它前世的庄重。（摄影：陈丹燕，2001年）

1997-2007，房屋十年记

我写《1993年上海大拆屋》时，街上成堆的建筑垃圾和路边翻修到一半的房子，就是我们这个城市的标准风景。我最记得那些正在翻修的房子，应该说它们都是百里挑一的好房子，工人们忙碌着拆除房子上的违章搭建，加固摇摇欲坠的阳台，清洗外墙上几十年的积尘，那些房子，隔着毛竹搭起来的脚手架看，好像一张女人的脸，上面还留着撕到一半的面膜。修到一半的房子，特别是外墙粉刷到一半的房子，有种狼狈而惊愕的表情，那个表情极像面膜卸到一半被人撞见的女人。这样的风景，一直持续到1990年代末。

就在那时，偶尔路过了徐家汇。偶尔见到从来都紧闭门窗的修女院，竟然大门洞开。我为此大吃一惊。那里是天主教修女的静修院，一向与世隔绝。小时候，我来这里参观万婴墓的时候，曾听到过她们唱圣诗的声音。小孩子很怕修女，教堂和神父，以为他们背地里都喜欢吃小孩的眼睛。路过修女院时，女孩子们都紧紧挤在一起，全身的鸡皮疙瘩。这时，从涂满黑色柏油的篱笆后，传来了修女们的歌声。女孩子们被歌声惊吓到，像一群鸟一样尖叫着，四下逃去。那时我很小，但因为曾经吓得要死，所以一直记得那个修女院。

在接近修女院时，我的心又怦怦地跳了起来。褐色木门上，钉着块小木牌，上面写着"谢绝访客"，那字写得端庄谦卑，使人想到五十年以前的人。经历过"文化大革命"的大字报运动以后，中国毛笔字里这种清秀恭敬的精神，已经永远消失了。

1950年代，修女院关闭时离开上海的修女们（摄影：Sam Tata，1950年代）

修女院后院地上的"欢迎"字样（摄影：陈丹燕，1997年）

当年修女院的讲经堂（摄影：佚名，年代不详）

　　直到已经来到了宽大的走廊里，直到从修女们的小图书馆窗前，再次看到那道涂了黑柏油的篱笆，我还不能相信自己真的走进修女院来了，直到我看到木门上贴着的耶稣像。画片上的耶稣是如此清秀温存的青年男子，如此充满爱意，却丝毫没有男人的进攻性。我在翡冷翠乡间的小教堂里也见到过类似的耶稣像，那时只觉得意大利人的可爱，可在这老修女宿舍的门上再见，却突然被感动了。这耶稣，让人只想爱他，怜惜他，追随他。修女们几十年在这大房子里静修，从不出门，直至老死。原来，就是这样的耶稣陪伴着她们的漫漫一生。推开房门，里面已经搬空了。徐家汇渐成闹市，于是，修女们搬离，教会将修女院租借给了商家。这就是我可以走进来的原因。

后来在讲经堂里修整的百叶窗（摄影：陈丹燕，1998年）

  房间里很暗，因为关着木头百叶窗。那木头百叶窗早已腐朽，几乎散架，所以只能关着，靠窗框的力量维持它们不散架。

  房间里还残留着老女人干燥的气息和处女的洁净与单调。墙上的涂料已褪尽了，裸露出涂料下面的水泥。水泥也龟裂出无数细小的裂缝了，让人想起满是皱纹的手背。壁炉早已废弃，天花板如今是深灰色的，高高吊下来直接插在塑料插座上的灯泡。老修女们在自己床头贴了更多耶稣和圣母的画片，画像上的圣子和圣母，都有比拉斐尔笔下甜美得多的眼神。那不是艺术中永恒的神圣，而是人间轻抚人心的甘甜与完美，它们更像年画。如今单人木床搬走了，被遗留在床头墙上的旧画片，因为显得哀伤，而神圣起来。那时我想，要是修女们了解到那些小女孩当初是如何的怕她们，她们会怎么微笑一下。

  修女宿舍和小图书馆的尽头，是她们的小礼拜堂。在空无一

刚刚搬空的小教堂,地上还堆着做礼拜时用的香炉。(摄影:陈丹燕,1997年)

物的小礼拜堂里,我竭力回忆小时候听到过的歌声。她们是在这里唱的吗?这里让我想起意大利乡间那些温存明朗的小教堂,这里有种多年修女们祈祷的歌声遗留的温存气氛。有些小教堂,比著名的大教堂更能保留祈祷时人心的善意和诚挚,因而保留着一团暖意。如今,我依稀能感受到修女们的歌声,它像回忆中的某种精神性的物质,你能感受,但无法触摸,也无法形容。我那时突然想,也许女孩子们尖叫着四下逃散,并不是真的害怕,而是感到了歌声的诱惑。

整修外墙时的徐家汇修女院（摄影：陈丹燕，1998年）

　　过了几个月，我再去修女院，已不得不沿着门口一大堆沾满建筑灰尘的电线走进去，整修开始了。教会派来看大门的老教友，此刻已被满面尘灰的装修工代替。就像当年老教友一定要我得到教会的许可，才能参观搬空的修女院一样，工人也一定要我得到东家的许可，才可在工地走动。于是，我见到了修女院的新东家，恒寿堂餐馆的老板。他是个谨慎的男人，问了许多问题，直至他看到我工作证上的名字，确定我写过《上海的风花雪月》，才起身，握手，亲

修女们的宿舍（摄影：陈丹燕，1997年）

自陪我去工地参观，并建议我在觉得合适的时候一定也写点这个房子的历史，并向我保证他不会破坏这栋房子，只会将它小心复原，使它更好看。

为了证明这一点，他特地带我去了小图书馆。所有的百叶窗都集中在这里，由专门的工人修复。他点给我看绿色百叶门上的贴条，小贴条上注明了每扇门是从哪里拆下来的。

修整时的走廊（摄影：陈丹燕，2006年）

"也许我可以在原先的会客间里做一个小博物馆，展出这房子的原貌和历史。我收集了一些实物，还到档案馆去买了些照片回来。我知道老房子的价值。客人们等吃饭时，就可以先到小博物馆来看看。"他说，"小博物馆还可以出售老东西，要是客人觉得好，随手就能买回家去。"

"你还可以做些明信片。"我提议，"我读过一本台湾出版的

走廊的修整将要完成之时（摄影：陈丹燕，1999年）

书，名字叫'一栋老房子的生命史'，你也可以做这样的事。"其实，是我自己想为这栋房子做这件事。那些绿色的百叶门将装回到窗台上，那些墙上的耶稣画片将消失在餐馆包间平整的墙上，那个温柔的小教堂将成为一间高级宴会厅。这栋老房子的生命史，如乱世中的人生一样充满转折，无法料想。

"明信片，是的。"他点头同意，突然笑了，"想想看，邮局里到处都是我们餐馆的明信片，传来传去。"

上海老站时代的走廊（摄影：陈丹燕，2006年）

他带我经过走廊，去了后院，那里的篱笆已经不见了。

我这是第一次来到修女的园子里。那里有一个小小的玻璃暖房，里面种着瘦小的玫瑰树。在一个角落里，我看到一块黑色大理石碑倒在地上。然后，我认出来，它就是小时候我见到过的万婴墓的墓碑。整个童年时代，令我印象最深的旧上海，一是外滩的洋行大楼，二就是这块黑色的墓碑。我又感受到记忆无声的深处，修女们的歌声，以及小女孩们穿透树荫的尖叫声。它们如同关节那样，将这栋房子的过去和将来连接在一起,并让它们转动自如。

他说,他知道怎么小心修复所有的百叶窗,保留当年造房子时所有从欧洲进口的地砖,但不知道怎么处置这块墓碑。

"你可记得小时候的忆苦思甜教育?来这里参观育婴堂。"他问我。

是的。所以我说:"大概你可以将它放在花园里,再做一块碑,放在它前面,来说明它。"

他看看我,我想他以为我在说反话,但我却真没有。

临走时,他诚恳地给我名片,邀请我再来,他许诺会给我一张贵宾卡。

又过了几个月,我再次去修女院,那里已是上海老站餐馆了。当年修女们用的大厨房,现在是餐馆的厨房。跑菜的男孩们在那里穿梭不停。餐馆经营的是改良的上海菜。与他规划中的一样,走廊里当年的瓷砖都还在,而且已经擦洗一新。百叶窗都回到原来的位置,而且可以轻松地开关,小教堂保留了墙上原先的玫瑰花图案。我在二楼的包房里吃了晚饭,那里原来是修女们的宿舍。从前用水泥封死的壁炉修复了,房间的墙上很干净,门上也很干净,用的是当年上海的西式建筑流行的深褐色,有甜美眼睛的耶稣和圣母当然不见了。

那记忆中的歌声当然也不见了。

甚至,这房子在修复的时候,在灰白色的烟尘中隐现的整修好了的绿色百叶窗散发出的特殊的温情,那种混乱中的期待也不见了。

仿佛一个飞翔着的天使终于落到了地面,成为一个街市上兴致勃勃的妇人,这房子脱尽了它与世隔绝的神秘和深陷于历史纠

宴会厅时代的小教堂，保留了祭坛后玫瑰花窗的形状，但更换了没有宗教色彩的彩色玻璃。（摄影：陈丹燕，2006年）

葛的书卷气，终于成了一家空气中飘荡着油烟气的餐馆，前尘往事成了它的消费特色。

那夜，在修女们的寝室里，餐桌四周有异乎寻常的寂静。我们房间的侍应生是个面容端庄的小姐，穿着服帖的黑色唐装，她静静地为我们布菜，换碗碟。这里有着在现在上海的餐馆里少见的沉静，好像一条都市夜色中浮动的鱼。但我不能确定这感觉是否真实，也许只是因为我心中一直萦绕着这房子的历史而产生的幻觉。

2008-2015，房屋再八年记

复兴中路是历史风貌保护区，一切努力维护着原来的样子。只是翻修一新的老房子有些扎眼，它们好像农村老妇穿了一身浆过的新衣，像个假人。这是大多被翻新的老街区遇到的问题，即使欧洲各国也是这样，所以许多怀旧的人打起背包，去了东欧各国旅行。复兴中路上，树影斑驳的街道比原先齐整些，显得富裕了；不远处上海音乐学院教学楼里传来学生练声的歌声，还与以前一样，年轻的歌声像小号般嘹亮。有人在中午时分的阳光里，无声地骑着脚踏车路过一棵棵悬铃木。温暖春阳下，新康花园里的玉兰树开花了，硕大的白花直接开在淡褐色的枝干上，仍旧是如梦幻般的冲突。

黑石公寓对面，在上海跳水池的原址上出现了平扁的大房子。也许它的简单安静没破坏我对那里的印象，我向它走过去，少年时代关于跳水池的记忆散漫地浮上来。那总是夏天，清波荡漾的游泳池里有此起彼伏的人声，还有高高在上的救生员时不时发出的哨声，"哗"的一声，是为警告在水里打闹的半大男孩子。游泳池四周有高大的绿树，树后是三层楼的新式里弄房子，那里应该就是上方花园。然后，空气里就能闻到消毒水气味了，那是1970年代公共游泳池特有的气味。现在已经不用这么剧烈的消毒水了。

现在跳水池不见了，地面微微隆起一些平扁的大房子。现在这里是上海交响乐团的演奏厅。大概少年时代觉得跳水池的公共更衣间也是这样广大的吧，所以走到大厅里，也没感到特别吃惊。大

上海交响乐团音乐厅大堂正是从前的上海跳水池的游泳池,现在它崭新的大理石地面很容易就能令人回想起游泳池里的波光。(摄影:陈丹燕,2015年)

厅里新煮咖啡的浓烈香气代替了消毒水气味。

正是午后,售票处关闭了。那时跳水池的售票窗口总是开着的,要是这一场满了,就买下一场。付一角多钱,窗口里就会拍出来一把吊着蓝色塑料圆牌的更衣箱钥匙,就绪。空荡荡的大理石地面倒映着许多支离破碎的阳光、灯光,与少年时代在跳水池水波上滑动的阳光相仿。我们生活在一个巨变的时代,1990年代后上海城区的变化比太平洋战争中上海被轰炸后的变化更剧烈,所以我习惯了变化,

音乐厅的天花板曾经是游泳池的泳池。（摄影：陈丹燕，2015年）

也并不十分触动。只是觉得这个建筑做得精良，由淡黄色木头结构起来的大厅和天棚，以及座椅和地板有种由衷的亲和力。直到那时，我还是以为那股亲切来自细木条林立的建筑，来自日本设计师的东方风格，甚至来自这个熟悉的地理位置。

大厅里依旧视野不错，能看到新康花园的绿色公寓房子和上方花园的浅色新里房子。我上大学以后就不在这里游泳了，但这里周遭似乎没有变化，甚至树也没长。如今音乐厅大堂里安静却活泼的

音乐厅走廊里有个小模型，从上面的玻璃板上俯瞰乐池，能很清楚地看到整个传统交响乐团的构成，弦乐部分，管乐部分，中提琴总是正对着指挥，而大提琴和贝斯则与小提琴相对而坐，最后排是大鼓。但在这个小模型上，我看到的却是塑料小人们散发出来的非现实性，它们正好就是我心中透过少年时代的游泳池底，看到中年时代的音乐厅里鼓乐齐鸣的情形，这是多么的非现实。（摄影：陈丹燕，2015年）

气氛，与少年时代从更衣室出来走向蓝色游泳池的心情似乎也有种一致，那是有所期待的愉快。大厅的地面亮得实在耀眼，与当年远远望见倒映着夏日晴空的游泳池几乎一样。如今的地面倒映着顶上人造的天，上面嵌满了星星。

　　从前在夏天，我也总是午后与同学结伴来游泳。我记得路过一家红卫饮食店，橱窗里摆放着冷面和冷馄饨。路过一家烟纸店，白色铁壳冰箱上棒冰四分一支，雪糕八分一支，大雪糕一角二分一支，紫雪糕两角二分一块。回家时候红着眼睛，因为防沙眼和红眼病的眼药水很辣。湿头发在肩上滴滴答答，湿游泳衣在网兜里滴滴答答。现在也是一个午后，音乐厅没有排练，所以我得以独自在里面待上一小时。

上海交响乐团第一场在新大厅里的演出,市长亲自来观看。整个一场演出,许多人都在恍惚地眺望四周,不论是乐手们,还是观众们。这是个深入地下,声音优美细腻的剧场,目前上海最好的剧场。(摄影:陈丹燕,2014年)

音乐厅里寂静无声,朱晓玫就曾在这里演奏巴赫。她用的钢琴已经搬走了,舞台上空荡荡的。

我在舞台中央席地坐下,四周的寂静压迫了耳朵,就像游泳池里的水压迫耳朵一样,轻微的嗡嗡声。这里已是十六米左右的地下,正在当年跳水池深水区的下方。我在跳水池的深水区学会了扎猛子。我记得必须努力跳起,然后双臂伸直,笔直向下。一旦犹豫了不敢大头朝下,一个猛子扎进水里,身体就会平平地拍向水面。小孩子们管这种姿势叫"吃大板",身体会被水拍得很疼,肉身拍水发出的响声也很丢人。

我还记得跳入水底时的所见,混浊的水里能见到池底的蓝色马

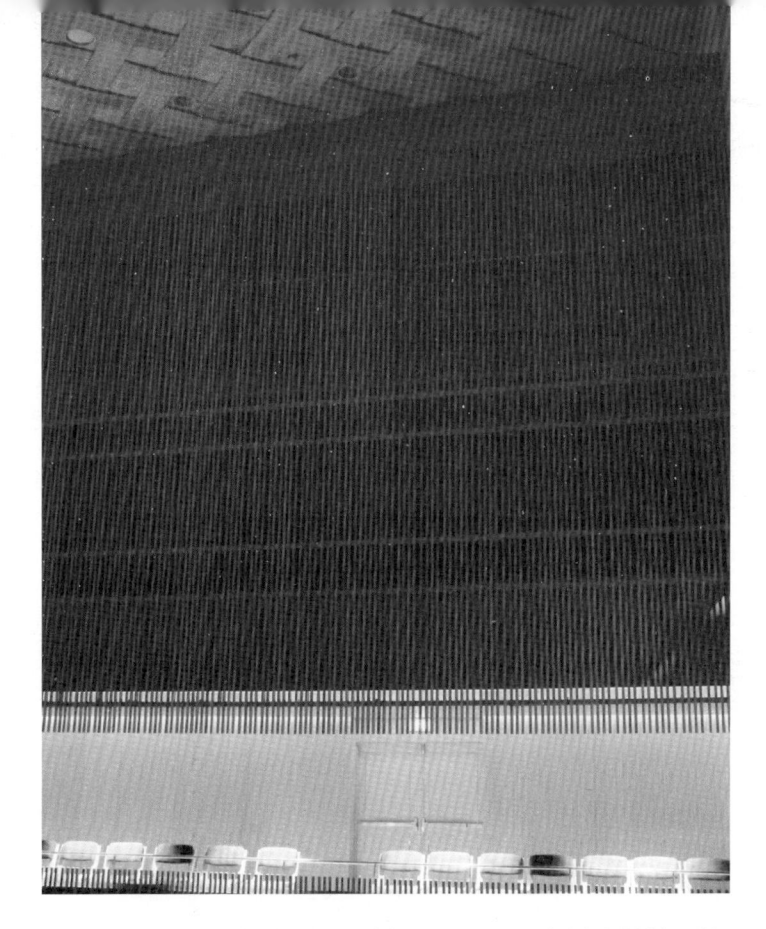

舞台对面静静的观众席令人想起许多年前上海跳水池游泳池旁边的看台。曾经上海重要的游泳比赛都是在这里举行。当年一个小个子的女大学生在这里获得大学生游泳比赛的奖牌，后来，她是参与决策在此建设音乐厅的政府官员。生活原来是这样继续的，真是神奇。（摄影：陈丹燕，2015年）

赛克，那里并不干净。

我只是怎么也没想到，如今我隔着少年时代的游泳池，打扮好了，透过整个深水区的池底，坐在精良的音乐厅里听音乐。我怎么也想不到，原来游泳池下会有一个音乐厅。

朱晓玫在台上弹巴赫时很沉静，坐得很稳，肩膀松弛，好像在家里练琴，没有表演的架势。她朴素的琴声让我想起少年时代听

这是我非常喜欢的音乐厅,我喜欢悄无声息的音乐厅里空椅子一排排整齐竖起的样子,喜欢那连针落地都能听见的巨大的寂静,喜欢空荡荡的舞台和专注的舞台追光,它那专心致志的安静,让人想起在大海边能听到的有节奏的浪涛拍岸的声音,在那里,我知道音乐将要浪涛一样地到来。这屏息的安静是迎接音乐席卷自己的准备。这是个勾起人灵感的地方。(摄影:陈丹燕,2015年)

到过的黄昏琴声。"文化大革命"后期,少年中学乐器渐成风气,劫后余生的社会,年轻人能找到什么乐器,就学什么乐器。那时拜老师也不困难,老师总是免费教琴。用竹尺在白报纸上画上五线谱,从老师家揉得边角发毛的旧琴谱上抄下谱子来,就开始练习。大家只知道弹的是练习曲,很少有人意识到那就是巴赫的曲子,那时大家叫它巴哈练习曲。如代数题般均衡规律的音乐在乱世的暮色中,轻轻笼罩着惊恐过后狼藉的街道与家庭,那种偷安的美现在早已不见,但在朱晓玫的巴赫中再现。演奏之余,她也提及"文化大革命",提到那个时代与她的巴赫之间的关系,还有她那些勇敢但不

二、房屋

幸的钢琴老师们。在空荡荡的舞台上我找了一下自己的座椅,我认识它,它在楼座上,好像一条小船。

那天那些在音乐中不断仰头向上的观众,他们是不是也曾是跳水池的常客,也在那里学会了游泳?他们忍不住抬头望,是不是也以为能望见自己少年时代大而无肉的双脚,它们正被水泡得发白,起了皱?我在人群中一一寻找着他们,他花白了头发,她是胖胖的中年妇人,他和她穿着朴素的衣服,不像现在的年轻人来听音乐会,喜欢隆重的打扮。在禁锢时代长大的人怎么也不大习惯穿得隆重,他们习惯在肢体上表示出自己的隆重,那是端正肩膀,一动不动,陷入了心灵世界那样的忘我。他们是当年学游泳的少年吗?

我在舞台上躺下,闻到木头地板温暖干燥的气味。当音乐厅里没有旁人时,它散发出一种优雅的木头气味,精良的,自然的,温暖心灵的木头气味,与你突然打开钢琴盖板,或者将鼻子凑近小提琴肚子上那个共鸣箱口闻到的气味一致。那是木头最美好的气味,也是音乐最美好的气味。我摊平四肢,好像浮在水面上那样,感到自己浸泡在音乐的气味中。当年我在跳水池学会了一些水上的小游戏,比如团起身体抱"小皮球",人就在水面上漂起来,这是练习水下憋气时用的。还有就是装死人,仰面躺平,鼓起肚子,慢慢身体就会浮起来,随波逐流,这也是一种仰泳前的练习。我就是在那个游泳池里听说,人被淹死后,在水上女人都是向上仰面的,男人都是向下匍匐的。我想起这些以为自己早已忘记了的往事。

音乐厅的天花板上交织着宽条的木片,看上去好像古老的手工编

俯视中的舞台，四重奏的乐谱架与乐手坐的椅子好像漂浮在深深的水中。（摄影：陈丹燕，2015年）

二、房屋

织,其实是为了声音均匀地落下,每个木条都有讲究。在这个看着复旧做工精良的天花板之上,我望见了少年时代夏天阳光刺眼的天空,听到的,是躲在大树叶子下知了震耳欲聋的叫声。如今是一团寂静中朱晓玫演奏的巴赫。她的下半生都远离中国,但她仍旧漂洋过海回来,在这里弹奏巴赫。当她归来时,知了的叫声在街道上渐渐微弱,作为一个都市的物种,它似乎消失了。但朱晓玫的琴声却在深深的地下响起。过了这么多年,我才体会到上海是这样生生流转不息的。

以短暂的生命来感受漫长无尽的时间带来的各种变化,这是很珍贵的感受。我一直以为这种丰富的历史感受要在西安陵墓这样古老的地方才能获得,但实际上,这种感受,我是在这间下午时分空旷无人的新剧场里获得的。

一座城市是这样,因为个体记忆的留存和地理的错位渐渐积累了富有戏剧性的诗意。大家都说一栋老房子会有新房子无法比拟的魅力,但有时候,在同一个地理位置上的错位,也可以格外凸显出时光的构成。

2016—2020，房屋新记：
贺友直旧居，1:20的纪念

  半条巨鹿路，从陕西路，往常熟路方向一直到底，竟然在高速发展的经济和剧烈的城市改造中幸存了下来，而且渐渐有了从前黯淡岁月里没有的元气。如今它是上海旧城区里的一条法定永不可拓宽的街道，伤害它就违法了。

  所以，在2019年的盛夏，沿着这半条老街道，走去画家贺友直故居所在的那条弄堂，我不再有前些年穿过废墟或者战场的狼狈心情。

  梧桐树下，斑驳的、发绿的夏季阳光在人行道上闪烁着，蝉鸣声在头顶响成一片，这些蝉，好像它们只肯生活在梧桐树上似的，新兴街区的樟树和玉兰树上难得听得到蝉鸣声。

  可蝉鸣声多么重要，对巨鹿路来说。幸而它们都一代代高高地活在巨鹿路的梧桐树上，风吹雨打都不怕。

  贺友直曾经为程乃珊写的上海故事画过插图，画的都是上海市井的生活，程乃珊写的故事也是，他们惺惺相惜，是好朋友。这个夏天，他们两个人都已经作古。擦肩让过一个行人时，我突然回想起程乃珊微笑的圆脸，想来，当年她来找贺友直的时候，也这样侧着身子让过人行道上迎面而来的行人吧，她总是笑盈盈的，富态的脸上闪烁着一副大框眼镜。

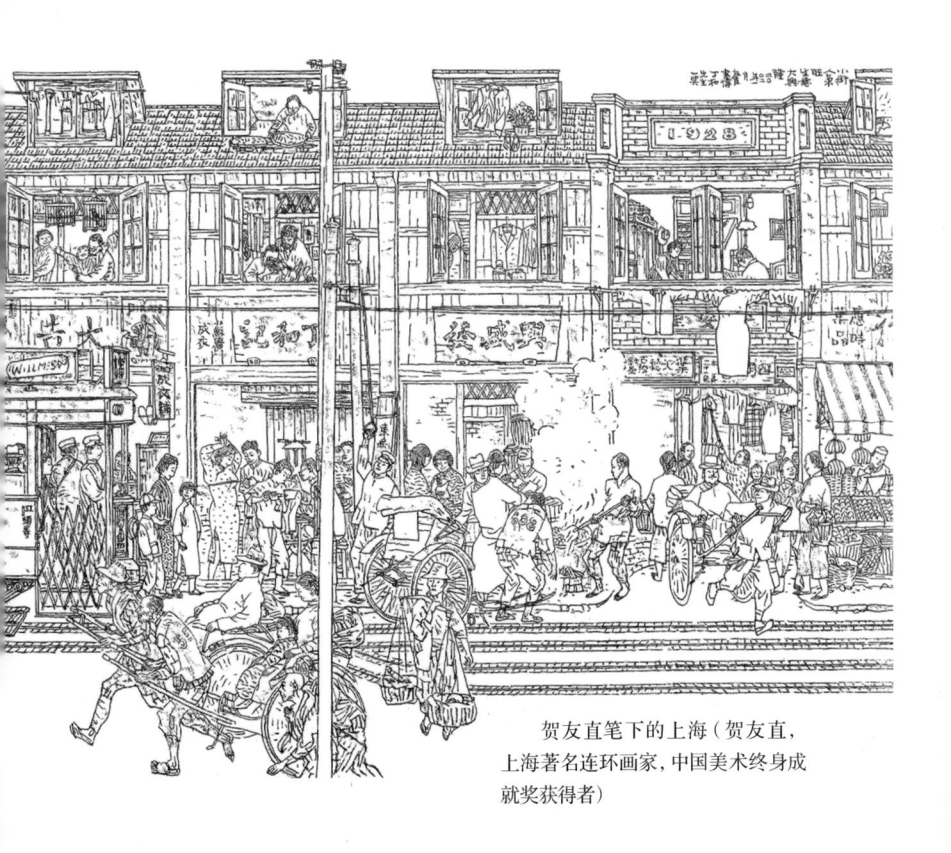

贺友直笔下的上海（贺友直，上海著名连环画家，中国美术终身成就奖获得者）

今天，人行道上洒满了夏季中午斑驳的阳光和热力，贺家所在的弄堂里，谁家屋子里传来了电台经典947里的午后古典乐。如今，我能体会到这种慢慢走过一条熟悉的街道，心里安定的感受：这就是劫后余生的意思吧，忍不住觉得自己有点太幸运了。

小龙花站在一幢新式里弄房子的后门口，他是贺友直的外孙，就在这条弄堂里出生长大。小时候他喜欢躲在外公画案下玩，和他爸爸妈妈小时候做的一样。小龙花的爸爸妈妈从小也生活在这条弄堂里，青梅竹马。所以，这条弄堂是小龙花全部的根，爷爷奶奶，外公外婆，以及爸爸妈妈都生活在这里。

站在爷爷奶奶家后门窄长的门框里，面对着外公外婆家的阳台，他身上散发着一种童叟无欺的自在，就像那些长长久久生在门上的把手,有被生锈的螺丝与天长地久的油垢紧紧黏合在一起的自在。在其他地方看见他,他更像一个在学校里教书的年轻艺术家,长发、清峻,长着一股子不肯合众的旧气。可在这里见到他,他还原成一个客客气气的年轻男子,穿着一双理所当然的大拖鞋,与这条弄堂绝配。

关上门以前,他遥遥一指对面的房子,"那里是外公真的房间。"

我是去看他的作品,《外公的房间》,那是一间按照1:20缩小的贺友直生活了六十多年的房间。

贺友直的家,是一间再典型不过的上海人家的房间,又拥挤又文雅,所谓螺蛳壳里做道场。

一间朝南带阳台的大房间,巧妙地布置成三个区域。一角是贺友直的画室,放着写字桌、书柜,能就着南窗的天光,也是房间里最明亮的一角。对面用衣柜和布帘隔出一间小卧室,放着贺友直夫妇的眠床,一张四尺半的棕绷床。睡了许多年,木头床架子上的浑水漆都磨掉。当中留了条通道,通到阳台上。阳台已经封了起来,成了自家独用的洗澡间。过道上放了一张可以移动的躺椅,就没浪费过道。 房间靠后的门边做了饭厅,八仙桌、冰箱、电饭煲、电视机都在那里。房间门后背的衣架上不挂衣服,挂抹布。门后的墙上,天长地久的,有了一大块霉斑,从绿色的墙纸里透出来。

"这里有霉斑。"我点了一下门后。

"我画出来的。"小龙花笑了下,"和外公家的那块一模一样。"

外公一过世，我就把他的房间画下来了。
(作者小龙花，贺友直外孙，上海工艺美术职业学院教师)

家具的毛坯

开始上色

准备房间里的小物件

用油画方式画出墙上的水渍

二、房屋

要是没有过长辈过世那天塌下来了的感受,一个人大概不会明白老房子墙上那块霉斑的意义。阅历其实是岁月给人心存起来的好东西,好像麝香一样。这块霉斑和童年时代记得的一轮红彤彤的落日,差不多是同等的分量。

小龙花:模型厂慢慢把微缩的房间和家具送到了。家具基本上都是木头做的,模型厂的老板也觉得质感应该要还原,感觉就会真实。还有大量的家居细节。

陈丹燕:许多复刻出来的房间,或者名人故居,也许什么都对,甚至是原物,但空间里的生命力就是消失了,有种不能掩盖的死气沉沉。在这些东西没上色的时候,它们也是这样的。

可是经过你上色和摆放,它们突然变得那么真实,带着温暖的感受,让我能想起我父亲在世时候的家,他的书房,他的床,他的椅子。

我觉得你不光还原了你外公房间里边所有物件的颜色,还还原了房间里的时光痕迹和亲人生活的气氛。

小龙花:外公的屋子不是一间新房间,外公家1955年搬到这里之后,就一直都住在这里,直到去世。所以这是一间几十年慢慢累积形成的房间,它已经形成了自己的生命。这个家有点窄小,是很典型的一户上海普通人家的样子。

屋子里面的这些道具为什么丰富,也是因为你能看到这些的不断积累。这个过程跟上海的面貌一样。上海这座城也是慢慢由泥沙堆

为微缩家具上色　　　　　　　　　　　房间渐渐成型

积而成，它也是一个积累的过程，而不是一开始就规划好的，包括上海的马路也是这样，也是多方的介入，各种各样的，外来的移民也好，原住民也好，殖民者也好，它就是一个非常复杂的，通过时间不断积累的过程。外公家也是这样的。是陈酿的老酒啊。

我们家的人小时候，包括我母亲小时候，都是在外公桌子下面的桌洞里玩的。他们也许想象桌洞是个避难所，我不知道。对我来说，它一会儿是赛车，一会儿是飞船。在给微缩房间里放外公的画案时，这些回忆自然浮现出来。我没有特别刻意去想，我要用多少感情在里面，但它自然会无息无声地浮现出来，因为每一个地方都有故事。

在桌洞旁边就是外公经常坐的座位，在做那个座位的时候，我始终在回忆他以前坐在那里的感觉，好像他还在那里坐着。

陈丹燕：复刻外公房间的气氛、颜色，光线这个过程，就是你通过一间微缩的房间，来复刻外公这个人物的过程。

小龙花：之前，有人建议我做一个微缩的外公，坐在房间里面。我觉得完全没有这个必要。场景就是人。一个人的家反映了这个人的全部。职业、性格、爱好就组成了这个房间，房间里的布局经过那么多年

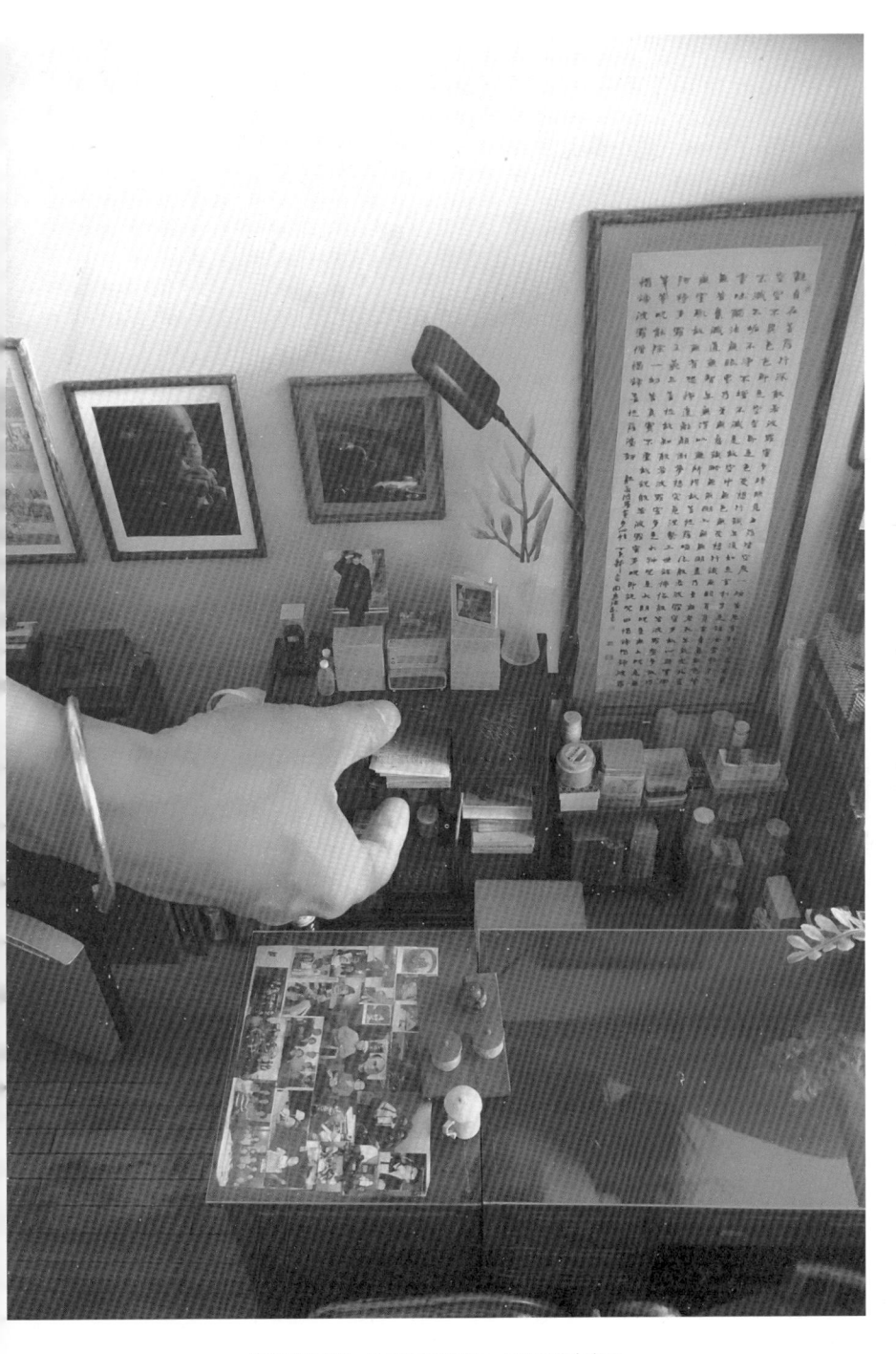

微缩的房间中,外公所谓"四室一厅"中的书房区。

餐桌上的宁波人家家常食物，外公的黄酒杯　　　　　　　　"四室一厅"中的用餐区

不断调整，其实已最符合他的生活，所以整个房间就是外公和外婆。

我并不是在简单地做场景微缩，我是在塑造人物，塑造一个变迁中的生命，如何在他的私人空间里积累完成。所以这是一个作品，超出了简单的复刻。

对这样的上海人家，你的阅历越多，那你在丰富的场景里能发现的也就越多。外公早年在旧货店里买了这个柜子，就一直用。我小时候没特别注意过，柜子这里用一杆竹尺撑着，不让柜子的格子一点点塌下去。外公家的旧家具这么将就一下，我觉得很正常。

但是之后长大了，发现其实这种将就在许多上海人家都一样。以前人不是都缝缝补补的么。

所以我决定把这个细节也还原出来，可具体这一格的撑脚是怎么断的已经不清楚了，是我外公淘到这个柜子时就残了，还是之后外公放

二、房屋

的东西太重压的,我没有去问过。可那里有外公的生活状态。那个尺是一把木尺,而且还不够长,外公在尺下面还垫了一块纸片。

每家大概或多或少都会有一些这样的细节吧,属于这家人自己的细节。

物件的摆放并不是没有理由的,也就是说,在一个物件极其丰富的屋子里面,物件的摆放有生活和个性造成的理由。背后都有深刻的个人印记。谁都可以自己仔细观察一下自己的家,就会意识到,没有一个物件是随随便便放在那里的。

如果仔细观察一家人自己用的家具,比如说桌子和眠床的边角,椅子背,都因为天天用,油漆就磨掉了,或者有刮痕什么的。特别是老人用了许多年的家具,上色的时候,我也把这些被磨损的地方表现出来,上完色后,用砂皮再磨掉一点,让它还原到一个被使用过的样子。

陈丹燕:这个柜子你外公从哪儿淘来的,你还知道吗?会是淮国旧(淮海路国营旧货商店)吗?离你家不远。

小龙花:我还真不知道。据我妈说,这个柜子,包括外公靠窗台的这个写字台,还有吃饭的八仙桌,是最早出现在这个家里的用具。很早就有了,包括他们睡的双人床。那些书柜,衣橱,是后面慢慢添的。但是就是书橱,我也有了许多发现。

这次最费劲的部分,是书橱。外公的书柜里有各种各样的书,我也是借这个机会,才得以打开了所有的门,从小到大第一回。我这才知道外公到底看了什么书。小时候我开橱门就看他的连环画,长大以后可以

外公外婆眠床旁的木头窗台　　　　　　　　　　　　微缩的房区

看到四大名著，之后我看到他作品的各种国家译本，还能看到在1980年代，他去交流时候带回的法国漫画。

　　这次打开以后，我能完整地看到外公的知识体系了。我看懂了哪些资料、哪些书对他的思想产生过非常大的影响。有一年书展，外公让我去帮他买梁漱溟的书。我当时对这位老先生一无所知，后来我才知道我外公其实也是一个对中国传统思想有很深感悟的人，而且他身体力行。

　　回想起来，他对我的教育，我在当时是逆反，可现在深深回到我自己的这个身体里，融入进去，成为我自己的了。

　　我的很多学生，年轻时都会说自己父母的坏话，他爸妈怎么怎么烦，特别是管教自己的无理，还有父母的缺陷如何如何。可我知道，等他长大了，也都逃不掉和父母会一样。自己的性格里面，自己的言行里面会反映出来当年自己讨厌的那些东西。有的时候是以一种相反的方

二、房屋

向,相反的方式,呈现出来的。

陈丹燕:看,你现在开始有宿命的念头了。

小龙花:嗯,看到了几座风车。

陈丹燕:那谁是你的桑丘呢?

小龙花:我的理智。

陈丹燕:外公眠床边上的窗台,你也特别用砂皮磨了,做出了一间许多年没有再装修的木头窗台边缘磨损的痕迹。我记得,很多小孩子暑假寒假的时候,都跑去外公外婆家睡午觉。是不是你在外公外婆床上睡午觉,才观察到窗台被磨损的?还是直到你要做这个屋子的复刻,才发现了窗台被磨损的痕迹呢?还有在窗台下面的墙上,外婆贴的那些硬纸,到底是什么名字的包装纸呢?

小龙花:并不是我小时候就观察到了。小时候看到这些,都习以为常。还是因为这次创作。外公去世后,我开始细细打量这间房间。我看到天花板上剥落的墙皮,我记得我小时候打地铺睡在地上时,看到的就是这样的天花板。现在它们还在天花板上挂着。但时光就这样流逝了,外公不在了,可挂下来的墙皮却物质不灭。它们让我感到震动。它们让我对外公房间里更多的细节睁开了眼睛,就仿佛这个人还生

1987年，小龙花与外公　　　　　　　　2010年，小龙花与外公

活在这个环境里面，并没有走掉。因为外公外婆的床靠在窗台下，时间长了，床边的墙壁就磨脏了，我有时候在他们床上睡觉，碰到坑坑洼洼的墙壁也感觉不好，外婆就想了个主意，灰色的厚纸摸上去比较干净，比较滑，比较舒服，她就把它钉在墙上了。之后上面的那些金色贴片，其实是老年人缓解关节疼痛用的膏药贴，应该叫经络贴吧，可能外婆觉得好看，就随意把它贴在墙上，感觉像一个个小金币，就变成了一个装饰。

外公有个理论，他说，一个故事成败，或者一幅画的成败，除了大的思想，其实成就画面，拯救故事的，是细节。所以我觉得，要有无数细节的堆砌，才能够把自己想要表达的全盘托出。

细节是制胜的。

陈丹燕：所以，其实你在复刻外公房间时，使用超大量的细节，这不光是因为有私人的感情和记忆，造成的难以割舍，更是认同了外公在创作上给你的指点。你宿命地认同了外公的细节观。

这样的精神上的反抗与理解，常常会发生在最受长辈溺爱的下一代的成长过程中，就如我跟我的父亲。我至今都没有确定，是因为强烈的爱，导致了在精神传承时的压迫感，引起了反抗，还是因为溺爱激发

小龙花与外公的微缩房间

了为所欲为的权利，所以才对精神相通有了更高的要求，这样才导致了叛逆的发生。我记得自己一直都跟父亲争论对世界的看法，对社会主义思潮的看法，对世界大同的看法。直到父亲去世后，我也是整理他的遗物（至今他过世五年多了，他的遗物我还没有整理结束），漫长的整理和阅读，让我看到一个纯洁固执的灵魂，我也在自己身上看到了他的影子，就像我现在长得也越来越像父亲了。

当然啦，一个著名的画家外公，一定会给同样当画家的外孙重要的影响。第一张照片，你在外公身边，就是个单纯快乐的小孩。第二张照片，你开始学油画了，外公的身体语言里出现了一点教师关怀的样子，但你说这时却是你抗拒外公影响力的时期，你感到相当的压力。

在做外公的房间 (摄影: 黄蓓蓉)

小龙花：他其实是非常严肃的人，所以对我来说，这个屋子，除了家人聚会时给我欢乐的记忆之外，其实很多时候，它笼罩在外公的严肃里面，我觉得压抑。

我父母对这屋子的印象也是这样的。外公画画时，他们进屋来，不能出声。妈妈说蹑手蹑脚。我小时候经常也要蹑手蹑脚，外公非常寡言，非常严肃。

特别是当我也开始学习美术，要和他吃同一碗饭的时候。外公开始对我非常严格，画了画，要拿给他看。这间房间对我来说像是考试场所，每次把画拿给外公看，都是放在桌上等着。外公可能还在干他的事，或者还在沉思。我也不敢多说几句，我就离开了。然后，他会喋喋不休，把很多理论反复再反复，他特别固执，也可以说，他已经把自己打

微缩中1:20的外公书桌

微缩中的外公卧室

磨成了密度特别高的一颗金刚钻,他想用他的炼金术来锻造我。我离他那么近,这个灼烧感很强烈。

　　我许多时候反抗他,躲避他,慢慢我找到一套语法,是他喜欢听,而且他能够接受的,慢慢地,学到一种作为画家与他相处的方法。当时只是为了躲避,现在过了很多年,我也慢慢能够理解到我当时是有多差,理解外公对我说的那些话,到底在画画上有什么作用。

　　陈丹燕:你看第三张照片的时候,你其实是从复刻房间的阳台门外面看进来的。那时候你看上去有一点吃惊,你在想什么?

　　小龙花:其实当时就是玩了一下,想要有一个这样角度的照片。真

二、房屋

的站在这个角度,就吃惊于,怎么会有一个这么小的房间,和我家对面外公的房间是一模一样的。

感觉自己是个窥探者。

也就是说我可能也不是我,也不是在这个家庭关系里的一个人,我是一个第三者,我是用第三视角去看这个环境的一个人。

陈丹燕:那你感受到什么呢?如果你是个他者。

小龙花:其实做到完全的第三者的视角是不可能,里面还是有很多自己的感受,现在回忆起来,发现其实外公帮到我的太多了。所以我就是也用我自己所有的能力为他做点事情。

陈丹燕:其实每个人都会有这种感情,要等亲人离开了才会发现。遗憾是一个越来越大的洞,你找到了一个出口,非常幸运,通过一五一十来制作这间房间,更深地理解你的外公,理解从前不理解的事。

你难道不觉得,这是外公最后对你的帮助与期许。你通过做这个作品,理解了自己与这间房间在精神上深刻的联系。我觉得不是你在为他做一件事,而是他在为你最后做一件事。

我们今天看到的是一间微缩的充满感情的房间。但对你来讲,不光是感情,也是在艺术上面往前走了一步。

小龙花:这个房间里其实包含了三个时间。日历是记录了制作这间

微缩中还原外公写字桌玻璃台板

房间的时间。在制作这间房间的7月，我观察每一个物件所在位置的时间。还有一个时间，是外公在世时的时间，桌椅的摆放，还是外公在用的。餐桌上摆着他日常吃的饭菜。房间的环境还是在那个时间里面。还有一个时间是外公刚去世之后。外公的第四代是在他去世之后才出生的，如今在玻璃台板下有很多第四代的照片，这是外公活着的时候没有的。只有家里人看，才会明白这间房间里有三个时间。

在外公房间里出现三个时间线，像三个空间一个一个叠加，比较有意思。

在外公离开以后，他常坐的那个凳子，我始终会觉得它上面留下了外公的影子，它像一个黑洞，像一个被挖走的空间。外公一直常坐的这

二、房屋

个凳子，它的空间也已经变化了。

陈丹燕：时间在一个空间里的叠加，应该是有一种特别的意味，它的意味是什么？对你来讲是生生不息吗？还是生死两隔？或者说是艺术品上的时空交错流动带来的意义，如每个失去过长辈的人都会有的时空生死之隔的恍惚感？

小龙花：就是带有很强的主观色彩。首先我希望外公还在。还在那个凳子上用餐，所以我在八仙桌上还是摆出要吃饭的样子。同时我又希望他再生，在他有生之年就能看到这个第四代。所以我把第四代的照片放在里面。再有就是制作时间，日历上标出的是这个场景被还原之后的一个日子。我也不会忘记这一天，这个月份，这一年。

陈丹燕：还原的意义在哪里呢？为什么就这么值得纪念呢？

小龙花：这个工作给了我一次机会，让我能够真正进到那个房间，在他离开以后，与他相处。也给我一个机会，可以借由这个工作，从我母亲和我阿姨那里听到这有关这个屋子和有关他们过去生活中的很多故事。这对我来说也是一个非常大的收获。我们一直生活在一起，但这却是第一次听到上一代人的回忆。

对我们整个家族来说，我觉得也是一个好的纪念。这个复刻的房间留住了时光，留住了往事，留住了场景。我相信我们家的人，哪怕之后的一代一代，看到这种场景，都能够感受到这个场景里面的人和这个场景的故事。这是我们家族对于记忆的保存。别人则能在场景的还原里，看到外公日常的生活，了解到外公这个人是怎样生活下来的。

陈丹燕：能让你家的世世代代都看到这个房间，看到家里人怎么生活的，对你来说竟是这么重要的事吗？

小龙花：是的，对于理解，它非常重要。

小龙花的工作室，曾经是他爷爷奶奶的家。在那里，和他一起向下望着那间将会永存的房间，那里有着一团云朵般的，沉浮着他对自己记忆的爱惜，对自己家人的祝福，这是份温柔的感情，它让我想起我父亲的家，他活着的时候，大前门牌国产香烟辛辣的臭气，他冬天穿的棉大衣，他用了几乎一辈子的二战战利品：美军单人羊毛毯，现在是我家茶几上的桌布，他的红蓝铅笔，他存着的一沓沓整整齐齐的《参考消息》。我在想，自己为父亲的家做得不够。小龙花一一指点着房间里他留下的机关：外公家的八仙桌上放着一碗每年春天都会做的烩双菇，外公家的窗帘原本是雪白的细布，他用茶水泡了，让它们有点老气，外公家的电视机里正在播放着从前上海电视台在这间房间里做的访问，外公正在电视里介绍说：我家的一室四厅。

我是个生活平顺的作家，并不想为了写出伟大的作品去尝遍人

二、房屋

间疾苦。但看着1995年写旧城街道的时候，满城拆迁留下的旧屋尸体，到2019年，看着一间人去楼空的房间如何永生，也算听到时代向前的脚步声中，有声音说出了"不服"这两个字。

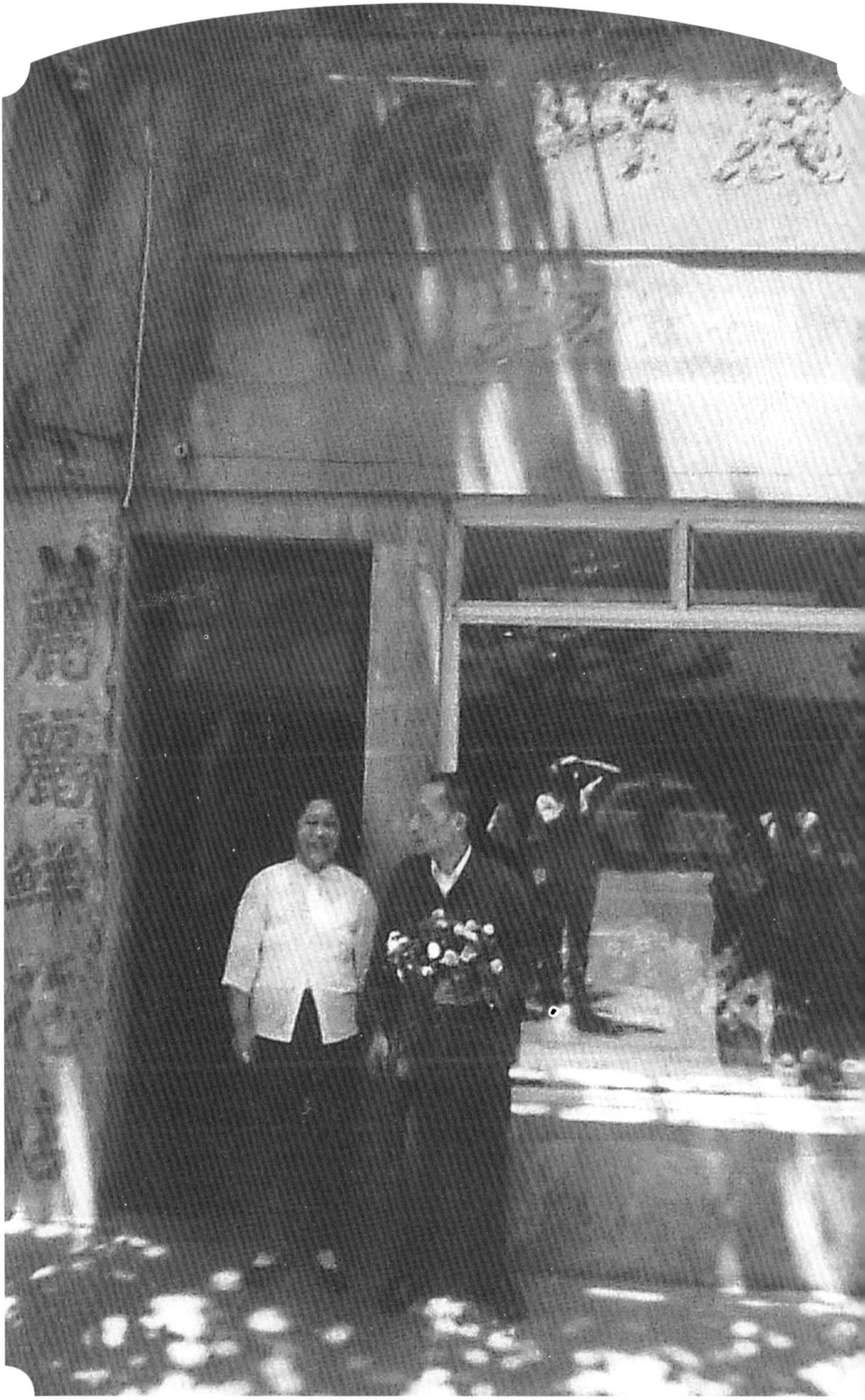

* SHANGHAI MEMORABILIA *

Part Three

THE STREETS

三

街道

上海法国城

来了一个台湾人,是我朋友介绍来找我的,说是他从小崇拜上海,上海在他想象里充满了传奇。说是那个台湾人生在台湾,可是拿了一张回乡证,到他家几辈子都没有人来过的上海旅行。

所以,我领着这个人在上海玩。

绿树森森的复兴中路口上,我等到了那个人,他的脸上有一副从前溥仪时代的墨镜,他的眼睛在那后面东张西望的,看到我就说:

"哇!上海是一个那么有传奇故事的地方。"

"什么传奇?"我说。

"沙逊,黄金荣,白俄舞女是公主,穷人靠当买办发了大财,还有租界的花花世界。"

我带着他开始玩。

从淮海中路和复兴中路交界的申申面包房出发。这是当时法国租界里最重要、也是最美丽的两条马路。在法国和西班牙四处可见的梧桐树,一直伸向马路的尽头。我们在面包房买了早上新出炉的法式小羊角面包,那种小羊角面包柔软而微甜,是住在附近的欧化的上海人爱吃的早点。那是1930年代的法国人传下来的配方,还是上海人凭着记忆学习的呢?那台湾人问我的时候,我还真不知道。我说,在上海久居的西洋人,常常抱怨买不到一块真正的面包。

从申申面包房出来,向第二个弄口去,走进一条在上午很安静的上海弄堂。在弄堂的底部,夹杂在各种呆板的灰色的建筑里,有

法租界上的法国总会，六十年前明亮时髦的大房子和奢华气息透过几度沧桑的老照片还在渗透过来，让人想象和在想象中心仪。（摄影：佚名，1940年代）

一栋完全不同的南欧式样的房子，有红色的瓦顶，窗子的两边，有藤蔓般卷曲而上的柱子，小而细长的、深陷在墙里的窗子，那就是上海已经有了一百多年历史的老房子，法国城的遗迹，西班牙式的房子。

如今这些遗迹，像打碎在地上的玻璃杯一样，片片撒落在小街的深处。

弄堂非常安静和窄小，向前经过神学院，那里本来是一个小的天主教教堂，有一个说英语的西班牙嬷嬷，她在三十年前不见了。教堂倒塌于一次火灾，同样是呆板不堪的灰色建筑的神学院，就建立在它的废墟上。经过它的外墙的时候，可以听到有人在钢琴上练习赞美诗，清晨有学生的歌声。

从1412弄出来向西去，在永福路上，左手的方向，有一些被刷

法国城沿街的黄色小修道院旧址,西班牙式的平坦旖旎的小楼群,繁复的镂花铁栅栏,陈旧的墙面,昏暗的楼梯,吱吱作响但仍旧结实的柚木地板,早已被人的鞋底磨花了,但要是打上了厚蜡,仍旧平整漂亮。(摄影:陈丹燕,1993年)

成黄色的西班牙南部的建筑,它们也是突然在杂乱无章的房子中出现的。走进积满了灰尘的拱门里去,在拱门的深处,有一个应该有一百年的西班牙式的喷泉,嵌着细小的瓷砖,肮脏而斑驳,早已被废弃。用一个手指在上面拼命擦,拼命擦,然后,在眼前就出现了一小块白底蓝花的小小的瓷砖,一百年前的坚固的釉,还在闪闪发光。

从那个院落出来,再向西走,可以在十分钟内到另一条安静的马路,像英国一样有那种来历不明的雾,或者纽约天阴起来像一大块铁,上海也是一个阳光不多的城市,常常是灰色的。这条武康路,像一只灰色的袜子一样。那里,你可以看到另一些西式的房子,小小的、突出的铸铁阳台上,攀满了微微发红的常春藤,带着真正古老的欧洲情调,江河日下的精致。它又有一种远在东方的奇异

三、街道

气氛:陈旧、隐秘和被遗弃的东方式的多愁善感,这是欧洲那些被精心保护的老房子所无法表达的。

中午,从武康路上126路公共汽车,沿着淮海中路,可到新乐路上的葡萄园中餐馆。这是一个令人惊奇的地方,它本来是一家私人开的小饭馆,像在这条路上的不少小饭馆一样。也许是它提供干净而惠价的上海风味的食物,也许是它的家族服务有着上海人的风格,随和而时髦,铺着斯特拉斯堡小铺子一样的红白方格的桌布,所有的人都可以用洋泾浜英文,和你讨论菜单。总之这个饭馆永远是有人在外面等座的,那里是在上海的外国人常常碰面的地方,在那里,可以听到许多种语言,还有至今为止仍旧惠价的新鲜食物。

然后,我们去了在新乐路和襄阳南路交界处的圣母大堂。这个东正教的白色小教堂,是法国城时代逃亡在上海的俄国人怀乡的地方,想学俄语的上海青年,可以在教堂外面墙上的俄文布告栏上,找到一个说地道彼得堡贵族俄语的家庭教师。教堂有比上海的晴空更蓝的洋葱式的顶。

只是你无法看到一个幽暗的、有画在木板上被烛烟熏黑的神像的俄国教堂了,如今里面是一家证券交易所。

那些患了怀乡病的白俄,早已不在上海,也再不会回到上海这个他们暂时的避难所来了。

从教堂向南去,又可回到淮海中路上来,越过它,到上海音乐学院,在那里的高大树木下,一路都是弦歌声。

这就到了法国城中的俄国小区。在岳阳路的三角街心花园里,有俄国人为普希金竖立的铜像,被矮矮的、黑色的铸铁栅栏围着,

香山路上的一栋老房子,有着焰式哥特式的长窗,让人想到威尼斯。当我整理这张照片时,边上有另外一个人看见了,他点着那扇开着的长窗说,二十年左右以前,玻璃全是彩色玻璃拼成的,他那时爱好拍摄老房子,曾贸然走进那间房间里,那户人家很友善,同意他进去拍摄彩窗。那天下午的阳光,全照在西边的彩窗上,地板上一长条,一长条,全是它们的影子。(摄影:陈丹燕,1993年)

不曾整修一新的老房子，散布在法国城的每一条小街，每一条弄堂里。只有极少数非常著名的建筑被市政府钉上一块咖啡色小牌子，言明是著名城市建筑，而得到保护，但并不着意修复它们。旧而精美的老房子便成为这一街区的背景音乐，轻轻的、从不停顿地烘托着这个街区。（摄影：陈丹燕，1992年）

像在俄国的公墓里到处可以看到的那样。

上海的法国城，在当时充满了俄国的情调，俄国公主在舞厅里跳舞，俄国的音乐家在酒吧里弹着在家乡学会的法国小调，小饭馆里有真正的俄国大菜，面包房里可以买到真正的俄国列巴，俄国人在到处散发对优美的西方文明忧伤的怀想。

上海人也因此染上了古怪的怀乡病，对永远不属于他们的西方文明。从街心花园出来，沿着衡山路走十分钟，可以看到一家栅栏里的私家花园，据说那是上海如今最大的一个私家花园了，那里有美国1940年代流行的美式平房，如今是主人的私人画廊，沿着地砖斑驳的台阶而上，画廊里陈列和出售主人所画的小幅水彩，在上海法国城里的旧洋房，在上海的薄薄的阳光里面，破败而温情。

有时，主人播放他自己编辑的音乐，那是他的咖啡音乐，下午的音乐。是法国城时代的1940年代的西方音乐。

晚餐去了锦江饭店，一个老式的大旅店，有不少东西还是上个时代的式样，比如长长的走道里的灯，以及温厚而熏黄的灯光；比如褐色的门以及套房的小回廊；比如楼上餐厅的雕了花的高大护壁板。那是一个有许多桌子的大餐厅，有烫过的发硬的白色桌布，精致的食物放在蓝花的中国瓷碗里，你可以看到上一个时代的人的奢侈。可惜的是，那里的东西一点也不好吃，像1949年以后在上海出生的年轻人心里的老上海一样，徒有其表。而我和那台湾人，不想扫兴地吃了好多，还说不错。

上海的夜晚常常是有雾的，空气潮湿的，也许是一种特别的诗意，也许是由于大气污染，也许是大城市人口拥挤的关系。法国城

最最典型的上海老房子景观：优美结实的西洋古典式精致的天花板下，晾着袖口被磨薄了的棉毛衫裤；裤裆被拉得长长的，长得不可思议。（摄影：陈丹燕，1993年）

没有明亮的路灯，路灯在梧桐树叶里暗淡地照亮着近旁的东西。

这是连歌里都唱着的，上海法国城的魔法时刻。夜空的暗影里，英式的烟囱上隐约的一个S，那是在白天很容易被忽视的，大露台由于看不到白天的积尘和裂纹，而好像焕然一新，时代和时间被抹去，老旧的小楼里灯光明亮。

在复兴中路上，有一栋法国人在五十多年前盖的小木楼，如今它的地基已经随着上海的地面下沉而下沉，减去了两级台阶。那个法国人盖了一个简朴的、东方化的法国小楼，在里面做了一些褐色的嵌在墙里的家具，代替桃花心木，它的楼梯舒适而窄小，被漆成了白色。可是不知为什么，法国人很快卖了房子，回法国去了。当时买下了房子的中国人，住了以后的五十年。世事变化，可是那些被嵌在了墙壁里的法式家具，留了下来，还有住在里面的人的习惯：喝加奶的红茶。

法国城是那么奇怪的一个地方，它一直有某种东西，有生命似的在暗中无声地蠕动着，不可名状，不曾相识，可毫不陌生。

那个台湾人，很陶醉地问："法国城遗址是不是有许多东西，好像就在眼前了，可就是看不清？你说这是什么？"

我说："不知道。"

三、街道

有普希金像的街角

在岳阳路上的十字路口，有一个小小的街心花园，街心花园的中央，有一座普希金的铜像，那是从前沦落到上海来的白俄竖起来的，不过，在我出生以前，他们中的大多数已经在1949年逃到外国去了。他们住过的房子，俄式的，还在那里，红色的、有着白漆斑驳的窗子，门楣上还有一百年以前的石头浮雕，半圆的灰色石头上，雕着有藤蔓的叶子和花。

现在住在这房子里的人，当然是中国人了。一些老人，有时候还会说起他们的故事，说他们中有许多酒鬼，喝啊喝啊，喝了就用罗宋话唱他们的歌，唱着唱着就哭了，哭着哭着就睡着了，上海冬天的晚上，在淮海路大商店的门廊下，他们就那么嘟囔着睡着了。说他们中的女人，说是什么什么公主，在DDS当舞女的，也卖身，跳舞裙子里，什么也不穿，只要人家为她买一杯酒，就行了。俄国的女人，绿色的眼睛斜斜的，身上像冰山。说起来，上海的租界里，倒像是一个奇怪的俄国城市，餐馆，衣服店，面包房，舞厅，到处都有俄国人，剧院里上演着俄国芭蕾，梧桐树下贴着从彼得堡来的诗人亲自面授正宗俄文的告示。

那时候，这有普希金雕像的街角，就是法租界的俄国小区的中心。说这故事的人，老了，他们说从前他们管这些俄国人叫罗宋瘪三。他们说："不要看外国人，外国人也分三六九等的，外国人要是瘪三起来，比中国穷人还要瘪三不知道多少倍，真正的瘪三。"

白俄开设的芭蕾舞学校。上海富裕人家以将女儿送至此类学校学习舞蹈为风气。白俄老师常有优雅风度和良好教养,常自称是来自圣彼得堡皇城的公主或者贵族。(摄影:佚名,1940年代)

  老人的眼睛里,有一种笑意,我想,那应该就叫幸灾乐祸。

  小时候,常在塑像下面玩,仰望那铜像,只看见童年的蓝天下,有一个又尖又高的青铜色的鼻子,忧郁而诗意地指向前方。小时候常常在那里放风筝,有一次风筝落到了普希金的肩膀上,望着这个外国人深深的眼睛,就是不敢去用力拉一拉细细的风筝绳子,大哭着放弃了新风筝回家去。

  因为怕惊动了这个被人打死的人,会有报应。

  在我家和普希金公园的中间,要经过一个街面房子,那里终日响着钢琴声,教琴的,是一个又白又胖、像一座有洋葱味的雪山一样的俄国女人。我常常听着她的琴声走远,可是不知道她在弹什么,那些曲调在一个小孩子听起来,就是阴郁的。

  有时候,趴在高高的、有陈年雨痕的窗子上看着暗暗的屋子

街心花园里的普希金雕像。去看它的最佳时刻是冬天雾湿的夜晚。上海的冬夜多雾,将一切暗暗打湿,路灯光变成蒲公英般的白色光球。远远可以看到枯枝间的青铜雕像因为潮湿而发亮的鼻子。那样的夜晚街心花园四周寂无一人,令人恍惚。(摄影:陈丹燕,1993年)

俄国妇女在上海开设的沙龙，内设按摩和蒸汽浴。俄国妇人作为白俄难民，身无一技来到上海，常常靠教授钢琴、芭蕾、俄文、去咖啡馆做女侍、厨工、去舞厅做舞女生活，还有一些人到俄妇的按摩院做按摩女和暗娼。这样的地方，被她们自己称为"沙龙"，在小报的角落里登一则小广告："俄人捷尔伦斯基夫人沙龙，定让你轻松浪漫，不虚此行。"（摄影：佚名，1940年代）

里的女人，看到她走过来了，马上就逃开去，逃得飞快，像有鬼赶着一样。

　　因为这个雕像，所以我第一个记住的，就是这个外国人。也爱读《金鱼和渔夫》的小书。哥哥学校里读的是俄文，他教我普希金的俄语读法，可是他自己学不会卷舌音，发出来的声音像吃多了安眠药的呆子说话。那时候最好的学校里好像都让学生读俄文，因为那里是列宁十月革命的故乡。那时候，有人唱着苏联歌，唱莫斯科郊外晚上的一个好姑娘，那时候，我家楼下有一个大哥哥和中学里的一个女孩子恋爱了，那女孩子穿着布拉吉在黄昏的大院子里走过，露出了麦色的锁骨，让院子里所有的小女孩都看傻了

俄国人在南京西路开出了西伯利亚皮草行，是当时著名的皮草商店，就是身处潮湿多雨的南方，上海人还是常常去那里买皮衣来，穿戴于正式场合。这家商行一直保留到1949年以后，店面没有变化，细长的年轻的树长成了粗壮的中年的树，店楣上的字换成了中文简体字，还是叫一样的名字。直到1990年代，新的世界名牌专卖店横扫南京西路商业街，它消失在运动品牌专卖店中。（摄影：佚名，1940年代）

眼，以后，我们这一代女孩子的理想，就是长大以后，要在一个黄昏穿上露出了锁骨的苏式的布拉吉。

　　追究起来，上海是一个挑剔着崇洋的地方，不是什么洋都一律崇拜。在有比较的时候，从前的年轻人把在上海的俄国人叫做罗宋瘪三。而到了楼下大哥哥的时代，他那穿布拉吉的女朋友，就成了我们的理想。像一个感冒的人，塞了鼻子，晚上睡觉的时候，只好侧面躺着，让上边的鼻孔把鼻涕流到下面的鼻孔里去，就整夜地用一个鼻孔，呼哧呼哧地吸气不已。那时候的上海人，紧紧捉住唯一的外国，那是苏联。

　　后来，"文化大革命"，将普希金像敲碎推倒了，苏联也没有了，它成了修正主义。

那时候我长大了。

有一个时期，我特别喜欢自己冲洗相片，常常和同学结伴到襄阳公园去照相。那里有一个最好的背景：蓝色圆顶的东正教堂。数不清有几张照片是以它们为背景的，从镜头里面看着蓝天下面褪色的蓝色圆顶，和顶上小小的黄色圆点，真觉得它是那么浪漫那么悲伤的房子。站在上海那不蓝的蓝天下，好像在怀念什么遥远的东西。那时候，我知道那是白俄留下来的房子，他们到了礼拜天，就到这里来，这一小块地方，是他们真正的故乡。他们在这里唱歌，在这里哭，俄国人才有的那种广大温柔的忧郁，就这样子在上海的蓝顶房子上留了下来。

后来一个时期，我特别喜欢读书，从四面八方弄来的书，大部分是俄苏文学，书中的人，在说话的时候常常夹着法文，在书页的下端，有那些法文的译文。因为俄国人对法国，有种深刻的、像怀乡似的崇拜，就像上海人对租界文化。

后来，我又长大了一点，喜欢用零花钱和朋友一起在外面吃饭，好像只有坐在外面餐馆的桌子上，才表示我们都长大了。去的那家上海西菜社，在梧桐深深的淮海路上，里面有褐色的火车座，在那里我吃到了罗宋面包和乡下浓汤，一种有番茄沙司、卷心菜、土豆和红肠的俄国汤。餐后还有一道俄式的冰激凌，里面没有一点点冰渣子。听说，那里的大师傅还是小时候从俄国人手里学来的。

有时候还到岳阳路上去，没有了普希金雕像的街心花园绿树

三、街道

葱葱,路上经过那白俄女人的琴室,里面再也没有她的琴声,没有人知道她到哪里去了,她的门上也落满了雨痕。那时的岳阳路,白天几乎看不到行人,在寂静的空缺里,少年时代的我,感到了在俄国民歌里的那种温柔和忧伤。

那时候,离上海人那么难忘的1940年代的好日子已经远极了,上海人还是不肯喜欢俄式的东西,迷死了租界的人说:"我其实不喜欢俄苏的东西,我喜欢的是上海的租界。"可是,那个留在越来越老的老人嘴里的租界,在我们看起来,就只看到蓝顶的房子和红汤了。那时候不再有白俄女老师教孩子钢琴课,可是走在马路上,还是随时可以听到有孩子在家里的窗前学琴的声音,我不知道这传统和从前这里有那么多钢琴老师的历史,是不是也有一点点关系。

后来"文化大革命"没了,普希金像又重新竖了起来,有一天特地去看它,普希金变矮了,甚至鼻子也不那么尖了,仰望铜像的时候,在心里吃了一惊,原来这里的天不是瓦蓝瓦蓝的。

上海人慢慢地变得有钱了。上海是那样一种地方,要是有一点点钱的话,它可以做出很有钱的样子出来,它天生地懂得使自己气派。那时候,任何从外国来的旧衣服,都能在被普希金雕像的小花园和蓝顶的东正教堂夹在中间的华亭路上,卖一个好价钱。那衣服一穿到上海人身上,配上他自己的围巾和微笑,好像从来就是他穿的。那时候,苏联正在打个不停,苏联的女孩子在为一双丝袜子而献身。

华亭路上来了苏联人,背着一个小小的包,里面有他们的望远镜、手表和照相机。他们想用它们换中国人的衣服和袜子回家。那是个小伙子，高高的。那一次，我才真正看到了在书里看了那么多次的亚麻色的头发，和那头发下的蓝色的眼睛。

　　白俄来了又走了，留下了普希金的雕像。赤俄来了又走了，留下了布拉吉的梦想。现在亚麻色头发的小伙子来了。

　　华亭路上的人笑嘻嘻地看着那高大的小伙子，有一个中国小伙子跟在他身后，大声对每一个摊主说：

　　"苏联人没有钱的啊，他拿了东西来换，就是没有钱买的意思，别看他们是外国人，外国人也分三六九等的呢，你们好好地杀他的价，从前，人家都叫他们罗宋瘪三的呢。"

三、街道

外滩的三轮车

晚上到外滩去,能看到沿着江面的从前黯淡的大楼群,如今被新装上的照明灯照得雪亮。一百多年以前的欧洲大楼,巴洛克式的,青春艺术式的,芝加哥式的,罗马式的,几经沧桑而不毁,在上海发红的夜空下默默伫立,带着一种好像是哀伤的气息,即使是被照明灯照得像一根根透明的棒冰一样的夜晚,也不能挥去这样的气息。它们总是要让人想象。

外滩从来是上海人的骄傲。甚至在最为排外的1950、1960年代,上海出产的黑色人造革旅行袋上,也印着白色的外滩风景:沿江的尖顶大楼,梧桐树。从外地来的人,要是不到外滩来看一看,好像没有到上海一样,就像到了北京而没有去长城。

晚上的外滩,刮着潮湿的风,在那里走了不久,露在外面的皮肤就潮了。一盏一盏地经过立柱的铸铁路灯,那路灯是最近修外滩的时候,仿着从前租界时的欧洲街灯的样子新造起来。仿造的,不知道在哪里,就让人看出来它的不结实、不老和不精致。虽然它也亮着,它也站着,它也是黑黑的,可是看上去还是像话剧里的道具,罗密欧和朱丽叶小小心心地站在三夹板钉起来的阳台上歌唱爱情,他们一动不动,生怕不小心踩裂了外面画着石头的阳台。听说从前外滩的老铸铁路灯,在1950年代,为了大炼钢铁,把它们都推倒了去炼钢铁,当时人们以为这种租界留下的旧东西,有去炼钢的机会,都是它们的幸运。而现在它们的赝品在有雾的夜晚大放光明,一些

年轻的男子,在上海赤手空拳求生,于是当了黄包车夫。在这照片上,你看到他眼里的无奈和不平,你可想过,六十年以后再在外滩见到他,他会对你说些什么,关于他的年轻时代和他的生活理想?(摄影:佚名,1940年代)

年轻人靠着它们照相,那是新从法国时装杂志里学来的情调。

  到圆明园路街口,暗暗的老式路灯下面,看到了一个老人骑着一辆红色车身的三轮车。路灯昏黄,把两座高高的旧大楼下没有一棵树的窄街照得像一个深壑,老人和他的老三轮车,停在和平饭店和银行大楼的裂口中,好像是从历史书的缝隙里不小心落下来的陈年灰尘,红色的木头车,黄色的油布篷,车夫挥汗如雨,那是三毛漫

从前的上海总会，现在的东风饭店，灯影绰约间，望得到白色大理石的台阶被踩缺了边。（摄影：陈丹燕，1996年）

画里的旧上海，车夫的后背上坐着一个飞扬跋扈的美国水手和一个鞋头尖尖的女郎，那是劳动人民在没有翻身得解放时候的痛苦生活。我想起来一个纪录片里说过，全上海现在只剩下最后七辆从旧上海过来的三轮车了。

老人用一条看上去白花花的毛巾用力打了打座位，望着我们响亮地说：

"坐在三轮车上白相夜外滩，味道才好。"

天长地久的花岗岩大厦和得过且过的高压电线杆,这两者组成了外滩。夜晚穿过夜雾而来的灯光,将这尖锐的冲突融合为一种惆怅的气氛。这是外滩之夜荡漾的感情。(摄影:陈丹燕,2006年)

　　座位用白布蒙着,按上去硬硬的,好像里面还是油布的座。从前的人一定都瘦,所以两个人坐上去,紧紧地挨着。

　　老人伸出两个手指,要二十元钱,从灯塔到外白渡桥,回来走圆明园路,看老房子,最后到云南路吃小绍兴鸡粥。

　　"二十元,比出租车还要贵呢。"我们反驳说。

　　"出租车算什么东西,你坐在里面什么也看不到。我这个车子,你要快,用脚踩一踩踏板,我就会快,你要慢慢地看,吃吃瓜子,

地面上几乎被鞋底磨薄了的黑白两色的拼贴方地砖,前厅高高的天花板上只亮了一半、可仍在使用的云母石吊灯,这也是外滩。这是它的纽约大楼的遗韵。(摄影:陈丹燕,2002年)

看看风景,我就慢慢地踏。从前的小姐,都是这样子的,把脚跷个二郎腿,坐相好看得不得了,美国玻璃丝袜的一根筋,一点也不歪的在后面横好。街上的人也看你们,好像是看风景。"

我的天,那是从前长三堂子出街。

"碰到有太阳的时候,小姐啪地撑出杭州绸布伞,花露水香了半条街。"

还很是香艳。也许就是他车上的女子,把《子夜》里那个从乡下来上海的老太爷惊得到上海第一天就中了风。

老人在此刻是不能抗拒的，他鼓动的笑容为我们闪闪发光地展开了一个时代。对从小看《旧上海的故事》、《新上海的故事》长大的我们来说，那是个多么神秘、多么似是而非、多么纸醉金迷的时代，如今我们眺望着它，像破落地主家穷大的灰孙子看从前的家谱。

三轮车在荷兰银行边拐了一个弯，上了靠江边的大道，风湿湿地掠过我们的脸。海关的铜门在灯影子里，像拉洋片一样，从我们眼前无声地掠过去了，老人伸手点点钟楼说："这只钟是英国货呢，用了这么多年，都没有坏。"

东风饭店外面挂着好多小灯，看上去热闹而又贫穷，小孩子手里拿着吃剩下的可口可乐红纸杯从里面出来，那里现在是小孩子最喜欢的，吃美国炸鸡的地方。

老人说："从前这里是最高级的地方呢，上海最有钞票的人去开销的地方。那时候这里干净啊，出出进进的全都是头面人物啊，像现在，弄成这种瘪三腔调。你们是没有见过，上海从前兴旺的时候，你们的爷娘大概还拖鼻涕呢。"

"你进去过吗？"

"我们这种苦力怎么进得去，我们的车子都不好在那里停的，人家都有私人轿车开过来，司机戴好白手套，像那么回事。"

"那，你现在高兴了，想进去就进去。"

"有什么好高兴的，进去的是那个地方，可不一样了啊。从前是什么气派。现在我都不要进去，我儿子结婚时候喜酒办在那里，

三、街道

天花板上还泅出水来的。"

老人的背像大鸟一样耸起来，把手撑在龙头上，两只脚一吊一吊地骑着车，是纯熟到了油滑的骑法。他从十六岁开始踏这辆三轮车，现在已经六十年。从前他是一个从苏北乡下来的小伙子，现在，他是一个两腿爆满了青筋的结实老人。

"从前我们也会看山水的，看到时髦的人嘛，说哈罗哈罗，外国人在车上，用斯笛克顿顿脚踏板，就说Hurry, Hurry, 就是快的意思。"

我们在车上惊倒，他也会说英文！

老人脸上笑了笑："客人下车了，就说古德拜, Sir。"

一盏路灯照亮了老人的笑，那是非常老于世故的笑容。

看到旧灯塔了，它小小的，百无一用地坐落在外滩的尽头，再过去，是1949年以后慢慢扩展的新外滩了。那个早已被废弃的灯塔黑暗着，像一个寡妇一样，在夜里背时而抒情地站着。从前，它是为进港的船引路的，船带来了四面八方来上海做发财梦的人。骑车的老人也是坐船到上海来的，只是他一辈子都没有发财，但这没有影响他对上海的回忆和怀旧。可为什么他怀念从来不曾属于他的那种上海世面？

老人像大鸟一样的背影，无声前行的木头老车，有雾的灯下，我们好像跟着他在飞。从来都没有人这样热衷地对我说过从前的上海，这样惆怅地。他为什么是热衷的呢？好像是他失去了根，好像是他失去了生活的目标，好像是他终于能在缅怀里得到什么。

"从前外滩到底什么样子？"我们问。

"比现在干净多了，外国人领着小孩，在这里散散步。黄浦江

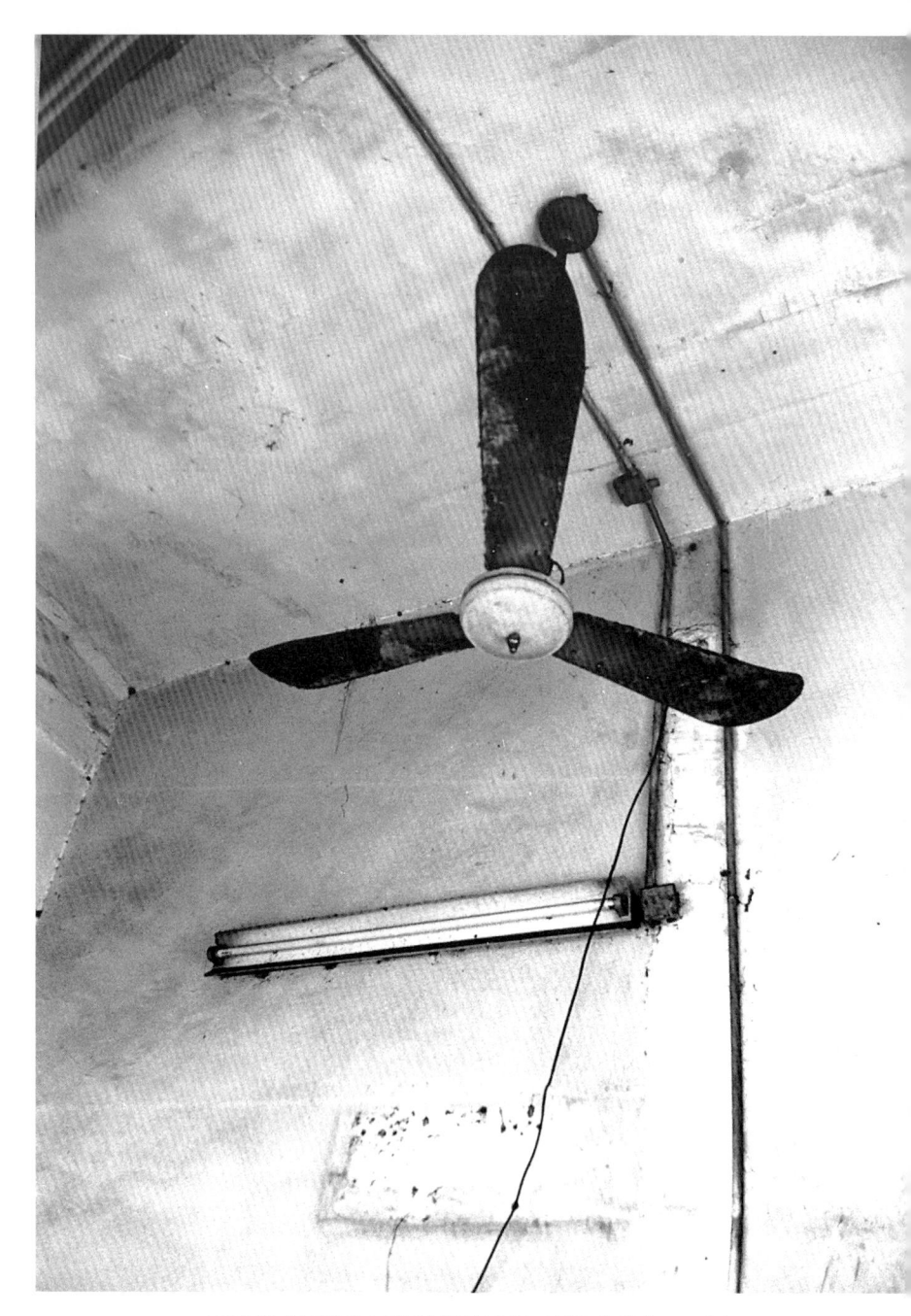

圆明园路《文汇报》大厦拆除前的门房间。(摄影：陈丹燕，2001年)

钥匙在夜色中哗啦啦地响,发出金属相撞时的清脆声音。夜归人身后突然亮起的灯光,照亮了大门上旖旎的铸铁花纹。当灯光照亮外滩时,它就突然从暗夜中起伏幽暗的山峦,变身为远东1930年代最时髦的都市。这种凋败的美,一直都是我最喜欢的景色。
(摄影:陈丹燕,2007年)

里，有钱人的游船呜哇呜哇唱唱。是有钱人来的地方。"

大家现在向往着的，想念着的，以为自己从前有的，就是这种日子么？

"那从前到底好不好？"我们问老人。

"你有钞票，就是好。没钞票，到什么时候也不会好。"

这就是从前像我爸爸这一辈的浪漫的学生革命者说的社会的不平和革命的动力么？

"要是你有钱呢？"

"人生在世，谁不想吃喝玩乐，风风光光呢？"

没有树的窄街。

外滩的大房子。

南京东路的大房子掠过去了，那曾是一个犹太人用卖鸦片的钱盖起来的东亚第一楼。

白渡桥后面的上海大厦掠过去了，那曾是上海最豪华的旅馆之一。

外滩公园在雾夜里水边黑色的树林掠过去了，在那里，几个中国牧师曾为公园门口竖立的"华人与狗不得入内"的牌子与外国巡警交涉，一个年轻的中国牧师被打，这时一个年轻的女子挺身而出，他们就这样相识而且结了婚，并生下了两任国母：宋庆龄和宋美龄。

上海的从前几经沧海以后，变成传奇。

突然远远看到南京路上，堆在一起射过来了高高矮矮的霓虹灯。那里想要重铸昔日辉煌的心思正在发扬光大，老店名在恢复，老建筑在重建，人人享受寻根的乐趣，像十九世纪欧洲旧小说里

外滩的小杂货店,一路洒来迷茫而疲惫的光线,好像等待着什么的结束。(摄影:陈丹燕,2007年)

的孩子,贴身挂着一个不知来历的金鸡心坠子,里面是个贵夫人的像,可是他穷得像老鼠一样活着,然后有一天,发现自己原来是贵族家的私生子。现在,整个城市,都在找自己的金鸡心坠子。在我们小时候从来就是在黑暗中江风横扫的外滩,现在一点一滴地收拾起来,像是这个人终于找到了一个坠子,可是拿不准是不是金的,用牙咬,用手搓,心里直嘀咕。

甚至一个从旧上海一路踩着三轮车而来的劳动老人。

甚至他的后代们。

华亭路

坐落在小花园后面的结核病防治所正在大修,粉刷成明亮橘黄色的大房子突然强调了它本世纪初的欧陆式样,它在街角突然营造出来的华贵与舒适引得路人纷纷驻足。在"文化大革命"中用泥巴糊平的三个西洋古人浮雕头像重新沉思地低垂眼睛出现,这栋大修变旧的大屋在延庆路华亭路上连排的旧欧式房屋几近尘色的景观中,也像三个头像一般凸现。

这是第一栋在华亭路上复旧的屋子,它的灼目出现,使人回首百年之前的上海租界历史,那是曾被人们努力消除的历史,但由建筑沉默地强调。在大修中这栋旧屋虽然同样将外墙刷黄,但眼前的新鲜暖和的黄色与世纪初欧洲建筑流行的冷静高傲的黄色有微妙的区别,后一种黄色今天我们只能在上海租界建筑的外墙局部可以看到,比如窗台下端。不知那种颜色上的区别,是否由于冷静的柠黄是英国人涂上去的,而如今温暖的橘黄色是中国人涂上去的缘故。

带领我走进如今充满了油漆和尘土气味的大屋的陈姓老人,是在这里工作多年的资深医生,在他通常老年人穿的羽绒衣衣领里,衬着一条细格围巾,1950年,他在租用这栋房子时曾经目睹这大屋作为在上海的外国人住宅的最后情形。

1949年,拥有这栋房子的英籍犹太人逃离中国。1950年,房子二楼的宽大走廊上,还挂着大幅壁画,甚至在宽大阳台上,还放着一些晒太阳用的藤椅:用中国上好的藤编织出西洋的式样。只

1993年以后，从前老旧的洋房渐渐在这十年间，被整栋整栋地修复租出。

2015年，为做新版再回访这些街道，才发现这些年，上海历史风貌保护区里的老房子都三三两两地修复租出，成为各种咖啡馆与红酒店以及书店或者设计师小店等城市最新最时尚的公共空间。

是时光飞逝，即使是当时目睹变化的陈姓老人，也不能回忆起壁画的模样，是英国的严峻与真实，还是犹太人在绘画中喜欢的辽远与写意。

　　陈姓老人绕过一堆建筑垃圾，推开底楼的一扇厚重精致的房门，告诉我这里原先是餐室。曾经有一扇窄门，从后面的厨房通向餐室，给仆人上菜时直接进出，现在演变成一个放X光片的细长木柜。这里曾经还有一只大菜台，在医院的小仓库里我看到了它。阳光从我的身后射向仓库深处的大菜台，它翻倒在絮尘飞舞的阳光之中，台面已裂，露出台角可伸缩的机关，粗重结实的桌腿至今还保留着栗色的油漆光泽和雕刻出来的菱形花纹。据说等到房子大修结束之后，这个大菜台还会搬回去，作为医院小会议室的会议桌。

　　在二楼卧室门边我站了几分钟，看到门上嵌有白瓷的把手，那

华亭路上那栋英籍犹太人老房子的秋天。在那个秋天,我了解到这户犹太人也姓沙逊。(摄影:陈丹燕,1993年)

华亭路那栋沙逊家老房子的冬天。在那个冬天,我了解到,终于是没人前来认领这栋房子,当年的担心被暂时收拾起来,它仍旧属于结核病院。(摄影:陈丹燕,1993年)

三、街道

被黄铜环固的小块椭圆白瓷,有着纵横细密的龟裂,龟裂的纹路也已变成微黄。我相信这个现在我们已经不知名了的犹太人是一个要求着生活情趣的人,陈姓老人把那犹太人称为"他",当时"他"委托代理租房事宜的中国人已经年老去世,整栋房子里的工作人员连同现任所长,都不知道"他"的姓名,一个人的经历失去了注释者,就变成了故事。

"他"是英国人,却住在法租界,据说这也是当时一些相对富有的英商的趣味:在繁华的英租界做生意,到安静的法租界造屋居住,或者租用英商中国建业地产公司连家具出租的小楼。在"他"住所的五百米左右,就有七栋英商公司的租房。华亭路当时已经成为上海非常优美因而非常昂贵的高级住宅区,在这里附近,有白俄贵族创造出来的享乐的西方文化情调,冲淡了十月革命之前上海租界被当时贵族化的欧洲本土非常轻蔑的恶行恶状的暴发户气味。

上海租界史研究者李天纲用"个体户"这个词来形容当时在上海的外国人,形容他们的发迹、文化、作为和格调,以及其中的鱼龙混杂。照李天纲的说法,种满法国梧桐的法租界是远在东方的西洋人"逃避生活的地方"。同样帝国主义国家的人们,也有着一些不同,在上海的人到黄浦公园门口挂一块"华人与狗不得入内"的臭名昭著的木牌,在本土的人则视正在东方发财的冒险家们为一群没有教养还不安分、大肆败坏欧洲形象的人,而在本土的报纸和演讲中不时讨伐。那个情形,我想和现今中国人对去东欧贩卖劣质商品发财的个体户有某种情绪上的相似。

"他"就住在这个地方。用铸铁的黑色镂花的栅栏围出一个在

华亭路夜晚的寂静,多年来从来没被真正打破过,除了49路进站时,无轨电车发出的刹车声。在我的少年时代,我曾去那里参加过一个秘密的诗歌朗诵会。一群不甘寂寞的少年聚在一起,彼此没有介绍,大家出于谨慎,也并不搭讪。门窗都被关严,空气中荡漾着晚餐时河鱼的土腥气味。一个男孩子朗诵他的厚厚一叠诗,据说是模仿普希金的。至今我还记得其中一句:"当我踏上49路电车,哦,我的城市在眼前掠过。"这句平淡笨拙的,更像一行宣叙调的句子,竟让我忘记了作者的名字,甚至忘记了全诗的主要内容后,还一直记得。因为那真的,真的是一个漫游的上海少年,在启程时心情最真实的写照。(摄影: 陈丹燕, 2002年)

三、街道

延庆路和华亭路拐角的地方曾经鲜花灿烂的花园,法国南部的各种玫瑰到了东方的土壤里,有了一些变化:变得小了。

不知道"他"为什么辛苦地创造出一个华亭路上的英国,我相信即使是在租界,也并非易事。由于"他"对本土生活方式的坚持,使人猜想是否他也属于贵族式的固守与坚持,不像哈同,完全以一个贵族犹太商的身份把自己的生活汇同到清朝宫廷化的生活方式中去。但我不相信一个英国贵族或欣欣向荣的富商会不远万里来到中国图谋业绩,一个人远离本土,总是有着巨大的梦想或巨大的失望。也许他是一个具有野心的人,但在本土,富家阶层宛如铜墙铁壁,令人无法进入,他挟着一只旧箱子,乘邮轮的三等舱来到上海,像后人描绘的一样,在东方混战中他成功了,于是他实现梦想,不再是本土社会的不甘者,或出局者,他用仰慕已久的整套本土的富家大屋向自己证明了成功。

铸铁的栅栏在1958年全民大炼钢铁的时候拆去炼钢,楼下的满园玫瑰也早已不知去向。放眼窄小的华亭路,陈旧但仍然优美的西洋的小楼房,在花园里多年疏于修剪的树木中寂静伫立。宽大的阳台上,堆放着新彩电的空包装盒和夏天用的旧竹躺椅,三层阁的窄长窗台上晒出一竹竿衣物,红白格子的桌布迎风飘扬。在褪色的百叶木窗里,是小心擦亮的玻璃窗。这些华亭路上光阴岁月渐渐流逝但努力呵护的欧陆情调,使人想起的是一句关于爱情的古诗:衣带渐宽终不悔。

越过延庆路,华亭路的东侧是一些早先英商中国建业地产公司的产业:尖顶红砖的法式小楼,墙面灰色的二层小楼以及嵌着积

1997年的华亭路 (摄影: 陈丹燕, 1997年)

华亭路市场被拆除的那一周，我在被拆除的小店铺后发现了1980年代的舞厅广告。1980年代，交谊舞厅一时在上海成为城市文明复苏的标志，舞厅的广告以街头涂鸦的方式出现在华亭路上。后来，它们被霓虹灯招牌代替。要不是华亭路市场兴起，卖各种旧货和A货的小店铺迅速铺满华亭路，这个墙上的招牌也不可能留下来。(摄影: 陈丹燕, 2000年)

三、街道

满尘烟的鹅卵石外墙的三层小楼。在那里的一条寂静里弄的尽头,由汽车库改建的房子里住着杨姓老人,在接受采访时他回忆了童年时住在华亭路的情形。他随父亲看守过当时英商中国建业地产公司的房产,因此从小生活在这条华亭路上。对于华亭路在1949年之前,他的评价是:"土豪劣绅"的高级住宅区。"洋房花园,马路干净,春天花园里全是花,咯是老那个的噢。"他住在这里的经验是,牢牢地记着在他七岁的时候,因为和华亭路上外国人学校的外国孩子玩,被学校里的外国人老师打了一个耳光。当时这条路上除了他和父亲看守房子住在这里之外,几乎没有普通中国孩子可以玩,他总是越过华亭路到延庆路上的大德里去找男孩玩。对于现在的评价是,当然不如从前了,现在是大家公用的东西,总不像独家人家用那样当心爱惜了。

跟随陈姓老人走上三楼,在东侧的房间里看到了与墙壁相连的长写字桌,在它的上方有一个长长的架子,架子的两边,有椭圆形的玻璃小窗,他说:"这是'他'的办公桌。"在大修中它被漆成灰色。

我相信他是属于那种挟着一点小钱来上海的洋人,照十年前在深圳的北方人的话,是捞世界。他来到上海,远离英国的法律与等级,带着人种和国籍的傲慢以及在这种情况下滋长出来的掠夺的兴奋,他在贫穷的东方赚到了大钱,这实在是一个有无限寓意的悖论。在这张办公桌前,不知他算过多少笔账,计算他的财产和取得财产的途径,而他的方法如今则不得而知,但我相信对上海人来说未尝不是残酷的。1900年英国亲王到上海来访问租界时,目睹他的同胞在上海的所作所为,曾经说,这些人贪赃枉法,毫无道德准则,不能够代表真正的英国人，更谈不上代表英国的贵族。

然而，租界的使用则来自英国政府与中国政府签订的条约。

在那张写字桌上，不知"他"写过多少封寄往欧洲的私人信件，向旧大陆的人描绘这冒险家的乐园，他也许会描绘一些我们这些地道的中国人都不曾看见的历史：1914年洋泾浜被填成爱得加路，我们只知道延安中路，可当时这条路的出现大大扩展了租界的地盘。他是英国人，也许还要描绘一下跑马场赌场的情形，而我们只是为乘49路车，在人民广场上走来走去。或者他会像玛格丽特·杜拉斯那样写一些回忆录？这是一段怪异的历史，洋人在租界营造西方的生活方式，中国的文化人伦，又点染他们的生命故事。

然而他们这些发财的生意人，其实并没能给上海留下房子之外的文化上的影响，真正影响了上海的，是法租界容纳并欢迎的白俄，那些随着最后一条从苏联逃出的皇家舰队兵舰来到上海的白俄贵族，他们来到法租界以代替法国。在"他"的办公室窗里，我能看到襄阳路上东正教堂蔚蓝的圆顶，那是白俄建立起来的教堂，还有东湖路上的那条红砖的大弄堂，十几栋有俄式宽大窗台的小楼房。

那些来自俄国的旧贵族，当年与法国的贵族联姻，在辽阔的东部欧洲长着白桦林的土地上，说法国话，吃法国菜，穿法国时装，在心里奇怪地装满了对西欧文明的崇敬和向往。然后一场大革命把他们从怀想法国的俄国赶了出来，他们来到上海，过流浪的生活，在心里怀着对法国的向往，和对过去在俄国向往法国、制造法国情调的好日子的双重怀念。他们不学做生意，不为生活艰苦奋斗，不放弃贵族风花雪月的生活方式，在淮海路开真正的西餐馆，在有钱

2005年，旧城区即将拆除的房子。剩下的一堵卧室墙上，能看到1980年代上海出产的墙纸，花纹古老。卧室已经搬空，但墙纸上尚留着卧室的痕迹：矮的是带镜子的五斗柜，它的上方，是一面穿衣镜。五斗柜旁边是两门大衣橱，一门是挂长大衣的地方，另一门里是放可折叠衣服的，中间有个带锁的抽屉，放细软之用。双门衣橱上方留在墙上那模糊的影子应该是一只牛皮箱留下的。那个时代，局促的上海人家卧室里，衣橱上面都会加放一只牛皮箱，或者一只漆成红色的木箱。被拆除了窗子和小阳台的正南面，窗下应该放着一张方桌和四把木椅。在阳台下方，能看到解放前的店招，隐约的英文大字。（摄影：陈丹燕，2005年）

人家里教授训练有素的钢琴和芭蕾，在工部局的交响乐团里演奏出第一流的西洋古典乐，使这支乐团成为世界十大著名乐团。他们在岳阳路上建造普希金铜像，在丽娃丽妲河边当赔笑的女招待，对客人诉说一段公主的短暂历史，通过许多感伤堕落但顽固优美的景象，是他们，最后把那种对西方的怀乡病永远地固定在上海租界文化的中心之中和上海人对自己习惯的生活方式的坚持之中，即使是在最禁欲的年代都不能泯灭。

由于上海地铁施工，红砖尖顶楼房前面的花园彻底消失。1960年代时，童年时代的我在路过这里的时候，曾经看到花园里种满了红色的玫瑰，我认识玫瑰花，就是从这个如今消失在地铁站口的花园开始的。

从1950年代开始，至1960年代的"文化大革命"之前，这里一度人去楼空，后来由人民政府征用、出租给中国人的华亭路上，出现了一排由洋铁皮搭建起来的旧货店。旧货店里光线昏暗，堆放着许多旧式的家具和西洋的餐具以及什物。高高的柜顶上放着白底蓝花纹的法式餐具和大水罐，是那种老式的放在卧室里的水罐，裂了长长的发黄的一条纹。角落里还有旧钢琴，趁人不在时，小孩偷偷打开琴盖，发黄的白键是用象牙做的，散发着一种往昔沉默不语但经久不散的气味。当时住在华亭路附近的孩子都喜欢去旧货店玩，特别是那些少有玩伴各自为政的小孩，这旧货摊是他们的博物馆和幻想地。我在当时也属于这样的孩子。那里的许多东西，是作为租界的上海向作为新中国一部分的上海的过渡中戛然而止的生活方式，被请进洋铁皮的旧货摊的，包括那些沉重的、有着铸花的长柄

三、街道

刀叉。接踵而来的"文化大革命",像一根巨大的手指,又将洋铁皮的旧货摊轻轻抹去。

同样在华亭路上流连度过童年的王姓小姐,回忆她有限的童年记忆时,最深刻的也是华亭路旧货摊,她常在旧物中猜想着这里发生的事和用过这些东西又消失了的人们,那种童年经验是特别的。

住在华亭路东北侧不远的王先生,当时还是一个喜欢拍照片的男孩子,完全不曾料想到二十年后,他会以一个摄影家的身份,去拍摄出版一本介绍租界建筑的著作。在街道上,孩提时代的王先生遇到一位整洁的老先生,攀谈之后,老先生请他到自己家里吃了一餐饭。王先生至今还十分感慨那餐饭。当时几乎没有什么东西可吃,只有一块红烩肉,猪肉还是牛肉他不能分辨,但在盘子的两侧,老先生很认真地放上一副老式刀叉。贫寒却正式的西式午餐对王先生日后有怎样的影响,使他骑车走遍上海大街小巷,去寻找和探索租界建筑的面貌?王先生在接受采访时表示"那是永远不会忘记的执著的情感"。王先生开始拍摄拨开满竹竿衣物和满阳台旧物的租界建筑了。虽然里面包容着五户六户人家,宽大的走廊由于堆满什物以至于行走艰难,但外表它们不能破坏的遥远华丽的欧洲风情,成为王先生心中的风景。

1966年失去了洋铁皮旧货摊的华亭路当真是荒芜了,一入夜四周不见什么人影,禁欲的时代里只有无处可去的情人到这里来偷偷亲热。有着卵石外墙的三层楼房,底楼的窗台紧贴地面,在1970年代看上去,宛如洞穴的出口。只是我们无法考证这是建筑上的一种风情,还是由于上海地质疏松,老房子逐渐下沉的缘故。在那不寻常的矮窗里面,行人常常能够听到用一把小提琴或者一把大提琴演奏的海顿或者贝多芬的比较简单的乐段。那种乐声迟疑蹒跚地在华亭路的黄昏时分踱步。

住在华亭路东南侧不远的徐先生在他家的大花园里掉了些地砖的坎坷平台上晒太阳。据说他家的那个养着一只小兔子和一条叫米奇的狗的花园如今已是上海留存下来的最大的私家花园了，只是由于徐先生无力修缮花园和楼房，各处都凋败了。

徐先生住在祖上留下来的小楼，走上一级一级的木楼梯，能感觉到那木头已经被岁月吸干了所有的水分。前去采访是一个夜晚，一路走上去，看见走廊用高高的棕红色布幔遮隔，里面传来一些世纪初的音乐声，Como的歌声文雅地回荡，昏暗的走廊很像舞台的后台。这些从布幔后面传过来的音乐，徐先生骄傲地说，是他自己精心制作的1900至1920年的西洋音乐，用于他喝咖啡和会朋友的时候，他给这些音乐起名为Stay Here，Yesterday。徐先生今年四十八岁，被老上海称为"昨天"的1949年之前，他才四岁。徐先生辞职在家多年，除了做一些油画生意之外，靠祖上遗产过活，他并不认为自己的经济状况很好，他最大的愿望是有钱将自己的花园和所住的墙壁陈旧的小楼修缮一新。

录音机里播放出一支古典的圆舞曲，随着主旋律响起，徐先生伸出细长单薄的手指陶醉地向前一滑，说："从这里开始，第一步滑出去，长裙子一张，那是何等滋味。"他穿着质地和人工都不算精良的衣服，他身后的布幔不知为什么要遮起来，隔着昏暗中似乎堆放着一些旧物的没开灯的走廊，他仿佛是一个在后台候场的演员，台前热热闹闹地演出着租界时代的故事，而他却被时代阻隔，永远候

三、街道

不到上场的机会了。

伴随着这些房子、这个园子的渐次老旧,他已经度过了自己的大半生。他不能够容忍卖掉或者租掉无法整修的大园子和无法住人的旧房子,同时又无法鞭策自己进入社会胼手胝足赚钱发财。他住在旧屋子里,幻想着有一天去看一看做德国买办的祖上遗留下来的无限亲近和崇敬的德国。他的状况使人想起早先的白俄贵族在上海的状况。

在华亭路北侧不远的地方,住着1959年出生的瞿小姐。瞿小姐的家非常拥挤地住在一栋旧洋房的楼上房间里,她们姐妹晚上一个睡沙发,另一个搭小钢丝床,因为如果屋里再出现父母之外的一张床的话,就再也没有地方作为小小的会客区了。她家苦心保护的会客区由一只长沙发和一张写字桌以及一把老式的皮转椅组成。在写字桌最显著的位置上放着一个白陶做的盐瓶。在欧洲最小的杂货店里都能够看到这种上面用蓝陶烧出"Salt"字样的盐瓶,瞿小姐用它当笔插,春天的时候也设法去找一些花束插在里面。在德国的超级市场货架的最底端卖一模一样的一个盐瓶,1.95马克一个。事隔多年,我才感到1970年代的瞿小姐和她的全家,是如此彻骨而盲目地渴望西方的上海人。瞿小姐的日常读书是英文课本,虽然进展缓慢,也没有真正去苦读它,但十多年的学习生活中,她从来不曾丢掉过英文,并对任何有英文字母的物品都有着崇敬和渴望。1980年,瞿小姐前往美国读书,一个上海女孩终于去到了她梦想的地方,也许对于她的远行,我们用"回到"这个词更为合适。

在"文化大革命"结束之后,华亭路一度非常著名,它从贩卖由香港和广州打包而来的境外旧服装的地摊慢慢发展成为领导上海年轻人流行时尚的私人市场。马路两旁的小货摊上挂满了各种式样的旧服装和私人裁缝模仿制作的衣服、饰品以及打火机和香烟,无风的时候市场深处弥漫着洋烟不同于中国香烟的气味。在华亭路上长大的王姓小姐回忆起第一次在华亭路市场闻着那种与众不同的气味,至今还耸起肩膀来表示自己的惊喜之情。像巴甫洛夫学说一样,嗅觉引起后天训练出来的欲望,这种气味使上海人心里不能控制地流淌出兴奋与沉醉。相隔紧闭国门的十年,华亭路从收西洋人家居旧货的无名马路变化成卖境外物品的著名马路。

在中国海关禁止进口境外旧服装之后,华亭路服装便打出"出口转内销"的牌子。海湾战争的那个冬季,仰慕时尚的杜小姐曾在华亭路买过冬大衣,她在一件大衣前停住脚,并不是看中了,而是看到制作如此粗劣的大衣赫然挂着"出口美国最新样品"的招牌。摊主过来招呼,口齿伶俐的杜小姐抢白他:"如果是出口到美国有人穿的话,怕是穿好了运到伊拉克去打仗的。"然后她非常轻蔑地对惊羞欲笑的摊主说:"你骗骗乡下人吧,你当美国人垃圾到了要穿你这种衣服。"

吵闹的华亭路市场和每年翻新的服装真正遮盖住了行人的视线,使人们忽视那些老房子和旧花园的存在。年轻人在有重大节日或者出国之前常到这里来买衣服,甚至外国人也设法来找一些适合自己口味又比外国人商店里便宜的衣服。流行的款式最迟几个月之后就会从欧美以一种仿造的形式出现在华亭路口,比如1992年的热裤。

只有在夜晚时,华亭路才在昏暗的路灯下恢复它的沉默与被打碎的安适。在春天时分,虽然是窄窄的路面,也会在路灯下腾开起

三、街道

淡淡的蓝色夜雾。

财星酒楼是一栋底层由厚重的石头砌起的欧式建筑,灰色的外墙在铸铁的黑色栅栏门前看上去精致结实老派却又簇新,令经常路过华亭路的人感到惊奇。从翻新复旧的结核病院的旧建筑过来,使人一时不知道这栋大屋。是翻新的,还是新建的。它没有老房子翻新的骨子里的沉静与宽大厚重,又没有新建筑的轻削现代。盘问下来,这是一栋在原先英商中国建业地产公司的汽车库基础上建造起来的新楼。

沈姓主管在接受采访时说他们与建筑公司合作愉快,是因为两家公司都希望造出一栋真正与华亭路社区相宜的新屋。因此,这家酒楼非常具有欺骗性地满足了上海人怀旧的心理,它精致、欧化、老派。特别是门口的一排铸铁黑栅栏。1950年代时,结核病院的黑栅栏曾被大炼钢铁拔除,1990年代,施工单位费尽心血加工了这样的铸铁栅栏墙,并引得由于修建地铁一路停业翻修的淮海路商业街的店主前来参观学习,华亭路沿淮海路向西五百米左右,用大石和黑沙砌起来并有一尊黑色裸体女雕像的地方,就是最早学习了去的一家商业中心,先于酒楼开业。

在许多欧美日本的服饰名品店在华亭路周遭开业时,华亭路的服饰市场日益萎缩,如今一半华亭路已经拆除了服装市场。那些失修但仍旧美丽的小楼和花园又开始出现在人们的眼前。

也许等所有的老屋都翻新之后,华亭路又会呈现出类似1949年之前的情形,住在华亭路上三十七年、1949年之前也经常来往于华亭路的施姓老人接受采访时这样说:"麦阳路(华亭路1949年之前的路名)从前多么漂亮多么安静。"

福佑路旧货街

上海老城厢的福佑路，不知为了什么，慢慢发展成了一条旧货街，窄而旧的马路上，有着燃烧什么的气味，让人想起炊烟和大铁锅的气味。听一个到这里来淘中国旧货的欧洲人说，这种气味，是发展中国家特有的特殊气味。

星期天的一大早，天麻麻亮的时候，旧货街就开始做买卖了。卖货的人站在上街沿上，两腿之间夹着一个旧包，一只手拿着手电，一只手托着玩意儿，在灰灰的天色里，叽叽喳喳地讲着价钱，鬼鬼祟祟的。这个旧货市场，开始时不被政府允许，地方警察曾经去没收过东西，可人们还是每个星期天来到这里，有的为了钱，有的为了自己心爱的东西，有的为了发现一个真正的古董而发财，有的为了好玩……从四面八方走到一起来。

遇到初冬大雾的清晨，一路上看过去，人们托着朱红色的江南老式细藤篮子无声低语的情形，影影绰绰，为那些老东西平添许多神秘和风险。街区破败而拥挤，小小的木头楼梯在暗中像直线一样升上去，像是话剧戏台上的一道布景，不是人可以真正靠它生活的。而在它们的前面，两个男人，想来应该是买主和卖主，把头亲密地紧紧挨在一起，各自向一边侧去的脸上，有紧张与戒备的表情，他们在听一只一百多年以前的老式瑞士怀表，是那时候到上海来淘金的外国人遗落在这里的，过了翻云覆雨的许多年代，那表竟然还响亮地、古典地、垮哒垮哒地向前走。

规整过的旧货市场，假货充斥。在大堆宜兴茶壶的外面，你可看到有一只老藤箱？
（摄影：姜敏，1994年）

真正要淘，还是能淘到一些奇怪的有趣的东西，比如左边的老铁风扇，最老的华生，可以从四百元人民币杀价至一百元人民币。回家通上电，它立刻就工作了。（摄影：姜敏，1994年）

再走进去，发现有人在把玩从前老太太用的牙剔子，以及发黄的象牙挖耳朵勺，它们小而精巧地被串在一起，尖尖的头上，微微地黄着。让人猜想，大约从前的人，用完了没好好地洗干净。

另外一个人，手里托着一个磅蟋蟀用的小秤，装蟋蟀的，是个象牙做的小笼子，极细的一根象牙，温文地一弯，那是小笼子的顶门杠。小笼子有好多小洞，拿到手里仔细看，才发现上面雕的竟是无数个万福。可见从前的人斗小虫子，也有平等竞争的奥林匹克精神。

象牙的小玩意和老而弥坚的瑞士表，放在木房子老楼梯的后面，让人觉得这里面的沧海桑田。这样的对比，使所有来这里的人会有一种异样的心情，好像自己走进了什么秘密，那是走进一个灯光通明的古董店所没有的。

那时候，做生意的人们并不招呼你，只是拿眼睛审度地看着你，他们的眼睛里有着鸟一样警觉而尖利的神情，他们是在看你值不值得他们把东西拿出来。就因为这样，本来不想买什么的人，也会觉得要是不挤上去买点什么，真的是机不可失，时不再来。

我在街上和人还价钱，为了一块小小的青而温润的玉。玉雕成一个小葫芦，葫芦上面弯弯曲曲地盘着一条蛇，青蛇小小的口里还吐出一条信子来。因为这是一个地下的市场，没有规则可以依靠，所以大着胆子说话，还假装在行。价钱从四百还到两百，两百还到一百，我忍不住捏了那块玉，问："你这到底是什么？"价钱像大水一样，说涨就涨，把阴沟通了，说落就落掉了，可见不是什么好东西。我放了玉走，回过头去再看，那个卖主的裤带上，一二三四五，吊钥匙似的吊着不同的

三、街道

玉，拨浪鼓似的在他的腰间晃来晃去。

他对我摇了摇手指，我也看不明白是威胁、愤怒、还是赞叹。

有一个男孩子来碰我的肩膀，说："小姐，要好货跟我走。"他说着一边向四下里看，电影里的坏人，就是这样的。

先骗了他，说有大队的朋友在市场里等着，然后跟着他，走进一条特别小的弄堂，又拐进一扇黑乎乎的木楼的后门，扑鼻而来的，是陈宿的气味，然后，踩在真正摇摇欲坠的地板上了。他摸出来一个小小的碗，一个我小时候吃饭用的那种青花碗。

他说："少了一千，我是不卖的。我是湖南古墓里盗墓盗来的。你知道吗，要是政府查出来，是要杀头的。"

我说："就怕你拿了碗去自首，警察都不愿意关你到中午，还多给你吃一顿饭。"我们为各自的一肚子气，气得笑出来。

不一会，又有人来碰我，回头去看，是一个脸瘦而且黄渣渣的男人。他瘦而黄的手上，托了一个发黑的银茶托。他说："这是正宗的俄国茶托子，全是银丝编起来的。"那时候天光大亮，阳光从旧旧的房子间隙里射出来，照亮了细得像头发丝一样的银丝，"你知道的呀，罗宋革命的时候，有钱人都逃到这边来，介远的路，把这样的茶托子带过来，多少珍贵。那时候先父在上海做寓公，我家就住了白俄，还是从彼得堡来的有钱人，还是他们留下来的东西，他们说的可是最正宗的俄语，彼得堡口音的。"

我说："真的啊？"

他说："真的。那家的女人，穷得什么都没有了，还要用茶托子换钱，买酒喝。到酒吧里去陪舞，连短裤都不穿。"

我说:"说得那么吓人。"

他说:"你们这种年轻人,知道什么,一共只有一本《旧上海的故事》看看。你买了它,将来还要感谢我的。"

我说:"多少钱?"

他说:"我不说,你说好了。"

我翻起眼睛来看着他,也不说话。其实我也不知道该多少钱,从心里面,我不觉得外国旧货也可以算得上古董,这种东西,说不定到俄国去一看,遍地都是,像我姑姑厨房里腌菜头的瓷缸子,上面也画了中国山水古亭子,外国人看着稀奇,在中国根本不算什么。

他说:"你说好了,我也是来玩玩的,不一定要卖,这种东西不比中国古董,这里没有了,还可以到别的地方去找,这种东西不远万里来到中国,像白求恩一样,永远不会再有了。"

"你要多少钱?"我问。

他伸出细细的三根手指。

三千,这天杀的奸商。

他说:"三百。我看你斯文相,也应该是个读书人,才给你看的。"

这样逛到中午,市场渐渐稀了下去。慢慢的,许多人知道这地方好玩,到那里走一次,倒常常遇见好久不见的熟人,多是文化人,在那里逛。后来,市场延续到下午了。再后来,政府聪明起来,索性把那几条老街辟为市场,让小贩自己圈地为摊,市场收费管理。一旦合理了,小房子造起来了,戴了红袖章的管理人员像警察一样,在街上昂昂地踱着,中午时候穿了白衣服的女孩子,托着一个大木盘子,里

三、街道

面是摊主早先订好的面和酒菜,大声吆喝着从人群里挤来挤去,油香飘得人一头一脸,像赶集一样。

东西也不是单件的了,把一个红木雕花的书匣子和一个1920年代的朗生打火机放在一起,像考古学家在雅典地下挖出来的碎片一样。而由什么小工厂加工了十几件同样的假货,放在那里恬不知耻地卖着。也没有人再轻轻地拉你一下,告诉你什么他有要杀头的东西,一动,他拿出一张生产证明来证明自己不是批发来的东西。

再去旧货街,发现那里的老房子上,个个被用红笔批了一个大大的"拆"字,那个街区要改建了,老房子将没有了,市场当然也要没有了。那次去,带着一架照相机,爬到一个高处,想为流水一样失去着的地方照一张相,从镜头里望出去,最大的,就是那些红色的"拆"字。

弄堂里的春光

要是一个人到了上海而没有去上海的弄堂走一走,应该要觉得很遗憾。下午时候,趁上班上学的人都还没有回来,随意从上海的商业大街上走进小马路,马上就可以看到梧桐树下有一个个宽敞的入口,门楣上写着什么里,有的在骑楼的下面写着1902,里面是一排排两三层楼的房子,毗邻的小阳台里暖暖的全是阳光。深处人家的玻璃窗反射着马路上过去的车子,那就是上海的弄堂了。

整个上海,有超过一半的住地,是弄堂,绝大多数上海人,是住在各种各样的弄堂里。

常常在弄堂的出口,开着一家小烟纸店,小得不能让人置信的店面里,千丝万缕地陈放着各种日用品,小孩子吃的零食,老太太用的针线,本市邮政用的邮票,各种居家日子里容易突然告缺的东西,应有尽有,人们穿着家常的衣服鞋子,就可以跑出来买。常常有穿着花睡衣来买一包零食的女人,脚趾紧紧夹着踩蹋了跟的红拖鞋,在弄堂里人们不见怪的。小店里的人,常常很警惕,也很热心,他开着一个收音机,整天听主持人说话,也希望来个什么人,听他说说,他日日望着小街上来往的人,弄堂里进出的人,只要有一点点想象力,就能算得上阅人多矣。

走进上海人的弄堂里,才算得上是开始看上海的生活,商业大街、灯红酒绿、人人体面后面的生活。上海人爱面子,走在商店里、饭店里、酒吧里、公园里,个个看上去丰衣足食,可弄堂里就不一样了。

上海的弄堂是最实在的地方，就是那里的房子曾经有过一个罗马式的大平台，也会在情理之中，被小康的人家分隔成实用的孩子的卧室、男主人的书房或养花草的室内阳台兼吃饭间，或者干脆当成主卧室，将里面房间腾出来，做成一间端端正正的客厅。（摄影：陈丹燕，1995年）

平平静静的音乐开着；后门的公共厨房里传出来炖鸡的香气；有阳光的地方，底楼人家拉出了麻绳，把一家人的被子褥子统统拿出来晒着，新洗的衣服散发着香气，花花绿绿的在风里飘，仔细地看，就认出来这是今年大街上时髦的式样；你看见路上头发如瀑的小姐正在后门的水斗上，穿了一件缩了水的旧毛衣，用诗芬在洗头发，太阳下面那湿湿的头发冒出热气来；还有修鞋师傅，坐在弄口，乒乒地敲着一个高跟鞋的细跟，补上一块新橡胶，旁边的小凳子上坐着一个穿得挺周正的女人，光着一只脚等着修鞋，他们一起骂如今鞋子的质量和那卖次品鞋子的奸商。

通向一栋西班牙式建筑的弄堂（摄影：陈丹燕，2005年）

淮海路弄堂里的旧屋之窗（摄影：陈丹燕，2007年）

还有弄堂里的老人，在有太阳的地方坐着说话。老太太总是比较沉默，老先生喜欢有人和他搭话，听他说说从前这里的事情，他最喜欢。

弄堂里总是有一种日常生活的安详实用，还有上海人对它的重视以及喜爱。这就是上海人的生活底色，自从十八世纪在外滩附近有了第一条叫"兴仁里"的上海弄堂，安详实用，不卑不亢，不过分地崇尚新派就在上海人的生活里出现了。

1850年代，由于上海小刀会在老城厢起义，上海人开始往租界逃跑，在租界的外国人为了挣到中国难民的钱，按照伦敦工业区的工人住宅的样子，一栋栋、一排排造了八百栋房子，那就是租界弄堂的发端，到1872年，玛意巴建起上海兴仁里，从此，上海人开始了弄堂的生活。

上海是一个大都市，大到就像饭店里大厨子用的桌布一样，五味俱全。从前被外国人划了许多块，一块做法国租界，一块做英国租界，留下一块做上海老城厢，远远的靠工厂区的地方，又有许多人住在为在工厂做事的人开辟出来的区域里，那是从前城市的划分，可在上海人的心里觉得这样区域的划分，好像也划分出了阶级一样，住在不同地方的人，彼此怀着不那么友好的态度，彼此不喜欢认同乡，因此也不怎么来往。这样，上海这地方，有时让人感到像里面还有许多小国家一样，就像欧洲，人看上去都是一样的人，仔细地看，就看出了德国人的板，法国人的媚，波兰人的苦……住在上海不同地域的人，也有着不同的脸相。所以，在上海从小到大住了几十年的人，都不敢说自己是了解上海的，只是了解上海的某一块地方。

三、街道

从早先的难民木屋,到石库门里弄,到后来的新式里弄房子,像血管一样分布在全上海的九千多处弄堂,差不多洋溢着比较相同的气息。

那是上海的中层阶级代代生存的地方。他们是社会中的大多数人,有温饱的生活,可没有大富大贵;有体面,可没有飞黄腾达;经济实用,小心做人,不过分的娱乐,不过分的奢侈,勤勉而满意地支持着自己小康的日子;有进取心,希望自己一年比一年好,可也识时务,懂得离开空中楼阁。他们定定心心地在经济的空间里过着自己的日子,可一眼一眼地瞟着可能有的机会,期望更上一层楼。他们不是那种纯真的人,当然也不太坏。

上海的弄堂总是不会有绝望的情绪的。小小的阳台上晒着家制干菜、刚买来的黄豆,背阴的北面亭子间窗下,挂着自家用上好的鲜肉腌的咸肉,放了花椒的,上面还盖了一张油纸,防止下雨,在风里哗哗地响。窗沿上有人用破脸盆种了不怕冷的宝石花。就是在最动乱的时候,弄堂里的生活还是有序地进行着。这里像世故老人,中庸,世故,遵循着市井的道德观,不喜欢任何激进,可也并不把自己的意见强加于人,只是中规中矩地过自己的日子。

晚上,家家的后门开着烧饭,香气扑鼻,人们回到自己的家里来,乡下姑娘样子的人匆匆进出后门,那是做钟点的保姆最忙的时候。来上海的女孩子,大都很快地胖起来,因为有更多的东西可以吃,和上海女孩子比起来,有一点肿了似的。她们默默地飞快地在后门的公共厨房里干着活,现在的保姆不像从前在这里出入的保姆那样喜欢说话,喜欢搬弄是非了。可她们也不那么会伺候上海

弄堂里（摄影：陈丹燕，2007年）

人，所以，厨房里精细的事还是主人自己做，切白切肉，调大闸蟹的姜醋蘸料，温绍兴黄酒，然后，女主人用一张大托盘子，送到自家房间里。

去过上海的弄堂，大概再到上海的别处去，会看得懂更多的东西。因为上海的弄堂是整个上海最真实和开放的空间，人们在这里实实在在地生活着，就是上海的美女，也是家常打扮，不在意把家里正穿着的塌跟拖鞋穿出来取信。

三、街道

1997-2007，街道十年记

《上海法国城》是我写的第一篇关于上海的文章，那时还不知道我会从此写一本书，然后写数本书，用去了我生命中的十年。写这篇文章，是因为我陪了一个台湾人去找他想看到的街景。那是1993年。现在，十三年过去了。

这次，我独自沿着十三年前的路线再走了一遍。如今已有超过三十万的台湾人住在上海，他们不再需要我陪同去凭吊法国城了。

也是一个安静的上午，在旧法国城里活动的，大多是住在这里的老人，年轻人都出去工作了，孩子们都去了学校。街道刚清扫干净，一大早去法国领事馆等签证的浙江人夹着圣罗兰的皮包，在复兴路口的大厦后门排成一队。而老房子门缝里，还散发出老房子复杂的气味，它让我回忆起自己的青年时代，深夜回家时，在漆黑的门厅里，总被停满的脚踏车龙头拉住上衣。也曾被黑暗中从邻居家传来的大提琴声突然击中，心中波涛汹涌。

申申面包房还在原处，那里还出售小羊角面包。蛋糕的式样也大多是从前的几样。复兴路上的弄堂还与从前一样安静，过去沾满灰尘的旧房子，现在被粉刷成明亮的黄色，反而显得老态龙钟了——就像跃跃欲试的老人们。弄底的那栋西班牙式的房子也还在原处，谢天谢地，它还是乱糟糟的，保留了旧时代的抒情。写《上海法国城》时，那栋房子的底层开着一家盗版店，我的大部分打口唱片和欧洲电影的影碟都是在那里买到的。更早时，还在那里租过

重新粉刷过的旧房子（摄影：陈丹燕，2006年）

录像带。那间地板晃晃悠悠的幽暗房间，就是匮乏时代我精神维他命药罐的模样。

现在要说1980年代是旧时代了。1990年代已与租界时代的上海在物质和物欲上对接，完成了血缘上的回归。

现在弄堂里多了一间私人照相馆，专接领事馆签证照片的生意，在店主那里能看到所有附近领事馆签证照片的告示纸。店主是个小个子的上海人，稀疏的短发梳成1960年代时髦上海少年的

三、街道

飞机头，我有时猜想，他的少年时代大概就是热衷拍照片的人，他那个年龄的人，对精密的科技产品有一种从现代主义传承下来的崇拜，以此为时髦。他为人客气周到，也很精明。

再往前走，就经过原先的神学院了。在一间底楼的房间里，还能听到有人在练习钢琴。多年前，《上海的风花雪月》刚出版时，我哥哥的小学同学曾辗转联系到了我，他特地要向我指出一个资料上的错误。我写到这个神学院的前身是小天主堂。他说应该是基督堂，而不是天主堂。因为他的父亲就是那个基督堂的牧师，他家一直就住在教堂后面。他居然还是我哥哥的小学同学，他居然小时候还到我家来过。住在五原路后半段的阿四告诉我，我一定是将五原路后半段的那个天主堂与这条弄堂里的基督堂搞错了，他家对面的，是个小天主堂，有个外国嬷嬷。"教堂的地板真干净，我记得小时候走在上面，一步一个灰脚印，觉得很惭愧。"阿四说。我记得什么？我依稀记得我家对面的基督堂里，有块长长的花玻璃，上面有天父的像，长长地张开他的怀抱，但脸色并不慈爱。现在还有人在同一架钢琴上练习哈农，但我想，一定不是十多年前的那个练习哈农的人了。现在，一间补习学院代替了小神学院。

越过永福路上的老公寓，到武康路，去看我的罗密欧的阳台。从我的少年时代开始，有阳光的日子去看一看那个常春藤缠绕的阳台，就是一件愉快的事。三年前，一家报纸的记者辗转找到我，说起那个阳台。她告诉我，有人买下了那栋楼，正大肆改造。周围的居民不忍看到"陈丹燕书里的阳台"被摧毁，便写信到报社求助。报纸因此做了追踪报道，这个阳台竟就这样保留下来了。这是我第

《纽约时报》记者拍摄的丽丽鲜花店恢复营业时的老板和老板娘
（摄影：佚名，1979年）

一次知道，原来这个优美地悬在武康路上的阳台，不光是"我的"，也是许多别人的。这个阳台并不属于我们，但在心里，它却是我们家园的一部分。阳光里的小阳台是如此美丽。我的少年时代，青年时代，无数次经过它，那时对住在里面的人还有许多想象和期待，当看到里面的白窗纱被撤下了，还会感到不快，就像自己家的窗上光秃秃的一样。但这次，我发现自己可以单单就是喜欢这堵墙，这

还未整修的老房子和凋败的花园（摄影：陈丹燕，2006年）

个小阳台，这个梧桐树后面的街景，感受到自己心中对这个街景的归属感，那是一种可以放心将自己的后背靠过去的感觉。有过搬家去陌生街区的经历，我这时感受到人们对自己心中的归属，在这个动荡的时代里，是多么想护着它，多盼望它能永恒。

　　武康路在冬天仍旧像一只灰色的袜子，带着某种多愁善感的气氛。在那里，我想起了我被偷走的旧脚踏车，写《上海的风花雪月》的时候，我骑着它经过许多街道，我想起我的孩子那时很小，她在

白公馆二楼客厅墙上,在涂料下被发现的壁画。(摄影:陈丹燕,2003年)

后面的书报架上坐着,抓着我照相机的带子。我想起了我的照相机,它如今已经报废了。我将它放进一只白色的盒子里收着,不愿意丢掉。罗密欧的阳台被新房主用篱笆遮起来了,我站在高墙下,心里有一大堆恼怒,就像被动地陷入一场三角恋爱。

大概是1990年代末,新乐路东正教堂里的证券交易所关闭了,

白先勇旧居的大理石扶梯（摄影：陈丹燕，2001年）

我为此高兴过一下，可它很快就成了一家台湾人开的西餐馆。他们装修的时候我曾去过，亲眼看着他们将祭坛改造成一个放乐队的小舞台。我站在工地上，看着工人们在祭坛上施工，深感受到了伤害。我曾幻想过人们也许会将它改造成一个东正教神像博物馆，或者白俄流亡上海生活博物馆。少年时代，我们这个街区的大多数孩子，都以这个美丽的蓝色洋葱顶建筑为背景照过相，不知在多少人的私人照相本里，还郑重其事地保留着它的身影。当圆顶上还有高高的十字架时，那张照片就是在"文化大革命"前拍摄的。要是没有十字架了，就是1970年代的照片。如果圆顶是天蓝色的，那就是1990年代，尔后，有人将圣母大堂的标志性蓝顶涂成了深灰色。无论如何，它都是我们少年时代幻想世界的维他命，当它具体为一家西餐馆后，那飘荡的幻想世界就被一张昂贵的菜单一举击溃了。这个餐馆甚至有一个伤害人的名字，叫 The Dom。

我不知道为什么这些年来，那些法国城里的美好街景都沾染了台湾人的痕迹，为什么他们这么爱它们，爱到要拥有它们，改造它们，方才安心。

从东正教堂离开，去看普希金像的街角。有个孩子像我小时候一样，在这里的空地上放风筝。也像我小时候一样，总也不成功。

站在普希金纪念碑的石头台阶上，透过冬天变得稀疏的树木，能隐约看到那栋白色的房子。那里曾是白先勇小时候养病住过的房子，那时他还小，又生着肺病，但却在这栋房子里度过日后使他能写出上海繁华故事的两年。他来上海时，我们约好到他"家"见面，就是那栋白房子。他站在二楼大厅门口，回忆起当时怎么偷看他的哥哥姐姐借这里开舞会，怎么羡慕姐姐的女同学，那么漂亮，那么会唱歌。他背对着已经变成餐厅的大厅站着，一脸恍惚的笑容。那些哥哥姐姐办的舞会，就是日后小说《谪仙记》的铺垫。他摸着三楼卧室的门把手，那只把手还是他小时候用过的。他紧紧握着那只把手，好像握着自己的过去，然后，推开门，里面现在是一间

三、街道

空气中还残留着食物气味的包房,豪华,乏味,封闭,如同迎头一击。但这没影响他走到另一扇门前,推开那扇门,里面是他当年用的浴间,浴缸还在,甚至还算干净,跨进去,就能用似的。

我看着头发已经稀疏的白先勇,一间间推开他童年时代的房门,迎接一个又一个的物非,人非。这个人,就是在颠沛流离的生活中,成了慈悲的小说家。

后来,这栋白房子又被一个台湾人租去了,改建成一个日本式高级烤肉馆子。听说在装修时,在大厅的墙壁涂层里发现了一幅画在墙上的油画。那次,我和《中国时报》的记者一起去,为白先勇看看"他家"修好以后的样子。房子修得时髦,高级而乏味,单调,即使墙上有那幅模仿名作的油画,也无济于事。在那个感情死灭的餐馆里走来走去,我回想着白先勇在天光黯淡的大理石楼梯间里拾阶而上的身影。他脸上浮现着恍惚的笑容,他的手掌微微翘起,一路轻触着还没被清洗得一尘不染的淡黄色的大理石扶手,就像不敢惊动过去的回忆,生怕碰坏了它。这时,我才意识到从前那种沧桑之美的可贵与真实。人们常常无法想象修复带来的那种冰冷的完整。现在,我也像白先勇那样将手掌翘起,轻触大理石的扶手,它那么漂亮,那么冰凉,而我的手,不愿意握着它。我在想,如果白先勇有一天再回到这里,他会怎样。

被修复过的东西,它已属于另一个时代,甚至是属于另一个东西。

这样的故事,总是在这十年里发生了又发生,此起彼伏,这就是动荡时代的生活。

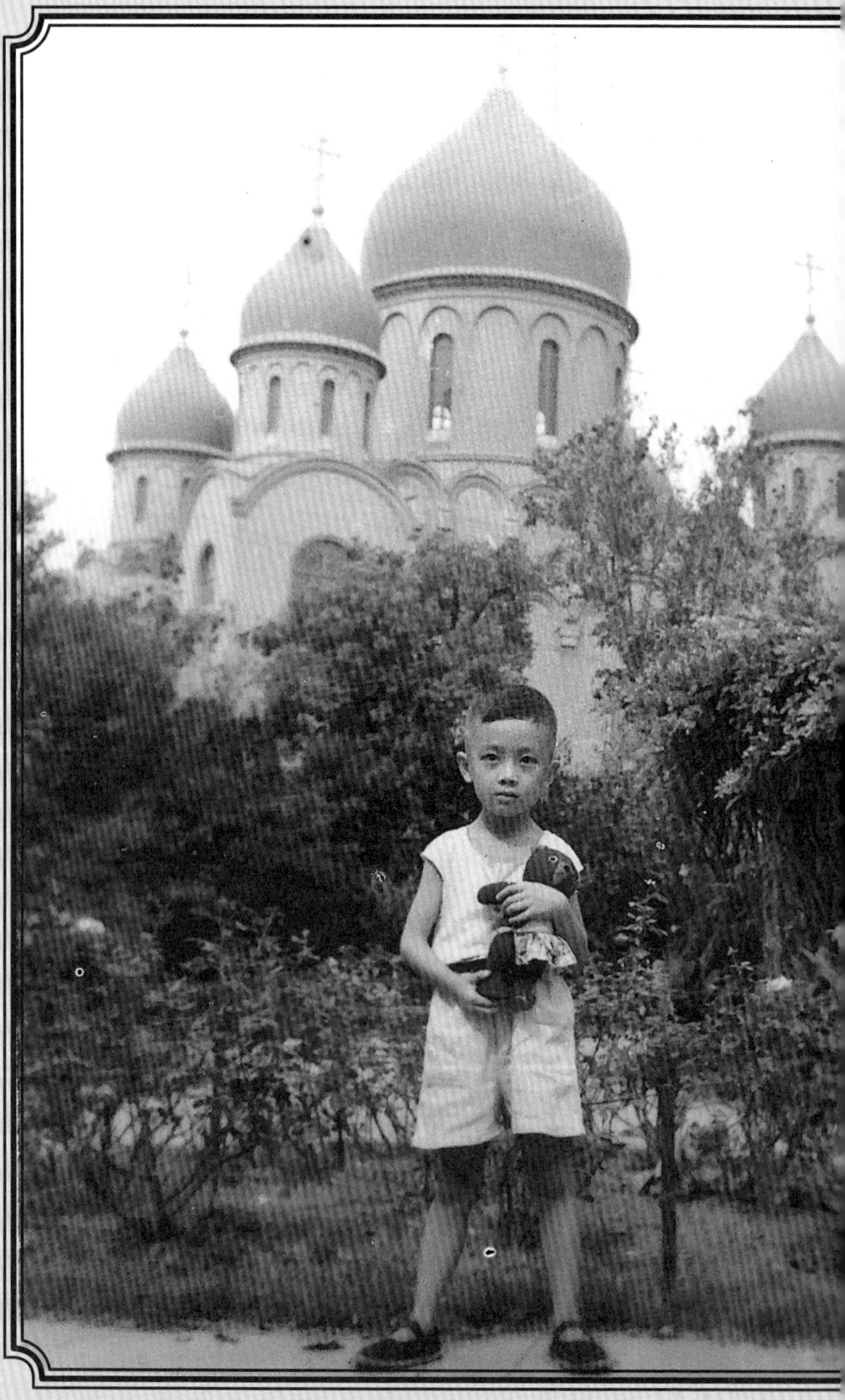

1963年，一个男孩在襄阳公园与东正教堂的合影。他的父亲是个南下干部。

2013年，偶然地，我在旧金山找到另一座东正教教堂，它坐落在旧金山的俄侨社区里。当我走进教堂，告诉人们我从上海来，我家就住在上海新乐路教堂附近，我总是在教堂的墙下走来走去，许多人的眼睛在幽暗的教堂光线里发亮了。

他们将我引到教堂一侧的木棺材旁，让我认识当年主持了襄阳路教堂的神父圣约翰，他在去世多年后，被封为上海和旧金山的圣约翰。他们将我引到圣母与圣子的湿壁画前，告诉我说，当年这幅画就画在朝向杜美公园的墙面上，在公园里远远就能看见。

那里的人们不知道杜美公园现在叫襄阳公园，也不知道亨利路现在叫新乐路。关于这个小教堂的故事是，画了襄阳路教堂所有圣像的俄罗斯神父菲尔道特，也画了旧金山教堂里所有的圣像，他的一生就画了两座完整的教堂。他画的圣人们都在墙上睁着巨大的黑眼睛，笔直地看着走进教堂来的人们的灵魂。圣人们都是瘦削而忧郁的，东正教认为这就是圣人在精神世界里的样子。他们从未有过天主教堂墙上小天使丰满的身体，也没有过圣女们健康喷红的面颊。

2014年，我去看了塞尔维亚的十座修道院里的东正教堂湿壁画。在贝尔格莱德，无意中，我找到了圣约翰年轻时服务过的第一座教堂。在那里供奉着他面容瘦削的画像，画像前有一盏长明灯，烛光照亮了一只苹果。

我想是自己青少年时代对襄阳路教堂的向往，一路指引了我这天南地北与圣约翰的相遇。相遇时，天南地北的人们将我当作从圣约翰故乡来的人一样款待，在深山的夜里给我一杯自己酿的白兰地，在雨中的教堂门口送我一帧圣约翰的小画像，在教堂旁边的咖啡馆里热切询问现在亨利路上上海教堂的现状，神父太太将她温暖的手掌附在我胳膊上。

而宝庆路当年那个法国城里最大的私人花园，终于在2006年年底被迫易主。衡山路上的小咖啡馆，它曾经是1976年后这个街区的第一家私人咖啡馆，如今已经关门了。常熟路上的丽丽鲜花店，它曾经是1976年后第一家恢复营业的私人鲜花店，如今已经消失在地铁工地上。我到了锦江饭店，底楼的餐馆也是以老上海菜为号召的，一度，它的外墙上画着我书上用过的戴西的照片。

是的，十年已过去了。沿着当年的路线，在旧法国城里再走一遍，感觉怎样呢？我这样问自己。这次没有陪台湾人，台湾人的痕迹已经在这个街区到处都是了。他们将自己对旧上海传奇的向往化为炙热的商业野心。但无论如何，这里的确是个美丽的街区，像最新鲜的橘子那样充盈着沧桑感情的汁水。我依旧能感受到它的风花雪月，这个词，就是在一次散步中浮上心头，并在心头盘旋不去，才终于成了一本书的名字。这风花雪月，因为遍布沧桑与蹉跎，而成为一种生活态度，它不是点缀生活的情调，所以才要称它为上海的风花雪月，它沉浮于大时代的疾风骤雨里，竭力护卫着自己的风格。要是看不到这一点，就看不懂这个街区和这个街区的人，看不懂那些人为什么要坚持，为什么要享受自己内心的惆怅。

我试图回答十年前那个天真的台湾人的问题。如今想起来，他真是个可爱的人，他感受到了在旧法国城里飘荡的惆怅。他也是个幸运的台湾人，在它被复兴的物质主义摧毁前享受到了它，却不必为它的消亡而黯然。

三、街道

2008-2015，街道再八年记

　　武康路现在已是上海地方法规中法定六十四条永不拓宽街道中的一条，这样的马路受上海地方法规保护，永不可拓宽，不可改造，当然也不可拆除。经历多年大规模的旧城改造，上海终于认识到保护家园与家园记忆的重要性，上海人终于开始保护自己的故乡感。对在城市里生活的人来说，一条从小看熟的街道，一栋日日经过的房子，一股中午烧饭散发的气味，就是故乡。至今，人们终于认识到自己心理的强大——很少有人能经受住转眼不再认识自己家乡的考验，人们也终于认识到自己的脆弱——人们需要生活在一个有记忆的城市里，需要不在心理上迷失。大家终于发现，那些年，激动人心的城市变化过于剧烈，以至于每年都要修订新版上海地图，这对生活在这里的人来说不是好事。

　　于是，永不拓宽街道法令出台。

　　武康路上年年增多的电缆线和有线电视线一一被埋入地下，使街道上方的天空恢复了从容。黄兴故居如今成为武康路游客中心，在那里可以免费观看一部介绍武康路历史沿革的纪录片。西面人行道上方的罗密欧阳台还在原处，墙面上仍旧光秃秃的。但多年以后，当很少有人还保留着早年它被茂盛的常春藤缠绕的回忆，大家对此也就习以为常了。不远处的百年小学挂出了纪念牌，也恢复了原来的名字：世界小学。在我还是安福路第一小学高年级学生时，曾被音乐老师带来这里排练小组唱。那时，这个学校还

这是武康路，上海六十四条永不拓宽街道中最先开始修整保护的街道，中国历史名街。如今它在安静的老街区里散发着琥珀般的光芒与气味，成为历史风貌保护区中的贵重装饰。每年都有这个街区的志愿者们，在特定的日子带领预先报名的游客走街串巷，到预先申请开放的老房子里参观，并讲解街区和建筑的往事。（摄影：陈丹燕，2015年）

上海这些年渐渐出台了一些地方法规，用于保护城市记忆。最重要的法规是划分了上海十二个历史风貌保护区，在保护区里不得随意拆除或者新建建筑。后来又有了永不拓宽街道令，在保护区中划定了六十四条永不得拓宽的街道，用于保护街道的历史面貌，和时间形成的富有上海特色的街道气氛，以及街区完整的空间感受。武康路在这些地方法规的保护下开始寻找自己生存的方式。（摄影：陈丹燕，2015年）

从前受到居民爱戴的罗密欧阳台如今仍旧光秃秃的,干净是干净的,但情调是没有的,所以它看上去怎么也不真实。(摄影:陈丹燕,2015年)

是一栋天光暗淡的木头房子,叫安福路第三小学。现在那座大喇叭里曾播放铿锵革命的儿童歌曲,操场上竖立着毛泽东巨幅画像的小学已荡然无存。

这个秋天武康路上积攒落叶供人欣赏秋意,曾引来不少报纸报道,它很快就成为这片历史风貌保护区里最核心的落叶景观道,不少人喜欢、称赞它,说这才是武康路。好像武康路有某种特权,它就应该与众不同,它就应该呈现出与历史连接的文化情调。

汽车间改造成了气氛舒适轻松，带有法国乡间情调的咖啡馆。（摄影：陈丹燕，2015年）

与二十多年前我陪伴那个台湾人来此的时候相比，武康路不再向身后漫漫往事寻寻觅觅，如今它似乎知道自己是谁，它只是得体地展现自己。它也知道自重，并矜持起来。

所以它还保留着1992年一只灰色袜子的基本面貌，它仍旧是条安静不亢奋的马路。

沿街走过去，看到一家小小的定制服装店，橱窗里静静吊着一条驼色羊毛旗袍，盘纽精良，腰身宽松，它终于恢复了闺秀旗袍曾

三、街道

有过的从容和内秀，不再标榜旗袍紧身与露大腿的旧上海式性感。它其实衬托出的，是一个上海街区的审美准则。曾为武康路做了整修规划的年轻教授沙永杰曾表达过对武康路的规划疑问，他不知道为谁来规划武康路。这是一个尖锐的提问。我想，这个街区实在应该属于穿驼色呢旗袍的人。

接着是一家小咖啡店，一屋子1940年代武康路人家里的旧家具。长餐桌旁，八把椅子没有配套，但却有一种特别的家常，带着些刚刚好的沧桑与劫后余生的轻松。女店员是个妆容清淡干净的少妇，白净的双手捧着一杯热气袅袅的茶水，站在落地门后望着野眼。咖啡店斜对面就是作家巴金的故居，有几个人相约好，一起去参观故居的，也会来这里喝点什么，等等朋友，谈谈天。武康路这些年三三两两出现了好几家这样安静的咖啡馆，从不开门迎客，进去前要先敲门才好。外人有时踌躇不敢进，所以进去坐定的人彼此就自然有种亲近，轻声说话，不打扰别人，也不想让外人听清自己说什么。这武康路本色的街坊相处方式，在小小的公共空间里还是被保留下来了。

然后看到弄堂底的一家院子。院子里面有一家画廊，一家红酒坊和一家咖啡馆。这本是1940年代钢窗蜡地的新式里弄，生活方式有点现代主义的意思，如今弄堂底的院子保留了原来的安静。冬天阳光好的时候，早年武康路院落里曾有过的居家气氛便在院子里再次聚集起来，人们沐浴在阳光里，渐渐肩上散发出阳光的干燥香味，就好像晒着的棉被和褥子。如今有人在室外背风处慢慢喝一杯热咖啡，一边读着一本很厚的书：《耶路撒冷三千年》。它新近翻译成中文出版了，也算是一宗文雅的时髦小事。

笨重的火柴盒式旧旅馆改造成了带有明显的装饰艺术建筑风格的意大利餐馆。（摄影：陈丹燕，2015年）

诺曼底大楼后面的一小块空间，也做成了阳光灿烂之日通体透明的小咖啡馆，在隆冬阴沉的傍晚时分，它明亮温暖，散发着金黄色的光芒。（摄影：陈丹燕，2015年）

这是个上海地方历史的幸运时代，上海1840年后第一次如此珍视自己经历过的沧海桑田，对自己一百多年来都会身世的羞耻感正在退潮。上海第一次有机会从容地寻找自己历史的遗迹，它第一次切实地了解到记忆是一座城市的灵魂，保护自己的记忆，就是保护自己灵魂的自由度。它也是第一次遇到如何保护好自己记忆真实性的最大问题。（摄影：陈丹燕，2015年）

在院子里，我遇到过一个初中隔壁班上的同学，我们在学校时从未交谈过一句，也不能说真正认识彼此。隔了这么多年，他突然从岁月里破土而出，走到我桌子前的阳光里。他说，"我是你小时候同年级的同学呀。"然后他淡淡微笑，端正了他的脸，让我有时间打捞记忆里他的样子。我们在操场上见过，在走廊里见过，在中午放学后走满回家吃午饭学生的淮海中路上见过,也许。他少年时代依稀是狭长的脸,似乎俊朗。

然后,他说自己读过《上海的风花雪月》了,感觉亲切,即使我们在上学时没说过一句话,各自也都拥有对这些街区共同的记忆。过了四十年,在自小生活的街区偶遇,我和他才得以闲聊了一会儿,这是我和他有生以来第一次交谈。如果这里不是法定的永不拓宽街道,在这个巨变的时代,我们大概也无从遇见了吧。而没有这些街道的存在,也就不会有《上海的风花雪月》这本书。我们永远也不会发现彼此的共同话题。

在我们这些生活平静的人有限的记忆和阅历里,即使是一条武康路,也呈现出时代变迁的明显印记,一些似乎已被时代抹去的旧痕顽强地醒了过来,比如这条街道对福开森路旧名的追忆,似乎福开森先生的前传教士身份不再是历史回归的障碍。然而,另一些记忆则开始沉睡,比如世界小学年轻的老师们不再了解为什么这个远离安福路的学校,在1950年更名为安福路第三小学,比如为什么那些粉刷修缮一新的旧时代大房子,在崭新的面貌下反而散发出一股强颜欢笑式的疲惫。富有历史感的街区里,总有一些往事坠入睡美人式充满希望的沉睡,当它可以说话的时刻到来,它自然就会醒来,携带它的故事回到人们面前。

从我的少年时代至今,我一直喜欢在这些街道上漫游。后来写作城市面貌,这种漫游就从少年时代的消磨时光,变成了经久的田野观察。在我看来,这些街区早年可以把玩的颓唐情调已然消逝,后来将旧城中的一切都浪漫化,当成商业符号的时代也在渐渐

如今世界小学恢复了，罗密欧的阳台保住了，又新开了法国面包房和书店，但整条街却悲剧地呈现出一种类似话剧开演前的舞台布景的干燥单薄。这里的一切都是真实的，房子，阳台与街灯，甚至房子里的人和厨房的气味，但集合在一起，却变得虚假，好像泡沫塑料搭的。在那里行走或停留，一种被追光灯强力照着的感受会渐渐蔓延到所有的感官。这是我小时候长大的街区，在比太平洋战争中被毁坏的城市面积大得多的改造中侥幸被保护下来，却慢慢变得不真实，心里的感受真是古怪极了。
（摄影：陈丹燕，2015年）

远去，上海的街道如今因为自己的文化特征，而成为人们探寻的地方。年轻人边走边拍的身影成为一些旧城区街道经常的风景，老人们也不会总将他们看成房地产开发的动迁小组成员了。人们开始习惯这种对街道的个人考察。

珍视自己街区的风景渐渐成为上海许多人的共同感情。

2015年的四九之冬，我在武康路路过1984书店时看到自己的书在橱窗里一晃。我去开湖南街道个人口述史的筹备会议。如今，我们有可能为旧法国城的百年街区留一些居民的个人口述史。上海一些负有使命的街道开始呈现出它的琥珀特性，乐观地说，这个城市的精神性正在成型。如果不急功近利，它会有丰富的展现。

2016—2020，街道新记：
江声浩荡，自屋后升起

一、"江声浩荡，自屋后升起。"

许多读过傅译《约翰·克利斯朵夫》的人都能背诵这句话，多少年来，我只是前赴后继的千万者之一。它在我成为作家的时候，成为我自己词语库中重要的支点，类似房梁那样的必要。

少年时代，我读到巴尔扎克。青年时代，我读到《艺术哲学》。慢慢地，我才知道这都是傅雷遗下的恩泽。

说起来，我就是个欧洲小说的爱好者，一读到小说，就忘记自己大半生以来的作家训练，返回到沉浸在故事里的小说读者本真。我总是最记得细节，很记得故事，比较记得作者，最后才记住译者。但一旦记得，便永不会忘记。当我知道傅雷这个人的同时，就知道他是吊死在自家阳台落地窗的横梁上的。警察早晨破门而入时，由于门打开时的穿堂风，他颈上的绳索断裂，遗体直落在旁边的藤椅上，居然落座得端端正正。而他从前的一张私人照片上，他正坐在那张藤椅上，吸着一支雪茄。那正是他翻译《艺术哲学》的时候。

在他死去五十年后的2016年，我带着《艺术哲学》中的一章，做意大利壮旅。按照书中指引，我一直走到乌尔比诺的宫殿里。五十年过去了，他还指引着我地理上的方向。

"江声浩荡，自屋后升起。"与香港翻译家协会会长金圣华教

傅雷旧居

授相识以后，我才知道这个句子，代表了中文翻译家们至高的追求。那是罗曼·罗兰的笔力，克利斯朵夫故事的精神，以及傅雷古雅而铿锵的中文传达，"字字都可以立住"，这是傅雷翻译时的准则。在我，这句话则是一部小说仰天长啸式的开头。

我记得金教授仰起她椭圆的脸庞，轻轻朗诵这句话的样子。她双手里捧着一本香港翻译家协会编的书，《江声浩荡忆傅雷》，那本书厚得不寻常，特别是在香港。她准备要送给我，特别因为我从上海来。

那天傍晚，我们在中环的上海总会里闲话。走廊里有张萧芳芳的剧照，她离开上海前，家里也借宋淇家的房子住，是傅雷家安定坊的邻居。

傅雷夫妇在1966年，激愤困顿交迫而亡，三十年后，金教授在香港设立翻译家奖，命名为傅雷翻译奖。在我所知的范围里，这是世界上唯一一个为纪念傅雷设立的翻译奖。

江声浩荡，我们未必听得清它咆哮些什么，它只是震撼了我们的心。

它是难忘的。

二、傅译《艺术哲学》

2016年的5月，我得到了一个去意大利做壮旅的邀请。

意大利壮旅从十六世纪开始，在法国作家中蔓延，在英国诗人中形成风潮，到歌德、勃朗宁夫妇、拜伦纷纷前往的时代达到高潮。贵族青年们的加入，使这条文化朝圣的旅行路线成为著名。德国的歌德，英国的狄更斯和莎士比亚，俄国的果戈理，这些欧洲最伟大的头脑，甚至是在意大利得到了他们一生创作中最重要的启示。歌德的《浮士德》诞生在这次旅行之后，果戈理的《死魂灵》写在旅居之中，莎士比亚的十三部重要的剧本采用的是当地的故事，狄更斯《双城记》的拱形结构来源于意大利建筑本身。

这曾响彻在欧洲知识分子心灵的意大利壮游，在1855年英国人托马斯·库克建立旅行社后走向衰微，停顿在第一次世界大战爆发之后。一百年后，我得以重拾壮旅，跟随四百年来层层叠叠的作家足迹，再往意大利中部的文艺复兴摇篮。

我的想法，是要按照已有中文译本的意大利壮旅作家当年的

三、街道

路线旅行,而且这些译本是我少年时代就读过的书。在我的壮旅里,不光有意大利的文艺复兴,还有那些络绎不绝前往意大利,并由此盼望能死在意大利的作家们,不光有我自己的阅读历史回望与重读,还有那些将那些伟大的作品翻译成中文的翻译家们。对一个在二十世纪后半叶的中国长大的作家,这样旅行,才算得上是完整的壮游。

通常的情形下,我旅行时只带几本书,但这次我带去整整一箱,那都是我年轻时读过的欧洲名著。创造它们的人,先后都做过意大利壮旅的。译本都是经由岁月的千锤百炼,才留下来的。

从阿雷佐到泼皮城堡的一路上,我慢慢重读《艺术哲学》中,文艺复兴时代的意大利绘画这一章。丹纳主张意大利的文艺复兴,来源于托斯卡纳一带壮丽的山水与独特的光影。地理与风物,是养育出文艺复兴巨匠的理由。在5月米开朗琪罗出生的房子外,如蜜糖般金黄甜美的光线里读《艺术哲学》,不得不服膺丹纳。

我住在凡勒纳修道院里,每天,修道院八点三刻就关山门,也没有网络。所以我有了寂静漫长的读书夜,直到清晨六点钟,早祈祷的钟声响起。

单人床,窄书桌。修道院建在但丁《神曲》中描绘过的高崖上。从那里望下去,四下皆为意大利最甜美的山丘。5月,山里成片的丁香树满树芬芳的小白花,落英如雪。米开朗琪罗就出生在不远处的另一座山丘上。再往前去,便是达·芬奇的出生地,然后,是乔托的出生地,彼得拉克的出生地,然后,是薄迦丘去世的地方。文艺复兴巨人们的家乡就这样梦幻般地环绕着我的修道院客人房。

有一夜，心满意足的我突然想到，《艺术哲学》的译者傅雷，竟然一生都没有到过丹纳写书的地方。

我记得临行时，意大利领事对我说，你真好运气，甚至对一个意大利人来说，这也是难得的好运气。

当时我说，世界真美好，陈丹燕的梦想实现了。

但在寂静夜读中，只要想到傅雷，我这样的好运气里就浮现出一种不能忽视的痛彻心扉。

我出生的那一年，他的厄运正好开始。就好像一脚踩在沼泽里，他慢慢沉下去，直至没顶。在我开始学习认字的那一年，他弃世而去。而我渐渐按照自己从小的理想，成为一个职业作家，而且是个旅行文学作家，一次次前往欧洲。一直到最近的一个长旅行，我还在受他工作的恩惠。

按照丹纳的地理决定论，我来此准备写作地理阅读三部曲的第三部，关于意大利壮旅与少年时代的阅读。表面上是意大利一个基金会邀请我去的，实际上，丹纳和傅雷指引了我的旅程。没有《艺术哲学》，大概也就不会有这样的壮游。

傅雷一直像一朵阴云那样飘浮着，有时他被灿烂的阳光穿透，但从未消失过。

三、安定坊

2016年6月，我完成了自己第一次意大利壮旅。回到上海后，将《艺术哲学》放回书架。

2016年8月，和我的摄影师在溽热的下午去了安定坊，傅雷夫妇

三、街道

自尽之处。我是为我的意大利之旅去的。看过那些亚平宁山中灿烂的光影,我要去看看他天光黯淡如深井的译文之处,对我来说这才是完整的旅行。这样,我才算真的从文艺复兴中归来。

安定坊的下午非常安静。我却依稀记起了童年中那个8月。满街响亮的知了叫声和透过肥大的梧桐树叶洒向马路青绿色的阳光,还有夏天街道上烧书的火堆与大电喇叭里传出的铿锵歌声。

我幼时住的街区有些官员的家庭,入夜哪家灯火通明,就一定是在抄家。我父亲是延安社会部建立时最早招募的人,然而我家也被抄了。家里所有的灯都打开,门窗也都大敞。家里的书与唱片统统被烧光,家里公家租给的家具一夜之间被全部收回,我们全家都睡在地板上。我想起来,那个夏天,一醒来就能看到沙发在地板上留下的印子,沙发下的地板比裸露的地板要深些,也许是蜡托没散开蜡的缘故。小孩子不懂事,突然全家都睡在一起,夜里醒来,就能看到父亲在黑暗中一红一暗的纸烟,心里还觉得新鲜得很,却看不见父母脸上那被人踩过一脚的惊恸。

那一年,我丈夫也还是个孩子,最后一年当他的江五小学少先队大队长。从他宏业花园的家,穿后弄堂,经过岐山村,再穿过安定坊,过马路,就是他的小学。他记得在去上学的一路上,差不多每栋小洋房里都在抄家。他家那一栋一共住了三家人,一户小资本家,一户黄埔军校毕业的妇产科医生,还有他家,爸爸是上海地下党出身的中学校长,他们三家也都被抄了。

那一带上海本土的文化家庭多,大约有五百多户。负责那一片治安的民警说,那个夏天,被抄了家的人家总有二百多户。

傅雷之子傅敏画下的家（叶永烈供图）

窗
书柜（均冶用八层，直到天花板）
门
有完包子扎克签作人都
的卡片大箱（未装什么时）
挂画处

藏画室

书房
字典书橱
书房
文用翻查大字典的
个专脚凳子

二臭书柜

五十年前的8月底，我后来的大学老师施蛰存在黄昏的余暑中，从一片抄家混乱中的岐山村，无声无息踱到安定坊，他过来看看老朋友傅雷。只见他家外墙被大字报糊满，早已遍体伤痕，酷暑里门窗紧闭，鸦雀无声。

五十年后，傅雷故居黑色大铁门紧闭，仍旧鸦雀无声。从门缝里望过去，能看见靠近当年傅雷书斋的那扇窗紧闭着，在他写字桌左手边的窗子也紧闭着。傅敏当年为叶永烈画过一张家中的平面图，1960年代，傅雷在出版无望，健康垮塌的绝望里，翻译完成《艺术哲学》和《幻灭》。那张翻译了这两部著作的桌子就放在两扇窗之间的地方。那张桌子远远对着阳台门，那里正是他们夫妇上吊自尽的地方。

隔着小格子钢窗，就是他家的花园。他们将头伸进绳索时，能看到夏日的院子里，他们夫妇培育的五十种不同的月季花已被音乐学院的红卫兵全部捣毁了。

那是个一片狼藉，花瓣撒了遍地的院子。待我见到这个院子时，里面只有一方平淡无奇的草地，五十种月季荡然无存。

1966年，上海那些有花园的人家，好像许多人喜欢自己培育月季花。我记得自己小时候，在马路上见到过一个开满鲜花的园子，我隔着稀疏的菱形竹篱笆望进去，里面忙着种花的老人穿了件白衫，笑嘻嘻的。

我妈叫我叫人。

"老伯伯。"

我记得那个园子里的老伯伯，剪了枝瘦小而芬芳的红花

傅雷家的小院子。在《傅雷家书》里提到的院子里自家种的月季现在早已没有了。

给我。

我家有支宝蓝色的漆器花瓶，回家后，我妈把那枝花养在里面。但回家的一路上，我都很骄傲地举着它，因为那枝花是送给我的。

在傅雷家留下的照片里，依稀见到过那些花儿活着的样子。还有傅雷夫妇宁静得好像鼹鼠般的脸。看到他们当年遗留的照片，我才觉得傅雷当年对自己面容的描绘真正传神。这么个要体面的人，对自己面容的变化，怕是不高兴的吧。

那天我们走进弄堂的时候还有阳光，转眼，阳光就变得玄黄而含糊了。

四、安定坊流言

我的摄影师对这条弄堂很熟悉，十多年前，她的广东朋友陈先生买下了安定坊另一栋花园洋房的底楼。她一直都怀疑傅雷家不是住在五号，而是住在这栋房子里。因为在那里出现过一些奇怪的事。

在下雨天的黄昏或者傍晚，她的朋友，不只一个人，陆续宣称在底楼客堂的落地钢窗前，见到过一个老年人，有时是一对老夫妇对坐在椅子上。只要一开灯，他们就不见了。

最后，连从无锡雇来的司机都看见了。

她的朋友们私下里都在传说，这里就是傅雷夫妇自尽的地方，他们冤魂未散。

三、街道

"你看见过吗?"我问她。她说,这倒没有。好像有点遗憾。

但见到过的朋友都谈之色变。南方商人素来相信异层空间和因果轮回,陈先生搬来后,于商,于私,诸事都不利。甚至性情也变了。后来,索性消失在人海里,两下断了联系。

五号的门楣下,长宁区政府钉了块咖啡色牌子,用中英文写了傅雷故居的介绍。想来这是不错的。

"奇怪哦。"我的摄影师嘟囔了一句。她天生是口吃,我信她的话,因为这样的人说句整话出来都不容易,该是不愿意麻烦自己,这样辛苦编故事。

"他们长得可像傅雷夫妇?"我问。

"小无锡哪里见到过他们的照片。他又不看书的。"我的摄影师说,"见着他们的人,都说那对夫妻瘦瘦的,对坐在藤椅上。"她说着,做了个双手袖在肚前的样子。那样子倒也真像从前人们的坐姿,有种古雅的斯文与体面,照片里梅馥就是这样的姿势,杨绛在照片里也是这样的姿势。

"咦。"她摇摇头。

陈先生非常忌讳楼下的异相。

所以大家只在私下议论。

不过司机是再也不肯住楼下了。

在玄黄天光笼罩下,心里只觉得寒气出来了,渐渐逼近。

我们从大门紧闭的五号走到弄堂深处,陈先生家的院门敞开着。阳台被扩出来了,成了平淡无奇的办公室。有个年轻女子端坐在电脑前啪哒啪哒打着字,背后露出黑发里一段雪白的脖颈。

我的摄影师东张西望,只说变得不认识了。

这里有人能背诵"江声浩荡,自屋后升起"么?五十年过去了,这里还有人记得傅雷夫妇的面容么?他们的朋友们都已弃世而去,钱钟书,周煦良,柯灵,施蛰存。最后一个是杨绛,今年6月去世,活过一百岁。他们渐渐都变成了传说。

五、"宋家客厅"

我们慢慢沿着五号的院子围墙走了一圈。我只想看一眼当年傅雷翻译《艺术哲学》的地方。傅敏画的平面图里,傅雷的大写字桌前后,有齐全的放字典处,放与巴尔扎克相关的资料处,放《四库全书》的角落,还有藏书室和藏画室。在那里诞生了傅译《艺术哲学》。

在隔壁三号的院子里,我借着一棵歪脖子树,爬到了搁在院墙下的木条外包装架子上。站在摇摇欲坠却高度正好的木条子上,我看到了那个院子。那是在疾风骤雨的1960年代,傅雷夫妇苟且生存的螺蛳壳。听说他们在这里招待朋友们赏花和茶会。那时,梅馥还是杨绛笔下沙龙的美丽夫人。直到社会上针对知识分子们的风声越来越紧,他们的朋友们渐渐停止走动,应了那句凄凉的中国老话:大难临头各自飞。

在《艺术哲学》里,傅雷这样翻译了意大利乌尔比诺宫殿里的沙龙聚会:

绅士们都通晓希腊文学,历史,哲学,甚至懂得各个流派的哲

傅雷在这个窗边翻译了《艺术哲学》。

学。这时妇女们便出来干预，带点儿埋怨的口气要求多谈谈世俗的事；她们不大喜欢听人提到亚里士多德，柏拉图，和解释他们的那些学究。于是男人们马上回到轻松愉快的题材，说一番娓娓动听的话，补救刚才的博学与玄妙的议论。并且不论题材如何艰深，争论如何热烈，谈话始终保持着高雅优美的风格。他们最注意措词的恰当，语言的纯洁。

这是些欢欣的句子，不知傅雷孤独地翻译它们时，是否心中也非常向往。

到了1966年8月30日，他们的朋友上门去探望，梅馥前来应门，但只是在门口默默望了望，就关上了家门。现在，开在他们家里的"宋家客厅"餐馆关张了。此地换做苏州生意人的办公室。所以院子里铺了青草，撑了把时兴的太阳伞。不过伞下没有人，草上没有花，原来花坛的地方，现在是个被灌木掩埋了的1970年代防空洞出入口。

六、安定坊的乌尔比诺宫殿

离开三号的园子，那里曾是傅雷家最初住过的地方。沿着围墙找到一处没有出入口的空地，空地上有几个地铁站的大通风口，传说中傅雷家的黑色竹篱笆墙，已换做一道薄薄的砖墙。空地对面有栋兵营式的楼房，当年叶永烈也不得进入他家的园子，就爬到那栋房子的楼梯间去，勉强拍了照片。

三、街道

如今园子里的树又长高了不少,密密遮挡着这个园子。

我爬到地铁通风口的井沿上,那里比较高,但还是看不清傅雷家阳台的正面。树叶子太密了,树叶灌木都很密,高大茂盛,好像有种奇异旺盛的生命力。隐约间,只见到傅雷书房的一隅笼罩在幽暗而悲伤的光线里。影影绰绰中,好像他们夫妇从窗内望着我,从幽深的井里,浮现到水波的白光里,那是一对将双手团在胸前的老夫妇。

孤独地。

我心中浮现出来的是傅敏画的书房,和狼毫小楷抄就的《艺术哲学》手稿。

壮丽的爵府是圭多的父亲造的,"据许多人说"是意大利最美的一个。

乌尔比诺宫廷是意大利最风雅的一个,经常举行庆祝,舞会,比武,竞技,还有谈天。卡斯蒂廖内说,"隽永的谈话和高尚的娱乐,使这所房子成为一个真正怡悦心情的场所。"

他们打开面向卡塔里高峰的窗子,但见东方一片红霞,晓色初开。所有的星都隐灭了,只剩金星那个温柔的使者,还逗留在白天与黑夜的边界上。仿佛从她那儿吹来一阵新鲜的空气,清凉彻骨。

参加谈话的人物之一,本博,是意大利最纯粹、最地道的西塞罗派,最讲究音节的散文家。其余的谈话,口吻也相仿。

各式各种的礼貌,个个人互相尊重,极尽殷勤:这是最重要的处世之道,也是上流社会最可爱的地方。但礼貌并不排斥兴致。

《艺术哲学》中提到的乌尔比诺宫殿的窗子

三、街道

重重树影里浮现出来的是，如今已成为乌尔比诺美术馆的旧宫殿。夏季意大利中部灿烂的阳光穿透了酒瓶底般的古旧玻璃，长长的铸铁玻璃窗配得上用温柔而灿烂来形容。那也是拉斐尔能画出青春圣母的光线。在乌尔比诺宫殿窗前，当年那些出色的人物观看金星的地方，读傅译的丹纳，好像做梦般的头重脚轻，就像拉斐尔和瓦萨里画过的女人那样。

我有时望望窗下阳光铺陈的广场和远处蓝色的山脉，大多数时间是在读《艺术哲学》里记载的乌尔比诺宫殿逸事——不折不扣的地理阅读。

陈丹燕的梦想是实现了，可傅雷甚至都没等到《艺术哲学》的出版。这梦想毕竟还是苦楚。

对不通法文的我来说，没有傅雷，就没有丹纳，没有我精神上的维他命，就没有我这样一个今日可以做意大利壮游的作家。

对我来说，傅译不光是丹纳思想的传达，也是优美古雅的中文典范。丹纳当然是好的，但经由傅译中国式的铿锵和热烈，才成为造就我精神家园的上好材料。对于我这一代中国作家来说，我们精神上的维他命，不光是唐诗宋词元曲，以及明清小说，同样也是欧洲浪漫主义诗歌，现实主义小说，以及散文优美精微的传统。傅译是优美辽阔的中国文化的一部分精华所在。它有种世界大同的文字之美。从我少年时代，它就以它法国的精神和中国的精髓文化着一个从小读禁书的，不肯被愚弄的小孩。在我成为作家后，它是我的词语库里的一根房梁。

在意大利读着傅译,我愿意把自己这个坐在乌尔比诺宫殿窗前的身体,想作是他的,而不是自己的。我愿意自己这双触摸着宫殿的双手也是他的,而不是自己的。就像我去到一处优美的地方,总会想起我那热爱旅行的父亲。他再也不能见到世界的美丽,我为此遗憾。那一刻,我对傅雷遥远地产生了这种遗憾。如果没有他的《艺术哲学》,我也不会对托斯卡纳有这样实证的知识。

翻译家也是我文学上的父亲。

我想起傅雷戴着圆眼镜的脸,不肯将就的嘴唇,悲哀地微笑着的脸颊,交织着屈辱感和自卑感又茫然愤懑的矛盾神情,想起梅馥向傅聪讨要一块黄油的沉痛:"牛油是你在家见惯吃惯之物,也不是什么奢侈品,为什么去年(指1961年。作者注)我忽然要你千里迢迢地寄来呢?"因为傅雷得不到足够的食物而营养不良。

有人相信这是张由于营养不良而消瘦的脸吗?我偶尔找到当年傅家家庭医生的儿子,他常到傅家送药。他听到母亲与父亲担心用的药,对傅家来说太贵。但每每他送药到傅家,梅馥总留他多坐一下,吃块饼干,有时也是小蛋糕,喝杯茶,再走。在他印象里,傅家一直窗明几净,傅聪琴声不绝于耳,傅家人一直都整洁体面。他从未想到过他家也会拮据。由于他们竭力掩盖经济状况,因此他们的拮据里另有一种惊惧惶恐。

我喜欢傅雷的脸在最后几张照片里呈现出来的脆弱和刚劲,惊骇于它的营养不良。这个因为不肯改名字发表译作而为衣食忧的人,这个1960年代绝无仅有的几个脱离任何体制以期自由的人,这个终于为自由付出生命的人，翻译了意大利十六世纪最风雅宫殿里彻夜不休的、欢快的谈话，在译文中模仿了意大利文优美的尾音。我猜想就是傅聪也难以想象父母在衣食上遭遇的困顿吧。也就是医生之子也从未意识到的原因。

金庸说的不错，傅雷就是个传统的中国君子。

七、傅雷的书房

2016年8月31日。五十年前的这天，傅家迎来疯狂的抄家的日子，五十年后的这天，我在医生之子的帮助下走进了傅雷旧居。外面虽然秋日明亮，屋内却晦暗沉郁。我看到屋后的那两扇钢窗之内，傅雷翻译《艺术哲学》的地方，现在被改造成了一间饭厅。圆桌面上，蒙着一层浅浅浮尘的玻璃，像林中寂静的水洼一般，倒映着窗外的树梢，和树梢上高远的蓝天。

完备的辞典角当然已荡然无存。医生之子悠然想起，当年他见到过的傅家客人，埋首于傅雷的字典中，那个人竟然就是施蛰存。

我站在两扇窗子中间，当年傅雷就在窗内的天光里翻译完成了《艺术哲学》，如今我站着再读变成铅字的字句，这也可以说是傅雷最后的心血了吧。这一章的最后，写到了建筑学家瓦萨里，他是世界上第一个写艺术史的人。上次我读到瓦萨里这一节，是在阿雷佐的瓦萨里故居的空中花园里。在古老街道上，6月的夕阳镏金一般地镀在瓦萨里花园的小径上，以及花蕾初放的菩提树上，甜蜜的气味轻轻笼罩在我头上的树荫里。"我们已经注意到，要产生伟大的作品必须具备两个条件：第一，自发的，独特的情感必须非常强烈，能毫无顾忌地表现出来，不用怕批判，也不需要受指导；第二，周围要有人同情，有近似的思想在外界时时刻刻帮助你，使你心中的一些渺茫的观念得到养料，受到鼓励，能孵化，成熟，繁殖。"

这里说的是文艺复兴时代的意大利，也是中国。

医生之子在我身边环顾四周，这是他少年时代体面的人家，由于这里，他这个学生物的学生，开始读巴尔扎克和罗曼·罗兰。由于他家与钢琴家顾圣婴家比邻，他也喜爱钢琴。他在房间里走动着，比划着书房里放词典的位置，放二十四史的位置，走到窗前我身边，他突然学着傅雷当年招呼他的样子，粗着声音说："小朋友来啦？"

这是我第一次听到有人学着傅雷的模样说话。

那年的9月1日，是我作为一年级新生上小学的日子。我记得那个火热的操场上，老师站在领操的台子上说，"同学们，无产阶级文化大革命开始啦。"

一年级的小孩懵懂地听着，心里想着：哦。

我七岁时，不知道开学的第二天，傅雷就死去了。

6月我在意大利时，就计划了回上海后去探访傅雷书房的旧地。那是为了我意大利壮旅寻根。我知道我意大利壮旅的根在中国，而不在意大利。

八、冤魂

上次离开安定坊时，我的摄影师突然问，另外那对老夫妇是

三、街道

谁呢?

我想是另外一对老夫妇。他们不如傅雷夫妇这样著名,所以现在我们已经不知道他们是谁,为什么双双自杀。但是,他们的冤魂也未散去。

比起傅雷夫妇,这对不知名的老夫妇更为哀伤,好像大江东去般辽阔而浑浊的哀伤。

这次离开傅雷家的时候正是中午,树影婆娑的江苏路上,傅雷家的对面仍旧是江五小学和市三女中,明天就要开学了,在路上我看到一个背新书包的小孩,像一只擦得锃亮的锅盖般闪闪发光地走在他爸爸身边。这是我的影子吗?明天开学的时候,他的老师会站在领操台上对他说起,今年是"文化大革命"发生的五十周年吗?

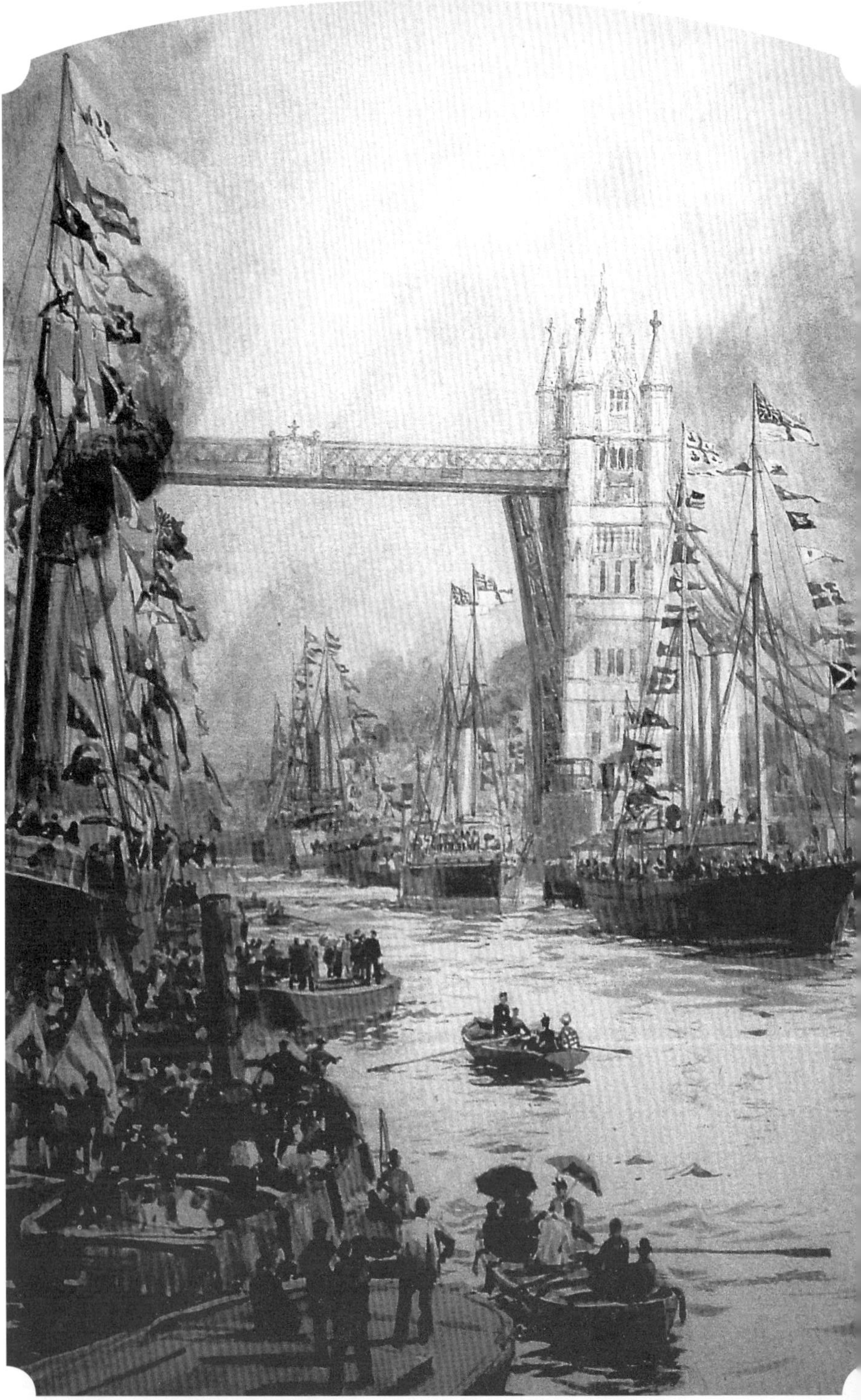

SHANGHAI MEMORABILIA

Part Four

THE URBAN

四

城市

上海的风花雪月

一个人无法自己看见自己，只有站在镜子前面，才靠着本来和自己没有相干的玻璃和水银，发现自己的眼睛原来不是书上写的黑色的眼睛，而是深棕色的，只有瞳仁是黑色的。

一个人离开了他的家乡到本来没有相干的外国去了，然后就会像站在镜子前一样，从陌生的城市里开始认识自己的家乡。

我就是这样的一个人。我小时候穿着一双北方的红皮靴子到上海，在上海成长，可并不了解上海，也不喜欢了解它，我把自己当成是这里的过路人，早早晚晚是要回到我自己的故乡去，可我并不知道它是什么，在哪里。歌里唱着的那故乡的小河，我没有。那小红皮靴子早穿白了鞋头，送给了收旧货的安徽老头子，我把它当成故乡来怀念。就这样忽视着自己天天生活着的地方，过着身在曹营心在汉的日子。

漫长的等待终于有一天结束了，我有了自己的褐色护照，飞机斜着飞上了天，越过了山，越过了海，越过了许多城市和树以及红绿灯。飞机比地球转得快，它一直往西飞过去的时候，我就可以多过一个夜晚。我以为自己从此是到广阔世界一步一个脚印，去找自己的故乡，其实却找到了镜子，看到的是那镜中的家乡——那是上海。

对我来说，上海是一个了不起的地方。它可以让一个外来的孩子生活二十年而对它视而不见，又可以让这个人把三十岁以后的所有海外旅行都用在对它的探索上，在咖啡馆里草草记下的句子大多是对它的追忆和疑问。每次拖着箱子回来，总是再去找笔记里问题的答案。它就是那个能够让一个人把这样的旅行延续一年又一

夜晚的街道和公寓（摄影：陈丹燕，2006年）

年，将一年年辛苦挣来的钱大半用光在旅途中的城市，它对我来说真了不起，每次虹桥国际机场那白色的大飞机大吼着冲进沾着污染的白云，我大多是去不同的国家和城市，带着不同的计划，可是看到的，还是它。只是它有所不同，就像在一个人的心里发生了新的爱情，那样的不同和那样的惊喜。

圣彼得堡与上海：红色都市的浪漫

圣彼得堡有一种只有红色国家都市才会有的浪漫，凋败的、梦幻的、稍微过了时的古典，洋溢着孩子式的激情，单纯而固执，就像上海。

在圣彼得堡期间，我住在一栋绿色的大房子里，楼厅的四角有巨大的雕像，男人和女人，裸体的，很大块的肌肉和卷发，雕像低头抵着天篷，像是用力撑着天篷，他们的颊、鼻子、肩膀、乳房、脚趾，一切隆起的地方都落满了灰。那是沙皇时代一个贵族的宅子，十月革命一声炮响，沙皇倒了，贵族跑了，他家的房子被不相干的人住了快一百年，从来没有维修过。楼厅里有一台老式电梯，还是古老的拉门，黑色的铸铁纹饰里积满了灰尘。那种灰尘腐蚀着生铁的甜腥气味，还有那种日久失修的电梯井里随着拉索吊上来的咸湿气味。我是从慕尼黑去的圣彼得堡，所以敏感于这慕尼黑的电梯里断断没有的气味。这种气味勾起我非常习惯的回忆——那也是上海老公寓里电梯的气味。在头顶上吱吱呀呀的钢索声，让人担心下一分钟它就会断了，那是在老公寓的电梯里天天担心的事。南昌大楼的电梯晚上也有一股从下水道里跑出来觅食的耗子味。

我住的房间原来是一大间起居室，后来的房客用木板分隔大起居室，一间做卧室，一间做画室，还有一半做客厅。躺在沙发上，能看到天篷四周那精巧的纹饰，用薄木板做的墙只做到它的下面为止，并未完全切断。除了省事以外，一定也是不舍得遮了它。还

四、城市

有走廊灯照亮的门玻璃,刻花的玻璃在门上闪闪发光,像从前的钻石一样。现在门上的木头被磨毛了边,又胡乱钉了门锁、插销和挂锁,那玻璃看上去就像灰堆里的豆腐一样。这情形在我多么熟悉。从慕尼黑到圣彼得堡,在感官上这里给了我强烈的归属感,比我已经住了半年的慕尼黑强烈太多。

外面是长长的走廊,要是出去以前不把自家的灯打开,就比照相店的暗房还要黑,走廊里堆着木箱子、纸箱子,每一扇关着的门里面都有不同的气味,那是不同人家的不同气味,门上挂着布幔,那是竭力想要保护隐私的关系。我住的屋子要穿过整条走廊才能到厨房和浴室去,一路上总是听到身体压在弹簧床上的吱扭声,孩子短短的笑声,电视机里的说话声,还有许多门后面繁琐而莫名的声响。走进浴室,关上门,看到一个老式的浴缸,靠水龙头的地方有长长一大条黄色的水锈。因为是公用的,所以能看到一些可疑的污痕。

是的,它们毫无意外地让我想起上海租界里的那些精美的老房子,我们在这样的老房子里生活,去老房子里看朋友。那些失修的水龙头长年滴着水;屋顶废弃不用多年的暖水管子还包着1930年的《字林西报》;ART DECO风格的黑色铸铁栏杆上生了锈,锈上又落了灰,灰没有人去擦,在雨季潮湿的空气里凝结成烂棉絮般的物质;从前客厅门上挂着布帘,从前起居室的门前也挂着布帘,因为现在住着不同的家庭,这些人家向往可怜的隐私权;所有的房子里都有着堆满了废物的黑暗走廊和走廊上雕花的漂亮木楼梯,都有在这样的环境里长大的人对建筑特殊的理解和对过去年代特殊的幻想。

一个城市不被赞同的历史就用这样的方式存在于人的生活中,

用自己凋败的凄美温润着他们的空想。于是在圣彼得堡，有了无边无际的忧郁，而在上海，有了无穷无尽的怀旧。

在这样的城市里，会有许多人特别喜欢晚上出去散步的，因为夜色掩去杂乱凋零和烟尘，那些过去的轮廓突然栩栩如生，整座城市蓦然回到昨天。在冬宫博物馆里，我买到一本印刷粗糙的黑白摄影画册，那是个黑衣男子的作品，大都是圣彼得堡的夜景，它们让我想到了我在上海的朋友，那个最爱深夜骑自行车、在法国城街道上乱逛的男子，他们是这样相似地怜爱晚上的老城，还有那些远比他们年长的房子。上海隆冬的深夜，常常有雾气在黑色的梧桐枝上徘徊，无风，潮湿，路灯被雾气放大，黄黄的，蒲公英花似的一大团。经过了许多失修的老房子，英式的扁烟囱，哥特式的尖顶，梧桐树干上那斑驳的颜色让人想到法国的那些印象派画，旧自行车单调的声音里，它们慢慢退去，像那个曾经是新的时代。而在春天里，旱芙蓉树下常常落满了淡紫色的花朵，遗香缭绕，远远的都能听到高处有花落到街面上的轻响。街道在静默之中好像就要开口叹息。他们在那样的晚上怀着感伤，就像追忆少年时代就失去联系的一个女孩子。

在德国准备去俄罗斯的时候，我去过圣彼得堡旅行的朋友也曾赞叹它的美，他说在那城市能看到一个老欧洲，那是在德国已经消失于十全十美的修复中的老欧洲。可这细心而敏感的人也不曾提到它那忧凄的浪漫，我想他是没有体会到这一点，也许只有生活在有过西方背景的红色国家都市里的人，能够体会到那种凋败局促之中忧凄的美。

四、城市

我这才发现原来上海的大街小巷里,也弥漫着那样一种阴郁的情调。它使我觉得圣彼得堡是我熟悉和亲切的,在涅瓦大街的新彼得教堂旧址,我上了楼,突然看到那革命前著名的大教堂,现在成了一个室内游泳池,没有水的大池子贴着教堂四周的墙壁,可那些窄长的东正教堂的窗子,仍旧圣洁地站在墙上,彩色玻璃还像天堂的裂缝一样长长地把影子拖到池底,那里有一只蓝色的拖鞋,很凄凉地留在那里。那时我想起来,上海近着淮海路的东正教圣母大堂,从前是在上海的俄侨造的,现在成了一家证券交易所大厅。教堂的昏暗本来是为了显现烛光里白色花朵后的圣母面容,东正教的圣母像常常是画在长长的木板上,有着黑色的微微倾斜的大眼睛。现在那昏暗正好使红绿两色的股票指数更加显眼。蓝色的拱顶高高地弓着,本来是为了让唱诗班的歌声能高高地升上去,再柔和地撒下来,像是从天上撒下来的圣音。现在人们面对浮动指数发出的声音从上面撒下来,也是空旷和缥缈的声音。

华美老城那面目全非里的那一种无望的温和的嗒然若失,是圣彼得堡的,也是上海的,夜雾似的隐显在红色国家的旧都市里。

我在圣彼得堡的大街小巷里走来走去,带着人到了似曾相识的地方的那种好奇。许多在中国人中间流传的危险谣言,并没有真正吓住我,就像当初决定转道俄罗斯回上海的时候,正是俄罗斯发生枪战、全国戒严的时候。德国报纸的头条刊载着大幅照片,有人死在流血的大街上。看着那张报纸我也没有真正害怕。在慕尼黑圣母广场啤酒花园的桌子上谈到要去流血的地方做旅游者,在德国人看来是有点不可思议,但对我来说是一种回家。

我去看了一些博物馆，就像所有的旅游者都要做的那样。在那里大多数博物馆像上海一样，对本地人和外国人是不同的票价，我第一次体会看同样的东西却付不同的钱时，一个外国人心里小小的不平。我对那小窗口说："这是不公平的。"

里面的人没有表情："不说英语。"

这时有一个女人转过身来，她帮我买了本地人的票，然后对我说："不要争辩。"她的眼睛像屠格涅夫的小说里写的那样，是淡淡的褐色，像黎明时的星星。然后我和她一起通过检票口，顺利地走了进去。

她说了一口好英语，我吃惊地望着她，问她是从哪里学的，她说就在圣彼得堡，她生在这里，长在这里，没有去过外国。她说圣彼得堡不像莫斯科，有许多人喜欢学英文，大多数年轻人会说英语。

她站在那里，微微扬着下巴，戴着一顶深绿色的古典的帽子，像画里的圣彼得堡贵妇，还有绿色的紧身大衣、胸针、精巧的靴子和手袋。她说着一口好英语。

我以为自己遇见了圣彼得堡的老贵族，就像在湖南路上可以遇到大资本家的小姐，在红宝石的咖啡小桌子前可以看到头发如雪的1920年代绅士。从前的上海在他们的嘴边活着，像一个传奇。然而她大声笑起来，她提醒了我，我才意识到圣彼得堡是曾经有许多贵族，可那是七十三年以前的事，而在上海是五十年以前的事，遗少尚存。而她，不是贵族，甚至也不是贵族的后代，在圣彼得堡有贵族的时代，她的祖上在涅瓦大街上开过一个小店铺，卖皮草。她是平民的后代，在繁华过后的大街上长大。

四、城市

可她还是与众不同,手袋优雅地挽在手上,还有脸上礼貌的神情。我在莫斯科的房东是出名的美丽女作家,她用作家代表团在德国访问时带回来的科隆香水,吃在莫斯科传销的美国减肥药,可走起路来将身上的长大衣雄赳赳地鼓出一阵风来,是红军女军官的本色。而她,像是舶来的。

她说帽子是在涅瓦大街的百货店里买到的,她常常到商店里去逛,常常可以在一个让人不注意的小角落里发现与众不同的东西,那是一个奇遇。帽子上的羽毛自己配上。然后自己买了布料做大衣,因为不可能再买到和它相配的大衣。手袋是从一家小店里找到,然后自己改造过的,靴子则是和几个朋友一起,到鞋厂里,找到相熟的厂长,按照外国画报上的式样,便宜定做来的,几个朋友,一人一双。

是的,就像1970年代中以后,在淮海路上散步的上海女子一样,是自制的时髦版本,从想象到品味都相似:有一点古典的花哨,紧紧的收腰,拖地的长裙,领口许多蕾丝,金饰衬托白到透明的皮肤,那是过去一个繁华都市在被简朴为荣的新时代淹没以前的时尚,也是她们如今心仪的时尚。但她们所做的不过分,因陋就简的衣服与世道不可能太精致。聪明的女子将它的式样简单化,生活化,是为了掩盖局促,预防真的捉襟见肘。她们苦心经营自己衣裳的过程也相似:面对粗糙商品那化腐朽为神奇的能力,一双锻炼出来的巧手,几个志同道合的女友,还有对私人喜好的珍重。她们并不说一样东西好看,而是说"洋派"。当人们这么说她们,是对她们的赞美。

当我这么说那圣彼得堡的绿大衣时,她说着"NO",脸上慢慢出现了淡淡的笑容，我那么熟悉的神情，这是在巴黎女子的脸上永远不会出现的美丽神色，在纽约女子的脸上也看不到，这是涅瓦大街和淮海中路上的女子才有的那种苦心经营后的矜持之美。要是香榭丽舍大道和第五大街上的女子是精心培育下开出的最美的花，那她们就是沙漠里开出的水仙，石头里爆出的玫瑰。

按照她的指点，我去了要塞看"回到1700年的圣彼得堡"展览，我路过了要塞的城堡，据说那是当时沙皇关押革命者的地方，我经过它的窗下，去到展览上，在那里我看到发黄的女子长柄遮阳伞，缀满了花边的撑骨长裙，一百年以前的芭蕾舞的节目单印在挺括的道林纸上，用繁复的黑色花纹优美地框着，还有发黑的小银勺，是当时剧场休息时吃冰激凌用的。那个充满了樟脑和地窖气味的展览让我想到了上海饭店里的老上海照片和不能用了的老式唱机，它们是上海菜馆里的装潢新宠。只是那时还没开出1931'S这样的主题咖啡馆。人们是那样热衷于精美华丽的生活。

在展览上，传说莫斯科要拆除列宁墓，大家为列宁的遗体将安葬在什么地方争论不休，许多城市拒绝了，可圣彼得堡的市民愿意接受。听到这个消息，回想那张绿帽子下矜持的脸，我并不觉得很吃惊。

夜晚来临，圣彼得堡下着雪，卖七十八转的密纹唱片行里挤满了选甲壳虫乐队唱片的人，地铁站里年轻人弹着吉他，拉着小提琴在唱保尔莫利亚风格的《我的太阳》，年轻的女孩子穿着短裙和进口丝袜，舔着冰激凌在涅瓦大街上散步，喀山大教堂前有许多卖小幅风景画的画家在雪里等着顾客，市场里灯光明亮，许多人在买食物。这里的市场不同于莫斯科，这里有大玻璃，让人看到里面在老式水晶大吊灯下面人们温暖的背影和昂贵的红色西红柿。咖啡馆的桌子上，即使是将纸裁得比手掌还要小，即使那纸又硬又光滑，根本吸不干留在嘴边最小的咖啡渍，可大多数圣彼得堡的咖啡馆里都有面纸供给客人。有时候，它让我想到从前上海一直用的食指大小的半两粮票。像上海一样，这里与红色首都相比，让人看到更多的生活，什么样的清洗都不能让它们消失。

巴黎与上海：不夜之城的红唇

　　塞纳河上开着游船，蓬皮杜中心放着日本电影，拉丁区的小咖啡馆里挤着索邦大学的学生，红磨坊夜总会里卖出的一杯红葡萄酒要上百美金，喝醉了的胖女人躺在卢森堡公园门口的地上高歌数曲，从香榭丽舍大街上的香水店出来的美国游客两条手臂上沾着上百款香水混合在一起的气味，巴黎的夜生活不只是一些人的事，而是整个巴黎的生活，就像上海。

　　礼拜天到巴黎已是傍晚，我住在卢森堡公园边上的一家小旅店。我小房间的窗子对着一栋白色的公寓，能看到对面的大窗子里亮着灯，照亮了一屋子甚为古典而且华贵的家具，可屋里没有人。

　　我那小旅店是栋老房子，木楼梯窄窄的，房间小小的，东一个门，西一个门，全都无声地关着。能听到从地板缝里传过来的楼下咖啡室的音乐声，上楼的时候我在门厅里看了一眼咖啡室，底楼的昏暗天光里有一屋子褐色的家什，姜黄色的墙，里面没有客人。地板缝里，钻出来一个人和着手风琴的声音唱的香颂，那是柜台里面收音机的音乐声，在咖啡室里没人的时候，就显出它们来了。

　　空荡荡的。

　　那种空荡荡，不像在瑞士，你觉得所有的人都在家里剥奶酪吃，而是让人觉得这万人空巷，是抢着看什么热闹去了。

　　旅行本来就为了看热闹，于是我也出街去。

　　经过圣日耳曼大街时，看到满街在黄灯下摇曳的梧桐树和树下

四、城市

灯光明亮的店堂，还有在那里闲逛着的人影，我吃了一惊，真的像是从欧洲一步跨回到茂名路淮海路上，那里店堂的灯光也是那样照亮了树干上斑驳的树皮，在人行道上冲淡了黄色的路灯光与黑色的梧桐叶子的影子，可是照亮着手里多少提着一点东西的人们。只是，上海的树叶子比这里的大一点，上海的店堂比这里的粗野些，上海的人走路手臂松得太开，上海人手里的包装袋袋没那么多是厚纸做的，在路上几乎看不到能把脖子闲适但不鲁莽地从无领的宽大上衣里伸出来的上海男子。

我想起来，1970年代的时候，有人告诉我说，从前那个消失了的上海被称为东方的巴黎。因为它们都是浮华璀璨的花花世界。可真正讲究起来，对巴黎来说，上海那个关键的词是"东方"，而对上海来说，关键的词是"巴黎"。

香榭丽舍大街上有个脖子优美地长长伸着的黑女人，在两手的大小包包里拧着圆圆的屁股，一队休学旅行的美国孩子排着队从一个大商店的门口拥出来，开了眼界的孩子们一个个反戴着棒球帽，通红着心醉神迷的脸。右侧有一个香水店，里面一种香水只占手掌大小的一块地方，上面有一瓶试用的香水，一个名字，像"蓝衣公主"之类的，还有一些放在小盘子里面的厚纸片，比火柴盒大不了多少，那是让人可以将香水滴在纸上闻味道，而不用滴在手腕上弄混了自己身上的气味。不那么风雅的客人常常一路看香水牌子，一路胡乱想象自己的百变之身，然后把两条手腕统统伸出来接那店里几百款的香水，等到出来的时候，整个人就像一个香水商店一样，香味驳杂地在路上走。好像全世界的人都集合到这条大街上来了，就像全中国的人常常都集中在上海的南京路上了一样。

　　巴黎的外来人常常要在晚上到香榭丽舍来看花花世界，而上海的外来人常常会在晚上去外滩，那是中国最西方化的一条江岸。1970年代时，沿江的堤岸是有名的情人墙，一对对无处可去的情人站满黑暗的堤岸，悄悄地亲热。1970年代中期有一支日本的电视小组来上海拍摄了情人墙，这没有烛光和玫瑰的爱情，在外国人的眼里有种中世纪式的浪漫。那时来上海的外地人，也常常晚上到外滩去看情人墙，那是当时中国夜晚最有颜色的一块地方，常有人说来这里开开眼界。本地人则称那里是13频道——一个当时没有开通的电视频道。后来，上海渐渐恢复了夜生活，情人们去有高背火车座的咖啡馆，去设双人座的电影院，去酒吧，去保龄球馆，去台湾红茶坊，去跳舞，去唱卡拉OK。情人墙渐渐被外来的青年站满了，这里的历史，这里的上海气息，对外来的青年来说，也是想象中的花花世界。

　　丽都歌舞厅门口的街面上有一小群东方的旅游者围着电视看今晚的歌舞表演预告，他们扬着脸，紧张地、害羞地、振奋地、痛苦地、渴望可又恐惧地望着那些美丽的欧洲乳房在玻璃后面起舞。他们是一个从陕西来的代表团，晚上要到这里来看表演，他们的导游站在一边安慰他们说："这就是我们晚上的节目，晚上看得比现在多。"他们惊觉地收回脸，彼此看看，摇着头评价道："真邪了门了。"

　　上海的夜总会也差不多在这时候开始营业，上海比较害羞，小姐们穿着泳装和高跟鞋跳舞。在夜总会唱歌的小姐才是精华，她们爱穿银光闪闪的裙子，希望自己拧起身体来有一种蛇的感觉。捧场

四、城市

的客人可以花钱订花篮给自己欣赏的小姐,花篮是夜总会公用的,这支歌送给这个小姐,下一支歌还可以由另一个客人送另外的小姐,只是夜总会和小姐按事先说好的比例分客人买花篮的钱,说是送一个花篮,只是为了比送钱面子上好看一些。收到客人花篮的小姐,会在唱下一支歌前对客人说些好听的话,大庭广众之下,调情的话从小姐手里的麦克风里回响阵阵地传出来,让大家都提起神经,客人被一盏追光灯照着,被美丽小姐骚扰,分外有面子。这里的客人大都是生意人,夜总会也大都是谈生意的一部分,被追光灯照亮的人,常常来不及换掉白天严谨的深色西装,可脸已经松下来了。对手常常成为同好。

巴黎的歌舞厅曾经是城市文明的骄傲,曾经有许多知识分子对歌舞厅津津乐道,他们以为歌舞厅的演出对巴黎的绘画、音乐和文学都有过有益的影响。而上海的夜总会则没有人这么夸过它,就是那些商人们也不赞美它们,只是他们到了晚上常常离不开去那里的念头。

年轻人不去这样的地方。到了周末,第二天不用早起读书的时候,他们就去迪斯科舞厅,去音乐开得震耳欲聋的地方,那里的DJ常常吸足了大麻,将音乐做得像开飙车。上海的通通迪斯科广场里挤满了这样的年轻人,在什么也听不见的地方,常有人特地买了蛋糕庆祝生日。到了半场时,走到外面的走廊里看一看,出来透气的全都是身上瘦瘦的半大孩子,拉着脸,冷漠的样子。要是那一季正在流行穿短衣服的话,在女洗手间的大镜子前补妆的女孩子,个个露着自己的肚脐眼。它们还没完全长好,有一些略微在紧致的腹部突起的肚脐眼，那是婴儿期爱哭的人。像上海一样，在这样的地方，巴黎女孩子也总是比男孩子成熟得早，要是女孩子刁难，她们能把蠢蠢欲动的男孩子看得神魂颠倒，他们那时走起路来，就变得同手同脚。

　　普通市民也不去那里，当然他们也不去通通迪斯科广场，因为去了就知道，挤在那些发疯的孩子堆里，自己会像隔夜小菜。在临近红磨坊的蒙马特高地，那些看上去平淡无奇的人常常在半山热闹的街道上散散步，然后找一家咖啡馆坐下来。那样的小咖啡馆到处都有，暖和、灯光柔和、蒸汽热奶的机器大声喧哗着，可以坐在那里看早上没来得及看完的报纸，喝一点红酒，听听音乐，说说话。平凡的人生常常必须为生活付出大部分人生，可这不表示平凡的心里没有自己想要的生活，白天被办公室拿去了，晚上则是自己的。街角小咖啡馆的藤桌子上，喝点自己想要喝的，想起自己愿意想的，卖玫瑰的人走过桌前时，花一点点钱给老婆买枝花，这是个人的自由。巴黎的咖啡馆是个好地方，特别是开在街道转角的那些店，窗上垂着白色蕾丝的腰帘，温暖的烛蜡一滴滴流到绿色的酒瓶子下，堆了起来，让人想到烛光下的漫长晚上，那烛光下影影绰绰，在外面看着都觉得自在。

　　巴黎小咖啡馆的凡俗、自在和随意，大约与上海的饮食店相当。年轻的父母晚上推着婴儿车去咖啡馆吃饭会朋友，一点不用担心会有儿童不宜的事发生。而在上海的咖啡馆就要隆重得多，晚上进上海咖啡馆吃简单晚餐，再和朋友一起喝点什么的人，通常都是年轻赶时髦的白领，在外国公司工作，领到不同于大众的薪水，有

四、城市

与大众不同的压力,当然也想晚上有与大众不同一点的生活,他们的口味不那么中国化,喜欢咖啡,生菜沙拉,意大利烩面条和爱尔兰黑面包。在普通人看来很不合算的价钱,他们安心地付出去,那是因为他们知道里面有一部分钱是付给了咖啡馆的红白格子桌布,浮在玻璃碗里的红蜡团,英文歌,暖气,和一种异国情调。在上海的咖啡馆里,大多数人是小心打扮过了才去的,在绝大多数上海住家没有中央供暖设备的冬天,不少女孩子脱了大衣以后,里面是短袖毛衣和短呢裙。她们是怀着好好款待自己一晚上的心愿来的。

上海的普通人不会去咖啡馆,二十五元一小壶咖啡对他们来说太不实在。可他们也并不早上床睡觉,在上海的不少街心公园里,到晚上都会有自带录音机和卡式磁带、找一块平坦的空地跳交谊舞的人。他们骑自行车来,只要天气不反常,就跳上一晚上老式的舞曲,到9点多回家睡觉。他们常常是上海早起的那一类人,上班的地方远,乘高峰时间的公共汽车需要预留时间,所以一些家务要在早上完成,晚上才能及时让一家人吃上饭。对普通的人来说,许多事不得不做,不敢不做。但那些街心花园里的舞会被一年年地坚持下来,成为一个网络,甚至每个街心花园的舞会还有自己的特点。在上海无风的冬夜,看到那些整天在街道匆匆而过、被淹没在生计里的身影和着音乐默默起舞,会让人猜想夜生活对平凡人生的意义。

那一夜从香榭丽舍街回来,我路过卢森堡公园门口,看到两个男人坐在大门口的台阶上,脸对着脸喝酒,卢森堡公园里的树、花和湖水发出夜间森然的气息,在月光下发白的小路边能看到弯弯的椅子。那两个人舒舒服服靠在铸铁栅栏上都不说话,那两个背影像方糖一样,投进清香的茶里,它们就眼看着软下去,小下去,化了。

到了夜里,人人都想为自己活上几个小时。

在巴黎,深夜也有人舍不得睡觉去。塞纳河附近的那些莫辨南北灯光通明的小街道上像散场一样热闹,一家餐馆紧挨着一家,家家门口站着笑脸相迎的男人,叫卖自家的特点。漆成了蓝色的希腊餐馆门边养着红色的大龙虾,用铁杯子喝热过的希腊酒,露天的摩纳哥餐馆,桌子上放着盛着蔬菜汤的陶罐子和金色的蒸小米,漆成绿色的意大利餐馆里有人在吃比锅盖还要大的披萨饼,热忌司从那人的嘴里到饼上拉出来一掌长的丝,中国餐馆前挂着大红灯笼,一开门,里面一股甜甜的咕咾肉气味,越南餐馆里的人呼扇着黑色的长裤,用乌木盘子端出来一个小小的陶罐子,里面是放了红辣椒丝、笋丝的酸菜鱼汤,让人想到那个地方的湿和热。而阿拉伯人的小店里竖着的一大棒子烤肉已经削得只剩下贴着铁棒的一圈了,还是吱吱地冒着牛羊肉的香味。妓女站在路边抽烟,大学生们将手插在裤子口袋里看人,旅游者一脸激动地东张西望,紧紧捂着脖子上的照相机,吃饱了夜宵的人站在街口,雄心勃勃,四下里找着用武之地。

在上海,下半夜到黄河路去,听说远远地就能听到人声,出租车在街外排成一溜,等着送吃了消夜的人回家。腌笃鲜汤、浦东咸草母鸡、佛跳墙、蛋丝小馄饨、东坡肘子、萝卜丝饼、大闸蟹、烤鸽子,什么菜式都有。有人专门去那里看吃消夜的女人,据说能从她们点的食物上看出她们今夜的生意如何。在下半夜,咖啡馆的小

四、城市

姐,夜总会的小姐,KTV包房里的小姐大都下班了,这些点缀着别人夜生活的人,这时开始过自己的夜生活。咖啡馆的小姐常常会一群人一起来,那是因为有客人请了她们,小姐们把客人拥在中间,高高兴兴地吃着,说着,常常,客人和某一个小姐的故事就是这样开始的。和巴黎一样,这里的灯也亮过白天,音乐兴致勃勃,厨房炉火通红,不停地有人在街口下车,高跟鞋余兴未了地嘚嘚走近,此时,天亮以前的最后一轮夜生活正在开始。

纽约与上海：移民都市的自由

从夜晚格林威治村街上随风翻飞的白色塑料袋上，看到移民都市对周遭的冷漠，从上午曼哈顿街头响彻着世界各地的方言里，听到移民都市四溢着对自身的梦想，就像上海。

纽约的地铁开着开着就会成了轻轨列车，跟着铁轨开到地面上来。一条紫色的七号线，经过罗斯福大道的波多黎各移民区，看到大屁股的老女人披着方巾，拎着一只大红塑料桶，举着肿得像小腿一样粗的脚踝摇摇晃晃地从花花绿绿的廉价小店前走过。像南市的老城厢里，生过许多孩子、吃过许多苦可依然很强悍的苏北老太太，落了一身的风湿病，可一点不偷懒。

它离开曼哈顿岛，远离中央公园后的高级住宅区，那里的大道中央也种了树，那里的门人都是穿在笔挺白制服里的黑人，他们有时站在公寓门口，庄严地望着街上来瞻仰富人生活的行人，一脸礼数周全的不亲切，比在里面住的人还要矜持。要是他们的脸不那么黑，鼻子不那么宽，嘴唇不那么厚，就很像徐汇区静安区的许多门卫的脸。它也离开上城的哈莱姆，那里街上晾着许多洗干净没有好好拉平的衣裤，全是不能穿进写字楼的，从窗子外看去，许多家的窗子上不用窗纱，街上总是有不少年轻力壮的黑男人无所事事地走着，站着，歪在门前的台阶上晒太阳，天天都是休息天，像到杨浦区的一些居民区常常能看到的一样。

它离开上城的布朗克斯，那里在冬天时有许多人家在窗台上放了

四、城市

一个犹太教徒用的九头烛台,过一天就点亮一支,直到九支全亮起来,那时犹太人的光明节就结束了。这和在春节以前你到传统的宁波人家去有点像,他们家朝北的亭子间窗下,一定会挂一条风干了的死硬的鳗干,用筷子撑开了它的肚子,宁波人家在春节时用它来烧肉吃。到春节过去,那条鳗干就一点点地短了,等天暖和,也吃完了。它也离开了下城的唐人街,那里当街有卖各种中国小吃,春卷是全世界的人都欢迎的食物,从油锅里一捞出来,香飘万里,伊丽莎白大道上闲逛的白人也学着华人的样子当街买了趁热就吃,可在买的时候,他们把它叫"蛋卷"。像乌鲁木齐路拐角山东小姑娘做的大白馒头和大肉包子,常常是上海本地人去买了当晚饭,上海本地人说话不分馒头和包子,一律称为馒头,让那山东姑娘常常抓错。

它远远地离开了下布鲁克林的犹太区,那是一些窄小破旧的街道,房子死死贴着房子,消防楼梯挂在红色砖墙外面,好像随时都会有贼握着枪从上面逃下来。这和上海城郊接合部的外来人口居住区那些拥挤肮脏的老式平房也算是相像,都是现在城市中心的人不再住的,百年以前的老房子,夜里老鼠会在角落里行军。我被朋友再三告诫,天黑以前一定要离开下布鲁克林区,那里常常有夜晚的暴力。而且一定要把照相机的绳子绕在手腕上再照相,曾有人在那里照相,正对着镜头,突然发现自己眼前的景物居然两个眼睛都能看到,他站在那里,怎么也不相信,然后才发觉原来手里的相机不见了,一个青年站在滑板上飞快地消失在前面的街口,他拿着自己上好了胶卷的日本自动相机。这个情形,就好比是上海警方在夏天到来的时候总要到城郊接合部去肃整治安。那里的人刚到城市里来,总是找便宜的地方，而且能找到同乡帮助的地方落脚，穿着家乡带来的衣服，还没学会城市的斯文，所以在街上大声说着家乡话。等渐渐熟悉了，找到工作了，就开始早出晚归。再等挣到了钱，学会了城市口音，就开始从这里搬出去，脱胎换骨，做纽约或者上海人。从这里走出去的人总是着急要成一个真正的都市人，在纽约，人们说"as American as apple pie"（像苹果派一样地道的美国人）。犹太青年剃掉他们两鬓的长胡子，换名字叫约翰或者琼。华人的年轻夫妇就是在卧室里也说英文。在上海的一家山东人家里，母亲不得不在饭桌上说半生不熟的上海话，因为她的那些孩子不说一句山东话，小时候他们个个都会说，现在再也不愿意说了。

它到了小康的皇后中心站，那里有点欣欣向荣的意思。街上走着穿蓝布裙子的东方少女，老人推着小孩车，小伙子飞车在街道上穿行，前斗里装着大白盒子，里面是外卖的热披萨饼，从窗子里看过去，一脸肃杀的高丽男孩穿着白大褂，在大房子里练空手道。那里有一些房价不贵、社区不错、公立学校的质量也好的地段，像森林小丘区。这里是在美国站住了脚的新移民喜欢置业的地方，特别是重视孩子教育的华人和犹太人家庭。在第一代人住进了自己的套房里松一口气时，第二代人正在刻苦读书，要过桥住到曼哈顿的大房子里去，这就是美国梦，只要人到美国就会有。

七号线最后到达法拉盛，这时车厢里大多是东方人的脸了，这里是韩国人和中国人的社区，超级市场里能闻到东方食物的复杂气味，教堂里的牧师也是黑头发扁鼻子。高丽人的脸上有一种毅然决然的杀气，他们就是不说话，也让温和的江南人看了心里发毛。晚

四、城市

上回去，出了地铁站，绕过商业街，我住的地方要经过高丽人的社区，看着迎面而来那些严峻的人脸，我常常心惊胆战而过，然后听到台湾人家的客厅里潘美辰厚厚的歌声，才松下一口气来，觉得自己差不多等于到家了。

在纽约的感觉与在欧洲那些小城的感觉实在是不同的，在欧洲的小城里，一个黑头发的人总是被人笑着问："你是从哪里来的？"说到中国，就常常听到一声口哨："那么远啊！"有个西班牙北部的小孩子看着面前那张奇怪的脸不肯回家，问："妈妈，你说她是法国人吧？"就是在萨尔茨堡这样的旅游城市，在莫扎特故居对面的小烟杂店里，也买不到一张够寄到中国去的明信片邮票。店主人笑着说："我的天，我没想到在我这样的小店里会来一个人，要买寄到中国去的邮票。"

而纽约，只要你上街，就看到黑人的脸，华人的脸，高丽人的脸，墨西哥人的脸，德国人的脸，荷兰人的脸，俄罗斯人的脸，印度人的脸，犹太人的脸，全世界各地人的脸，它们在你的眼前晃，像在大色拉盆子里面正在拌酱的西红柿、土豆、洋葱、生菜和胡萝卜。开始可能你好奇，听到一声像宁波官话似的声音会回头去找，可你看到的是一张从南美来的棕红色的脸，他在说他的家乡话。然后你的头很快就昏了，对不同人种的好奇渐渐淡去，对迎面走来穿得再怪的人，他们发出再怪的声音，都泰然处之。

于是，纽约让人觉得能为所欲为，为了证明自己的自由，我的一个朋友，一个个头高大的新移民，在第五街梅西百货店灯光灿烂的门口张开他的手臂，踮起脚来，纵情大唱一声："北风那个吹，雪花那个飘……"那是芭蕾舞剧《白毛女》里的歌。果然,在街上走过的人没有一个停下来看他,也没有一个人多看他两眼,大都充耳不闻地走过去。这和上海公共汽车上有时会看到的情形一样。有时在公共汽车上,能看到头发花白、手指粗大的一对夫妇,合坐在一张单人座位上,老太太几乎坐在老公的腿上,面对一车厢的人,她纯朴的脸上又害羞又陶然,还有点不知所措。他们一定是看到年轻情人的放肆,觉得自己也能试试,从前在家乡,想必是手也不能拉着上街的。周围的上海人脸上有点啼笑皆非的样子,但与纽约人一样,在没有危及自己的时候,他们什么也不说。而要是你像在纽约或者上海那样无视红绿灯,与汽车抢马路,边上很可能会有一个推小孩车的妇女严肃地对你说,希望你至少不要在有孩子在周围的时候这样做,因为你在无形中为他们的孩子做出破坏秩序的榜样。她的额头都涨红了,因为她很恼怒,而且不得不说出来。

　　因为背景复杂的外来者带来了不容易被理解的举止风俗,大家一旦生活在同一个地方,就不得不打开自己的眼界,丧失自己的好奇心,懂得事不关己高高挂起地做人,也懂得不求一律地做自己。从欧洲到美国,我觉得自己突然不那么被关注了,从遥远地方而来的吸引力骤然消失,只是一个在街上走着的任何影子。所以,从俄亥俄来纽约的红脖子男孩总是抱怨纽约的冷漠,想念家乡小镇上居民亲如一家的紧密关系,就像从无为县来上海的女孩子感到非常孤独一样。没有人会因为他们是外来者而特别在意他们,甚至他们这些在都市中出生长大的人也不像他们爱家乡一样在意自己的城市。

　　在新泽西干干净净的中产阶级小镇上不敢把糖纸乱扔的我,到

四、城市

了格林威治村,晚上从地铁站里出来,看到风将地上的一只用过的塑料袋吹得在街心团团转,立刻把一路上在手里捏着的冰激凌纸往树下扔过去,一刹那间,就恢复在上海的习惯。上海和纽约一样,是无论如何也弄不干净的城市,安徽民工把建筑垃圾往马路上乱倒,四川女孩吃完盒饭把大排骨头丢到花坛下面,从外地来的人只知道自己是离开了家乡为找自己想要的东西,这地方不是他们的家,他们不在乎这里的一草一木,他们也来不及在乎。有一个早上,在延庆路上,我看到墙角有一大摊消化良好的成人粪便,能看出来那人吃得很好,身体也好,只是匆忙中找不到出恭的地方,于是趁着夜色,就地方便。这不会是在上海有家的人能做出来的事。

这移民的城市有时就像是一个大中转站,总是在流动着,总是在到来与离开的匆忙之中,那里的地上全是脚印子,那里的窗台上常常被人放下喝光的可乐瓶子,那里的垃圾被人随手乱扔,就是这样。这是都市的冷漠和自由带来的,也有人就是爱这样的自由气息,像小孩子常常因为穿新衣服有太多的约束而宁可穿旧衣服,他们看到一只用过的塑料袋在街心随风飞舞,会突然觉得身心俱醒,将自己从循规蹈矩的轨道里脱离出来。

然后你发现自己不是一个从俄亥俄,或者是无为县来的人,这里没人认识你,没人知道你小时候总是拖着两条黄龙鼻涕,数学考六十分,你爸爸妈妈曾在春节里大打出手,你十五岁时爱上一个女孩,可那女孩把你写的情书在班级里公开。你突然没有了过去,只是一个现在在都市里找自己梦想的人,没人理会你怎么会有这样或者那样的梦想,来到了这样的城市,就像进了浴室,轻松就将你身上的所有痕迹洗掉，然后，你可以像新生的婴儿，在这没人知道老底的地方再生活一次，找你想要的、不同于从前的生活。很可能你是失败了，可你找过，做过，到老了，你的心像是一本百科全书，这也是你这一生的收获。

但是，各种版本的成功故事总是在纽约或者上海的人群中流传着，就像神话故事在各个民族中用一种惊人相似的形式流传一样。你可以说一个买烂水果的麻脸青年后来拥有了庄园一样大的别墅的故事是发生在纽约而不是上海，你也可以说一个家徒四壁的犹太难民后来能将办公总部设在第五大道帝国大厦里的故事发生在上海而不是纽约。还有一个没有工作而身怀一技的聋哑人在上海终于名利双收，而且找到了自己的爱情，建立了自己的家；还有一个青年到纽约时只有二十九美元，而当他十年以后回家时，他已经是可将自己的油画拍卖到天文数字的成功画家。这些故事总是在上海或者纽约的人们中传来传去，成为移民城市中生生不灭的童话。

然后你发现在曼哈顿说着千百种有口音的英语，或者在外滩说着有口音的上海话的人，有一点是一致的，就是他们都是因为自己的梦想来这里的，虽然梦想也有千百种之多，他们都不是束手待毙的人。街口匆匆而过的行人走向四面八方，带着同一种不在乎一切怪异的神情奔向自己的前方。

四、城市

1997-2007，城市十年记

2005年复活节后，我去格林威治。在地理大发现的时代，格林威治是伦敦的造船基地，海军学校也在那里。现在，英国人将海事博物馆建在那里，纪念三百年左右的日不落帝国时代。

当年远征中国的飞剪船，现在陈列在旧船厂的堤岸上，当纪念碑。海事时代时，从这里下水的大船宛如一根针穿起一片片布片，将一个古老的分离的旧世界连成一片脏粉红色——在旧版世界地图上，那是大英帝国属地的颜色——英国将一个古老的、分离的世界连为一体，世界主义由此诞生。遥远东方的上海，是个在世界主义浪潮中诞生的码头，所以，去格林威治的一路上，我总不由自主地回想起上海黄浦江沿江一带，外滩的洋行大楼，法国传教士建造的白色气象塔，杨树浦的煤码头，黄浦江上带着海风咸味的阵风，在水面上露出黑色船底的蒸汽远洋轮船，还有被远洋船一并带来的漂泊的不安与振奋。

一、加农炮、上帝和鸦片

海事博物馆里，到处能看到殖民先驱的白色大理石雕像和当年征战时的炮弹，它们是些滚圆的铁球。孩子能在展厅模拟的英国舰船里发射老式炮弹。一炮出去，还能听到炮弹炸开的巨响。我被那在身边响起的爆炸声震得心中一抖。那是鸦片战争用过的炮弹，还是攻打大沽炮台时用过的炮弹？我想起贝托照片里，那些两手空

东印度公司三兄弟像（陈列于伦敦海事博物馆）

空，战死在炮台里的中国士兵，想起那空空如也的炮台和叠床架屋的宫殿，想起大学时代，为了逃避背诵中国近代史里那些沉痛的史实，干脆不修中国近代史的决定。我听到那个带了红发小男孩在船舱里打炮的父亲兴致勃勃地追问他的小孩："响不响？响不响？"

我赶快穿过水妖号远洋船的模型，走掉了。

但在另一间展厅里，我看到一个地球的模型，那里标出英国在世界各地的物产发现。地球上方，有一只象征着上帝的手从云端伸出，直指地球上欧洲以外的地方。

"那是上帝的手指吗？"我问走来站在我身边的管理员。

她说："正是上帝本人，我亲爱的。你去管理处登记一下，拿到他们的照相许可，再回来照相。"

"Maskee。"我心里浮现出一个洋泾浜英语的单词。它的词源

东印度公司在印度和中国之间往返的鸦片运输船（陈列于伦敦海事博物馆）

是葡萄牙语，从印度的克拉拉辗转传到上海，成为洋泾浜英语中的一个常用词。上海人对正确掌握词尾的辅音有困难，擅自在词尾加了 ee，方便了自己，也造就了洋泾浜英语特殊的口音。仅仅这个词，就像个漂流瓶，在粗陋的混合语中保存着整条东方航线上三百年的故事，那就是上帝手指正中的地方。

我经过东印度公司航行在东方航线上的快帆船油画，走掉了。

管理处旁边的一间展厅里，陈列着英国人在东方发现的各种美妙的香料。我惊骇地发现鸦片也在里面。开始我不敢相信，但怎么看，那粒淡褐色的干果，都是四川火锅店放到汤料里吊鲜味的鸦片壳。在看说明，真的是鸦片。但说明里说，它能做春药，能治牙痛，能激发人的幻想，还能镇静人的神经。我一再读那一小段说明，因为不能相信它只是这么好。一再检查与它放在一盘的其他植物，有咖啡豆、生姜、干辣椒、靛青，还有藏红花，解说中的一些词让人想起启蒙主义者们对东方的幻想。我只是不能相信鸦片在英国表现出的无辜。它在我心中，可从来都是魔鬼。去四川火锅店吃了火锅，心里都要嘀咕，会不会因此而成了大烟鬼。

在当时，英国法律并不禁止鸦片买卖，这是至今巴格达在上海的鸦片商人后裔觉得自己身家清白的重要原因，中国法律的禁止对他们来说是可以忽略的。但我感到疑惑的是，既然鸦片交易在英国是合法的，鸦片又这么挣钱，为什么在金丝雀码头下的货，只有中国的茶叶，而没有印度的鸦片呢？在黄浦滩下的货里，倒至少一半是鸦片包。不用说，中国人曾经是颓唐不堪的，一百个人里，有两个是瘾君子，中毒致死的有1500万人。连广西大山里偏远小城的穷人，就是卖儿卖女，倾家荡产，也要最后吸上一口鸦片。但二十世纪的事实证明，英国人也是一样的喜欢麻醉自己，盼着能High一下。对毒品的渴望，是人性的弱点，并不分人种。但那时唯利是图的商人，为什么没将鸦片销往欧洲？

我站了半天，走了。

二、沿岸的纪念地

如今，泰晤士沿岸已经从伦敦最重要的运输线，成为伦敦最时髦的游览地。人们从全世界各地来到这里，在岸边散步和照相。他们站在竖立在岸边的名胜指示牌前，根据牌子上的指点，一一对照河岸上的建筑，就像回到中学的历史课上，再温习一遍地理大发现时代的英国历史。那时的一部英国历史，也是一部世界史，亚

2005年在金丝雀码头附近放置的旧起重机,作为一种纪念物。(摄影:陈丹燕,2005年)

洲人、非洲人、欧洲人、大洋洲人和美洲人，五大洲人都可以在这里想起自己的历史，与水和船有关的荣辱和悲欢。他们在附近的教堂和博物馆里看英国人从全世界各地带回去，买回去，抢回去的珍宝，看到成排的权杖和皇冠，那曾经是自家皇宫和别人皇宫里的珍宝。

我看到过一张伦敦金丝雀码头十九世纪的速写。十九世纪开始时，它一如外滩的喧腾杂乱，从中国来的茶叶船夜以继日地赶着卸货。工人们忙着装卸，有人在一边清点，那个人拖了一条细细的长辫子，是个中国人。那些画在大船旁边，不远万里到达伦敦的茶叶包，与我在上海旧码头照片里看到过的大包真是差不多。上海历史研究所的人在照片说明里，认定那是从印度进口的鸦片包。也许鸦片和茶叶打起包来，都是差不多的形状吧。中国来的茶叶，在那个年代里，为多少户英国家庭提供了下午茶呢？中国来的瓷器，装饰了多少英国家庭厨房的架子呢？中国来的丝绸，给多少英国人的皮肤留下过凉爽的舒适的记忆呢？中国有那么多好东西从这里到了英国。英国显然也有好东西从这里装船去了中国。英国的钟，奶粉和胭脂。但它们的好，都因为鸦片而变得不再纯粹。

显然，英国人没有这种萦绕在我心里的困惑，前往金丝雀码头的一路上，都布置着当年的旧铁锚，当年的木头帆船，当年的起重机，当年的螺旋桨。当年的繁荣，到今天还值得骄傲。连泰晤士河的地下通道墙上，都陈列着海事时代的伟大遗迹，有时是一张两百年前泰晤士河扩张时期的报纸，上面标着新建的码头和仓库。有时是当时重要码头的标志，或者地图。靠近金丝雀码头的一个

当年的飞剪快船仍旧站在旧码头上供游人瞻仰。对于英国,殖民时代是个雄心勃勃的伟大时代,而对于被殖民的亚洲各地,殖民时代是个令人感情复杂的时代。(摄影:陈丹燕,2005年)

地下通道墙上，陈列着东印度公司1894年的码头示意图。这是英国与东方连接最重要的逗号。一切以这个逗号断开，将东方和英国，分成两个截然不同的故事组成部分。当今的金丝雀码头早已不是破旧繁忙的远东船码头，现在这里是世界闻名的金融办公区。在外滩成立的汇丰银行，现在的总部大楼正在金丝雀码头处，上海的两尊铜狮子，现在卧在摩天大楼的入口处。铜狮子的底座不同于上海的，多了一块铜牌，说明汇丰铜狮的前世今生。而此刻，上海汇丰大楼，已经易主。新主人在银行大楼内铲除了汇丰的标志，换上自己的行标。

三、沿岸的博物馆和教堂

2005年春天，John E. Millais的画仍是国家画廊里的重要展品。在画廊酒红色的墙上，至今贴着对这幅画的介绍：

看一个民族英雄正在形成

这幅油画表现了16世纪著名探险家瓦尔特·拉里夫童年时代的一段轶事，是画家米莱斯（J. E. Millais）现今最著名的画作之一。画中年幼的拉里夫和他的兄弟正聚精会神地听一个皮肤黝黑，身体健壮的热那亚水手讲述大海和陆地的奇异世界。米莱斯因此向我们展示了一个民族英雄的成形。有一条玩具船在画面的左下方，影射拉里夫未来在海洋上的历险。画中的背景是靠近埃克塞特的德文郡海边，离拉里夫出生的地方不远。

航海英雄瓦尔特·拉里夫的童年故事（陈列于伦敦国家画廊）

这幅画1874年展出后轰动伦敦。当时，英国探险家再次准备开辟从英国的西北部通往中国和东方的航道。拉里夫的眼神再次激动了全英国。英国人在这幅画前流连，那时，他们已经有了超过四代人的海外殖民经验，英国造的飞剪船已划破地球上各个大洋平静的海面。

我震惊地发现，拉里夫眼睛里的湿润，竟是忘我和热诚的光芒。看那眼睛里的沉醉和向往，看那沉醉和向往里的激情和奉献，看他被命运召唤时的以心相许，那就是理想主义者的眼睛呀，甚至有些像基督的眼睛。它穿过永远散发鸦片邪恶异香的轻烟的中国近代史，穿过了山西古城里肮脏凋零的钱庄遗址，穿过了北京用海

海事时代的金丝雀码头曾经是河岸上最繁忙的码头，现在是最繁荣的金融区。

伦敦海事博物馆的飞剪船模型。

军军备造起来,又被八国联军烧光的皇家花园,落到我的面前。我一直以为英国人对他们的海事时代是羞愧难当的,原来他们不是。原来他们觉得自己是英雄。

三百多年里,胸怀世界的英雄们在海上前赴后继,英伦三岛处处都是夜以继日开工造船的声响。无数条大船从英国的海岸出发,奔向世界各地。全世界的财富也因此源源不绝地沿着泰晤士河流进了英国。英国的海事时代,便是东方被殖民的时代。三百年来,从印度沿着海岸线一直向东,直到上海,一路都是大小古老帝国的碎裂声和海岸线上破土而出的通商口岸城市。

我想起外滩,与英国相比,外滩从没直白过,从没毫无疑义

商人严信厚像

过，从没理直气壮过。它一直有身处两张椅子之间的尴尬和多疑。它也从未将自己阐释成一个理想主义者。与英国相比，外滩真是收敛多了。想起上海人的眼神，最让我难忘的，是清末的上海商人严信厚的眼睛。那眼睛里的沉郁和不甘，样样都可以与拉里夫的眼神做对比。这就是上海人的眼神。

离国家画廊不远的国家肖像馆，能看到一部由人物肖像组成的，富有细节和感情的英国历史。去那里看肖像，是个特殊的经历。气氛也是安静而严肃的，还比旁边的美术馆多了一种国家主义的自豪。从一张又一张英国人的脸前经过，各个时代的英国伟人，长得不一样，但却都有坚毅的眼神，即使是国王戴着滑稽的白色羊皮假发，也不例外。仔细看，就能分辨出坚毅的不同表情，有的是冷酷的坚毅，有的是顽劣的坚毅，有的是充满宗教热忱的坚毅，有

中国的鸦片吸食者

的是老奸巨猾的坚毅，有的是脆弱的坚毅，有的是绝望的坚毅，有的是高傲的坚毅，有的是一往无前的坚毅。那里人们的脸，开拓了我对"坚毅"这个词的认识。我对英国史一知半解，常常要在肖像说明前站好久，将上面的英文名字与可能的中文译名比较半天，才最后猜出画像里的人到底是谁。

三百多年来，来到东方的著名英国人都可以在那里找到，包括作家吉卜林，香港总督，印度总督和率领常胜军的戈登上校。后来他从中国转战非洲各地，但人们却称他为"中国的戈登"。还有最后为这个东方殖民时代画上句号的查尔斯王储，他坐着，穿一套骑马服,脸上带着英国人骄傲,刻薄又礼数周全的复杂神情。1997年他代表英国将香港还给中国,目睹米字旗的落下,英国殖民地在亚洲的失去。那个尴尬的角色,他一半悲壮,一半挑剔地扮演起来,很是得当。他让在肖像馆里的人们保持了体面,不至于因为当年在画布上摆出的英雄姿势而羞愧。最后,他拒绝了与中国领导人的聚餐,乘上英国船,沿着当年英国人来到香港的航线离开。

泰晤士岸边的圣彼得大教堂为纪念一条在开往殖民地途中失事的船和船上的人,为他们做了一座纪念碑。庄严的铜门上,刻着船上所有乘客的姓名和年龄,最小的才十六岁。大理石的天使在门前守卫他们,上帝也在他们的近旁。他们作为民族英雄,安息在庄严中。

格林威治,泰晤士河,博物馆和教堂,这些恒久崇高的地方,哪里也找不到对自己过去历史的羞愧。不羞愧。而遥远的黄浦滩,作为中国最繁荣的码头,最模范的英国远东租界,英国在中国的权利象征和海事时代在中国的遗物,则始终在羞愧与骄傲中挣扎着。

四、城市

2008-2015，城市再八年记

当城市总体规划从地理的功能性工作脱颖而出，成为对一座城市前途的眺望，它就开始具有文化上的特殊意义——它变成了一种与城市历史相接的，可操作完成的，对城市面貌的塑造。这样一想，规划变得意味深长起来。规划师们总是说，规划的初衷只是城市发展的功能性工作，也许他们是害怕这种意味深长展现出来的多解。但无论如何，城市总体规划越来越是一项文化性的工作，而非一张实用的图纸。

上海曾有五次城市总体规划，现在正在做第六次，这一次是规划2016至2040年的城市前景。它的第一次总体规划是1946年，我还未出生，第六次规划的2040年，那时我已经很老了。将一个人的生命放在这座城市的规划时间里，一个人漫长的成长与生活，刹那就变得短暂，即使上海这地方在中国古老的城市历史中，只有仓促的不到两百年。如此看来，那些四年或者八年就会卸任的市长，好像漫长接力赛跑道上的赛跑者，他们本身健壮与否，是否合适带着城市赛跑，以及他们风格各异的粗重呼吸声，都因此被永远记得，并永远比较。

1946年，吴国桢刚刚就任上海市长就启动了上海第一次城市总体规划。1843年11月上海开埠，1941年整个上海被日本海军占领，租界消亡，但是直到日军战败，太平洋战争结束，1945年，上海才第一次整体掌握在中国政府手中。因此这是上海第一次将收回的英法租界和华界放在一起，作为一个统一的大城市来设计规划，它被称作大上海都市计划,也许不光因为这个计划对1944年伦敦市政厅做的大伦敦计划多有借鉴,也有一股上海人终于要在上海当家作主的自豪。

世界大战结束,世界各地都荡漾在劫后余生的释然之中,巴黎做了大巴黎计划,伦敦做了大伦敦计划,还有狂欢后的纽约以及莫斯科。世界各国都在眺望这些大都市的未来,上海更是如此。对上海来说,即使内战已经开始,那也是真正的百废待兴。

都市计划有个文字优美,情怀青春的总论。要将这座由航海贸易而成长壮大的中国都市规划成东亚的世界航运和金融中心,这是它的地位。在城市面貌上,借鉴伦敦的环城绿带和卫星城镇结构,使整个城市各个阶层的居民"各自安居乐业"。这个总论既能接受阶层与贫富带来的差异,也不放弃谋求和平共处的城市理想,并为此做出人口、住房、交通、生活以及娱乐的各种规划。即使隔了七十年的沧桑巨变,今天看来,这个理想仍是上海规划中最重要的关怀。

1946年夏天,上海将来的面貌在总论上被刻画之时,我父母都还在他们的青春年代,热血而苗条。母亲是个歌喉婉转的初中生,父亲作为伍修权将军的随员正在东北军事调解处工作。他不会知道自己将在十多年后参加创立新中国的远洋船队,进而参加组建位于中国各大港口的远洋运输公司和外轮代理公司。他也不知道自己的家因此将要安在上海,以至于他的后半生都要贡献给中国的远洋运输业,甚至他的遗骨最后也会埋进上海终年潮湿的泥土里,营养了家族墓地中的第一棵罗汉松。在父亲的晚年,上海已经成为世界第一大港,但世界航运的时代已衰落,伦敦泰晤士河两岸的那些码头和货栈都已转型成各种金融中心和创意中心以及博物馆,汉

四、城市

堡的旧码头仓库城转型为大型文化空间，里面开设了世界上最大的东方地毯博物馆和各种与东方货物有关的博物馆，而在公海航行的美国商船队差不多已消失匿迹。

父亲去世后，我在德国汉堡附近的高速公路上突然看到隆隆驶过的载重卡车上印有COSCO标志的集装箱，它与我擦肩而过。这实实在在的中国远洋标志，它让我忍不住流下泪。我想起了少年时代跟着父亲去过的外滩的办公室，以及吴淞湿漉漉的锚地码头，还有在一个小女孩眼里非常性感的各种远洋轮船，水手们左右摇晃的走路姿势。在读都市计划时，我想到这些原本看上去非常偶然的个人经历，那一纸调令带来的家庭迁徙，甚至与亲人惜别的盈眶之泪，实际上与上海的历史密密相关。而我这样移民的孩子，在这种盘根错节的关联感受中，终究可以将上海称为我城。

那是个有着现代主义精神和世界主义理想的城市总体规划。在规划里，上海想要对照的是世界重要的航运目的地与自己的差异，诸如自己的城市增长方式与伦敦的差异，自己的人均绿地面积与柏林的差异，自己的黄浦江与巴黎的塞纳河相比，建立大桥的必要性。面对战后世界大城市的工业化趋势，它预测到城市人口会有很快的增长，尤其是当时的中国是个年轻化的国家，有旺盛的生育力，所以它对人口与城市扩张的前景，是与同样人口年轻的纽约对照的。

我想，它做如此对比，并不是只因为它在1946年时，人口是世界第四大城。还因为它是一个航海时代东亚最重要的港口城市，欧洲和美洲都是与它联系密切的生意伙伴。在地理位置上，它需要这样的对照。当然，在精神上，它通过这样的比较获得了归属感。那时整座城市都不知道,当几年后人们把地图转了九十度再打量这座城市时,将河岸线变成地图上的一横,延安路便成为地图上的一竖。当地图上出现这样一个"丁",这座城市会出现另一种可能性,会显现出它的另一个传统,获得另一种归属感。

内战愈演愈烈,这部城市规划虽然在1949年6月得以全部完成,这个城市规划的执行秘书、国民政府的工务局长赵祖康最终也将它平安移交到人民政府手中,并在1950年由市长陈毅签发内部印行。但此时苏联专家巴莱尼柯夫也向上海市政府提交了《关于上海市改建及发展的前途问题》的报告,报告认为上海的服务人口远远大于直接从事生产的基本人口,是受帝国主义侵略的、没有思想性的城市。因此,应该用社会主义理想来改造城市,将上海的城市职能由多功能外向型的经济中心转变为单一功能的内向型生产中心,变堕落的消费型城市为健康的生产型城市。按照新中国要将上海改造成生产为先城市的宗旨,大上海都市计划被整体否定。

也许正是因为它的未能实施,所以过了这么多年读它,仍留着一股青春诗意之气。这股诗意不是田园的,而是城市的。不是古典的,而是现代的。不是内陆的,而是海洋的。

它在战火与兵乱中,竟奇迹般地完成了。从1946年到1949年期间,主持规划的市长吴国桢退出,随国民政府前往台湾,从此再未回到上海。规划中曾起重要作用的中国建筑师陆谦受退出,阖家避战乱于香港,从此再未回到上海。而规划中实际上的技术负责人、德国城市规划设计教授鲍力克一直留到最后,直至写完总体规划的后记与致谢辞才离开上海,前往民主德国。他在东德成为重要的城

1949年，上海的第一份总体城市规划图

市规划专家,在东柏林留下许多作品,但再未回到上海。一直具体负责都市计划的工务局长赵祖康,即使在国共政权更替之际,旧同事各奔东西之时也不曾停止工作,他带着这份总规留在新政权中。他与人民政府的陈毅市长在移交市政府时便谈及都市计划,作为旧政府移交的最重要财产之一。此后,他上任人民政府的城市规划与建设局局长,参加了上海重要的建设。他从未离开过上海。当年作为年轻工程师参与都市计划具体工作的钟耀华和李德华,日后成为建立同济大学城市规划系的元老级教授,他们的工作深刻地影响了中国大学的城市规划教育。直到2014年,这份都市计划重新进入大众视野,垂垂老矣的李德华在上海接受记者访问,他阐述了这份都市计划里的精神内涵。他也从未离开过上海。

此时,都市计划还完好保留在上海规划设计院的阅览室里,被几代城市规划设计者借阅,被几次上海城市总体规划制作时借鉴和继承,直至图纸都被翻烂。所以参加制定过此后几次城市规划的规划院长和规划局长们都说,其实不能说都市计划未被实施,此后几次城市总规中一直有它的身影和它的精神。其实它一直是一个活着的规划。

这是何等强健的生命力。

直到2014年,它被公开出版,我才有机会读到这个城市总体规划。有一些句子震惊了我。一是对上海人口的预测。规划中说到,按照大战后世界工业化的趋势,人口会向大城市聚集,再加上中国战后人口的年轻化,生育力旺盛,预计1946年以后的五十年,上海人口将达到一千五百万。实际上,1996年,上海人口达到了

JANUARY 1949

4 TUES.

核送上海道路工程车年
度计划极算共六万馀万金元
参议会开会讨论提案工务九
案均通角议决
5 王邦徐束及走设工务局组织
夜请杨素昌夫妇杨口纪民陈唐
汲夫妇吃饭 5称定后Best
Poems

5 WED.

参议会第八次大会闭会
通过本年度预算

核菁書查发告车刘石对都局
、計划会奉因撤销之建设向日
征聘专者美曲高知高短把
本之石了以謜速也

赵祖康日记

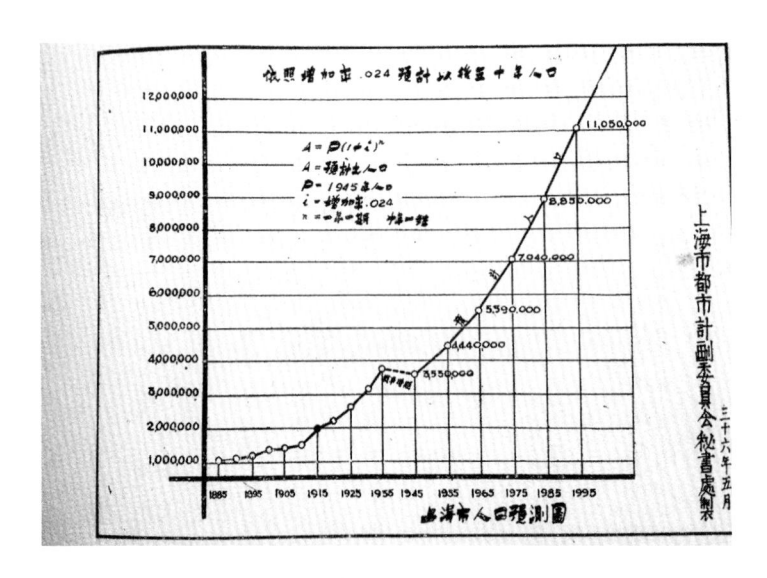

1946年，为做上海城市规划，对上海城市人口的预测。

一千四百七十万。对城市人口的预测一直在这份规划中继续，1948年，规划在提到内战造成上海难民大量增加的同时，也预测到2000年后，上海人口可能会达到两千一百万之巨。

二是越界规划了当时属于江苏的松江县、上海县和嘉定县。上海旧城区保留下来，上海城区多余人口将疏散到卫星城镇的松江、上海与嘉定。虽然都市计划未曾实施，但1959年这三个县就已划归上海市管辖，给上海的发展留出了足够的面积。

三是对浦东的定位与现在完全不同。当时的规划理想化地认为浦东是离上海市区最近便的乡野，可以保留它的乡村风格，一是成为人均绿地奇缺的上海市区最大的绿地，提高城市的居住品质，给市民亲近土地留下空间。二是就近供应城市农副产品，节约运输成本。但1992年的浦东开发与当时规划不同，浦东成为城市新的金融中心固然有它互联网时代的需要，也有在黄浦江对岸新金融区再次崛起的城市理想，一句"浦东是浦西的儿子"点明了这个城市

四、城市

内在传承的关系。黄浦江对岸成为新城大肆铺开,发展是近便了,但上海中心城区已不可逆转地永为人均绿地面积奇缺之城。

如今读来,这是何等的前瞻能力。

这份规划诞生在货币系统溃败,战火四起,政权更迭的乱世里,但一丝不苟地为后代计,从未放弃成为世界大都市的信念,如今想来,这是何等的乐观。

第一个在上海得到执行的城市总体规划,是1953年苏联专家穆欣主持的规划。这个城市总体规划按照莫斯科城市规划的模样,以外滩起始,虹桥机场为止的延安路为城市中轴线,以先生产、再生活为宗旨,建立一个生产型城市。在中轴线两边,建立了人民公园和人民广场作为中心广场,建造了不同于旧建筑面貌的中苏友好大厦作为中央会场,改造了犹太富商的豪宅成为少年宫,改造了旧娱乐场所作为工人文化宫,甚至在西郊修建了优美的园林作为领导人下榻的国宾馆。这是一个将上海改造成大型内陆工业城市的计划,它颁发给上海一张崭新的身份证。

看上去这个内陆化城市的目标似乎与上海本性背道而驰,但其实它并不是完全的异想天开,它倚重的是旧日上海现代工业的传统。肯定了从清朝末年在上海诞生的江南制造局开始,到民族资本家们的强国梦想。其实上海始终还有一个以民族工业振兴中华的梦想。这个梦想在太平洋战争爆发前,一直在上海孕育与发展,从未消退过。这个振兴民族的工业化的理想不光是苏联专家带来的苏联社会主义理想,也是上海自己的传统。相比同时在东北各地建立的工业城市,上海的理想可谓中国近代史上源远流长的一脉。

所以，上海在1960、1970年代迎来了它的另一种发展，它成为中国最发达的优质工业品出产地。上海出产的细布是最漂亮结实的，钢是最纯粹并优质的，手表是最精准美观的，缝纫机是最好用的，塑料制品是最新颖耐用的，甚至奶糖和饼干也是口味最好的，因为它们大多有着配方精确的奶味。上海工业品风行全国，一直悄悄引领着全国的时尚生活。

工人阶级在1950年代到1990年代的上海，是城市中最自豪的人群，他们比城市知识分子更具有政治优越感，比农民则更具有经济优越感。在上海兴建的工人新村多由1930、1940年代留学欧美的同济大学建筑师们精心设计，那些曲径通幽，比例和谐甚至有着包豪斯建筑影子的建筑群悄悄抗拒着中轴线两边对称的苏式景观，这使得工人新村洋溢着一种别样的洋气。在西郊，一些被没收的花园洋房被改造成工人疗养院。作为奖励，优秀的工人代表可以去那里享受1940年代上海富裕阶层的生活环境，在他们留下的柚木大菜台上，用工人疗养院的洋铁碗碟吃饭，并得到一次全面体检。因此上海的工人阶级在生活细节上，也比其他城市的工人阶级更具有生活质量上的优越感。

是的，他们也建立了符号强烈的工人文化。在中国电影的发源地，纺织工人出演了电影里的主角。工人作家们在电台里朗读自己写的小说和诗歌。在1950年10月国庆节改造一新的上海市工人文化宫，建立了实力强大的工人剧团。码头工人的劳动号子被音乐家改编成真正的乐曲，由音乐学院的师生在上海音乐节上演出，并最终成为联合国的人类非物质文化遗产。1960年代末期，大学纷纷关门，城市青年的前途选择变得日益狭窄，所以工人成为

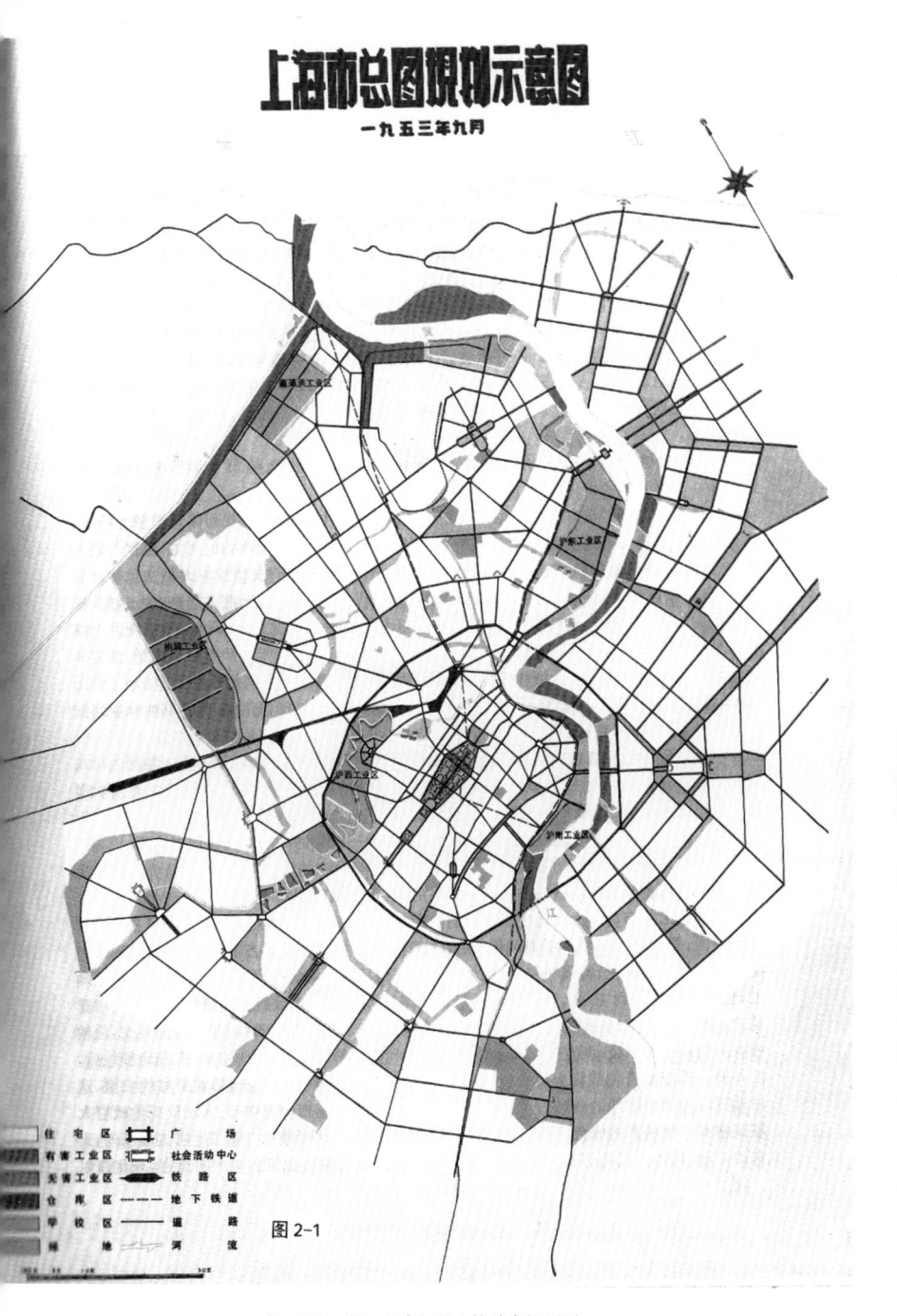

1953年，上海的第一份实施的总体城市规划图

最优秀的青年向往的职业。来到1970年代，上海的日常生活中"师傅"代替了"先生"，也代替了"同志"，成为社会交往中的尊称。

当上海规划的地图上形成一个丁字形，工人阶级在这座城市里，继1920年代的民族资产阶级黄金岁月后，迎来了自己的黄金岁月。

直到1986年第四次总体规划，上海从重重封闭中挣脱出来，再次逐步转回到面向海洋与世界。这样的转变似乎证明上海走了弯路，现在得以纠正。但从城市文化的角度，这样的意识形态弯路却有力地增加了城市面貌的丰富性，作为手工业城市的趣味及梦想，捡拾了在通常口岸城市渐渐培养起来的民族复兴梦想，工人阶级承接着的梦想和自豪，其实不光是工人阶级自己的，追溯到十九世纪末，那也是中国传教士们的，早期买办家族的，后来的实业家们的，以及圣约翰大学那些上街游行的学生们和教授们的。只是最终，一座敞开上衣露出肌肉的上海工人形象的雕塑取代了从前埃及方尖碑式样的华尔纪念碑，竖立在外滩最重要的位置。也许这些城市符号是意识形态化的，但在上海，它们并非只是抽象，也是血肉鲜活的传承，也符合城市自己的记忆。这种既冲突又有交织的传统使上海的历史不再只是通商口岸城市的飞流直下，而拥有了一些柳暗花明的深幽。这恰恰是成为大都市必需的文化丰富性。

城市生成的历史总有它奇妙的契合点，虽然第一艘英国商船只是偶尔来到十六铺王家码头，德国人城市规划教授鲍力克只是因为德国护照的关系滞留在上海，苏联工程师穆欣也只是因为政治缘故才得以主导上海城市总体规划的制订与实施，但上海却奇迹般地一直未真正脱离它包容矛盾的发展轨道。

四、城市

　　1990年代，上海1946年时的记忆随着全世界工业化的完成再次苏醒，它拼命想赶上1940年代那些曾经是它梦想的城市，它本来就粗鲁而强悍的物质追求由于再次苏醒而更加急切，它生怕落下了。它一路朝着世界大都市的目标飞奔，摩天楼高了还要更高，商业中心大了还要更大，中心城区那些老公寓和老洋房的价钱超过圣彼得堡，还要超过巴黎和纽约，更要逼平伦敦。举办世界博览会，上海以超大客流刷新了一百年来世界博览会的记录。它的新城市规划与之比较的仍旧是巴黎，纽约，伦敦，到2015年的第六次城市总体规划草稿里，它誓言要在2040年成为名副其实的国际大都市，不光是人口数量意义上的大都市，更是创新能力与金融重要性上的，甚至是国际旅客输出和输入数量上的。千回百转，它的理想总在前方。

　　有趣的事发生了，我是在非常上海化的野心勃勃的城市气氛中开始理解1970、1980年代曾弥漫在上海旧租界街区的惆怅。原来它始终都是一种与兴致勃勃，光鲜闪亮，奋勇争先的风尚相伴相行的城市气质。当一种城市传统开始活跃，另一种城市传统渐渐沉入历史，惆怅就在原先热闹光鲜的地方弥漫开来，衬托着另一种野心勃勃。但这是种仍旧带有活力与向往的感情，好像一种失恋后的忧伤，而不是对死亡的追悼。我原来只以为它是一种在工业化城市的改造中对海港与辽阔的国际视野的追忆，但其实，它是一种对城市传统的怀想。它是一种对丰富性的多情。

　　如今它飘荡在旧厂区，陈旧的工人文化宫，以及在高端物业和翻修一新的洋房花园前黯然失色的工人新村院落之中，犹如它曾经荡漾在法国城的那些历史街区和旧洋房的花园阴影中一样。当上纲三厂被改造成红坊，高大的厂房内充满咖啡香气和年轻设计师装束时髦的身影，当餐馆开始以社会主义时代的大工厂食堂作为号召，餐具也用当年的洋铁白瓷碗，菜单也用粉笔写在黑板上，这时我才理解上海并不只为商业城市传统的凋落而惆怅，它也会为自己中轴线的被抛弃而惆怅。这原来是个怀旧的城市，它因为此起彼伏地沉入历史，又浮出历史的表面，成为这座城市动力的文化而惆怅。

上海因此有了更多的诗意。

阴沉潮湿的冬天下午，街道上一片晦暗，街灯在铁灰色的街景中散发着金黄色的光芒。我去一家位于商厦地下层的咖啡馆，旁听一个小型读书会。

如今的上海，周末各种咖啡馆里都有年轻人自己组织的各种读书会，或者诗歌朗读会，或者小型的电影分享会，以及小型画展的开幕演讲，从贝尔格莱德的现代艺术活动，到白沙瓦的细密画学校的复兴，内容广泛。这个读书会是讨论新自由主义后的中国工人阶级的现状。这样的活动大都由打扮文艺却不轻浮的年轻人组织和参与，大多清新可喜。

地下层的咖啡馆静止的空气中飘散着一股油炸食物的气味，在那里我见到一个穿白毛衣的青年，他说自己是个托洛斯基主义信奉者。还见到一个头发乱蓬蓬的高大青年，他与大家一起分享自己梳理出来的自由主义和新自由主义历史脉络。人们散坐在这个朴实无华的咖啡馆里，在其他客人的寻常谈话声中，专心致志地判断着这个大学生对凯恩斯主义与劳工阶级式微影响的分析。

有一种惆怅之中，此身甘与众人违的倔强在墙角的几张小圆

四、城市

桌之间荡漾。这种气氛我曾经非常熟悉。它让我想起1980年代的最后几年,阴沉的冬天下午,衡山路福庐黝黯角落里的木头高脚椅,和褐色的吧台。想起1980年代末期上海有名的爵士歌手田果安,想起他吐字非常美国南方化的歌声。那正是上海最迷茫破碎的时候,历史被背弃,城市陈旧不堪,工业步入萧条,不安的年轻人在夜校努力学习两种语言:广东话与英语,餐馆里到处写着生猛海鲜的招牌,领事馆签证处门口有人以代为通宵排队为新职业。

年轻的托派起身走了出去,他是个瘦弱的书生,缺乏体育锻炼,久坐,所以单薄的背脊有些僵直,一边向外走,他一边不由自主地活动着他的腰。他穿着散漫,将毛衣掖在长裤的皮带里的样子很像从小身体瘦弱,总穿许多过冬衣服的少先队大队长。但他有种将自己投入到一种社会理想中的强大的专注,和一种身处边缘忍不住的迷茫。他的背影令我想起1970年代末的夏天,骑在破旧得直掉链子的蓝铃脚踏车上,缓慢经过复兴中路浓密树荫的年轻消瘦的背影。这是两个承接了上海不同历史部分,世界观殊为不同,却固执地以一个自己无法生活的时代为理想国的上海青年的背影。他们或许并不了解自己梦幻般爱着的那个时代,他们只是握有一些碎片而已,但他们都深深植根于这座城市,这点无疑。

那么,上海是个文化多元并善于包容并蓄的丰饶都会吗?上海在精神上拥有属于自己的强烈个性与内在冲突吗?这是在我看来是否它能最终成为国际大都市的精神指标。它从未月白风清过,总是泥沙俱下却奔腾万里。但无论是怎样百尺竿头更进一步,始终萦绕在城市上空的惆怅都有力地镇定了它的躁动,辽阔了它的心胸。

2016-2020，城市新记：
码头城市的血缘

那还是在伦敦的一个礼拜天的早晨，许多年前。

在泰晤士河边的金丝雀码头附近，远远看得到西印度码头那里的仓库，现在是个博物馆了，闭着门。

金丝雀码头区，与远东的贸易大多集中在这里装卸。过去总是日夜繁忙，现在总是灯红酒绿。那天却是个意外，礼拜天清晨，长长的河岸上没有人，只有一只铁锚竖着，如今它是个纪念碑。

河岸上能看到泰特美术馆的大烟囱，当然它不再冒黑烟了，河里也不会再有黑乎乎的运煤船。如今它不再是发电厂，而是收藏和展览现代艺术品的美术馆。

去格林威治的路上，看到有些原来的船坞和仓库已改造成了公寓。礼拜天早晨，每个无人的阳台上都沉浮着深深的睡意。

当石油代替了煤，洲际飞机代替了远洋船，时代就变了。

码头就静下来了。

有个问题静静地浮上心来：金丝雀码头上的码头工人有码头号子吗？

工人为了合力搬运货物时协调步伐，这是码头号子诞生的缘由。这样说来，只要有码头，在没有机械化，也没有集装箱运输的时代，就会有扛大包的码头工人。只要有码头工人干活，就会有码

在上海杨浦滨江,听到了码头工人号子。

头工人号子。四个人一起装卸,有四个人用的号子,八个人一起装卸,有八个人用的号子。搬货物上船,有齐心向上的号子,搬货物下船,有齐心向下的号子。

上海码头上的工人这样唱:

三级跳板! 嗨——嗖!
大胆上去! 嗨——嗖!
别向下看! 嗨——嗖!

伦敦工人是怎么唱的?
以此类推,德国的汉堡码头上,也一定会有汉堡码头工人号子,汉堡工人怎么唱呢?

在泰晤士的东印度公司码头遗址,已经听不见码头工人号子了。

因此,南洋的马六甲码头上,也会有马六甲码头工人号子。
斯里兰卡的加里要塞码头上,也会有加里码头工人号子。
东洋的大阪码头上,也会有大阪码头工人号子。
香港的中环码头上,也会有香港码头工人号子。
印度的果阿码头上,也会有果阿码头工人号子。
这些都是当年东印度公司一路东行路过的码头。
我期待自己能听到这些声音。

早就听说过,英国的利物浦码头跟上海码头的样子非常相似。在利物浦,曾经有一批航海时代随船而去的中国海员,因为各种原因留在了利物浦码头上,成了码头工人。不知道他们在搬运货

在德国汉堡,码头群成为世界遗产地。从前的仓库变成海事博物馆,听说能听到汉堡从前的码头号子,也就是工人的土话。

物时,是不是能跟得上英国码头工人唱的号子,或者,他们像上海码头上的宁波工人一样,保留了自己的方言号子,形成了自己的一个小社会。

宁波帮的码头工人号子,用宁波话唱的:

(甲) 哎,上来,E赛格,朝南笃底第五根上跳 E赛格

(乙) E赛格,朝南笃底第五根上跳

(丙) E赛格,朝南上跳来上跳

(甲) EO脱朗,朝南第二根上跳,朝南啊

(乙) EO脱朗,朝南第二根上跳

(丙) EO脱朗,上跳来,朝南啊

阿姆斯特丹运河仓库。从船上吊装货物的滑轮还在，但古老的搬运生活已经消失。

不是宁波人还真的听不懂。

上海码头上，码头工人也分成不同的帮，号子也就分成了本地帮号子，苏北帮号子，湖北帮号子，还有宁波帮号子。那么，汉堡海事博物馆所说的当地码头工人的土话号子，是不是也跟这种语言分类差不多呢？

汉堡是著名的汉莎同盟城市，那它的码头上，应该有塔林帮号子，哥本哈根帮号子，还有斯德哥尔摩号子？就像同样是口岸城市的汉口与宁波，它们的方言在上海码头上流传着。

印度的孟买有着一条跟上海外滩相似的水边大道，甚至Bund

旧仓库的窗上现在堆着那么多气球做的地球,一方面它们遮挡了从街上而来的行人好奇的目光,另一方面,它们也成为一种世界观:现在人们认为地球也是个轻盈的小地方了。

这个词,都是从印度传来上海的。孟买的Bund,也会夜夜响彻码头工人的号子声吧,就像十九世纪中叶的上海工部局会议记录里提到的,上海外滩码头上夜夜不休的号子声。

如果我把上海放在海事时代的全球地理上看,能看到码头造就的城市里,上海与伦敦、汉堡、利物浦、孟买、马六甲、大阪是真正的姐妹城市。它们在诞生的时候,成长的时候,都是夜夜响彻了码头工人号子声的城市。

这样的城市都有着一种码头带来的节奏。

也许这些城市的节奏是一样的。

在2020年春天,我希望自己能在伦敦书展后,去运河博物馆找到伦敦码头的号子。然后,去汉堡海事博物馆听到汉堡的码头工人号子。我希望自己能证实,这些城市散落在世界各地,但却有种一致的节奏,将它们的遗传链接在一起。

我希望这一年开始,做这样一个长旅行,沿着码头城市,从欧洲西头到英国渐渐走到亚洲东头的日本,这样的旅行,可以切实地找到自己家乡声音上的遗传。

上海的码头工人扛着沉重的货物,却唱着男人气的号子:

搭起来噻!噢嗨——!起来啦——!走嘎——!

开步走咯!嗨——嗖!脚下小心!嗨——嗖!

三节跳板!嗨——嗖!颤颤悠悠!嗨——嗖!

大胆上去!嗨——嗖!别向下看!嗨——嗖!

内心平静!嗨——嗖!脚底稳定!嗨——嗖!

一根杠棒!嗨——嗖!六尺来长!嗨——嗖!

抬走穷根!嗨——嗖!喜气洋洋!嗨——嗖!

下了跳板!嗨嗖嗨嗖!快马扬鞭!嗨嗖嗨嗖!

那位小姐!嗨嗖嗨嗖!走路靠边!嗨嗖嗨嗖!

身体当心!嗨嗖嗨嗖!不要碰痛!嗨嗖嗨嗖!

一杠没了!嗨嗖嗨嗖!别忙擦汗!嗨嗖嗨嗖!

棉包杠完!嗨嗖嗨嗖!有你钱赚!嗨嗖嗨嗖!

称米扯布!嗨嗖嗨嗖!吃饱穿暖!嗨嗖嗨嗖!

四、城市

我相信，这也许是码头城市共有的乐观，努力生活的热情。这是码头城市不论如何经受灭顶之灾，也总是向往一切会好起来的热情。

也许码头号子的节奏，真的是四海皆准的。

也许这就是我在金丝雀码头上突然感到一种巨大寂静的原因。那声音不见了，却不意味着消逝。

但是，2020年1月在全球流行起来的疫情，最终迫使世界各国纷纷关闭边境，取消民用航班，停止签证，最终令我取消了所有的旅行。

三月阳春时分，地球再次被分割成了巴别塔的模样。

105

* SHANGHAI MEMORABILIA *

Part Five

THE PEOPLE

五

人群

上海女子的相克相生之地

午休时，杜小姐在自己的写字台上摊开眼影粉盒、胭脂粉盒、眉笔、眼线笔、唇线笔、唇膏和黑毛小刷子，化妆盒里的小镜子在手里摇摇晃晃，在天花板上反射出了一块块明亮的圆圈。打扮好了，她站在摆满了旧写字桌、还保留着午餐的食物气味的办公室中央，像在平庸的居民区里，缩手缩脚开进来的一辆新的凯迪拉克车。

她这是散步去，办公室离淮海中路很近，这是她喜欢自己办公室的一个原因。她穿过一小条马路，就到淮海中路上。冬天的阳光从高大的梧桐树秃枝上照下来，街边房屋整齐，行人的皮鞋很亮。这里是上海的脸面，像纽约的第五大道，东京的银座，巴黎的香榭丽舍大道，还有彼得堡的涅瓦大街。最贵的商店，最好看的商品都在这里闪闪发光。常常可以看到高挑美丽的女子拎着名牌店铺里的牛皮纸大袋袋，有的人真的像是从时尚杂志的照片上走下来的。上海本地人总是说，外地人去南京路，上海人去淮海路，因为淮海路更和上海人的胃口。一走上淮海中路，杜小姐就自然了。

她穿得少，冬天不穿棉是许多上海女子的传统，因为不愿意失去身体的线条，所以常常在冬天的时候她们不伸手出来与人握手，因为那手像冰一样。

一个面色菜黄的女子，穿着一身一针针精心织起来的马海毛绛色长裙，上衣领子设计成一个小披肩，用马海毛做了一圈流苏缝在边上。她穿了尼龙的长袜子，尼龙袜和毛线裙子摩擦出的热量，

五、人群

将裙子紧紧地吸在她腿上,像一根没有拧紧的油条。而她就这样皱皱巴巴,但非常隆重地在路上走着,夹着福建出产的劣质黑色小包。面有菜色的女子虽然使杜小姐暗暗发笑,可她带来的隆重和渴求让杜小姐喜欢而熟悉,这是淮海中路这样的大街的气氛,就像台上的明星看到下面的人戴着白金项链、穿了夜礼服来看她跳舞,心里头的自珍。

杜小姐愉快和刺激地经过她的身边,她瞥到那女子在纹黑了眼线的眼皮下打量着自己,情状黯然而不甘。这个情形,就像玩军棋,敌我两方出棋,两只棋子背靠背碰在一起了,然后,亮出底来,小的一个,立刻出局。淮海中路上的小姐们,文文雅雅地走在路上,可眼光如电,常常与迎面走来的女人碰个你死我活。

她常常在午休时候到淮海中路的COSMUS时装店去看新上市的女装,店里的人总是说他们的女装是直接从香港拿来的法国时装,他们的小格子薄呢是从英国进口来的,在1980年代末的上海,这是很有吸引力的说法。

店里的春装已经上市,有一款全棉弹力的红白条子窄身裙很是出挑,当然也是外国进口的。她一眼就看到了它,就向它走过去。她经过一个女子身边,是个高挑的女子,披着半长头发,穿人字呢的大衣,手里握着黑皮手套,她在看西装。她知道那个女子是不会现在就瞪大了眼看她的,她也知道那个女子一定会仔细打量她的背影,她身上正穿着COSMUS的那件红隐条黑西装,肩和腰那里都做得很服帖。

她自己有许多次相同的经验,上次她在老大昌门口看到一个女

1940年，淮海路上的女子（摄影：佚名）

　　对照两个时代的照片，能看到四周的变与不变：梧桐树变得粗大了，但它仍旧站在那里。外人不知道淮海路大修的时候，上海市民为了让梧桐树返回淮海路，进行过怎样热烈的争论。经过那次争论，大家都确定梧桐树是淮海路的标志，不得更改。路边的招牌变了，但内容没有多大变化，仍旧是国际化的商品。没有经历过海禁时代的人，

2003年, 淮海路上的女子（摄影: 陈丹燕）

不知道从1950年代到1980年代, 那些花花绿绿的外国商品是怎么从这条商业大街上销声匿迹的。人群仍旧熙熙攘攘, 商店仍旧一家紧挨着另一家, 女人们仍旧兴致勃勃地走着。是的, 没有变化的是淮海路的女人们, 她们闲适而精明地走着。

子穿了《罗马假日》里的公主穿的那种裙子,大大地从宽腰下面撑开去,像倒扣的香槟杯子,淑女式的风情万种,她也不会瞪着眼看那条裙子,那是乡下姑娘才有的真挚。她只是一眼一眼地瞟着,吃那裙子的冰激凌,等那人走过去,才转过头去看。那时的眼睛里,飞快地生出一只手去,拉开裙子,检查它的裁法与做工;捏一捏布料,了解它的质地;摸一把腰头,看看有没有秘密可以揭短。常常有人为了一条美丽但不合体的裙子,吸足了气,缩起肚子,提起肋骨,拉长了腰,就像把一块面团拉长,就会显得比较细长那样,一切都为了把自己塞进裙腰里去。她的身体是在那裙子里吃足了苦头,可脸上是笑。

那眼睛里生出的一只手,是淮海中路上丽人们的利器。那里面包含着的欣赏、检验、向往、斤斤计较、微微的嫉妒、不动声色的比试和从善如流的学习将上海女子吸引到那条路上去。对于上海女子来说,从淮海中路常熟路到淮海中路西藏路,这两公里梧桐树下的人行道,是她们的罗马纳沃娜广场,有时是现代的纳沃娜广场,现在意大利每年在广场做时装发布会,而她们在路边向上海发布一季的女子时髦。有时是古代的纳沃娜广场,罗马人在广场竞技,她们在路边比赛。

当然这不是全体上海女子的嗜好,有充分的高尚社交机会的女子和在日常生活中已经随波逐流了的女子不那么在意淮海中路上刺激的散步,生活在两者之间的女子,就常常会打扮好了,怀着一颗向往而不甘的女式虚荣心,去淮海中路走一走,让别人看,也看别人。

五、人群

这是一大批人，每一代都有这样一批人，她们带动和参加着大众的时髦：1974年的时候穿大尖领子的上衣；1975年的时候穿家制的咔叽喇叭裤；1978年的冬天穿把蒙着尼龙布、衬一层定型棉的外套做得又长又窄，用缝纫机在上面踩出许多菱形小格子的滑雪衫；1982年的夏天她们穿一开到底、钉上大扣子的布裙；然后，是黑色的紧身踏脚裤，是露出肚脐的短衫，是今年冬天黑色窄腿裤子、意大利式的鸭嘴头皮靴配上宽大的呢短外套，将头发染成棕色，笔直，嘴唇不那么通红。她们也是前赴后继地在街上散步，在这里找到真正的对手，见到自己的同志，享受相克相生的亲密关系的乐趣，砥砺情趣和品位，坚持关于物质的梦想。淮海中路对这样的上海女子有着特别的意义。有时，淮海中路上的散步是一种消解郁闷的方式，一种业余的竞技，是一个终生的学校，一个没屋顶的沙龙。

那些最后去到了纽约、巴黎和东京的上海女子，最终买到了梦寐以求的欧洲时装，巴黎香水，她们穿戴整齐了，到第五大道去散步，才发现当她们有了资本以后，却没有人像在淮海中路上一样地吃她们的冰激凌，不再有女子那么在行地关注她们了。打扮起来的乐趣，这时少了太多！于是许多人在国外不再注意自己穿什么，可以穿上儿子穿不下的运动服就出街，心里还说，那些外国人，他们怎么懂得欣赏！杜小姐后来去了日本，每次回国省亲，总是穿着在日本精心选好的衣裙，用细细的唇线笔勾出精巧的嘴角，到淮海中路上去散步。那里才是真正看得懂她的大街。而所有的男子，哪怕再解风情的，都只是个陪客，是个外行观众，只会在1990年以后埋怨说："从前淮海中路上的那些漂亮女孩子都到哪里去了啊？都到外国人的怀里,到外国大马路上去了吧。"

所有的人都以为淮海中路上的气氛是紧跟在外国时髦后面的。可只要有空,在淮海中路上的咖啡馆里,找一张面对大街的桌子坐两个小时,看来往在大玻璃外面的上海女子,就能知道自己其实错了。

街上的人常常是穿着当年欧洲时兴式样的衣服,那些彩色的细腿裤紧紧包着腿,和宽大的衬衣敞着怀;也常常看到韩国橙色一族用的那种化妆,银色的唇膏,把两片嘴唇画得像新鲜小带鱼,以及不一样颜色的头发;1995年,眼见得一些细长的女子冷着脸,穿了重新横扫欧洲的喇叭裤和厚底鞋,让人想起了三十年以前那些踩在厚底鞋上的狂飙的青春。在淮海中路上走的外国人,常常会说:"这城市看上去不是中国。"

可是仔细看,你能看出来上海女子常常选择不那么鲜艳的九分裤穿,也不真正紧绷着腿,欧洲女子要买小一号的时候,上海女子常常是要买大一号的,她们的裤子比较窄,可有更多空间,让自己的腿有一点朦胧的余地;上海女子的头发也常常染色,可不会选择橙色,而是含蓄得多的棕色,或者只是使头发看上去有一点点发红而已;至于那些喇叭裤,女孩子的脸上更多的是矜持和自得,为了自己在穿一条全球时髦的裤子,在华盛顿DC的乔治城里的年轻人商店里卖得贵比意大利新款时装。这样的女孩子并不在意那蓝色的迷幻药、甲壳虫乐队、性爱自由风暴和反抗金钱的喇叭裤精神,她们不是狂飙青年,也不是他们晚生的追随者,她们只是将它在淮海中路上改造成昂贵和新潮的时髦,是不愿意弄脏了它,才将裤脚整齐地

淮海路是流动的舞台,具备舞台的特点:它的活泼,生动,故事性,总使得剧照显得呆板。在淮海路上散步,你可以看到许多人,许多事,许多的峥嵘,但照相机的镜头却将这一切变得寡淡。(摄影:马克·吕布,1993年)

卷起来。看上去洋气的地方，其实已经被沉着的上海女子小心改造成了自己的风格，她们真正懂得按照自己的质地和标准取舍并改造事物，不管是中国本土的，还是外国的，然后将它们综合成为自己度身定做的淮海中路的时髦：中庸而别致。

不论外国有多少著名品牌进出上海，小街上的裁缝店永远是被需要的：他们承担着改造的重担。杜小姐像1960年代以后出生的许多上海女孩子一样，读好书，学好外语，了解活色生香的都市女子生活，听流行歌曲，按时在洁白的单人小床上入睡。这是她们的大部分生活，她们不会做女红，不会自己做衣服，但她们有天生的空间感，对着新潮的裁缝，能把一件衣服在什么地方应该怎么改造，说得充满创意。她们常常和裁缝在被各种衣料磨得发光的木台板上挑剔地工作着，她们应该是在世界潮流面前最知己知彼、不卑不亢的中国市民。

五、人群

欲望的车站

　　小,但是不至于让人觉得寒酸的开间,不再是方方正正的镜子和固定在地上的笨重的理发椅子,让人仰躺下来的黑色假皮的洗头椅子,长长地伸到黑色的洗头池子里,这就是现在在上海到处可见的发廊。在里面,你能听到时下最流行的台湾歌曲,有一阵子,是一个带着气声的男人温柔的责备:"你总是心太软,心太软。"唱得正小心凑在你耳边、用小剪刀一缕缕地为你削头发的那个高大、消瘦、穿着黑色沙宣广告衫的年轻理发师傅忍不住也跟着哼起来。他常常在为人理完发以后,将女客人周到地送到门口,递上一张薄薄的名片,那上面有他的BP机号码,他的名字叫克力,那是个自己起的名字,下面还有一行小字,把自己称为发型师。就在客人穿上外套的那一小会,他还最后打量着那新做的头发,他向后仰着头,就像一个画家在检查自己刚刚画完的作品,然后用手再去拢拢,吩咐客人说:"过一个月再来修一次,头发养得长了,可以修得到位。"只有听他说了这么多话,才能听出来他的外地口音,他从江苏的一个小县城来,读完初中,到上海来打工。

　　差不多每个发廊里都能见到这样的年轻人。他们刚来上海的时候,有着一张稚气的脸,两颊红红,那是农村的大风大太阳留下来的。他们怀着闯世界的激情和初中生的浪漫情怀以及发家致富的梦想,在上海的一个角落里留了下来。一开始,能找到的,总是最下等的活计,在小饭店里帮忙,做钟点工,帮人送货,什么城里人不愿意做的事，都是他们来做。刚刚开始的日子最辛苦，一下子没有了亲人，什么都要自己当心，自己以一颗稚气的心去面对一个上千万人口的大都市，常常几天都找不到一个平等的眼神。城里人不那么喜欢他们，路上的小孩子背着书包，都对他们敬而远之，因为大人告诉他们，外地的民工常常做人贩子的，那些孩子仰视着的眼睛里也是冷冷的。这时候，在路边走着，要是不巧听到灯光明亮的店堂里传出来想家的歌声，就是已经很懂得要木着脸，心里自是一派苍茫。

而他们是千千万万这样走在上海的大街上、可在上海人的生活之外的打工者中的出类拔萃之辈。他们在大街上发现了灯红酒绿色的生活和鄙视的小孩子，也发现了美容美发夜校。他们懂得要在大上海干下去，要挣钱，要不在上海的同龄人面前抬不起头来，就要有一门手艺。于是，他们用挣来的钱去学习。男孩子学理发，女孩子学洗头和按摩。大概这是一生中学习最认真的夜晚了，他们夹紧身体，坐在小学校局促的桌椅里，紧紧盯着老师的脸。白炽灯把老师的脸照得发青。

于是，就有了这样一天，他们走进在门口的玻璃上贴了红纸的小发廊，找老板应征红纸上的位置，发型师，美容师，是这个讲究外表的城市少不了的人。于是，上海的许多街道上，有红蓝条子幌子的新店面越来越多，不知是因为有了他们，才有了小发廊，还是有了小发廊才有了他们，总之，上海人慢慢地，开始从总是怠慢他们、又剪不出新花样的国营美发厅离开，把自己要紧不过的头发送到这些殷勤而努力的孩子手里。他们那么努力地学着上海话，常常你不一定能听出来他的乡音。他们用这样的方式走进了上海的生活里，通常他们在发

五、人群

廊的工作是工作一天,从上午9点到晚上10点,然后休息一天。

到发廊里洗头剪发,常常能得到惊喜。小小一个开间的店堂,收拾得干干净净,贴着大幅的沙宣发型广告画,很是不俗,也不落伍,甚至常常可以说是简装的时髦。又不是富贵逼人,让大款外的许多人觉得舒服。

你只要在被翻得软软的外国发型书上指认了自己喜欢的发式,很少会被拒绝。越是那一季时髦的发式,越是会在你头上精益求精地得到实现。要是你要冷僻的,大多数也会有折扣地得到实现。常常,还可以得到关于你的脸型和发型之间扬长避短关系的忠告,它们常常是实用而新潮的,让人放松了剪发以前那患得患失的心情。

然后,会有一个年轻女孩子为你洗头,穿着时兴的高腰短衫,紧吸在腿上的黑色窄腿裤,常常在淮海路上的EX店里能买到这样的衣服,时髦而质次,就是为了穿一季用的,黑裤子一下水,布里面劣质染料就黑了一盆水。毛衣洗一水,就走了样子,软塌塌地挂在身上。她比上海女孩结实,也比上海同龄的女孩敢穿。她小心仔细地为你按摩头皮、脖子和肩膀,当她把你的头轻轻按在自己的胸前揉你前额的穴位时,你能闻到她身上用过的香水,也是幽幽然的那一种。她会用心工作,要是你是个女子,有时她也会提一些护发和修理面容方面的建议,建议你修一修眉毛,"不要太细,那样太艳了,不合适你这种清秀型的,可稍微修一下,人就显得精神。"她的脸已经露出白白的肤色了,也许用过店里的德国彩色焗油膏,她直直的短发上有一层暗红色,是上海时髦女孩子发上常常可以看到的颜色，清爽里面带着一些不羁。有时她会说："我们老师说年轻女人不要常常按摩，这样会每个月量多的。"颇有来历的口气。

再后，一个年轻男孩子为你剪发，穿着也是时兴的俄罗斯小领子的衬衣，懂得把袖口的扣子扣好，米色的底，墨绿色的隐条，还有米色的长裤，腿上有些小袋袋，像是艺术学院的学生。他高大清秀，是女客人暗自会放心的那种人，拖过高脚凳子坐下来，拉开架势，像是要好好大干一场一样。是那长长伸出来的脚上，穿着一双现在上海孩子早不再穿了的绛红色丝袜，才让人想到小县城里潦草的情趣。也有扮相狂野的发型师，是为年轻人准备的，他们把长发染了不同的颜色，耳朵上挂一个银耳环，一身的黑色，手腕上套着一条亮闪闪的蛇环，扮作朋克相。上海孩子也有这种扮相的，可与他比起来，总是驯良了一些，不及他身上的愤懑与狂飙，这真是由人的经历造成的，那在城市文明中的挣扎，不能融进社会的孤独和愤怒，突然就让一个乡下孩子接近了对中产阶级反叛的装束，使他乍一看像从纽约的苏荷区走出来的发型师，全没有正经穿西服和套裙、从内心深处被勾出来的乡土气。

这些挤进城市来的孩子，算是从靠出卖体力生活的大军里冲杀出来了。他们小小地领导着上海女子发上的潮流，为了发廊的生意，机灵地拷贝大都市里刚刚流行开来的发型，揣摸着客人的地位、身份，提出合情合理的建议。

因为和这个城市的时髦相关，他们自己也尽量得体地城市化了。到了春节过后，到发廊去洗头就能常常听到他们谈到家乡时候那矛盾的口气，他们想家，可是一旦回到家，又是许多的不习

五、人群

惯，不习惯家乡的脏、慢，因为电力不足而发红的灯光和闭塞的生活，以及街道上过时的流行。回到上海，他们在某个程度上是松了一口气，不管这是不是属于他们的城市。

上午的发廊是客人的好时光，刚刚开始一天的营业，很干净，客人也不多，在吹风机嗡嗡的声音里，电台的音乐节目播着热门歌曲，总是忧伤而抒情的城市歌曲。等客人的年轻发型师，也许和洗头小姐调笑，那时他们说着家乡话，突然就把身上的矜持丢开，个个鲜活泼辣。村野气的谈话里，女孩子常常被吃了豆腐，于是，在那里逼着他们中午请客去肯德基吃鸡大腿。

在发廊里，常常也能看到那些眉眼画了又画的女孩子，让人想起风俗女。发廊里常常爆出风月案子来，是本来做洗头小姐的女孩子，到了大城市，看到了女人的好日子，又接近了来洗头的中产男人，在隔天的休息天里，到淮海路上的商店里逛了一上午，就在不能属于自己的漂亮东西里伤了心：人比人不是能气死人的吗！说起来，这些女孩子还是单纯软弱的，对自己的生活总是心有不甘，于是心头一急，用青春去换。发廊慢慢就成了她们的生意场，从这里，她们和努力上进的同伴一样，也走上了不归路。

有人也许和着电台里的歌声唱上两句，他们能把流行歌曲唱得字正腔圆的了，可不会唱曲调，也许是没有一点点乐理知识的缘故。

有人就默默地坐在笑闹的同事中间，一个人在音乐声里望着大玻璃外的街道，平静的脸上能看出一点点落寞。电话铃响了，女孩子去接，那落寞的人直起了身体来听，可那是个预约烫发的电话。

女孩子放下听筒对他说："不是小梁的。"

他问："她到底来电话的时候说了什么？"

女孩子说："就说叫你不要打电话到她店里，老板娘骂了，她以后得空了就打给你。"

他问："她怎么说的？你学给我听。"

女孩子打了他一下："你痴了啊，我告诉你有五十遍了呢。不说。"他不做声了。

那女孩子看看他，转身去拿了隔夜的晚报过来，在他面前的长椅子上铺开，点着中缝里的夜校招生广告给他看，她说："还是多想想你的正经事吧，小梁要的广告我带来了，上面有一个隔天上课的电脑班，还有文秘班也是。外语班是隔天晚上上课的，我选了一、三、五的，你们选好了时间一起去上课就是了，还不等于是隔天就能见面。"

他们接着谈起了什么夜校交费少，可学得多。他们已经懂得，要真正在上海这地方住下去，得学更多的东西，去换更多的机会。

那一次，当店堂里唯一的男客付钱的时候，特意把手里的一张五元钱收回去，换了十元的纸币。这是店里的第一笔生意，账台上没有零钱找。那穿隐条子衬衣的男孩子拿着钱有点不解，可什么也没问，只是说："那我到外面店里去换一换。"

客人摇摇手，说："你也上了夜校？"

男孩子说是，是去学形象设计，他想进一步学学。

客人说："剩下的五元给你做小费，我当年一个人去美国上学，学费也靠客人的小费，五元十元地存起来的。"

满屋子的年轻人都笑着，目送着客人拉门离开。

五、人群

街心花园的舞蹈者

淮海中路过了繁华的商业区,一直向西去,就到了住宅区,从前有一些空地留着,还有许多年以前留下来的街心花园,小小的,在街口,有一些树围着,中间有一个小小的城市雕塑站着。行人走到这里,心里轻轻地吁出一口气来,终于看到了树。在淮海中路向乌鲁木齐路走进去,向衡山路方向,就可以看到这样一个小街心花园,四周住着的孩子和老人,在有太阳的下午,到这里坐着晒太阳。

不太冷和不太热的晚上,有人在这里跳舞。走近了可以听到他们的舞曲从一只旧录音机里放出来,沙沙的,机器也老了,磁带也老了。

晚上这里安静下来,行人不多了,路过的人可以看到一些不时髦也不年轻的人,和着旧磁带里的舞曲跳舞,平稳地,缓慢地,小心地,甚至有时是沉思着地转动着,不太年轻的女人和不太年轻的男人。圈着树上的圣诞节彩灯一年四季地亮着。细细地听那些曲子,都是1980年代初单位舞会用的曲子,《送你一支玫瑰花》,《大海啊故乡》。那是许多年以前人们的爱好了,这时才想起来,现在再也没有什么单位再把大家纠集在一起跳舞了,那些狐步,圆舞,年轻人觉得老朽,不年轻的人觉得肉麻。

当他们转到离影影绰绰的小彩灯很近的地方,被灯光照亮的一张张脸,是静静的,专心的。当灯光照亮了他们的背影时,路上走着的所有默默的辛苦讨生活的背影,就是这样的,就是在跳舞,也没有去掉背影上的那个忍字。商店大减价时买来的短夹克风衣,国产的运动鞋,求的是温暖实用。

看到一个人不太会跳,她跟不上步子,于是,那一对停下来,她的舞伴"一、二、三、四"地喊着拍子,她害羞而努力地跟着握着她手的男人,一步一步,有点跟跟跄跄的,刚刚像回事,可曲子完了。她仰起脸来抱歉地笑笑,可手还搭在舞伴的肩上。她的舞伴也没有松开,他们就那样站着,等下一支曲子响起来,像两只鸟一样,他们侧着头听了一会,辨别出节奏,然后又跳了开去。

走过他们身边的人,会大声鼓励着说:"不错不错,很快就会了。"

跳到出现快三步舞的时候,大多数人都停下来,对他们来说,太快了。

停下来的每一个人,都背着一个不同的故事。

有人是家庭不幸福,离了婚,孩子也因为自己没有能力带而给了对方,自己的生活一下子空了,因为不带孩子,住的房子当然也给了对方,自己回到母亲家去挤,可是那不是从前,住在自己的家里,总觉得自己还是个外人,小心翼翼的,心里不免烦闷,于是就出来散心。

有人是十七岁去了农村,总也想回上海,可总也回不来,因为总想回来,一直坚持着不结婚,没有想到,一年又一年,希望时远时近的时候,就老了!外地的小厂,不景气,提前退休,终于回到了上海。这时候,发现理想实现了,可不知道接下来还能干什么,干什么,好像也跟不上趟,于是,来跳舞。

五、人群

有人是从来身体不好，不能上班的，在家里养着病，也不能想婚嫁这回事。慢慢地，亲人一个个离开了，同学一个个忙自己的生活去了，好像是活着，又好像是死了一样的，没有一个集体，也没有家庭，更没有社交的圈子，像一个透明的人。于是来找一些人，知道自己的名字，看到会笑着问声好的。

这里的每个人，也都有共同的东西，那是没有钱，除了跳舞没有其他目的，不想在这里挣钱发迹。

上海现在是不比过去了，是有许多人有了钱，钱越来越重要，要是原来，他们安分守己的日子只是有一点旧，而现在，别人的生活亮晶晶的了，就显得自己暗淡起来。许多人拼命也要把自己的日子擦亮，日夜都在忙，而他们没有竞争能力。

他们没有钱过都市的夜生活，可也不愿意在家里过晚上，他们还想在自己的晚上有一点音乐，有一点社交，有一点与平凡的夜晚不同的盼望，他们还是想和一个异性跳舞，无论生活是怎样的无奈，到底还有一点点东西是吸引他们的：在都市淡淡的星光里，在树下，和一个人慢慢地跳一支舞。

只是这样，没想到灰姑娘什么的。虽然上海这地方，有无数投机的机会，让人有时觉得会有奇迹出来，现在外国人中国人，都到这里来淘金，可他们没有这么盼过。可要是说到上海风情，这也是一种真正的上海风情，从最暗淡的生活里转出来的一支圆舞曲。

大上海的许多小街心花园里，都有这样的舞蹈者，有时他们也去别的地方跳舞，每个地方也都有自己的特点，自己喜欢的音乐磁带。所以最后他们选定了自己最合适的地方，只要不遇到恶劣的天气，匆匆吃了晚饭就出来了。街心花园里没有电源，他们总是去问周围的一家人拉一根电线出来，来跳舞的人大家平摊电费，常常他们得给得多一点，而那个出录音机的人，就不用出电费了。

休息的时候，他们聊天。可要是有人不说什么，从来没有人会问，这是他们的规矩：要是他不说，你绝对不要问。他们懂得小心地站在别人生活的外面，让别人有从自己弄糟了的生活里逃开一会儿的空间。女人们坐在街心花园的石头椅子上，男人们站在一边，树叶子在头上沙沙地响，有植物的清香。要是有人说起了自己，别人也常常是默默地听着，他们都不是在上海滩上混的人，除了默默地听以外，真的也不能做什么。

然后，又接着跳舞。新学舞的那个女人，还是跟跟跄跄的，老看着脚，像在走路。她的舞伴还为她叫着拍子。他们最喜欢的，还是缓慢的狐步和抒情的华尔兹。

也有散步到这里的情人，紧紧挽着手的，站下来看看他们，也许他们听到了使自己想起什么来的音乐了，可是他们不愿意走进去和这些人一起跳舞，就走开了。在情人们的眼睛里，生活一定是要十全十美的。

到9点以后，他们渐渐地散了，离得远的人，大都骑了自行车来，就停在花园外面的树影子下面，那种结实的车，几道锁锁着，怕让在上海打工的外地人偷了去。他们骑上车，回家睡觉去。

五、人群

上海美容院

东湖路上有一家窄长的新开的小美容院,叫沙龙。里面一方面是卖画,一方面为女人做美容。像老上海租界里的风格一样,小小的、精巧的、褐色的木头护壁板上,挂着真正的油画。三张床被粉色的小花床单罩着,滚着温柔的荷叶边。

上海说是一个西化的城市,可真正的油画还是少得可怜,它们高高地吊在美术馆里的墙壁上,好像算准了我们要弄坏它们一样,让人一边伸长了脖子来看,一边心里不舒服。在小店里可以离得近了,还可以安静而随意地看,突然就觉得有一点奢侈。

油画里,有一幅是林风眠的真迹,画了一个大黑胡子的法国人,在1930年代的绿树下拉着一架小小的手风琴。店主人是个画家,他说那是林风眠早年留学法国时候画的。

在小店里,蒸面的机器赫赫地响着,有青瓜洁面膏的清香气味,还有淡淡的音乐,文雅而又实际,谦虚而又清高。

去那里的人不多,是非常熟的女客人,安安静静着的,把手交叉在胸前,有的人手上有一个绿色的翡翠戒指,温婉而俗气地照耀在手上,有的人则是光芒四射的白金。闭着眼睛的女人,脸上横着两道从前文过的眉,像脸上的裂缝一样,一动不动地在脸上深深地黑着。这时候的女人,只想着要款待自己,一点都不张牙舞爪,也毫不性感。

偶尔有几个男人进来,是为了墙上挂着的油画来的,来问油画的价钱，或者来买油画框。那时候，闭着眼睛正安心洗脸的女人，会在心里生出紧张，像蛤蜊，被人轻轻一触，就徐徐地关上。一直要等到男人在外间的声音消失了以后，才慢慢地安静下来。

小店里常常是温和而安静的，客人少的时候，小姐还会捧出一小杯菊花茶给你，那被洁面乳液和营养霜浸得粉红剔透的十指，散发着真正女人的娇嫩。那青白的菊花，在温水里柔若无骨地飘荡着。布幔后面的录音机轻轻地唱着店里的小姐们爱听的歌，唱着：你究竟有几个好妹妹，为何每个妹妹都嫁给眼泪……

年轻的美容小姐浸着青瓜清洗剂的手指，轻而有力地在你的脸上按摩着，好像世上只有它们是那么仔细地爱护和关心着你的脸，它们安慰着你关于皱纹的恐怖。在它们的下面，一脸商场上的算计与阴险，情场上的欢愉与悲伤，菜场上的计较与凶悍，店堂上的欲望与被诱惑，整个在经济时代的兴奋与疲惫，全部在按摩的膏液里褪下去，褪下去了。这时候，你才是真正被小心地娇宠着的人。

有一次，我看到一个老老的妇人，一张风吹雨淋过后的厚厚的黄脸，她来文眉。小姐的文眉笔在她脸上吱吱地响，像是刀片刮到了墙壁上。想必她的脸皮已经很老很柔韧了吧。血从画黑了的眉毛那里渗出来，让人看了心惊。那妇人一声不吭地仰脸睡着，大热的天，穿着尼龙的白色超短裙。两侧背皮包的地方，被磨起了小小的球。放在地上的皮鞋也是白色的，只是鞋面和鞋跟都脏了，那鞋子被她穿走了形，像一对橄榄球。这是个苦了半辈

五、人群

子、好容易得进美容店的女人吧,要是没有在将老未老的时候,她赶上了经济起飞,也许她就在她那平凡困顿的生活里,老了。她看样子不想就这么地老了。这年代里,这样的女人是真正不后悔地,坚定不移地,迫不及待地要把两道青蓝色的东西纹到脸上去。

还有一次,听到一个来治夏天腋臭的女孩子,被电烫得哀哀地哭,但从不叫停,这个时代的年轻女孩子,把自己的脸和身体,像男人经营万贯家产一样地经营,不允许有一点点差池。上一代女人,想要靠自己的能力生活一辈子的,现在的女孩子,被她们苦苦奋斗的蓬头垢面吓死了,富有的生活遥不可及,她们开始意识到自己美丽容颜的重要。

还有人来隆胸,我看到过一次。两个通明的泵吸在胸前,像两团在洗衣机甩干的毛巾。

上了面膜的女人们,脸上厚厚地糊着白色石膏,里面透出海藻青黄色的底子,像西班牙满街卖的舞会面具。

女人们在这个时代真的不甘一天天地老去,一天天的不美。女人的身体像一个新产品一样被制造着。

小店里只有一把理发椅子,脸上洗完了以后,就坐上去整理头发。坐在吹风机的热风和它的轰鸣里,头是昏昏的,人是舒舒服服地望着墙上的画,椅前的画,画的是一间夜里的房间,亮着一盏并不明亮的黄色的灯,一些穿蓝色大翻领短上衣的人在房间里相拥起舞,灯上还罩着报纸。

它让我想起了上海的1970年代,那禁锢的、真挚的、浪漫的、理想主义的时光。这理想主义，指的是上海式的，缅怀着富裕日子的情调。现在的上海，不知道有多少人在梦里都想着怎样发财。那种禁锢中的浪漫当然也是一去再也不会回来了，所以它们才可以出现在画上。每次我去，都特地看一看它。后来，挂着它的地方换了别的画，说是那幅画被人买去了，是一个从美国回来的上海人。

　　想必也是那个时代跳家庭舞会的人吧。一个时代过去了，方才显示出它的气息，像吃光了鱼肉以后，才显出它的白色骨头。吹风机在头上嗡嗡地暖和地响着，不知十年以后，会不会有人画一个在柔和灯光下躺在美容椅上的上海女人，她脸上就是涂满了青瓜乳液，也不能盖住里面的向往和心计。

五、人群

过年回家

我在街上走，突然被人撞了一下。一看，是个黑红脸膛的乡下人。他并没有意识到他撞了我，他只是一往无前地往前走，肩上背着一个真正的扁担，扁担上顺着一领真正的草席。挑着的，一头是红花面子的棉被，真正大红的花，大绿的叶，热闹而肮脏地在扁担挑子的一头晃。一头是个七鼓八翘的蛇皮袋。他一往无前地扑到联谊大厦对面的马路上，顺着他看过去，披着金黄绶带、穿着像溥仪登满洲国基时候的衣服的保安先生旁边，七个包、八个蛇皮袋的，集中了一群乡下人。

他们的头发灰灰的，像秋草一样扎在那里。那头发上，应该是给某一个新的自选商场，或者是给夜总会做装修时落下来的尘土，他做工，没有那种黄灿灿的安全帽。想起来，这些年，上海经济起飞，到处拆房子，到处建房子，最苦的活，热天在太阳里，冷天在大风大雨里，都是他们干下来的，而这样苦的事情，本地青年是没有人要做的。

站在他们旁边、面黄下巴尖的保安先生，带着一脸被侵犯了空间又被衬托出了城里人白净安逸的、非常上海人式样的戒备与不屑，在他们的身边踱来踱去，像一只非常高傲的、淋湿了的黄毛瘦公鸡。

乡下人在那楼下集合了，往火车站去。原来是要过年了呢，他们拿了从这里挣回去的钱，回家过年去，回家做人去。

我站住了脚，看着，想起来，从前坐公共汽车，一挤了，就听到有人在骂，都是外地人多了，挤得本地人倒上不去街，真正叫，烧香赶出了和尚。

从前我家一连丢了两架自行车，告诉谁，谁都说是乡下人偷的，他们偷到了，在城里骑骑多方便，临回家了，就去卖掉。连警察都知道，在全市的自行车大检查时，梧桐树下站着火眼金睛的警察，一看有乡下人骑没有车锁的车，或者是衣服不光鲜的人骑了捷安特，马上拦下来，里面十个有八个，是拿不出执照的，这样的车，一大卡车一大卡车地运到一个地方，让丢了车的上海人去领。

那天接到一个电话，千里迢迢，从日本打过来的，是到日本打工挣钱去的朋友，小时候我们在一块儿玩的。她是我们里面最好吃懒做的人，每天晚上8点就上床去，吃瓜子，看电视，在被窝里把热水袋踢得哗哗地响。前两年，她居然咬紧了大牙，去了日本，她说要在这两年里挣足了养老的钱，回上海来一辈子不用上班。

电话里，她说要回家来，新年就要到了，回上海来做一个月人。

又一天，接到一封信，万里迢迢地从美国来，也是个朋友，也说今年要回家来过年，过年时海关忙，她会偷带一个美国蛋糕给我，让我年关那天跟着她家里的人一起去接飞机。

日本的朋友，在酒馆里打工，美国的朋友，在大学的实验室里打工，那样的工好找，因为当地人不爱做。

再一天，在家里拆贺年卡，早早寄卡来的，倒都是平时一个城里住着，却一年也见不得一面的朋友，那卡从信封里一探头，猛然才想起来原来还有这么个人，是个朋友。她在卡边上匆匆地写了

五、人群

几句,那字,是洋买办常用的因为不耐烦写中国字而狂草的字,说:"老板回家X'mas,有空到你这里chat。"她本来好好坐在机关里,一杯茶,一张报纸,后来说要赶上潮流,跳槽去做洋老板的助理,后来又做Sales。在商城上班,天天把鞋跟在大堂里敲得落珠般的响,是上海新一代的白领呢,现在叫麦琪王。她的老板是哪一国的我不知道,只知道那洋人回家了,朋友可以做一个星期的中国人。

在街上看到一队泥浆滚滚的木头独轮车队昂昂然,在大片红色的出租车队列里过马路,木头轮子吱吱呀呀的声音,奇奇怪怪地在都市急功近利的声音里响。被迫停下来的车子里,人们禁不住乐。而推独轮车的人不笑,他们满脸释然地,推着红花的棉被和商厦大甩卖时买来的短大衣啦,羊毛衫啦,和夏季的裙裤,那是给家里的人带的新年礼物。

年关的时候,果然到机场去接了从西雅图飞过来的那一班机。候机大厅里满地上都是外面踩进来的泥脚印子。出闸的人推着大堆的箱子,伸长了脖子乱找,外面的人都在拼命招手,摇花了里面人的眼。我看到了我的朋友和我的美国蛋糕,被她公然套在一个饼店的袋袋里。她随身带了五口大箱子,里面全是这些年在美国圣诞大减价时买来的美国衣服,回来送亲友。

过年回家,过年回家,大家都是这样。

星期二晚上的记事

一间卡拉OK包房

很暗,不是一群女子需要的那种暗。大电视的蓝光照亮了她们的脸,做文字工作的女子就是这样的脸,不那么好看,敏感,有那种知识妇女的清爽和隐约的怨怼与警觉,还有一点点水样的抒情留在眼睛里,仔细看,才能看出来。她们曾经是文学青年。现在许多人是记者,大报的,小报的,杂志的,许多人穿了黑色。她们唱歌给一个老先生听,因为她们要成立一个业余合唱队,老先生是退休合唱指导,她们让老先生听听声音。

话筒握在手里,就算嗓子不那么好,可唱得不错。有人唱《莫斯科郊外的晚上》,有人唱《半个月亮爬上来》,有人唱《渔光曲》,还有人唱《橄榄树》,大都是自己唱得最顺手的歌。唱着唱着,一个人渐渐将身体向前倾去,有些忘情了。让人猜想这支歌里记载了这个人在爱唱歌的年龄里所经历的一段生活。生活不那么出奇,可也多少经历了一些。

是有两个要好的朋友,在一起聊天,说起想要唱歌,想要许多人在一起放声高歌,于是各自打电话通知自己相投的朋友来参加,先唱卡拉OK试试声音。一些人当时就没来,因为临时家里有事,孩子还小,因为晚上有采访,因为小说没有写完,因为那晚上正好心情不好,喜欢一个人闷着慢慢消解。心有余而力不足,生命到了一个阶段,就不光是属于自己的了。

放声唱了以后,就像水把堵着的洞眼冲了开来一样,只想不停地大声唱下去。后来唱歌的人常常被在下面轻声跟着唱的声音打扰。大家决定要一起唱歌,每个星期二晚上,推开所有的家务、工作、约会,来唱歌。

没有人想到要讨论唱歌的目的。

《春天又来了》

老先生发下来的练习曲大多是从前他工作时用的,为带领一个少女合唱团时用的,一张张发黄的纸,在手工印刷机上滚出来的。

有人小时候就在儿童合唱团唱歌,用过这样的歌纸。握在手里像握着小时候穿旧了的府绸布裙子。看着老先生的手一落,吸一口气,轻轻地把自己控制了的歌声送出来。心里很是惊异,二十年过去,以为自己早把变声以前的事都忘了,可圆的口形,吸腹,缓缓的送气,身体竟然一点也没有忘记童稚时代受过的训练,它比人的心要忠贞,所以许多时候,人心因为情面关系想要妥协,可身体是反抗的,它让人觉得不舒服。

"春天又来了,"大家都整齐地站在椅子前,唱着这句歌词,这支歌里只有一句话,就是它。

单单纯纯地,只是唱唱歌的晚上又来了,就像那歌词说的春天一样,越过青春时代以后七情六欲的千山万水,又来了。如今耳朵里全是女子清爽的声音。

不少人是老朋友了,不少人一出道,就在各种各样的采访中认识了,看着这人的无名指上套上了新的戒指,又看着那人把无名指上的戒指换到了中指。看着这人的两颊上落上了褐色的蝴蝶斑,看着那人渐渐洗去了蓝色的眼影，薄薄的嘴角上拂着自嘲的笑，也不再用唇线笔将它加厚。比太平洋还浩瀚无边的繁琐家事，比锯齿还粗糙的办公室的竞争，像水一样哗哗流着的幸福，像花一样盛开到谢的快乐，为了某一些感情在心里血肉横飞的战争，回首这些事，发现它们渐渐把身上青春时代厚实的蓝色牛仔布磨成了又凉又滑、盈盈满握的中国丝绸，上面有不小心溅上去的油渍，在襟前化成一大块。

只是，在星期二的晚上，谁也不说自己的事，也不问别人的事。将生活像一个有裂缝的蛋那样小心翼翼移到旁边，不碰。每个人想的，都是一样的吧，只是谁也没有说。休息时淡淡地笑着，彼此感叹说："能唱唱歌，心里真的舒服。"不休息时大家站在椅子前，面对老先生一心唱歌。

在自己的歌声里消化的一些东西，是不是也有花草般的伤春与悲秋？一个报业供职的职业妇女早就明白自己不是花和草，所以才识时务地不说出来的吧。

大家唱得真的不错，遇到从前唱过的那些儿童的小调，就一马平川地唱过去了，眼前一定也闪过从前同伴的脸，她的两颗门牙上还有着锯齿印子。

那一次，老先生高高坐在钢琴边上大声叫好，说没有想到大家唱谱的能力这么强，将歌里的感情表达出来的能力也这么强。有人就笑笑地对老先生回答："老师，你忘记了我们的年龄啊。"

歌声有时好像是让时光像女子们心里感到的那样倒流了过来，可有时也让人蓦然惊觉它流淌得这样长。

五、人群

《米——咿——呀——哦——》

很长时间,老师让大家练声,练习多个声部发出自己的声音,不要被别的声部吃掉,还要在发出自己的声音时听到别人的声音,使自己的声音与别人的声音协调,成为一个真正丰富而和谐的声音。这是一个漫长的过程,好像是重新学习怎么和谐地相处在一个集体里。

很久以来,大家都习惯了独自唱歌,并欣赏自己发出的声音。所以每个人发出的声音依旧不错,后来,每个声部发出的声音也都不错,就是将声音和在一起,发现它们是走在一起,而不是融合在一起。

老师总在空中一把收住手指,说:"各位各位,大家不光是自己唱,同时还要听别人的声音。这是合唱的精髓。"

于是再唱起来的时候,开始听别人的声音,在歌声里面听到了许多人的声音,有的大声而放松,有的甜蜜而精巧,有的拘谨而古典,有的沙哑而柔软,有的清亮而脆弱,就像她们随意搭在椅背上的不同风格的大衣和长长短短的围巾。每个人都有顽强的不同,用自己的风格唱着同一支歌。

谁都没有想要倾听别人的声音而来唱歌,就是想坐在那里,什么也不要,什么也不想,唱出来的歌,就让它像一春的草花那样了无声息地谢没了,就回家睡觉去。每个人都已经有了为别人再三调整自己甚至牺牲自己的经历,就像任何一个职业妇女做的一样,努力将自己变成水,可以遇见长的杯子就变长,遇见圆的杯子就变圆;变成水泥,可以把自己生活里的那些坚硬的、本来互不相干的砖头黏和在一起。在生活里不得不这样做,因为它是生活。而当自己在晚上走出来唱歌，只是为了自己要发出声音，发出美好的、自愿的、奢侈的声音。或者说，想要和别人在一起发出那样的声音，而从没想要听着别人的声音来调整自己的声音。

老师的要求，对她们来说，真的是最高的要求了。

《平安夜》

每一年，电台直播室里都会贴出新一年圣诞的警示条子："圣诞是宗教节日，各位主持人不要在节目中直接提及。"就像来自监制人的圣诞卡片。

整条淮海路上的各个商家把橱窗都布置成红绿和白的圣诞色，大减价也开始了，巴黎春天百货门前的鹿拉雪橇不停地绕着圈子，外地人和孩子们站在前面照相。

辛苦练习好了一致的声音，到底要给谁听，要做什么去？练习好了，总是为了给别人听。别人比自己听得仔细。排练好了一支歌，几个声部合起来时，在电台工作的人会从包里取出采访机来举过头，为大家录下来听，侧着头，惊喜地听从小小录音机里出来的歌声竟然是自己唱出来的。那时想要让别人听到，就像做好了菜，总希望家里人都在桌子前等着。于是大家商量，要在圣诞节到大酒店里的圣诞晚会上去演唱。这时，大家已经在一起唱了一年的歌了。将一支《平安夜》、一支《天使报佳音》唱得感动了伴奏的老师。

那天白天，大家还是都去上了班。

一个丈夫，是自由职业者。他怕那天红玫瑰会脱销，特地一早就去花店订了红玫瑰，还让人把花枝上的刺全拔了去。本来想为每

五、人群

一朵玫瑰买一个小玻璃纸的套子,可没有买到。傍晚时,他笨拙地抱着一大把玫瑰到酒店外面,合唱队的人发出欢呼,连他的妻子都没有想到他是真的去买了花来分给大家。

许多人是第一次在圣诞节得到一朵红玫瑰,包括他的妻子,也是。有人举着没有了刺的玫瑰说:"我对他明示暗示,什么办法都用过了,可是他就是不送我一朵玫瑰。他说什么事,要是强求就没有味道。现在我总算是有了一朵花。"是不期而遇的,表示了爱惜之意的花。

一个人手里握着一朵红玫瑰,换上白色长裙,走上去。白色的演出裙是借来的,仔细看,袖子破了,裙摆也是脏的。

在酒店的大餐厅里等过人,吃过饭,采访过,只是唱歌给别人听,是第一次。

上海的圣诞节,吃圣诞大餐是市民最重要的内容。

歌声响起来,喧闹的大厅曾经静过一静,然后又自顾自说起来,吃起来。

幸好没有人真的为了钱去那里唱歌,只是想把自己唱得好听的歌与人分享。

幸好手里已经有一朵玫瑰在握,那高大的人已经对她们说过,要是她们在路上唱歌的话,就是最闹的路边,也会有人停下来静听这一无所求的歌声。

幸好本来就一无所求。

《你送我一枝玫瑰花》

又有了第二次演出的机会,仿佛是要让大家得到尊重。是在上海音乐厅,与在萨尔茨堡唱歌剧的女演员同台演出,非常古典。

大家请到了服装设计师来为合唱沙龙的人做演出服装,一套白色的长裙,一套黑色的长裙。白色的有膨出来的肥大裙摆,像郝思佳,黑色的在左面开了长长的口子,露出整整一条左腿。

从没想到自己会做这样的衣服穿。也从没想到自己会为了上台唱歌而做衣服。那是真正的演出服装,就是去参加最正式的晚会也不能穿那样戏剧化的衣服。只是自己的孩子太起劲了,在他们心目中,只有到婚纱摄影沙龙里去的女人才能穿这样的衣服,他们心里多少有一点遗憾自己没看到妈妈结婚时候的样子,他们以为这下子得到了弥补。

白色的裙子里有纱做的衬裙,试衣服时,大都觉得自己的上身太肥大,于是不少人都对在嘴角含着些大头针的裁缝说:"可以紧一点。"

试完衣服对别人说:"现在我知道为什么郝思佳要在穿裙子的时候说'紧一点,再紧一点'了。从前我们觉得是表现她性格里的虚荣,其实是因为裙子的关系,下摆太大了,总让人觉得自己像大象一样胖,能紧的,也只有上身那一点点地方。"

上台以前,大家化了浓妆,穿了紧紧裹在身上的白色长裙,在灯光暗淡的女化妆室里走来走去,楼梯对面的小化妆室里传来花腔女高音练声的声音,外面的楼道里有雕花的天花板,让人想到佛罗伦萨的宫殿,大镜子里有着年久以后的水渍,从那里面看到白裙子沙沙响着走来的人,轻易认不出来就是自己。有人带来了照相机,为自己和别人留了影。闪光灯照花了眼睛,再看四周,恍如做梦那样的昏暗。

老师穿了蓝色的西装,很好看,召集大家再开开嗓子。这次选的歌是大家都不那么喜欢的一支爱情歌曲,歌里的女子太一往无前,实在只是一个小姑娘而已。可现在唱起来,好像不那么肉麻了,渐渐地,心里的活泼与自得化了冻一样恣肆开来。"我要嫁上一个比你还强的,就会刺痛你的心。"歌里是这么唱的,可怎么可以这样。

《甜蜜蜜》

大家决定要唱自己真正喜欢唱的歌。大家想要把自己喜欢的歌唱给别人听,那个别人,最好是懂得听的、想要听的人。

在上课以前说起这事,大家都眼睛亮亮的。

幼儿园时代的《梦见毛主席》、小学时代的《生产队忆苦歌》、中学时代的《太阳最红,毛主席最亲》、大学时代的《甜蜜蜜》、以后的《茉莉花》、《昨天再来》还有《你知道我在等你吗》以及《狮子王》。一支一支说着唱着,大家都发现原来那些歌,从来没有真正从自己的生活中消失过,它们只是睡着了,现在,它们一个个从自己没有发现的地方站了起来,带着一些个人的历史烟尘滚滚而来。

要有一些解说词说出上海女子放进了履历表里的歌曲和它的时代,那都是大时代,一个接一个地来,一个接一个地消失了,可是它们也造就了平凡女子的生活。

要有一盏小小的台灯,一张小小的桌子,一个人说点什么,一些人唱着。虽然是平凡女子的生活,可这也是一份生活,里面也有一些话想要说出来。

还要用一个幻灯机,把大家贡献出来的小时候的底片打出幻灯来。

那样做,是为了自己还是为别人?

上海的狐步舞

上海舞厅的基本情况（摘自上海档案馆资料）

甲——租界时代：跳舞原为西洋人风俗，他们认为跳舞是一种正当高尚的娱乐，除了须领执照外，无其他限制，亦无任何捐税。

乙——敌伪时代：这个时期的舞厅，特别繁荣，其原因由于上海人口畸形增加，伪政府的腐败，投机的盛行，一般市民在生活上糜烂，莫不以舞厅作为交际场所，此乃舞厅行业的黄金时代而失去了真正高尚的意义。

丙——国民党反动派时期：1945年日本投降，市民满以为敌伪打倒，祖国重光，从此可以过太平幸福日子，而舞厅商人也以为可能重复过去的自由经营，不料国民党反动派来了情形更坏，制服军人、地痞流氓，在舞厅打架、吃白茶、勒索敲诈，日有数起。闹得商人实在无法安心营业，苛捐暴敛，压得喘不过气来。后来反动派军事失利，前线紧张的时候再加上禁舞未成，冠以"寓禁于征"名义，在各种捐税以外又加征百分之一的兵役捐，使舞厅遭遇到空前的磨折。

丁——解放以来：由于舞厅是旧社会遗留下来的一种不健康性的、脱离社会客观发展现实的行业，因此受到限制，而且经过了各项社会主义改革运动，群众的思想认识的提高，生活上的俭朴，加上大家都正在以百倍劳动热情进行社会大规模的建设，于是舞厅里的消费力量大为降低，差不多家家都是亏损。在今天舞厅商人的思想中，也希望早日能结束这个行业，颇多拆账。

五、人群

1953年，具有规模而备有一定条件者，有的业已转业，或将转业，如目前的"仙乐"，意要在毋须巨款投资装修基础下，转业为书场。但市文化局，因须全面性地掌握各种文娱事业，对其申请尚考虑中，并未批准。而一般中小舞厅，颇多的，负债超过资产，转业，条件不够，歇业，职工问题无法解决，而自认为只有"饮鸩止渴"硬挺下去，一直拖到不能再拖时候为止，存在着极其严重的倚赖思想，被动地等待着政府的取缔。而在舞厅资方的思想中，舞厅业没有前途，绝不是新奇的事儿，他们都认识到，已很久了。从谈话中，经常听到，他们正为这个负担而积虑，把舞厅看成一个无法摆脱掉的历史包袱。

上海舞厅从业人数亦年年减少，1950年有一千五百三十一人，1951年一千三百零九人，而1952年至九百八十二人，至1953年时仅存五百五十人。

有一次去朋友开的一家小画廊，那一年，艺术市场上正好在时髦乡土热，画廊里挂着的画，大都是乡俗的题材，也有一些没落的年轻女子，穿着绸缎的大襟衣服，在画上把着一张纸团扇。

这时，我看到墙上挂着一幅小小的油画，简简单单地画着一盏用报纸遮了光的灯，电灯的光亮把那张报纸都烤黄了，灯下，是一对相拥起舞的人，男子把灯下模糊的脸靠在女子的头发上，女子有一个穿着肥大上衣的背影，她梳着笔直的短发。灯下的一切，昏黄，简单，而且模糊，从画里都能看到当时的电力不足，电灯光是发了红的。画的视角很小，好像是从老式房门上的钥匙孔里看到的情形。

画的是1970年代末期上海的生活吧。

冬天无风的夜里，马路上又黑又冷，9点以后就看不到什么行人了，很潮湿，有雾，路灯远看上去一团一团的，像梵高画上的星星。天那么阴冷，室内没有暖气，所以家家都紧紧关着门窗。上海的住房那么紧张，所以常常一家人都挤在一间屋里，玻璃窗上流着一条条水蒸气。是那时的上海。

暗夜里走在街道上，看到从前半殖民地时代留下来的洋房，那曲卷而上的西班牙石柱，那英国式的长长扁扁的烟囱，那门楣上巴洛克式的浮雕，夜色掩去了它们失修的老旧与局促，显现出它们那异国的美，和被小心抹杀去的历史的神秘，是那时的上海。

有人急急从路上走过，敲门，笃笃笃，声音在长长的弄堂里传出好远。

门开了，楼梯很黑，有黄芽菜炖小排骨汤的气味，那是冬天晚上常常吃的家常菜。

走进房间去，里面拉严了窗帘，遮暗了灯，贴着墙放了一些椅子，椅子上坐着人，椅子背上搭着外衣，女孩子们穿了毛衣的样子，因为在外面看不到女孩子那样紧勒的线条，所以她们此刻看上去有骇俗的美。她们自己知道这一点，所以眼睛和牙齿，在发红的灯光下像猫一样亮。

因为事先把大床拆了，为大家空出地方来，所以房间一下子变得有点陌生。

五斗柜上放着老式的唱机，和一大沓密纹唱片，用牛皮纸做的套封。

五、人群

常常有人带来刚刚时兴的日本立体声录音机，三洋牌的，一面一个大黑喇叭，像乡下女人涂在大宽脸上的胭脂粉。里面放着邓丽君的歌，那时候人的耳朵还没有适应这么柔软的声音，听得人会发愣。常常也有朋友带了自己可靠的朋友来参加，有人带来了设法转录来的英文歌，要是谁能为大家翻译歌词大意，就一定会有一个女孩子或者一个男孩子在那一刻爱上能听懂英文歌词的人，许多1970年代末的爱情就是这样发生的。许多后来学习英文的人，也就是从一次家庭舞会的一首英文歌开始的。

回头一望，才发现黑灯瞎火的时代，也有着它自己的那一份默默的浪漫情怀。

"画的是上海啊。"我对我朋友说。

他说："是啊，开家庭舞会的那时候。"

一支曲子响起来的时候，舞伴在下面算好了，是三拍子还是四拍子，然后才起身，走到屋子中央，有一点害羞的，开始跳起来。没什么人真正是跳得好的，很容易看出那些新手，紧张地看着自己的脚，觉得它们那么大，像是鸭子的。畏首缩脑的，像是鸡吃米。一支曲子没有跳完，两个人相握的那只手里，汗已经融合在一起了。

当然也有人是天生的傻大胆，在音乐里走大步子，像军训时候练过的正步走。隆重地抱着他的舞伴，像军乐队里的司鼓抱着他的鼓。

还有女伴比男伴跳得好的，恨不得带着男伴走，不一会儿就乱了步子，于是他们一边跟着韵一边数："一、二、三、四，一、二、三、四。"

男伴常常也不会送女伴回自己的座位，一曲终了，两个人马上松了手，男伴就走了，女伴跟在他的身后，彼此像不认识了一样。而且大家就是学习了怎么跟着音乐跳舞，却常常没有学怎么跳渐渐慢下来的舞曲结束部分，到曲子变慢下来，就有人停下来，站在原地，不知道该怎么办。现在想起来，那时的尴尬，除了没受到良好社交教养的粗鲁以外，还有一种罗密欧时代的害羞，不能无端在大庭广众之下拉着一个女子不放。

那时的冬天常常穿家织的毛线裤过冬，到了室内，顶多把外衣脱了，就显得下身比上身要胖许多，腰身那里出奇的细。

没有大裙子，没有黑色的礼服，没有邀舞的鞠躬。

大概从1843年交谊舞传到上海以后，这是最不符合规矩的时代了，当年是在江边的礼查饭店，现在到了一间地板吱吱响的卧室里。可并不能让大家泄气。调低了的音乐是那么美好，随着音乐与一个异性在一起晃动身体是那么让人心醉，华尔兹让人想到了浪漫，狐步舞让人想到遥远的花花世界，老人们常常以一种拥有的自豪怜惜地望着我们，说："你们是再也看不到那样繁华的上海了，你们现在成了乡下人。"而老天有眼，我们还没有老，又能跳从前的舞了，虽然是穿着家织的毛裤在跳华尔兹。

渐渐地，头顶上传来了一种焦味，那是灯泡把紧贴着它的报纸烤焦了，于是，主人爬上去，换一张新报纸，怕失火。那时我们喜欢不要在太亮的灯光下跳舞，一些是因为情调，另一些是因为不要让太多的人知道。

我童年的时候，认识一个做过舞女的女子，她小小的个子，梳

五、人群

着长波浪，有巨大的屁股，走起路来摇摆有致。童年时我交过一些受到冲击的成年人，她就是里面的一个。从他们那里我学到许多东西并得到宠爱，让我懂得怎么和上一代人说话。我喜欢听她说她早先看过的好莱坞电影，她坐在底楼刷得发白的地板上，抽着劣质香烟，样子非常阿飞，那种带着些背景的妖娆真的迷着了一张白纸的小姑娘。只有当她为什么事破口大骂的时候，我才在她的脸上看到红尘。

后来，我去找她学习跳舞。她教了我狐步舞。在音乐里，她的身体突然迷人地软了起来，她侧着脸，扬起下巴，说："这样，看着你的舞伴靠你这一边的耳朵，不要脸对着脸看，只看他的耳朵。"她只有一间屋，在小圆桌上铺着烫平的花布桌布，床上罩着条子泡泡纱的自制床罩，天光暗淡，穿衣镜变了形，使她的人影像一个大梨。她半环着手臂跳舞，抱着假想中的舞伴，真的是妖娆，她迈出的小步子，也真的是缠绵。我觉出了狐步舞里灯红酒绿的那种奢迷和一点点的色情。

这是我看到过的最好看的狐步舞。

我们这一代人可跳不来这么好看的狐步舞。我们是那些什么也没有看到的一代人，我们出生的时候，东方的巴黎已经成了偷偷流传的野史。外滩的夜晚黑成了一团，银制的刀叉在旧货店的角落里堆着，一角五分钱一把，犹太大富翁的大理石宫殿的草坪上竖立着短发的刘胡兰像，百乐门舞厅成了红都电影院。我们都是从修道院里出来的清教徒，从诅咒里知道有一个花花世界。在我们跳狐步舞的时候，眼前滑过的，是一些幻想，一点点的奢迷，到闪闪发光的水晶吊灯照亮了红缎子的贵妃榻为止，一点点的色情，到黑色长裙背后的一大块雪肌被一只手轻拢着为止，我们在音乐里屏住呼吸想到它们，像在钥匙孔里偷看。

就是那张画里从朦胧的黄色的边缘表现出来的东西。

画画的人是我不认识的，当时在上海的万家灯火里，谁能知道有多少家的窗帘后，在开家庭舞会。刚刚松了绑的上海，还不知道自己能不能动，悄悄的家庭舞会有时会被警察袭击，报纸上把它叫做"黑灯舞会"，非法，是流氓行为的一种，阿飞。我以为只是一小部分人不老实，可许多年以后，渐渐听到我们那一代当时度过青春的人，都多少有同样的经历。

这画让我们回忆起那些寒冷漆黑的晚上的音乐，那些再也没握过了的涸着热汗的男孩子的左手。还有我的大学里的食堂舞会，在丽娃河边上的红顶平房里，因为食堂的地面不光滑，学生会的同学在上面撒了一层从食堂大灶上拿来的细盐，我在大学里的第一支狐步舞，是在细盐的沙沙声里跳起来的。我是第一届考进大学去的学生，许多人对我们这一届学生说，将来我们的前途无量。于是很容易就做了梦，从食堂的玻璃门那里，可以看到我们文科楼的罗马式大柱子，在暗夜的夹竹桃阴影里隐现。那是从前大夏大学旧址，我想象了一些从前风花雪月的大学生活。

后来，我路过的时候，就进画廊去看一看那幅画，它被挂在那里出售，像一个清纯的乡下姑娘独坐在荐头店里，等着人将她雇回家去。画廊主要的生意都是与台湾人和韩国人做的，他们要小幅的风景和异国情调的女子回家装饰墙面，他们看不懂这小小的黄色的

五、人群

油画。就像大陆以外的人,没在1970年代末度过青春的人不会懂为什么要喜欢邓丽君的歌一样。说起来,那可真是个上海少有的纯真年代。

"我来看看它。"我对朋友说。

"我也不急着卖出去。"他说,我们是同一时代的人。

我们一齐经历了穿毛衣跳舞的时代,又经历了穿呢子长八片裙和老式西装跳舞的时代,再经历了穿尼龙无跟袜和高跟鞋、用古龙水、去顶楼旋转咖啡座跳舞的时代,上海真正的又灯红酒绿起来,有时真的可以看到妖娆的女子了,欧洲的流行音乐排行榜当月就可以在上海音乐电台里听到了,可是,没听说有人再在家里开一个家庭舞会。

不是不被允许,而是没人再愿意跳狐步舞了。现在人的娱乐是唱歌,跳迪斯科,打牌,泡酒吧,吃饭,看半裸的俄国姑娘,听夜总会里什么话都敢说出口来的歌女献唱,加班挣钱,谈生意,上网,看盗版法国电影光盘。大家都在忙,上海彻夜灯火通明,又是一个不夜城了,连午夜的石门路,都会塞车。这不是一个奢迷的时代,这也不是一个空想的时代,卷起袖子来,速战速决吧。

有一个周末,有人请我去他家,说有一个舞会,老朋友在一起吃吃茶,跳跳舞,刚听到时惊喜地说好啊,好久没有跳舞了呢。可是那天终于是没有去,想到整整一个下午跳舞,觉得会累,也会无聊。

因为现在不会在一段舞曲里开无轨电车。红缎子的贵妃榻可以买来放在小客厅里,可是没有那么多时间倚在上面看书。将它放在那里,就像一个证明那样。证明在我们年轻的、一无所有的时候，我们经过了一个多么奢侈的时代，有过多少闲适的情怀和旖旎的心思。那个时代，在发红的暗淡灯光下，风情万种地独自跳着狐步舞。

后来有一天，我去画廊，发现那幅画没有了。被人买走了。

我的朋友看着我说："你看，我还是个商人。"

"那个人是谁呀？"我问。

朋友说是一个在美国定居了的上海人，和我们差不多年龄，可他早早地谢了顶。想想，要是一片树叶子，落到地上，想要长成一棵大树，那有多少的不容易！那人说回去没有带什么东西，所以不用把已经绷好的画框拆下来，他能连框子一起带回去。他说，那黄黄的小油画，有着俄国画派的技法，是他找不到、留不住也忘不了的上海。

五、人群

白皮书时代的往事

上海译文出版社曾开过一个会,主题是译文与上海青年作家之间的关系,那天我边上的女作家穿了一双深绿色平跟凉皮鞋。会上的男作家发言踊跃,大都说到自己受到译文的极大影响,说到比起中国古典文学来,更认同翻译作品的感情、句式和那些由翻译家根据外文创造出来的词。会上的女作家相对地沉默,那双绿色的漂亮鞋子默默相叠,又放平,将平跟没到地毯里面,它的尖头像起飞时的波音747一样,斜斜地伸向前面的圈椅底下。那张椅子上坐着瞿世镜,重病之后犹有病容,他是伍尔芙专家。

1980年代疯狂阅读重版外国文学作品的那些日子,我们这些人,还没开始写作,外国文学作品像奶粉,中国翻译家是奶瓶,我们在喝。淮海路新华书店外面,买书的队伍一直排到思南路上,简陋的木头门里白炽灯放着淡灰色的光,灯下所有的人都面有菜色。重印的书,简朴而庄重,就像那时的人心。这情形曾把王元化感动得在街上流了泪。

那天我想到了在此以前,当淮海路书店的书架上一片红色,人们不能通过书店买到浩然式读物以外的文艺书时,我还看到过一些外国文学作品,淡黄色封皮,黑字,或者蓝色灰色的封皮,黑字。因为没有封面的装帧设计,所以被称为白皮书。也有人称它们为黄皮书。《多雪的冬天》、《人世间》、《落角》、《爱情故事》,还有摘译丛书以及《世界史》。总是在紧急而紧张的气氛下读到这些书,那时我十二岁，或者十三岁，在哥哥看完以后抓紧时间看上一遍，常常只有一晚上的时间，好在我看书是快的，像安徽饥民吃粥一样。

有一次问哥哥在看什么书，他说："你到底要什么。"我说，我要知道你在看什么书。他还是问："你到底要什么。"我以为他是在装聋，再问，他终于大吼着说："书的名字就是《你到底要什么》！"等他晚上出去以后，我就开始看那本白色封皮的书，里面写到了苏联青年对社会的失望和他们消沉的生活方式，与我们的心情，惊人地相似。只是他们比我们要奢侈一些，显出了一些颓唐的美，像落英。而我们粗陋的日子则更像是黄菜皮。这就是关于《你到底要什么》。

还有一次在书里看到一个退休的州委书记的故事，他失势以后，回到老家，那是农庄。他的心情不好，就像是我父亲当时的情况。在一个阳光很好的中午，他独自到地里去，躺在被阳光晒暖的新翻的松软土地上，他闻到了阳光里的泥土的"潮湿的芳香"。这一段没有说他抑郁的心情，只是说到了泥土的"潮湿的芳香"，它打动了我，以后在我写什么的时候，常常回想起那一小段，想到我要找一找这样的词，陪着自己写到的那个人。这就是白封皮的《人世间》。

那是一个尘封已久的读白皮书的时代，当它被触动时，我感到了自己对它们的感激之情，大概也像安徽饥民对救济粥的心情。于是我开始了对白皮书时代的人与事的访问，开始也许只是为了找到当时的翻译者，表达自己的感激之情，然而访问开始以后，初衷像木船底的一个小钉子洞一样，将海水出其不意灌注进来，事实渐渐变得不可收拾。最后，只能将访问按照时间顺序一一写出。

五、人群

无名氏：翻译家

我想要找到当时的翻译者，可一直没有找到，译文社的老人只说那些书是1970年代初上海奉贤干校的翻译连翻译的，可他无法提供我可以访问的人。最后，找到一个后来进入翻译界的译者，他一口答应，而且他觉得自己能为我很快找到。进入翻译界以来，他从来没有问过白皮书的事，可他觉得有些人当时做过它们的翻译，他说，当时在一片寂寞之中读到《落角》，眼前曾为之一亮。

可第二个电话中，已是抱歉。他说，只用了一刻钟，他就找到两个当时的确参加了翻译白皮书的人，现在是很有地位的翻译家，从前也是好手。可他们都拒绝见我，不愿意让我知道他们是谁，也不愿意回忆那一段生活，更不愿意接受当年一个读者对他们的那些作品的谢意。而且，他们以为当时那也不能算是他们的作品，因为当时的许多白皮书，都是集体翻译的，一个人翻一章，然后有一个人统稿，那不是创作，而是流水线。他们觉得自己有过那一段生活，是耻辱的。

"有些事大概是我们这些没经历过干校翻译连的人不能想象的，那时的环境对他们的伤害，还有他们自己对自己的评价。"他含蓄地解释，"请你就让他们安静吧，大概不会有人愿意回忆这些事了。"

于是我称他们无名氏。那么多人在"文化大革命"后回忆自己被迫害的往事，那么理直气壮，那么多人回忆自己在那时对人的帮助与体恤，那么深情。伤痕文学成为一个文学时段，为什么他们不愿意回忆？

姚以恩：俄文专家

　　我自己没有做白皮书的翻译工作，我知道这事，在当时能算是大事了吧。现在我家里还有一套白皮书留着。当时也是要那些在"四人帮"看来没什么大问题的人、也可以用用的人才能参加翻译工作，那是不得了的政治任务，说起来也是光荣的事啊，是他们看得起你了呢。只是他们具体的事我不知道。当时我们都是同行，都认识，但不敢串门，什么都是自己管好自己就算了，怕人说我们反革命串联。

　　我当时在高校的干校里，我们在凤阳，苦得不得了。劳动繁重，生活很苦，没有肉吃，而我是不吃素菜的，我只吃肉，所以我在那里更苦。食堂的老师傅都知道，到了吃肉的那一天，总是在我的碗底下先放上一块肉，再在面上给我一块。世界上还是有好人的。

　　差不多是白皮书出来的那时候，工宣队来找我回上海，一路上什么也不对我说，把我吓得半死，我以为我又有什么罪过查出来，要斗我了呢。后来是让我回学校去把《俄汉大词典》最后审完，好出版。那是我们"文化大革命"以前就开始的工作，现在重新起动了。

　　所以我只去了很短的干校，就回上海，做本职工作了。这一点是比较幸运的，也让留在那里的人最羡慕。凤阳那地方实在是太苦了。

　　我的工作是看词典，说起来比翻译白皮书要好，除了词典里的例句有时会有什么政治性错误的可能以外，还是很安全。那时候做什么事，都如履薄冰，让人扣了什么帽子，不得了的事。他们翻译就危险了，那可是白纸黑字，你自己写下来的。他们那种战战兢兢的日子我觉得是不好过。

要说那时候是在做自己的事业，没错。可好像也没有太大的抱负了，党叫干啥就干啥吧。后来我去参加《列宁全集》的修订工作，一生就是这些了，而我从来喜欢的，其实是翻译犹太作家肖洛姆·阿莱汉姆的作品，我做了四十年，全是业余时间。

李天纲：上海史专家

我是十四岁左右时读到这批书的，哎哟好看好看。

那时候有一部分书是我家楼上的邻居从他工作的复旦大学图书馆里借来给我的，因为他知道我喜欢看书，他借给我的时候总是叮嘱我一声，不要到外面去乱说，因为那些书总不算是当时提倡的书，有一点点地下色彩的，就是说在书店里是买不到的。还有一部分是我父亲从他工作的纺织科学院的资料室里借回来的，当时好像这些书单位可以到书店的内部供应点去买。我父亲给我看这些书是觉得那时候男孩子看了书，可以不到外面去交坏朋友，拿书来把我关在家里。

当时我曾经很希望自己将来是打篮球的，我是中学的篮球队长。

在我的印象里，那些书比我同时陆续借到的古典外国文学作品要好看，因为那些书里有许多贴近我们生活的地方，而中国的小说里从来不会像《落角》那样写我们的青年，还有腐败阶层的产生。那时我在中学的学哲学小组里天天学毛的继续革命理论，看到《人世间》里那贪污又渎职的经理，我也想，难怪要说他们是修正主义。

我印象最深的是我看过《多雪的冬天》、《人世间》。那里面的惆怅给了我很大的震动。而古典作品则离开我们的生活太远了。我以为白皮书比屠格涅夫要好看。

我知道出版这些书是为了当时的政治需要，也许也是为了"四人帮"巩固自己地位以及建立自己的文化体系用的吧。当时在上海出了一大批白皮书类的书，我觉得不光是为了毛的继续革命理论用的，他用不了这么多。

后来我还看过美国的《爱情故事》，那是我看了杰克·伦敦以后第一次接触到美国现代作品。听说那是因为尼克松推荐这部小说，中国要和美国建交了，也翻译出来看看。我还记得尼克松访问上海的情形，那时学校都放了假，告诫学生都待在家里不要出门。而我正好在学校打球，就回不去了。在学校里，看到车队经过，许多黑色的小轿车，无声地飞快地开过窗子前。

对我个人来说，影响最大的是白皮书里的历史书。我看了《朱可夫元帅回忆录》。我非常激动，那种对元帅的英雄主义的记录，战争，个人生活，我觉得这部书直接影响了我对历史的兴趣和好感。从此我喜欢看历史书。

我父母都是科学工作者，在"文化大革命"中受到冲击。我父亲在七四年去世，他对我的遗愿，是希望我将来有可能的话，就做工科的事。可是一到"四人帮"粉碎，可以考大学，我选择的即是复旦的历史系。

现在我做上海史的"文化大革命"阶段的研究，我以为白皮书对上海1970年代的读书生活起了很大的作用，文化、读书和思想都没有完全被阻断，包括那时被写作组用的翻译家和各个社会科学学科的专家，他们至少是没有完全与自己从前的专业隔离，到1976年以后，他们马上就可以开始工作，而不需要恢复。

我是感谢白皮书的。

五、人群

张献：剧作家

我是十五岁左右的时候看到白皮书的，当时我已经在工厂工作了，管着厂里的图书馆和广播站。新华书店每个月来单子，在上面画勾，然后就可以去买。我对当时的历史书最有兴趣，看到《欧洲简史》的时候真的可以说是如痴如狂，我是第一次看到这么好看、可以把历史说得这么精彩的书，我大概看了有七八遍，可以背了。还有美国的三本《世界史》。

我的童年有一段很长的被孩子孤立的经历，有几年，我只能在家里，出不了门。生活很迷惘，对生活也很不满。在看《落角》和《你到底要什么》的时候，就觉得亲切。在那时我记得自己的感觉是看到了精致和有智力的说法，可以这样来谈论人的生活和精神。看到了对这样的社会主义生活的聪明的见解，那使我对修正主义刮目相看，觉得修正主义是聪明人。当时我还有些不解，这些书看起来有点异端的，怎么会流传到社会的各个角落而没有被清洗出去呢？

其实我觉得那些书让我们思考的是共产主义方面的问题，社会主义到底要向何处去，这样的政治化的问题，所以后来对它的兴趣就不大了。记得那些书当时许多青年都看过，后来我上了大学，一年级的时候，学校里非常热衷讨论青年问题，有人在讨论中会大吼一声："你们到底要什么？"

现在仍旧留下好的印象的，只是当时对青年的灰色情绪的描写。

我的对译文的亲切感在白皮书时代的初期就形成了，不光是白皮书的影响，那些书的文字真的不错，是我当时能看到的最好的文字。当时还有一张报纸对我文字的影响力很大，就是《参考消息》。每天我爸爸下班把报纸带回来，所以他回家以后，我总很着急去翻他的包，找《参考消息》看。我的中文是从那上面学来的。还有《共产党宣言》。那是我的文字基础，而到了可以看到加缪和卡夫卡的时候，我觉得自己才是真正找到了影响自己的文学，那是在十年以后了。

我天生不喜欢中国古典文学，不喜欢《红楼梦》，我不知道拿起来多少次，可看不完，我总想要把它留到老了再看。实际上也不喜欢外国古典文学，不能忍受莎士比亚的那种造作。对中国传统的隔膜，我不知道是不是与童年时代所经历过的险恶环境有关系，总是觉得这里的一切都在什么地方与自己的精神需求不相宜。对的，就是不相宜，合不拢。

回想起来，对我的情感成长影响最大的，在那个时代，是《斯巴达克斯》，而白皮书影响了我精神上的成熟。

那个时代，对西方的东西真的是如饥似渴的。不光是书，还有音乐。我在广播站工作，能够找到旧唱片来听，真的是不得了的大事。提前约好了人，然后拉好窗帘，关上所有的门窗，屏息听夏威夷吉他。对性的体验很奇怪，是在那吉他声里体会到的，后来我问了一些年龄相仿的男孩子，许多人回想起来也是一样，是那柔软的吉他声带来的。对我来说，还有绘画，那时我学了绘画，看到建筑学的书也会如获至宝，因为那里面总会有一些图片，我们在那里可以看到精致优美的东西。说起来,在那个时代,我并没有少读书,只是不那么方便而已,可还是非常饥渴,每一次找到了什么,都很激动,都是生命中的大事件。

草婴: 翻译家

那是1971年的时候,我因为翻译肖洛霍夫的作品成为大牛鬼蛇神,被关了起来,我的妻子也被关起来了,家没有了,书全都被抄走了,我的小女儿那时不到十岁,一度一个人生活。后来就是我的胃大出血,动手术切除了四分之三,差一点死了。等我的病好一点以后,就去了奉贤干校。我种菜。住集体宿舍,是草棚棚。

我没有参加《多雪的冬天》的翻译,参加了后面的书的翻译。那时大概因为我在上海编译所的时候是学习组长,所以翻译连的时候,我也做了大家的小头头,所谓最终统稿。

当时是上海图书馆308房间有一个二十人左右的小组,都是"四人帮"信得过的人,懂外文,他们可以去看外报外刊和最新的外文书目,由他们选择了翻译什么样的书,当时主要是俄文的,然后送到干校来,让翻译连翻译。所谓翻译连,是十五个人,从大田劳动中抽出来的,做翻译工作的,来翻译。我们这些人,不能看那种外报外刊,只能是叫做什么做什么。当时没有地方翻译,因为干校连大点的房子都没有,所以我们是在集体浴室里工作的,那里最大了。

三个人一组,一共五组。将一本书拆开来,让大家分头看,然后在一起讲故事,用这样可笑的办法了解整本书的故事,统一人名地名的译法。然后分头开始。然后一个人汇拢大家的译稿先通一遍,再传到我手里,我最后统稿。一旦完成,马上送走。干校里连字典都没有,工宣队的人逼我们要在二十天里交四十万字的翻译稿出来,他根本不懂,瞎指挥,说:"你们有什么好改的,上面写了热水瓶,你就写热水瓶嘛。"跟他有什么好说的呢。后来的《落角》、《人世间》、《你到底要什么》和后面的一些书就是这样做出来的。工作很繁重,精神很不愉快。其实在那时我真的愿意回去种菜的,那样精神上没有那么紧张。不管怎么说,这还是脑力劳动。

对我们来说,我们是修万里长城的奴隶,不是我们要做,不是做我们想要做的,我的心愿是翻译托尔斯泰的所有作品,而不是翻译斯大林主义者的小说。那是没有价值的东西,我不因为自己翻译了它们而觉得自豪,它们浪费了我的生命,在我不得已的情况下。那些书的出版到底有什么意义有什么价值,轮不到我们来说、来想,你说,这怎么可能让一个搞翻译的人接受?从前我翻译肖洛霍夫,就是吃了那么大的苦,我没有后悔过,因为是自己选择,而且喜欢的。

我们当的是翻译机器,他们要的是我们翻译,而不要我们的思想。这可以说是一种耻辱,完全没有人们想象的那种我们在做自己的翻译专业的愉快心情。现在,我们那些人的确都不那么愿意说起那些事,我家里连那些书都没有留,我不想再看到它们,想起来,心很痛。

要是实在要说在翻译连有什么好处的话,就是后来在下面实在无法工作,于是我们比大部队早了半年回上海,天天可以回家,看到家里人。

直到"四人帮"粉碎,上海要把放在人民出版社的编译室拿出来,成立上海译文社，本来想要我去做总编辑，我没有去，因为我那时真的可以做我想做的事了，就是翻译托尔斯泰全部作品，我做一辈子俄文翻译，这是我的心愿。此后二十年，我就做这件事，现在完成了。

周克希：上海译文出版社编辑

我是1992年才到译文社来做编辑的，在此以前，我做了二十八年的数学教授，是因为我一直喜欢，而且实在喜欢翻译，才在中年改行。

白皮书我在印象中看过《落角》，是母亲从出版社拿回来的，还是从朋友那里借来看的，我已经不记得了，甚至也不记得故事，只是还记得它的译文，那是相当清新流畅的译文，比现在许多翻译者要出色得多。能看出来出自当时的翻译好手。说起来，是像草婴的那种清新的文风。在那样的年代读到，心里觉得很愉快，大概也是因为这样，我才记得优美的译文。

影响我的外国文学肯定不是这些白皮书，而是更早，在我更年轻的时候，1964年以前读到的《约翰·克利斯朵夫》和《傲慢与偏见》。只是在那个什么书也找不到的时代，白皮书总还是你能看到外面世界的窗子，比起当时的中国文学来，它们总是好些。

刘绪源：作家

那时我已经在工厂了，非常喜爱文字，那时候凡是看到一点点好看的文字，心里都会激动起来。我还记得那时在街上看大字报，看到写得有理有据、文字干净的大字报，会很高兴。

那时候还是可以看到一些书，只是渠道不同了，我看的许多文学名著是在红卫兵组织里打了介绍信，说是为了批判用，然后到上海图书馆去借出来的。我那张介绍信的日期写了三十天，所以我在三十天里看了许多书，那时我实在喜欢茹志鹃的小说，想起来，是因为喜欢她小说里当时在中国小说里少有的心理描写吧。

在工厂时，我已经非常热衷小说。

后来就出了白皮书，对我来说，也许这是第一次有意识地向外国文学打开眼睛，从前看过一些古典的作品，但是也是泛泛而看，没有震撼我。这次不同了。

我印象最深的是一本摘译丛书，叫《苏修短篇小说选》，什么时候看到的，我已经记不清了，总是在"四人帮"没有倒台的时候。那书里有一篇小说，写了两个兄弟，总是被人欺负，有一次，他们两个人中的一个被人打了，另一个追上打人的壮汉，要打还他。可那孩子不是壮汉的对手，一下子就被打倒在地上了。那人向前走了不久，孩子从地上爬起来又追上去，再打，再被打倒在地。反复了几次，孩子已经伤痕遍体，比自己的兄弟伤得重多了，可他还是一次次追上去，再打。后来一直追到那人的家里，那个人最后跪下来求他说："你到底要怎么样，就怎么样吧。"后来，那孩子打上了壮汉几下，也没能怎么样，但孩子心里的那种怒火一下子就没有了，他们就走开了。

我当时非常震动，这种对人物内心复杂性的描写，在中国小说里非常少，几乎没有到达这样的精确和有力。后来我又看到了一些文艺摘译,当时是期刊,那里面作品的心理描写总是给我许多启发。

我想,在1980年代以后,在读到大量的西方心理学和现代哲学时,会很快接受,像弗洛伊德的心理学,是白皮书时代打下的基础。

孙甘露: 作家

我没有印象了,那时我应该是十二、十三岁的样子,我想我是看到过它们的,因为我对书名有模糊的印象,大概是在朋友家看到过,或者翻过。可是我完全不记得它们是些什么样的故事了。也许因为时间太急,那时候问别人借书看,是以天来计的,总是一晚上还,或者一天就还,大概是怕别人不还,还有就是怕传来传去惹出事情来。

我还记得那些书是以一种神秘的方式出现在朋友中间的,不是公开出版物,后面打着"内部发行"的小字,让人觉得好像这些东西来路不明。

那个年龄我读的是自己家里留下来的书,中国古典文学,诗词什么的。要是我看到过它们,也好像是在一间屋子里看到一扇窗子,从窗子望出去看到了一些什么,我瞥了一眼,就算了。也许它们对我精神的成长会有什么影响,可我看不到那种戏剧化的巨变,要是有,也是在不知不觉中。

那个时代,我有印象的是在提篮桥的小书店里买到一本康德的《宇宙论》。我喜欢这本书,可这不证明我懂得它,可能现在我也没有懂得它,别说那时候是个孩子。我常常会在房间里大声读它,是朗读,它听上去很好听。

而我最热衷读的,是当时的电影广告,报屁股上的,现在我对它们记得很清楚。还有一些书,是我喜欢而且记得的,《人,岁月,生活》,《近于无透明的蓝色》,可我不能确定是白皮书时代还是1980年代初,它们已经被混在一起。

荣如德:翻译家

我是1934年出生的,是靠稿费生活的翻译者。老实说,到1966年以后,就没打算再干老本行了,当时觉得等发疯的运动过去以后,随便干什么,能干什么干什么就可以了。

我参加了《多雪的冬天》的翻译,我记得那是白皮书里的第一本。但实际上这种内部发行的书在反修时代就有了,在1964年的时候我翻译了《军人不是天生的》,那时也是内部发行的,那时也是要快,也是大家一起翻译的。当时的纸是黄色的,不是白色的。

《多雪的冬天》是"文化大革命"后的第一本。当时还没有成立翻译连,大家都在地里干活。工宣队抽了五六个人,翻译这本书。当时他们选择的标准,一是不是敌我矛盾的人,二当然也要是做过一些翻译工作的。当时不用整天下地劳动,好像又做上面交下来的事,在干校里的地位就有点特别。在那种集中营一样的地方,任何微小的不同都会引起一些波澜,人们的眼光不那么友好,那时在囚犯一样的生活中,人们的内心很不光明,这是一定的,只是我找不到一个合适的词来表达那种围绕着你的气氛。但我是可以感到的。

可我本人,从来没有感到过翻译白皮书就是时来运转,我们是机器而已,想用就用,不想用就不用,没有我们选择的自由,包括不想干的

五、人群

自由。你敢说你不想干吗？我们翻译完《多雪的冬天》，就解散了，大家重新回去劳动。我们翻译的书只是在我们面前扬一扬，然后又带走，连我们都不可以有。我们对自己的地位十分清楚。恐怕没有人会想入非非。

后来就成立了翻译连。那时我没有回去翻译小说，而是开始翻译历史。当时北京也有一些人翻译历史书，上海分配到的是非洲历史，我翻译的是十六到十九世纪的西苏丹史。不过有时他们也会来找我问问，在他们翻译《落角》和《你到底要什么？》的时候，因为在"文化大革命"以前我翻译了科契托夫的《叶尔绍夫兄弟》，对这个作家算是比较熟悉。当时他们一个人分到的都是没头没尾的几章，翻译起来很不顺手。

后来我翻译了《爱情故事》。那是"文革"中上海第一本翻译西方世界的文学作品。也是只有很短的时间，就送走了。我只知道是上面要，为什么要，谁要，我不知道。他们说要我们翻译大毒草，可是毒在什么地方我也不知道，所以我还去问了王老师，他告诉我是尼克松向美国青年推荐的。我们当时没有任何资料，一些大写的词，我们都不知道。所以我们译得不好，出了许多错误，这是我一生里做得最糟的事，从我的职业道德来说，心里是很过意不去，这是我永远要记住的教训。不管这是不是我想要译的书，可是我做的，就要做好。

1972年我为了非洲史的事到北京出差，回来的时候，干校的翻译连被搬到上海的一家出版社里。所以我走的时候还是从干校走的，可回来以后就可以直接回家，不用再去干校了。这件事在干校里震动很大，这意味着我们这个翻译连的人，每天可以回家，可以见到家里人，是生活在一个私人空间里，这了不得。从集中营里出来了。因为从此我就没回干校，所以也不知道那些人怎么想，怎么做的，我都不知道。

老实说，做不做自己的本行，在当时并不重要，我也不能说翻译白皮书就是做回了自己的本行。我有太强的机器感。而从此可以离开干校，这是好事。

高志仁：综合文艺节目监制人

现在我家里还留着许多白皮书，包括《爱情故事》的大字本，就是给毛他们看的那种版本。当时我在市委写作组，他们翻译组的书，出一本就送给我们一本，所以我有一套全的。

当时的白皮书，主要是苏联的，为了当时的政治需要，要了解苏修的社会状况，还有就是无产阶级专政下继续革命理论的需要。当时那些书好像印得并不多，《落角》印了五万册，现在看起来是大数字了，可当时的书，哪个不是十几万册一印的呢。

当时在上海图书馆负责翻译组的是一个我们叫他王老师的人。他们负责选书，参加的人很多，社会科学院，大学，都有专家在做。能够用的人当时都用了，戴厚英在负责联系《文艺摘译》。当时他们出了许多书，像康德的《宇宙论》也是那时候出版发行的，那还不是白皮书，是正式发行，在书店里的书。当时对这些书的选择，有些是上面定下来的，比如说毛要看，毛推荐给谁看了，可有些是他们按照精神自己选择翻译的，并没有一个非常具体的翻译计划。

说起来读书，我是在那时读了大量的文学著作。"文化大革命"初期我从军队复员，当时我从军事院校毕业，遇到"文化大革命"开始，

五、人群

把我们下放到连队里去了。我在那里看《红楼梦》,被连长在全连大会上批了一通。后来回到上海,被召进了写作组,那时外面看不到书,写作组里有所有文学名著,我天天读书,而且是系统地读书,然后马上可以找到这方面的专家讨论,当然我们总是要加上一些帽子,比如说到人性论,总是要说资产阶级人性论。当然也看白皮书,而那些书,是为了了解苏联状况而看的。所以我不觉得那是个没有书看的时代。我所有的外国文学和中国文学的阅读,都是那时完成的。那时我还找到一个地方,里面堆着不知道多少书,我和管钥匙的阿姨很友好,所以常问她要了钥匙进去看书。真的什么书都有,什么书都看过了。第二次大的阅读是写作组解散以后,我在出版社资料室里待了八年,又把新学科的书看遍。

在这个调查报告里记录了十一个与白皮书时代有关的人的读书生活,它已经与当时的初衷相去甚远。我决定不再寻找第十二个人,我很相信那第十二个人的回忆或许是一个崭新的方面,白皮书时代的往事中包含着许多没有打开的盒子,许多无名氏。这里的故事和人,离完整还有距离。访问完最后一个人的那个晚上,无风,温暖、潮湿,许多人在灯光和薄薄的夜雾里在淮海路上散步,地上的水洼在灯里闪光,这是典型的上海式的冬夜:不那么像冬夜。

写下这句话预备结束的时候,我想起了《人世间》里的那个小段,关于阳光下的泥土的描写,它没有直接写到州委书记的心情,而去写泥土的气味。

1997-2007，人群十年记

2006年圣诞节，因为太平洋上有厄尔尼诺的关系，又是个暖冬，傍晚时将大衣挽在手上走路，一点不感到冷。淮海中路上来往的年轻女人们穿着单薄的长靴，今年时髦的靴子让我想起多年前在知识妇女中流行的长呢裙，淮海中路的流行里，在时髦中总带有某种违反这个城市常态的幻想。

那天晚上，我去看一个女子合唱团的十年演出。十年前写《上海的风花雪月》时，合唱团刚刚成立，我将她们的故事写下来，就是《星期二晚上的记事》。那是1996年的冬夜。这个城市里的很多人都会在冬夜回忆起自己的梦想，然后决定为它做些什么。也许是因为这里的冬天太湿冷，太缺少日照，令人沮丧。于是，人们凭着本能反抗这样的气候。

走过淮海路，走过锦江饭店，走过旧法国总会的大门口，一路的夜色里，都浮现着她们的样子。她们长至脚踝的黑呢裙子，或者格子呢的裙子。她们因此而与德伯家的苔丝相似。

还能回忆起她们唱《半个月亮爬上来》时的声音。这个合唱团是由一群个性独立的女人发起的，她们的独立也带来了麻烦：每个人都唱得好，但要将声音融合在一起，却很难。我总能在她们的合唱中分辨出每个人的声音。

高跟鞋急促地敲击楼梯的声音，她们习惯了忙碌，有时那高跟鞋跟发出的声音，急促得像一支乐队的鼓手在炫技。

五、人群

微笑。微笑里带着自嘲和自尊,在一边嘴角荡漾开来,还有职业妇女不由自主的强势。

音乐厅后台幕帷间的叽叽喳喳,那是她们的第一场公开演出,就在圣诞节。观众席的暗处有人捧着一大捧红玫瑰,演出以后,每个人都得到了一枝,每个人都因此而欢笑。

不论什么样的女人,都不得不被一朵玫瑰击得溃不成军。这就是真理。

此后十年里,我常常还能听到她们的消息。她们一直还在唱,只是唱歌的时间从星期二晚上下班后改成星期一晚上下班后。渐渐地,她们积累了足够的合唱曲,所以,她们去澳大利亚合唱节唱了。她们在澳大利亚的蓝天碧海间,拍了一张《出水芙蓉》式的泳装集体照。第一次看《出水芙蓉》的时候,是1980年代,她们都还是小姑娘,对生活怀着无穷的梦想。

后来,她们又去了萨尔茨堡合唱节,在那个合唱节上表演了《雪绒花》。这是合唱团积累的第一批歌曲。原本它是美国电影里的一支插曲,故事里,就是在萨尔茨堡合唱节唱的歌。电影里有一个英俊的男主人公,还有一个纯真的女主人公。她们在各自的少女时代看了这个电影,喜欢这支歌,喜欢那个完美的爱情故事,那时做梦也没想过,有一天自己会得到萨尔茨堡合唱节的邀请,去电影里那个圆形剧场,在那里亲自演唱这支歌。我是在马路上知道她们终于要去萨尔茨堡唱歌的,我遇见了她们中的一个,她闪烁着满是不可置信的喜悦的眼睛,像小孩子听远方的火车声那样,欢喜地听着我在人行道上发出欢呼,"要去萨尔茨堡合唱节了!"然后,她怎么也忍不住,大声地笑了。

这群女人,仍旧什么也不为,只在一起唱歌,后来,为了唱歌在一起旅行。在这十年喧嚣的日子里,她们还和从前一样,小心维护着自己生活中干净的一角。

她们站在台上,正在唱歌。我在观众席里又闻到玫瑰的香味。这次我丈夫要来送她们玫瑰,他做了她们中一半人的同事。在歌声里,我看见我丈夫心神不宁的脸,如同多云天气里地上的水洼那样乱云飞渡,他对将玫瑰送到女人手里,天生有心理障碍。

我看到她,她,她和她,她们还和从前一样,唱着唱着,身体就向前倾斜了,好像一只将要乘风而起的风筝。在歌声里,我还是能分辨出她的声音,她的,和她的。有的是浪漫地拖着一个下滑音的,有的是清亮如一支小号的,有的是在情深处总要意犹未尽地慢一小拍的,她们还与从前一样,老师总是拉着自己的耳朵叫:"听一听别人的,还要听一听别人的!"这真是江山易改,本性难移。但在生活在变色龙般的都市里,我实在是喜欢看到江山易改,本性难移的人。

灯下她们的笑容。不是演唱者的笑容,而是陶醉者的笑容,是那种忍也忍不住的,发自内心的笑。那样的笑,穿越了不顺心的人际关系,工作中的惨败,孩子成长给出的无穷难题,感情上的漫长的孤独,身体上的不适,对渐渐变老的恐惧,失去年迈父母的痛苦,漏水的卫生间,手脚不干净的保姆,难缠的办公室政治,这种种生活中的不如意,这种种生活中渐渐被揭开的真相,这种种孤独和恐惧……才最终在脸上绽放开来。那孩子般全心沉醉的笑容,终于穿越了所有经历过的伤害,布满了她们不再年轻的脸,那笑容终于照亮了她们脸上的每个角落,就像明亮的灯光照亮了整个房间,连阴影都变得柔和而愉快。

五、人群

我知道她们还做不少慈善演出，帮助智障的孩子，为盲童治眼睛募捐，到癌症俱乐部义演，还在乡村建立了一个以合唱团命名的小图书馆。有时候，一个人因为能帮助别人而感到幸福，感到人间温暖，感到自己的生命对于别人的意义，感到生活仍有希望。这是日常生活中的华彩乐章，通过帮助别人，感受自己心里的善意。在都市中生活得久了，在竞争中生活得久了，向一个自己认为值得的人表达善意，就是使日常生活可以平稳地继续下去的精神需要。和需要玫瑰一样。她们在这十年里，渐渐为自己建立了一种精神生活，她们给音乐会起了名字，叫"清流"，那也是一支儿童合唱曲的名字，她们的保留曲目。

这些不甘心的，生活在都市里的女人们。

她们又唱《雪绒花》了。那曲调让我想起，我第一次去维也纳森林时，不止问过一个人，在哪里能找到雪绒花。我希望自己能亲眼见到它，证实它是真实的存在。我没有它没有关系，但我要知道它的存在。那就可以成为一种信念。她们的歌声里充满年轻时代向往雪绒花时的感情，那种一定会经受挫折的，只能在幻想中生存的感情，它们如今在自己创造的歌声中还了魂。从她们的歌声中我总能听到感情，那种只有安顿在合唱曲里才最为妥帖和安全的感情。

我猜想，她们是为了这种安顿，才将参加一个合唱团，当成自己的梦想。

她们实现了这个梦想。

十年里，她们还在唱，这可真令人快慰。在这快速移动的城市里，有人还是坚持着自己的生活方式。

2008-2015，人群再八年记

1992年初夏，我是被谁带去徐元章家的，已经忘记了。不过我记得他家满园子疯长的野草，园子里的一株玫瑰却开得很瘦小，水红色的，好像发育不良的瘦小孩。

有人叫他：元章，元章。一条身条细长的狗从平厅里箭一样地窜过去找他，这是一条好管闲事的杂交了的牧羊犬，名叫维基。

他从园子深处高高的狗尾草丛里站起身来，难为情似的扎着一双手，手套很大，胳膊却细，好像稻草人。我记得他路过一个旧篮球架，网破得无影无踪的旧篮球架。园子里只留下了一个篮球架。他很瘦小，穿着白寥寥的拉链衫，有点神经质。

走近了，他笑着招呼我。然后不等别人说话，他就急急拉下手套，伸出瘦小单薄的手掌给我看，"陈小姐呀，这可是少爷的手呀，倒要做园丁的活，哪能做得好呢！"他的手指甲里黑糊糊的，是画油画时留下的颜料。

他和我们一起转过头去看他家的花园。这应该是市中心最大一处保留到1990年代的私家花园了吧，靠墙种了一排冬青树，这些冬青树都长久没修剪了，长得厚厚的，好像男孩子头上好久没整理的头发。他爱怜地，哀怨地望向园子，好像寡妇望着自己的遗腹子。"现在上海市区哪里还找得到这样的私家花园呀。按理说，雇一个专职园丁都嫌不够呢。现在就靠着我一个人除野草。"

他开始说姨妈们想要卖掉这个花园的事。好像我走进这个花园的那天,亲戚想要卖掉花园变现的想法就已经困扰他了。"要我离开这个花园,我就没活路了。我哪里能到社会上去住。"他那时就这样说,"没有这个花园,我就死了。"

那时我就知道他的身世了,他虽然从小在这个花园里长大,但始终是他爸爸带着他们兄弟二人借住在母亲娘家的房子里。母亲是正牌的周家小姐,但借着去香港奔丧的由子离开上海后,就再也没回来过,也渐渐就与他们父子断了联系。他最爱这个园子,却是亲戚里最没权利主张园子去留问题的。他的身份说到底,就是一个借住于此的外姓亲戚,不姓周。

他将园子里破旧了的平厅收拾出来做了画室,他的小画展也办在平厅里。他礼遇我们,所以开了嵌在天花板吊顶里的霓虹灯给我们看,说是原装的德国霓虹灯管,直到他收拾这里做画室的时候,才发现那些1940年代的霓虹灯都还能用。

"德国货是什么质量!"他说。他开了一下,连忙就关上,怕用坏了,"屋顶上那些瓦都是外国货,裂了就再也配不到了。"他又说。

我去徐元章家,就是为了看他画的旧房子,水彩画,英国式。他在家里为附近领事馆的外国人办了个画展,卖出去一些画。他的画有修养,有情调,但技巧与内涵都有股公子哥儿的散漫。他只画上海洋房,说是写生,但入画的全都是美好的园子和阳光灿烂中的洋房,草坪上开着一团团的蔷薇,或者绣球,画面里从未有过一根狗尾巴草。

徐元章很客气,留我们喝了咖啡。盛咖啡的玻璃杯还是1980年代上海出产的拉花玻璃杯,很薄,滚烫的一杯握不住。他也对杯子不满意,让我们对付着用,"按照道理这是不可以的呀。"他指出。

趁我们喝咖啡,他到旁边的厢房里去为我们选择了一盘他自己编辑过的咖啡音乐,里面有他最喜欢的欧洲大战后乐队演奏的轻音乐。他的重点不在咖啡上,而在喝咖啡时听的音乐上。他尤其中意一个德国乐队,它处理乐曲特别抒情,特别是那把瓮声瓮气的小提琴。音乐从吊在天花板的两个小音箱和立在屋角的两个大音箱里响起,回荡在充满草木气息的画室里。他从厢房的移门后踏着一组华尔兹舞步旋转出来,殷切地观察我的反应。"味道浓哇?"他是想要镇定一点的,但到底忍不住。

对音乐的兴趣和口味,来自他小时候在无线电里听到的美军太平洋电台里播放的音乐。"连美军电台停止播音的那天我都记得清楚。那时我正好在外婆家,就是这里。无线电里的频道突然什么也听不到了。"他脸上的表情,就像被人劈面踩了一脚,那时他还是个幼童。

他说的都是旧事,都是旧时代的事,这是一个靠只言片语,道听途说与丰富想象活在他并不属于的时代的人。1970年代对他这样的人,上海有个特殊的称谓,叫老克勒。

上海的1970年代悄悄诞生了这样一群人,所谓老克勒。他们为人客气文雅,从不轻易伤害别人,但人们却会轻易就看不起他们对浪漫生活的追求,看不起他们誓做旧时代寄生虫的心愿。人们觉得他们免不了虚荣和软弱,更像破落户。他们喜欢所有洋物,但却大多没有好英文,当然也没有好法文和德文。他们读一本司汤达,一本奥斯汀,然后谈论一种叫英国乡村四步舞的社交舞,所以他们喜欢的并非是西方文明，而是西方情调。他们苦苦追求个性自由，这种自由与生活方式关系密切，与政治倾向关系不大，他们不去想这么严肃的事。相对知识分子追求思想自由，他们只是追求可以体面地吃上一顿像样西餐的自由，能自由选择一支流行乐曲，无所顾忌地穿上与众不同的衣裙，找到一处好像西方太平世界的背景，摆好战后那些好莱坞电影里的明星姿势，好好照一组照片，假装在外国的自由。他们大多数人并非没有阅历，但都缺少在严酷环境下出人头地的勇气和耐力，他们总是步步后退，直到脱离单位，回到家庭，所以他们中的许多人缺乏获得自己憧憬的生活的能力，尤其不会挣钱，不懂竞争，却敏感脆弱。因此，上海老克勒的黄金时代其实是尼克松访华之后的1970年代至1980年代，不过十几年，正是禁锢时代与物质时代的空隙。当物质时代真的到来，国门真的开放，他们却越活越窝囊，渐渐不合时宜。这时他们是真正落魄了。

这是我所认识的上海老克勒。

徐元章在我心目中就是这样一个人，他自诩周家少爷，如果我没记错，他也是街道工厂的一名临时工。

直到上海再次苏醒，追寻自己城市的过去成为走向未来的底气，上海的过去成为时髦的话题。一些老男人会穿镶拼系带皮鞋，拿个烟斗吸烟丝，衬衣领子里衬一块小方丝巾，他们统统自称为老克勒。这些人以他们的乱赶时髦，替代了1970年代那些人在生活态度里微小温和而坚持不懈的旧时代趣味。另一些人则忍无可忍地宣称，在上海老男人里，只有上过工部局小学的人才够资格自称家世与教育俱佳的老克勒，或者在1949年5月前真的进过上海舞场的人才够资格自称为老克勒，其余的人非请莫入。时至如今，老克勒成了一种可悬挂的勋章，一种与今天暴发户相异的有钱人的象征，但却变味。

徐元章一直在原地，守着园子。春天他与无所不在的狗尾巴草做殊死搏斗，秋天烧掉落叶，为园子的土地积存一些草木灰。冬天办一些午后交谊舞会。来舞会的都是老朋友，来时大家都留下些碎钱，帮着他负担电费和咖啡钱。有时舞会后大家兴致未尽，也一起去小餐馆聚餐。尽欢而散时，各人付账。有时他们说上海话：劈硬柴。有时他们说英语：go dutch。

从我认识徐元章那年起，到此后的许多许多年，时代变了又变，他却没有，连他每次见面所说的话也都没变，咖啡音乐，平厅画展，园子被亲戚卖掉，自身价值和家园全然崩溃，无有容身之处的恐惧……他渐渐活成了一具木乃伊。有时他也会说到世事之变，那时脸上就有一点坚毅，他说穷人变富不像样，富人变穷不走样。

似乎又过了许多年，卖掉园子的传言终于成为现实。徐元章也终于接受了位于莘庄的新房子，据说还是收购方发扬人道主义精神给他的安身之处。他悄悄地搬离，与大多数因为园子认识他的人断了联系。然后，辗转传来他去世的消息。果然如他所说，他离开园子是活不下去的。周家园子的新主人据说要好好打造这个花园为市中心的高级会所，这我非常相信，只不过再豪华的会所，也就是豪华了再豪华，直至乏到人仰马翻。在我心目中，徐元章不在了，上海的老克勒也就因为他的谢幕而退场了。他一直是个化外无用之人，谁也不知道他的去世却算得上是个句号：

五、人群

一小部分被命名为老克勒的人群潜入上海地方史。

　　2015年初春的中午，差不多十年过去了，我路过他家园子的时候，发现朝向马路的这一面，密密地被木板墙挡住了。墙上印着一个绿意葱茏，照料良好的花园。原来的旧黑铁门也换了。透过木板墙之间的缝隙，能看到一点点里面的园子，令人惊异的是，园子过了这么多年，非但没修缮一新，成为旧上海的缅怀之地，反而比徐元章在的时候更荒了，原先早已退化的草皮竟然不见了，原来满地摇曳的狗尾巴草也不见了，徐元章当年苦苦维护不至于荒芜的花园草坪并未由于新贵资本的注入焕然一新，如今园子里一陇陇的，种的都是绿汪汪的小青菜和鸡毛菜。

　　挡着的木头墙太高，我看不到平厅如今的模样。我总是记得他穿着白寥寥的一件咔叽布拉链衫，随着美军太平洋电台里播放过的轻音乐，双臂夹在肋间，拘谨又抒情地摇晃着上身，随音乐摇摆的样子。在他身后，是狗尾巴草四处摇曳的园子。园子旁边的宝庆路上，电车站时不时就传来15路电车进站时发出的锐利刹车声。它们似乎有某种象征意义，一直发出浑然不知狗尾巴草和鸡毛菜之间的谜语的尖利声音，然后离开站点向前。

2016–2020，人群新记：
爬上高楼

一、2019年：金莹的历史课

金莹说起自己小时候，脸上带着一种溺爱的嘲弄微笑，就像我们大多数人回忆自己童年时，脸上会情不自禁地微笑一样。

她说起自己小时候的一桩往事。

当时住在成都路一带的老房子里，正是上海城市改造的第一个大规模拆旧、建造成都路高架的时候。有一天听说天上轰轰响的直升飞机是在航拍我们这一块地方，我和妹妹在家里将窗帘拉紧了，怕被拍到家里的情形。但是剧烈的轰鸣声响起时，我和妹妹谨慎地把窗帘拉开了一条小缝，我们小心翼翼地遮蔽着自己的脸和自己的家，但观望着天上的飞机。许多年后，我进入上海电视台，开始成为一名纪录片编导，在电视台的片库里找到当年航拍的素材，才发现一个小女孩真的多虑了，那天航拍，留下的是正在拆除的大片旧城，那时成都路还是平坦的大马路，高架还未开工，从房子里伸出的阳台，看上去就像一个个火柴盒子。根本看不见两个躲在窗帘后面的小女孩，和她们家的房间。就是我的小学操场上的国旗，都难以找到。

第一批旧城改造时，金莹家的房子正好划在了动迁街区之外的

五、人群

一条马路,她读书的小学没有了。但是,后来她的家还是拆迁了。

金莹在上海苏醒并巨变的时期长大。到了她做纪录片导演,开始拍摄上海故事的时候,她发现1992年后的上海,与1934年后的上海很相似,都表现出一种兴致勃勃的扩张活力。

"这次做的纪录片,要拍的楼包括:龙华塔、外滩气象信号台、海关大楼、沙逊大厦、中国银行大楼、百老汇大厦、国际饭店、中苏友好大厦、联谊大厦、东方明珠、金茂大厦、环球金融中心、上海中心。"

金莹和我一起画了一张她拍摄的上海天际线变化的高楼图,这些都是上海各个时期的城市制高点。她差不多都上去过了,她从天际线上打量过我们生活的这个巨大的城市,这让我很是羡慕,我也喜欢从高处看城市的那种奇异的感受。

金莹和她的拍摄小组,在这些制高点上,一起完成了他们的天际线历史课。

龙华塔是北宋时代的上海制高点,一千年了,那时我们这里是水网丰富,土地肥沃的江南,是中国最古老的稻米之乡。

然后,另一座塔来了,外滩的气象信号塔,十九世纪法国耶稣会传教士修建的,向整个东北亚发布航海气象,船进出港口的时辰,这时,我们这里是重要的通商口岸城市。

然后,到了1929年的沙逊大厦,它曾是外滩的最高建筑,也是最现代和建造精良、追求华丽的酒店。这时,我们这里是亚洲最繁华的都市,引领着城市发展的潮流: 摩天楼出现了。

然后，到了国际饭店，1934年，摩天楼已成为上海重要的面容与骄傲。当时流传着一个故事，一个乡下人戴着草帽来到上海，走到国际饭店下，他抬头想看看楼顶，抬啊抬啊，帽子都从头顶上掉下来了，但还是没看到楼顶。

然后，到了1955年的中苏友好大厦，斯大林式建筑，它塔顶上的那颗红五星是许多年的上海红色制高点，夜晚散发出红星的光芒。这时，我们是新中国最大的工业城市。

然后，就要到1985年的联谊大厦了，上海终于又开始造高楼，而且一上手就是玻璃幕墙的高楼，与贝聿铭同时在巴黎卢浮宫设计金字塔使用玻璃幕墙，以及当时香港的最高建筑中银大厦使用玻璃幕墙的时间几乎一致，联谊大厦一建成，就刷新了上海摩天楼的制高点。它可以说标志着上海开始醒来。

然后，到了1993年，上海开始经济起飞的准备，东方明珠电视塔成为整个上海的制高点了，在浦东，先见之明。果然，浦东从此成为新的摩天楼摇篮。

然后，就是我们看到的浦东三件套，先后二十多年，件件刷新上海天际线的高度，真正的起飞。到了上海中心，它已经是世界第二高的高楼了。

金莹说，她是在一次次去到上海城市制高点的天空下，梳理了属于自己的上海简史。当她2019年，从天际线上勾连起一部上海简史时，上海超过两百米的高楼已经有超过五十栋之多，是个名副其实的亚洲超大都会。

这是一个上海年轻人那么与众不同的地方历史课。当一个人长

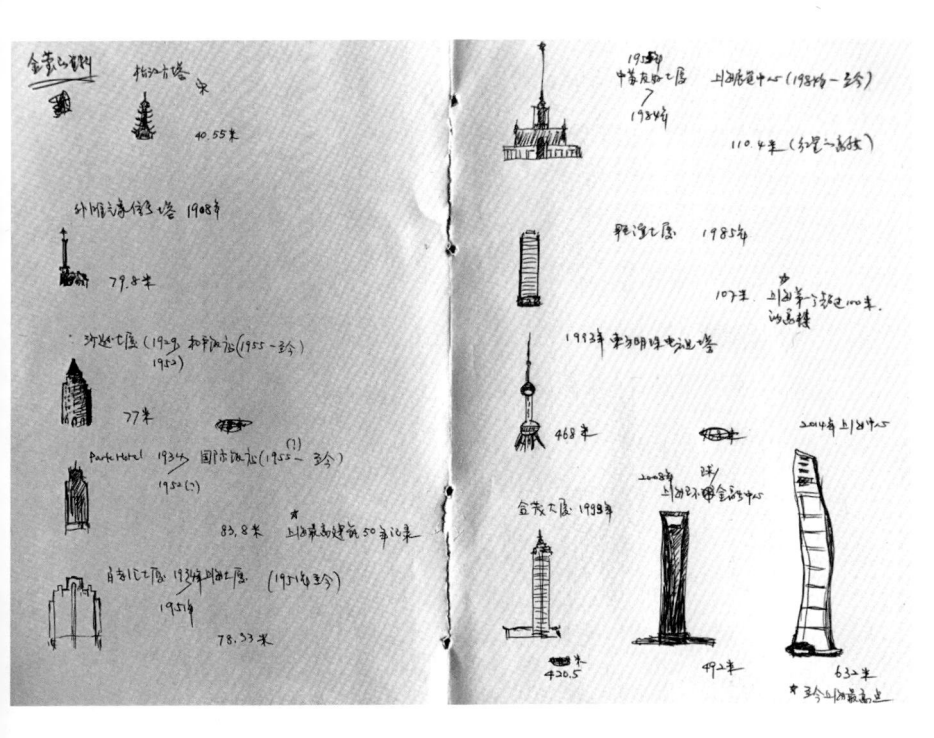

金莹的历史课笔记

大,离开中学,通常的历史学习就结束了。然而金莹幸运。

　　金莹白净的脸上掠过柔和的笑意,谦恭而愉悦地接受了我的羡慕。

　　让金莹意外的地方是,这次拍摄不光是她有机会为自己创造了地方历史课,而且还让她发现了高楼上的时光机,让她能穿越到历史尘封过去的时光机。她的时光机不是安徒生童话里的木鞋,而是上海的天际线:

　　龙华塔只有四十米,但却是从北宋以来,上海几百年来的最高点。文人们和和尚们才能去到塔顶。许多时间,他们看到的是江南的田野与小河。等到我上去时,已经在龙华各种高楼的包围之下,好像一个小平台了。但是，我还是能看到龙华古塔上的飞檐，感受到塔顶的微风，当看到下面临近的龙华寺，黄灿灿的大殿屋顶旁边，有人在烧高香，求平安。有人举着正在白烟袅袅的线香，小心翼翼上着台阶。有人双手合十在大殿前祈祷。啊，北宋的时代也许人们也是这样祈祷的，求平安的生活，求得到庇护的心情，现在也没有什么变化的吧。

我很感动。

还有一个令我感动的楼顶，是国际饭店的顶楼。在历史资料里，我看到一些太平洋战争时期留在上海的外侨的回忆录。日本人轰炸闸北，炸掉商务印书馆的珍本图书馆和印刷厂的时候，有人特地到国际饭店的天台上去看。其实天台朝北的地方，视野并不开阔。但是在烟囱的缝隙里看到闸北的时候，我能强烈地感受到1932年遮天蔽日的黑烟，也许夹杂着随风飘来，源源不绝的商务印书馆珍本的灰烬。上海被迫停滞下来。

我很感慨。

第三个地方，是上海大厦顶上的两个平台。两个平台，一个朝西，一个朝东。当年上海将要开放的前夕，到访上海的重要外宾都会去朝西的平台上观看市容，比如为尼克松访华打前站的黑格将军，还有法国总统蓬皮杜。上海从不引他们去朝东的平台，因为它面对浦东，当时那里什么也没有。现在，我们去拍摄时，首选是朝东的平台，因为那里可以拍到浦东的高楼群，6点钟亮灯的那一刻很震撼。我在两边的平台上拍摄，到傍晚6点钟的那几分钟，整个城市突然亮了灯。好像城市的另一个时空被突然打开了，洋溢着与日出时刻非常不同的生命力，更加属于城市本身的活力。

五、人群

晚上6点钟突然出现在我面前的璀璨城市,让我感觉震撼。

我让金莹说一说,她在上海一千年以来的天际线上,观看上海的体会。

一开始做纪录片时特别强烈的一个感受是,上海1930、1940年代的城市气质和已经过去的二十多年的上海城市气质特别像。有一批高层建筑出现,而且还有种互相竞争的感觉,整个城市的活力,不管是主动还是被迫,确实有一种被赶着往前走、往更高发展的态势。

但是纪录片做到后来时,又发现,其实之前1930、1940年代的那批高楼,也并不是那种为了高度争得你死我活的样子。比如沙逊大厦、中国银行大楼、百老汇大厦、海关钟楼,这几幢楼的高度几乎是差不多的,有几幢最接近的甚至只有0.3米的高度差。

所以,我就突然发现,其实这一批建筑,与其说它们是为了追求高度而存在,不如说追求的是彼此的独特。中国银行大楼虽然高度没有沙逊高,但它是外滩唯一带有中式建筑的元素;百老汇大厦虽然也没有国际饭店高,但它是外滩唯一可以看到浦东浦西两岸江景的建筑。就是这种和而不同的气质,其实才是这座城市的气质。而现在浦东三件套身上,其实也是能看到类似这种的体现。

在金莹看来,她看到的是上海的基本精神:那是一种包含在无限动力里,和而不同的宽容。

二、2012年：柴猫找到的密码

七年前，2012年，有一部微电影在上海国际电影节期间完成并放映了，题目叫《天台》。这部微电影记录了上海一个叫"看天台"的兴趣小组，去上海高楼顶上看上海的经历。金莹是这部微电影的编剧，在电影里穿着一件灰蓝色的衬衫。电影里还有一个小小个子的女孩子，每次都是她用密码开门。

这个女孩就是柴猫，兴趣小组的发起人。

2012年时，柴猫突然发现自己渐渐喜欢上了去高楼顶上。然后，兴趣小组就成立了。其实也不过就是几个也喜欢上天台的年轻人。

那时候，上海新建了许多超过两百米的高楼，是全中国摩天楼最密集的城市。上海的年轻人里面，渐渐出现了"爬楼党"这个词，用来形容用各种手段去爬大楼的年轻人。有人是从里面上高楼天台的，这些人通常留在大楼里面，为了拍摄到好照片。也有人是要爬到外面去的，好像一种极限运动，即使是不当蜘蛛侠，也会把双腿荡在大楼顶端的天台边缘，拍一张令人心跳加速的照片，寻找的是刺激。很快，上海高楼的物业就发现了，纷纷加强管理，锁掉通往天台的门是最常见的手法，不让外人去楼顶。爬楼党为所欲为的日子就这样结束了。

但是，柴猫却在一部描写纽约的电影里学到了寻找密码的手法。她是从电影里送外卖的波多黎各人那里学来的。当她想好了，要跟兴趣小组的人一起去哪栋大楼之前，她就会去站在大门口，等

柴猫的天台

着看别人按密码。要是看到面善的人,她也小心翼翼地问一下密码。她自己就是个面善的人,生得又娇小,所以,密码不是问题。

不过,她去天台,从不爬出去,甚至也不怎么拍照,特别是不拍那种全景的大片。柴猫去天台,就是为了看一看。不知是不是这个原因,在微电影里,她好像就是那个负责按密码的人,听到门锁咔嗒一声开了,她白净的、鼓起的额头上开心地浮出一抹粉红色。然后,就混入兴趣小组的人群之中。

有一次,她看到天台上,有个老先生用各种坛坛罐罐,种出了一个小型的植物园。那些花草小树,都是寻常的植物,活在各种各样的花盆里,瓦罐里,甚至用旧的铁锅和面盆里,但是那个老先生把它们养得鲜活。她跟老先生一起去看他的花草,还去看了他用一只大米缸沤的有机肥,臭得要死,却充满了生活本身的温暖。

有一次,她在靠近雁荡路的天台上看到了雁荡路和南昌路上的行道树顶。那时还是早春,从街面上看,那些梧桐树都还是黑秃秃的,可是从天台上望下去,却已经能看到一些最初的绿意,一种带着鹅黄色的绿意。上海的春天常常被都市繁忙的生活和商店里明亮的灯光掩盖,等人们意识到春天来了,常常都是在一个穿不住毛衣的午后,人们的身体总是比眼睛先感受到暖意。而在天台上,柴猫却是在寒意重重里,先看到了树顶离太阳最近的地方,绿色出现了。她说自己爬在天台上,被突然发现的那轻轻的绿色安慰了。

在别人家的天台上,她总是被居民问,这里有什么好看呢。她也就胡乱回答一下,说,呵呵,也就是看看而已。

柴猫天台上的小青菜

女人们有时在天台上晾衣服，晒棉花胎，拍打地毯，看到他们走上来，总是关照他们不许弄脏她们晒的衣物。但是也不是所有的中年妇女都由于对生活失望，而没好声气。也有人引她去看自己喜欢的风景，甚至跟她谈谈生活。

柴猫也有自己难忘的风景，那是一个屋顶的菜园子里，在一只废弃的立柱台盆里，种了满满一盆鸡毛菜。"正好够炒一碗鸡毛菜。"

在上海长大的小孩，个个大概都知道在春夏之交，晚上的饭桌上，一碗清炒鸡毛菜的含义：那就意味着安稳而日常的生活。

"我小时候住在胶州路康定路附近，我家住在一栋老房子的三层楼上，就在我家的屋顶，一直能看到外滩那些楼，甚至在一个角度，还能看到一点东方明珠。"柴猫说起了她的小时候，1990年代的时候，她家的房子被拆掉了。等她长大，从父母家搬出来，又选择了老房子的附近住。

虽然原来的家已经没有了，弄堂也没有了，可还是想住在那里附近。

她似乎也是在找一架时光机，让她能回到小时候的生活里去。她走不回去，所以她走到天台上去了。

"我对新大楼，特别是办公大楼的天台几乎无感，而有居民住着的大楼则不同。那水斗里养着的鸡毛菜真是难忘。"这是她在天台上看到的。

五、人群

我给她看另一个加拿大女孩在新大楼上拍摄的天台，一张是东方明珠顶上，另一张是静安寺附近璀璨的大楼外立面。我喜欢那些照片里，年轻一代对上海未来感的明快心情，新了又新，永远不夜的面容，和永动机般，勇往直前的生命力。那是一种上海勇往直前的精神与一个年轻人心中对自己将来期许的重合。

柴猫却不太在意这些让我震动的新意。她也喜欢读科幻小说，喜欢上海新式摩天楼表达出来的科幻感，但她更接受科幻世界里对人的蔑视，人的孤独。

而她的天台，是水灵灵的鸡毛菜带来的，对一张晚餐方桌的联想，是与这个城市更多的体己。

我想起1990年代时，我跟我的朋友一起坐出租车经过城市高架路，去外滩。暮霭沉沉的城市里，一条条人去楼空的街道，拆到一半，露出搬空房间内部的石库门，那被多年衣衫摩擦，而变成了褐色的楼道墙壁，窄小卧室墙上留着的篮球明星照片，与极目远望时浮现在城市半空中，此起彼伏的众多塔吊，以及敞开着卡车箱，在城市道路上横冲直撞，一骑绝尘的大型土方车，我们曾默默看着它们，然后说，这大概就是乱世的景象吧。

我想起1980年代时，我跟我的朋友晚上常常一起骑着车，在旧城街道上闲逛。夜雾缭绕在街道上，灰蓝色，宁静而惆怅。旧法国租界的旧房子散发着如豆的温暖灯光，以及电视机传来的电视连续剧片头曲，万人空巷的《上海滩》，但那时我们都不屑追这个剧，因为它是香港人想象中的上海，而不是上海人心目中的上海。我们这一代人经历了城市的巨变，我们以为自己的家园没有了，这已是我们为城市发展付出的代价了。可是不曾想到，付出代价的时间远未截止。与我年纪相隔二十年的柴猫，这一代人并不如我想象中的那样，是新城市的新人类。

他们在童年家里的窗帘后听到了巨变的声响。

他们在失去了少年时代的家以后，渐渐也开始了他们的寻找。城市里的生活此刻已渐渐失去他们儿时的模样，成为他们成年后的战场。这给他们的寻找带来了另一种意义，类似彼得·潘的故事。

在街上找不到时，他们就找到天台上去了。但这也不容易，需要密码才行。

三、2015年：余儒文爬高楼

年轻的摄影师余儒文在开始拍照的时候，就打定主意，要拍好自己生活的城市上海。他在上海第一人民医院出生，因为他妈妈就在医院工作，所以他也算是在医院长大的小孩。他心里有个口号：总有一天，我要讲自己的世界给你听。这个讲述的方式就是他的照片。这是个有志向的人。

什么叫拍好了自己的城市呢？和所有开始创作的人一样，作家、艺术家、摄影师、设计师，包括一个舞蹈演员，在开始自己的创作生涯时，心里都会有这样关于"好"的疑问。余儒文也是这样，他心里有个标准，但是它还是一条活泼的鲶鱼，他几乎认识它许多年了，可是他就是抓不住它。

在城市里拍摄了两年多，他心里总觉得自己的照片有什么地方

余儒文的世界，自己与一百五十年的上海建筑

不对劲，差了那么一口气。这时，他看到了有人在浦东的高楼上拍摄的上海，辽阔的画面里，上海呈现出它壮丽的人造景观。高空中静静呈现的，那借着切风口鸟儿般的角度震动了他，因此余儒文也决定去爬楼。他成了上海爬楼党里面的一员。

他在楼顶上看到了两条细细的，但闪亮的河流。一条是苏州河，他出生在它的河畔，他记得自己小时候，河水还是黑色的，散发着泥滩的臭气。另一条是黄浦江，他在它的河畔长大，从一个喜爱晚上6点钟收看奥特曼的小孩开始，直到成为一个仍旧非常怀念奥特曼的成年男人。

一个生机勃勃的城市，也是一个喜新厌旧的城市，在他面前铺了开来，一直铺到天边，黄浦江向大海流去的方向。

在摩天楼的间隙里，他能看到还有一小块一小块的旧里弄，旧房子，旧街道。但是很可能下次来，就看不见了。

但是高楼却是不停地冒出来。按照一句江南烂熟的比喻，真的只能是"春笋一般地"冒出来，咯咯有声地日长夜大。也只有在江南成长的人才真的知道这"日长夜大"的含义，雨后春天，漫山遍野都会长春笋，夜里山野里，彻夜不息的声音，就是春笋拔节长高的声音，一周时间，春笋就长成一条竹子了。上海没有春笋，上海的春笋就是那些摩天楼。

从天空上看高楼的诞生，就像在B超前看一个胎儿在子宫里的成长一样，先是骨骼，闪闪发光的钢结构，细小如同血管一般的细部，但它们已经有了自己的生命力，孕育着一个肌体。然后结构封顶，调试电力时通常是在夜里，灯火通明时，生命力带着对将来可预期的期待，闪烁着跃跃欲试的光芒。然后，才能看到它到底长成什么样子，有时它突然变得很丑。那时候，余儒文就会为上海感到特别惋惜。

"不值得为了这个丑新而牺牲了原来的旧房子。"余儒文这样想，要到好几年以后，他才意识到，对自己生长的城市的认识，从自己长大的几条街道，到能像鸟儿那样俯瞰，他是在爬高楼，放宽自己的视野，也辽阔自己的感知力的过程中，渐渐完成的。高楼让他望得辽远，他因此成为一个心中也有一个全景照片的摄影师。

2015年时，浦东的上海中心正在建造过程中，钢结构已经造到632米了，那里是上海的最高点。所以，他就去了上海中心。

第一次去的时候是4月，街上已经有姑娘穿短裙了，但是楼顶还

五、人群

很冷。他在楼顶上看前两年去的金茂大厦，它那光芒四射的楼顶，如今在他脚下，隐现在薄薄的雾霾里，像一只站在地板上的小机器人。它霎时变得小而精致，好像一件玩具。到了晚上，金茂大厦旁边的环球金融中心通体透明，它的玻璃幕墙倒映着闪闪发光的城市，好像一把英国神话里的长剑。

"没有比在那高处，站在脚手架上观看上海，更能让人感受到这座城市正在爆炸式发展的了。上海正在以全球其他国家所没有的速度变迁、膨胀。"余儒文为自己在这时成为一个目击者而感到幸运。

他从未被这样急剧起伏的天际线景象和速度推动，好像也在跟着这座城市奔跑，几乎不能休息。

在4月到6月这三个月里，他先后去了上海中心顶楼七次，为了看到早晨的日出，为了看到晚上的日落，为了看到傍晚6点钟整个城市被灯光照亮的片刻，也为了看到凌晨城市路灯熄灭，城市在晨曦中渐渐醒来的那个片刻。他不停地按动他的快门，他同时用几架相机一起工作，他觉得自己一直在奔跑，努力追赶上春笋生长的速度。

"但是我内心却充满了充盈的感情，并不浮躁。"余儒文也观察到在楼顶上，自己平静的心情。他觉得这也是脚底下的城市教给他的。在镜头里捕捉城市的细节，像观察一个人那样观察它，他常常为眼前看到的情形感动。"有一个早晨，太阳升起来了，照亮了整个城市。延安路高架上已经开始繁忙起来，一百多年前，它还是一条小溪流。然后我看到上海中心长长的阴影，一直指向了石门路那里的高架路桥墩，那里的桥墩上包着一条飞舞的龙。"

余儒文作品《皇冠塔》

　　这是个许多上海人都知道的传说。传说修建城市的第一座高架桥时，桥墩在这里怎么也打不下去，还是玉佛寺的和尚指点了迷津。这条龙就是护佑上海来的。

　　在这样的早晨，余儒文感受到了自己与上海深深的联系，那是一种近乎神秘的血缘相关性，一种休戚的相关。所以他的照片里出现了一种全景照片难得的情感，一种壮丽而温柔的感情，有时甚至也有着怜惜和感伤。这样，他开始找到了自己的独特性，就是自己想要的那个"好"字。他不光被震撼，也给予了自己的感情。

　　他在一个黎明时分拍摄的上海中心顶部，那张照片获得了2015年美国摄影学会的摄影比赛铜牌。

　　他成了上海爬楼党里面，最有名的一个。

　　我问他，知不知道当年他睡过一晚上，等待日出的地方，现在已经向公众开放了。在那里，每日都循环播放一首委托法国音乐家创作的曲子：《上海一日》。在那一层放置着一只叫做阻尼器的大钢球。浮游的大球，每当大楼晃动，它就会按照物理的重力原理滚动，帮助高楼在晃动中保持平衡。他说他知道，但是没有再上去过。

他说他有一种奇怪的感情，他再也不想去那里了。

"这是一个造就城市影像摄影师最好的年代。"无论怎样，余儒文都明白自己的幸运。回想在上海中心未封顶的那三个月，他一有机会就去工地，他知道自己这次是在对的时间，去做了对的事情。而且，他明白自己生对了时辰，这上海巨变的时代，正是属于他的。随着时光推移，余儒文再回忆起2015年的春天，在高楼之巅的经历，拼命拍照，短暂的夜晚，饿醒过，冻醒过，4点钟看着不夜的城市等待日出，看到彩虹横跨天际内心的感动，看到乌云排山倒海而来时，感受到的自然的强大。而人造的城市更强大，它在风霜雨雪中，始终熠熠闪光，充满向上的力量。而上海中心顶楼，就是这座城市头顶上的皇冠。"回想那些日子的所见所闻，在镜头里静静看到的一切，我心里有种难以言喻的幸福。我跟我的城市的感觉，就是幸福的感觉。"

他人生中第一张重要的照片，名叫《皇冠塔》。

四、2019：桑桑的片刻幸福

几乎我访问的所有人，无论是蜘蛛侠，还是摄影师，抑或没什么明确目的，只为了消遣的爬楼党们，他们彼此并不认同，甚至自己

空中之城

也并不完全认同自己的一切。其中，摄影师们与蜘蛛人几乎不共戴天，大多数摄影师会驱赶在场的蜘蛛人，因为他们的亡命徒行为会招来保安对楼顶严加看管，压缩城市影像摄影师的空间。

但在2016年后，上海摩天楼的楼顶还是被越来越严格地封锁起来了。

而摄影师们自己，对城市高空中的呈现，也是各有不同。这种分化也是自然。

但是，几乎每个人提到在楼顶的感受，都不约而同地使用了同一个词：避世。

甚至在照片中呈现出最明亮单纯的乐观姿态的年轻女孩馨宾，也在接受记者访问的时候，提到大楼下面的生活有时过于喧嚣，在

桑桑感激的人是建造上海最高点的一个建筑工人，一个与父亲相仿年龄的人，一个沉默着工作的人。

楼顶上，能够找到片刻避世带来的宁静。

有人在楼顶上感觉到了自己心中埋藏着人类的古老愿望：像鸟一样从高处看世界。所以人类从没有放弃到高处去的努力，自己也是这样的。

有人说到了从镜头里看到城市全景时，内心受到的鼓舞："你看，"他劝说自己，"那么多拔地而起的高楼，看它们向空中探去，那么的不服输。它们能做到，你也可以。"

有人说到爬楼与爬山的不同之处：山与四周的自然融为一体，所以人只是去天人合一的。而高楼与自然有种对抗和征服，在楼顶上能感觉到人的伟大，高楼的伟大，钢铁森林的伟大。如果这时敢于将自己的身体轻易挂在楼顶边缘,这种征服感,可以超越被摔成粉身碎骨的恐惧,成为片刻的人生追求。"如果不幸摔下去了,"他耸耸肩,"好吧,重力原则。"

余儒文说到了他在取景时,从镜头里找到了宁静。在取景时,他通常会花许多时间,让自己体会这个庞大的城市,让它已有的结构和线条,慢慢在镜头里就绪,得到自然而有结构的呈现。这是个细致的创作过程,看似庞杂的全景里,感情与历史的脉络会渐渐出现,他的心也随之静下来,变得柔软和敏感。这是他在楼顶上最大的享受。

柴猫说到了她在高楼之上,总是发现城市和街道,都变得比在楼下感受到的更美。她总能发现行走在街道上的时候不能感受到的美,而且被它打动。

金莹分析了这样的感情,她觉得,人们因为爱这个城,才会希望从不同的角度去了解它。当看到它不同的面貌时,才会激起心中新鲜的爱意。

几乎所有的爬楼党人,心中都抱有一小块飞翔于日常生活之上的心愿。桑桑给我看了一张她在楼顶拍摄的照片,我爱上海。

她最初喜欢上高楼,是想要看到不一样的城市面貌。后来她发现,自己在天台上的时间越来越长了,有时会随身带些吃的喝的,在楼上看风景,慢慢再变成与风景对饮一杯。

特别是在喧嚣的战场里,心情难免晦暗的时候。

桑桑是个独生女,经历了父亲突然离世的打击。父亲突然离世时,桑桑正在国外旅行,回到上海后,她被加倍的孤单和秘而不宣

我爱上海

的愧疚紧紧锁住。

桑桑在一个楼顶找到了安慰。

她上了海陆大厦的楼顶,在那个空旷的地方,看到下面的城市。城市在生生不息。市声浮了上来,"偶尔的车鸣,黄浦江上的汽

上海的风花雪月

头模糊,但也算是一次突破。"

一次次的尝试,战胜内心的不安,再回头去看这些来之不易的照片时,宾馆写道:"就算现在看到这张照片,我手心却还是凉的。"

这是第一次启发我换一个角度去看上海的文章,这个孩子似乎已经离开了上海,但她对上海的欣喜却一直指引着我去认识巨变后的城市。

五、人群

笛声，天上飞过的鸟叫声，远处工地正在建造各种大楼的声音，路上楼里，从高处看去，各种咪咪小的人，都是一份生机勃勃，努力前进的景象。"街道上，人来人往，车来车往，因为离得远了，它们显得缓慢而安静，即使看到有人奔跑着越过正在转成红灯的街口，他的身影也显出了一种孩子气。桑桑写下她的感受。"看到这些，想着自己也要努力继续生活下去。"

远远地，透过别人家常开的窗子，看别人家的日常生活。大多数人无法意识到有人从高处看自己，所以，他们以一种不设防的姿态移动，喝水，更衣，显露出令人怜悯和感动的内在故事性。

远远地，城市的边缘被雾霾笼罩，阳光有时穿过它，就像被人形容的那种万丈红尘。但此刻却更能激起桑桑心中的另一种更为贴切的感情。她的避世里有种对人生创痛的隐忍。

桑桑说，每次这样在天台上待几个小时，都会觉得自己还是很爱这座城市的。避世有时是获得一种被擦洗干净，并安放整齐的爱。

她是这么多人的高楼照片里，最喜欢将自己与高楼天台拍在一起的人。在她的照片里，天台好像是个朋友一样，总是站在她身边，她在微笑。

上海的年轻一代，他们不再像我们这一代那样，骑着脚踏车，穿梭在写满"拆"字的旧城街区里。他们是去爬高楼。像上海这样的城市，要爱它的精神，而不是它的物质，本来就是不容易的事。要找到可以爱它的理由和方式，也并不容易。所以，在三十年前，在它沧海桑田般巨变的街道上漫游的人，用田野调查的方式来找自己的爱。现在的人，则用瞭望它爆炸般冲上九霄的天际线来寻找对它的爱。

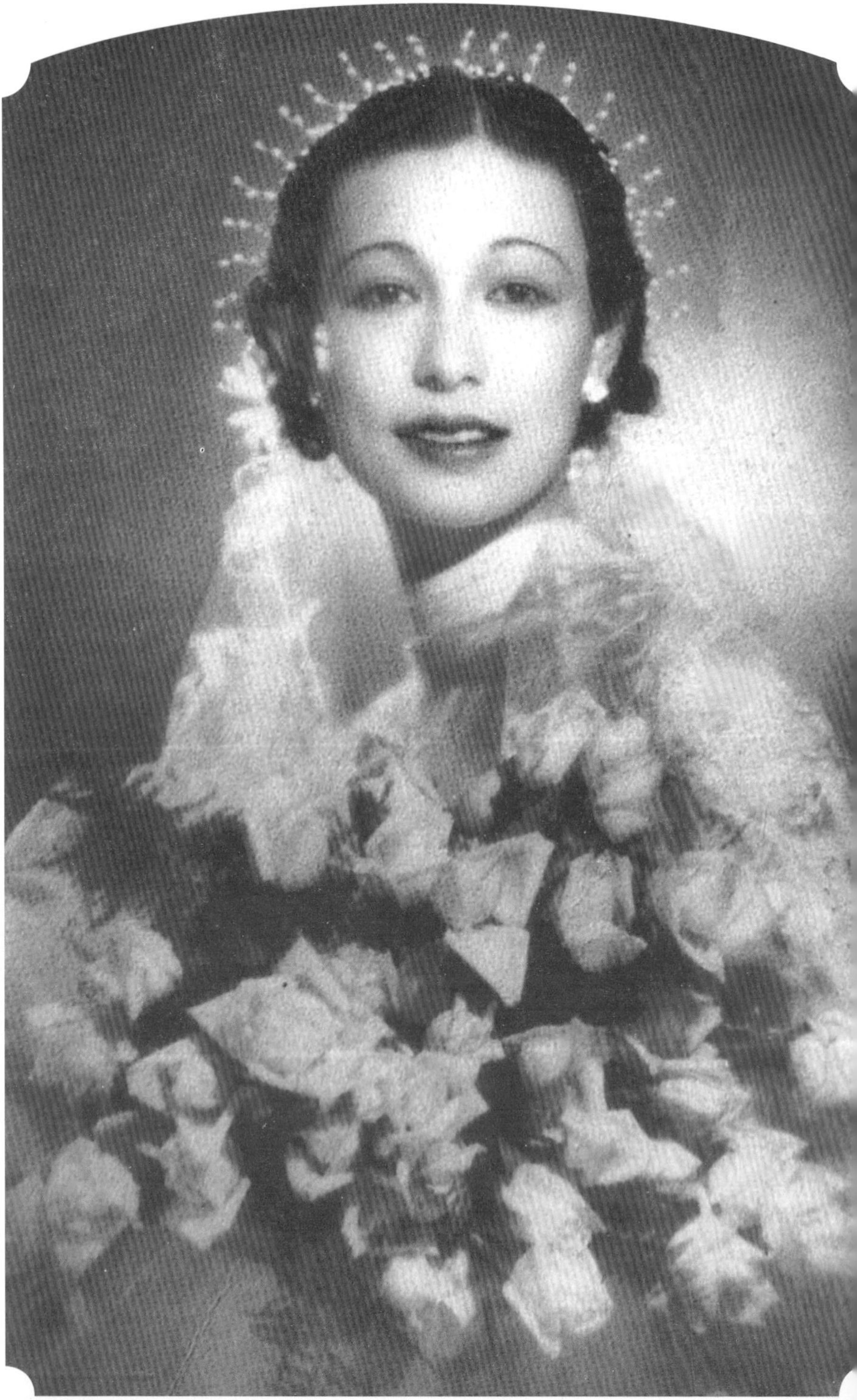

* SHANGHAI MEMORABILIA *

Part Six

THE PORTRAITS

六

肖像

张可女士

这个长故事要从旧上海开始说起。

繁华如星河灿烂的上海，迷沉如鸦片香的上海，被太平洋战争的滚滚烈焰逼进着的上海，对酒当歌、醉生梦死的上海。那个乱世中的上海，到了现在人的心目里，已经包含了许多意义，抱着英雄梦，想象自己一生的人，在里面看到了壮怀激烈的革命；生活化的人，在里面看到了盛宣怀华丽的大客厅和阳光灿烂的大浴室；向往西方的人，在里面看到了美国丝袜，法国香水，外国学堂，俄国芭蕾舞；就是街头的小混混，也在里面找到了黄金荣金桂飘香的中国式大园子，现在到深秋桂花谢尽的深夜，要是你骑车路过桂林公园，能在深夜空中飘荡的夜气里闻到从泥土里散发出来的桂花的甜香。

一个新音乐制作人，曾在淮海路街口摇着他那一头长发说："上海的1930年代好啊，那时候，你想要成为什么样的人，想要有什么样的生活方式，就去做。"

一个上海作家，走过湖南路上一个旧日西班牙式的小修道院的老房子时，曾说到了自己一直以来对自己前世的一种感应，她总是觉得自己的前世是一个非常年轻的上海小姐，穿着那个时代的旗袍，她的男友是新近从英国留学回来的，吃饭时把背挺得笔直，穿着花呢子的西服，可是她非常意外地死了，转世生活在现在的上海，可是她对现在八十岁的、早年去英国留学的老先生，有着莫名的好感与亲爱。

六、肖像

还有新闻路上的都城大排档，第一个在本帮菜馆装潢时挂出了包括上海十大名妓的旧照片在内的旧上海影像，并以此获得了一项上海装潢业设计大奖。

还有茂名路上的1931'S咖啡馆，日夜缠绵地在店堂里响着周璇颤颤的细小歌声。去的年轻人都说，这里的玻璃门一关，时光就倒转了六十余年。里面只是一个一开间的小地方，却引来了海内外许多华人电视采访小组的注意和访问，成为现在上海的一处景点。

我们的这个长故事，就是开始在这个如今是如此时髦的年代里。

一个在清华园受西式教育长大、出生在一个基督教家庭、十八岁时成为上海地下党的青年，在上海遇到一个出生在开明富裕的书香世家、祖上在北洋政府任职、非常美丽的、十六岁就考进上海暨南大学、师从郑振铎、李健吾学习英国文学的女孩子。

那个壮怀激烈的湖北籍青年，放弃了在清华大学做教授的父亲为自己设计的留洋计划，在上海参加学生救亡运动，继而带着基督教终生的影响投身中国解放事业，1938年参加中国共产党，出入上海文化界的革命者，就是王元化。他在那个年代，写下了许多关于文艺理论方面的论文，写小说，并负责了共产党在上海文艺界的组织工作，是一个总是有火热的正直与奔突的才情的人。那时的王元化，"左倾"而且激进，虽然他不能改变自小养成的轻声吃饭的习惯，可他常常穿的裤子像卓别林，他气味相投的好朋友满涛，则每次把家里烫好的衣裤用手揉皱再穿。

那个完美无缺的苏州籍女孩，那个在兄长满涛和他的革命者朋友影响下，在锦衣玉食的自由家庭的包容下，十八岁就参加上海地下党，同年指明自己是一个"温情主义者"的1938年的共产党员，就是张可。她在那个年代，翻译奥尼尔的作品，参加了《家》的演出，她演了《早点前》的罗兰夫人，也演了梅表姐，那时她真的是一个美好的女孩子，仁慈而智慧，正直而绝尘，被许多青年追求。直到半个多世纪过去，她年轻时代的照片偶然被两个华东师大的博士生看见，那两个青年蹲在导师王元化打开的书橱前，感慨照片上那个女子的一派冰雪洁净，那时王元化已经经历了整整二十三年的贱民生涯，他的许多老朋友因为经受不住而西归，包括七窍流血而死的挚友满涛，疯狂以后蹈水而死的巴人，众叛亲离、在癌症病房孤独死去的顾准。王元化精神危机引起两次心因性的精神失常，一次营养严重不良引起肝炎，一次眼底出血引起失明，那两个博士生握着张可的相片，还是羡慕导师，对导师说："现在到哪里去找这样的女孩子。"

我们的故事里，王元化得到了张可。

1938年，王元化说他喜欢张可，可当时张可不喜欢听到这样的话，质问王元化说这种话是什么意思。

1947年，张可的一个追求者问张可她到底喜欢谁，张可此时坦然回答："王元化。"

1948年，王元化和张可在上海慕尔堂举行基督教仪式婚礼。

当时，张可的父亲并不以为王元化是那些候选青年里最出众的，而且在国民党即将大败的前夕，王元化正负责着共产党的地下刊物《地下文萃》，处境非常危险。可是他们没有真正阻止女儿，而是从自己那安适的家里，郑重地把一身白色礼服的美丽女儿带到西

张可的婚纱照片,就是那张让日后王元化的博士生偶尔在导师书柜里翻到、大为震动的照片。
(摄影:王开照相馆,1948年)

藏路上朴素的、带有回廊的教堂里，那里为婚礼装点起白色鲜花，按照张可的心愿，把她的手交到王元化的手上。在那里，这对新人发誓不论生病还是健康，灾难还是幸福，都始终如一，不离开对方直到生命结束。尔后，他们在当时上海甚为豪华的派克饭店(今国际饭店)度过新婚之夜，从此，共产党员的张可将自己一生的命运和共产党员的王元化联系在一起，开始到处躲藏国民党的大搜捕。

那时被后来的人称为黎明前的黑暗，国民党开始了疯狂的屠杀。上海地下党电台的李白被杀，蒋介石秘书陈布雷那成为地下党的女儿也不能幸免，就是十里香风、百乐门里彻夜响彻着美国爵士乐的上海，都无法冲去那一年的血腥之气。许多人没有看到自己为之奋斗的新中国到来，就撒手西去。

张可看到了这一天。新中国和她唯一的儿子王承义在1949年一起来到她的生活里。

第二年，上海所有的地下党重新登记，准备进入各个领导岗位。张可没有前去登记，自动放弃了经过腥风血雨十二年的党籍。1938年她穿着刚烫得平平整整的裙子参加共产党的时候，不是为了吃饭，不是为了逃避买卖婚姻，也不是为了跟赤色的爱人在一起，更不是为了出人头地，她是为了一个在心目中自由、富强的中国，为了一个从书本里展现出来的理想。她没想要从十二年的党龄里得到什么物质的好处，她从来不缺，也从不热衷。

她去做了一个教莎士比亚的大学戏文老师，她娴熟的英文和治学的认真，使她成为中国的莎士比亚专家。同时，她也是一个恪尽温柔、相夫教子的主妇，再不用东藏西躲以后，她最喜欢的，是烧许

六、肖像

多好吃的菜，开亮客厅每一盏灯，请人吃饭，用最细致的盘子装上她拿手的意大利茄汁面条，俄国浓汤，葡国鸡，擦亮每一副餐具。许多年以后尘埃落定，在她家吃过饭的人回忆起来的，总有她温润的笑容。那些客人里面，有胡风。王元化当时参加筹建新文艺出版社，出版了他的两本书。张可在胡风离开以后，曾表示自己不那么喜欢胡风，因为他太飞扬跋扈。

那个黄金的1950年代，许多年轻的、知识分子出身的共产党员意气风发，包括王元化，他那楚人血脉里的傲岸、激情与才学，加上新中国的一路慷慨高歌，使得他看上去锐不可当。当时和他共事的李子云，说那时候她都不敢理她的领导王元化。过了四十年，已经成为王元化的患难之交的李子云回忆起来，仍旧在一杯冒着热气的红茶上方大摇其头，坚决地说："我那时根本不敢理他，太'飙'了!"

那时在王元化额头发红、侃侃而谈的时候，张可会看着他，洞悉一切般地笑笑，然后对他竖起修长的拇指来，对他摇晃："对，对，你总是'我，我，我'，你是最好的，你不得了。"

一盆温凉的水泼过来了。然后，聪明地不着一词，收兵而去。

静心研究莎士比亚，翻译莎学权威文献，操持一个美好的家，还有对春风得意的亲人狡黠而微讽地竖一竖大拇指头，这是我们这长故事里现在的张可。在她的丈夫王元化和她的哥哥满涛都醉心于契诃夫的时候，她却非常热爱从五四以来就没有在中国热闹过的莎士比亚，而且选择它作为自己终身研究的方向。王元化在七十八岁的时候，还深深记得张可参加地下党那年对自己的评价：一个温情主义者。但他也深深懂得了妻子温情美丽的脸上那稍纵即逝的狡黠笑容，在他气宇轩昂的时候，这是偏安于一隅的张可的品格与智慧，和一个知识妇女的纯净。

到现在，1954年了，三十五岁的张可仍旧是一个温情脉脉的人。时髦的1930年代已经远去，张可的故事虽然有些出乎意料，不是程乃姗式的才子佳人，不是蒋光赤式的革命加爱情，不是张爱玲式的岁月磨脏了大小姐，不是徐訏式革命女郎的悲剧，不是杨沫式的脱胎换骨，奔向革命，不是陈学昭式的工作着是美丽的，但她的故事还是以可以想见的方式发展着，你觉得里面有着一种奇特的清爽之气，可我们还不知道这是什么。

1950年代，现在没有想念它的潮流，而张可的故事，却在那时充分地展开了，就像一粒核桃，被砸开了，于是，你才能看到里面淡黄色的果肉。对于张可，要是没有王元化将要开始的二十三年厄运，也没有人知道她的心里开着怎样的花朵。人生它怎么是这样的？要是没有令人不寒而栗的压力，一个人永远也不会知道他的心里藏着怎样的勇气和坚贞。说着张可的故事，看着她优雅地走到了1955年6月底，那时她家外面的皋兰路上，高大的梧桐树的树干上褐色的树皮开始爆皮，远远一路看过去，像康定斯基的画，春天又来了。她是一个沉静的女子，可心里一定会对又一个春天的到来有愉快的感觉，那条马路上有一座俄国教堂，退色的莲花式的教堂塔楼在春天薄薄的阳光里像一个感伤的童话故事。张可从那里走过去了，从容的，无辜的。

1955年，在全国范围里开展了声势浩大的反胡风运动，株连千人以上。十年以前，王元化已经认识胡风，但交往不多。当时党内

六、肖像

已经有人说胡风有严重政治问题，王元化以为缺乏证据。解放初王元化因此一度没有被安排工作。1955年6月，王元化突然被隔离审查，期间周扬提出，王元化是党内少数对马克思主义文艺理论造诣较深的学者，如果他肯承认已经公布的关于胡风集团的三批材料属于反革命性质，尽量将他作为人民内部矛盾处理。可被幽禁中的王元化拒绝，即成为胡风反革命分子。

张可完全不知道丈夫的下落，她的家中第一次被抄。她在学校里被人开会逼迫承认丈夫是反革命，被人以书打脸，张可拒绝承认。

1957年2月，王元化被释放回家时，已经患上心因性精神病，丧失辨别真假的能力，混淆了现实和幻觉，入睡需要服用安眠药。他的一切都变了，只有他的家一点不曾改变，桌上铺着干净的桌布，衣橱里有薰香，妻子依旧雅致温柔，是他的骄傲。他在家里的习惯不曾改变，他恢复了从前在清华园生活留下的英国人习惯：在床上用托盘吃早餐。要是家里请朋友吃饭，仍旧有意大利茄汁面、葡国鸡和乡下浓汤。

1958年，王元化的病情得到缓解，开始找自己喜欢的书来读。当时王元化常常到四马路去看书，虽然那时王元化已经有四年只有少量的生活费，可他还是陆续买了不少书。说起来，这几乎是王元化一生中第一次真正静心读书的时间。他做了许多翻译工作，一方面是他的兴趣，一方面换稿酬来补贴张可的家用。在和他父亲一起译了英国人的《太平天国革命亲历记》以后，开始着手与张可一起翻译莎剧研究文献，并写完《论莎士比亚四大悲剧》，张可将这近十万字的稿子，用娟秀的毛笔小楷抄在朵云轩的稿签上，用瓷青纸作封面，线装成一册。这悄悄保留着自愉的独版书，后被自己烧毁于"文革"初期。还完成了论文《秦腔赵氏孤儿》。

时隔三十九年，我看到了抄在1950年代笨拙结实的红色笔记本上的《莎士比亚研究》，张可翻译的大部分，王元化做了全书的润色和校阅，并写了五篇译文题记。这是他们的第一次，也是唯一一次真正的合作。外面在反右，在全国性的三年自然灾害，没有思想的空间也没有鸡蛋，因为这些翻译的文献完全不可能出版，所以他们把它抄写在两大册笔记本上，每一页都尽量工整地标出了阿拉伯数字的页码，就像一本真正的书一样。那天傍晚，谈起了这两本笔记本的故事，王元化说："和张可一同在莎士比亚的艺术世界里遨游的日子，是我们一生中美好的回忆。"在没有思想也没有鸡蛋的日子里，他们共同创造了一流的精神生活。

由于极度缺乏营养，王元化得了肝炎，由于张可和家里人一起四下张罗到了足够的黄豆、鸡蛋和食糖，使他一个月身体就完全恢复，可以继续读书和翻译。并常常督促他自己下馆子改善营养。而后王元化的眼睛因病突然失明，那时正是他写作《文心雕龙创作论》的高潮，张可为他找来了上海最好的眼科医生，他八十岁的老父天天步行来，为失明的儿子阅读资料，笔录口述，有八大本之多。

李子云曾说，要不是王元化经历了1950年代的那场坎坷，退守于一个清一色知识分子的温暖家中，他不会成为现在这样的一个中西并进的大学者。

现在，这两本笨拙而结实的笔记本将要被出版，笔记本也将送往上海图书馆被名人手稿室收藏，而张可已经于二十年前中风，抢

六、肖像

救过来以后，完全丧失阅读能力。她看不懂她在无望的日子里与丈夫愉快地翻译过的书了。

我想起了张贤亮的《牧马人》，那个纯朴的红衣女子以她的大白馒头和爱情拯救了一个读书人。许多人非常感动于这一点。而张可，则悉心地看顾了王元化的身体、灵魂，以及整个精神世界，她不光拿来了鸡蛋，还拿来了莎士比亚的广阔的智慧的世界。王元化在他的家里，从来不是偶像，也从来不是贱民，他是一个有着恰如其分的尊严的学者。他仍旧保持着他的生活方式，冬天插梅，喜爱鲜花，虽然面有晦色，可穿戴得体。有很长一个时期，敏感的王元化几乎断绝了所有朋友的往来，可是，他的精神上并不十分寂寞，他有张可。

那时张可仍旧常常参加学校的外事活动。1960年代时，来了外国人在上海是稀罕事，上海女子的内心不能改变对外国人的好奇和好感，总喜欢多看他们两眼，因为他们来自一个更华丽的神秘世界。而戏剧学院的女职员们放下手里的工作要多看两眼的，并不是来访的外国人，而是陪同他们的张可老师，那个优雅的、美丽的、从容的女子。她们隐隐知道她的家庭很不幸，可她们在她身上看不到局促和苦楚。以她一贯的低调，这似乎并不是对自尊的保护，更像是她并没有十分耿耿于怀她丈夫地位的变化，也许她会以为两个人在一起翻译莎学的日子是美好的，带着另一种自由的气息。

一个温情主义者并不是没有思想锋芒的人，她亦可以是浮摇于绿色污水中的不沉的莲花。

1966年"文化大革命"开始，王元化被打成历史、现行反革命。

1970年至1972年，再次被隔离审查。离开家庭以后，王元化的心因性精神病复发，比1955年的那一次更重。他在奉贤农场的田野里狂走，在一条不知名的小河滩上看到了一些螃蟹，亦举石悉数砸烂，以驱赶心中的不平和痛苦。失眠症日益严重。

这期间张可因是王元化夫人也被非法隔离，连因高血压晕厥也不准看病，落下严重的病根，导致1979年的严重中风，此后读写俱废。

那是更加漫长的艰难时世，看上去没有尽头。我那时是个小孩，不认识王元化一家，也生长在一个由学生向往革命而成为老共产党员的家庭，我的父亲也有严重的失眠症，和王元化看病的是同一家医院，同一些医生，大概也是吃的同一些安眠药，老式安眠药损坏肝脏尤甚。在"文化大革命"中，父亲也是去的奉贤干校。我父亲养猪，常常穿着黑色的高筒套鞋，因为靠着海滩的地方是潮湿的。父亲在干校最痛苦的是集体宿舍不能安静，一旦被同屋吵醒，又不能吃过量的安眠药，就一夜夜地静待天亮。记得每个月他们从干校回家休假的那几天，总是有一辆大卡车载他们回家，绿色的卡车屁股上沾满了黄白色的尘土。一些蓝衣人风尘仆仆地高高跳下，我的父亲戴着有檐的布帽子，他取下帽子的时候，我能看见他额头上被帽子勒出来的一道深深的皱纹。

在许多年以后的今年，听王元化简短地说起那些的时候，我想起了父亲的脸，那时王元化的额头上也会有被帽檐勒出来的皱纹吗？这次蹉跎就是十年，我的整个青少年时代。而对他们来说，是一生中最年富力强的好时光。

1970年代末期王元化与张可的合影。张可重病初愈,"文化大革命"刚刚结束,从他们的蓝制服的身影里,可以看到王元化的内敛与张可的坦然。(摄影:弘仁怀芷,1979年)

我的妈妈也很美，但她很脆弱，她对我和哥哥们说得最多的话，就是："不要再给你们的爸爸找任何麻烦。"她常常早上没有起床的时候躺着听早间新闻，要是听到一点点指桑骂槐的句子(在那时它们多得不能数)，她就把身体向灯下那小小的半导体凑过去，脸上刹那遍布担忧与紧张。妈妈从来不喜欢听新闻，可是她准时听新闻的习惯一直保持到1982年。那一年，我父亲离开他的岗位成为顾问，妈妈的早上从此只注意天气预报。不知道张可，她是不是在那十年里就像我的妈妈一样？他们比我的父亲，处在更加险恶的地方。

我们家，从此不再有花了。

听李子云说，王元化的少数几个好友去他家的时候，还是能看到张可温情而清爽的笑容，还是能吃到很正式地用大盘子装了上桌的意大利红烩面，口味纯正，只是少了忌司一样。新年的时候，他们家里还供着清香彻骨的梅花。在某个秘密的灰尘滚滚的角落里，还保藏着泰纳《莎士比亚论》的译文。王元化那被钱谷融称为"像梵高一样的"眼睛，更多地闪耀着真挚和爱情。

没有人知道——甚至是王元化本人——张可付出过多少，才得到这样一小块诺亚方舟。

王元化说："她是仁慈的，超凡脱俗的。"

我们的这个长故事说到这里，那个六十年以前出演奥尼尔笔下小市民的罗兰夫人的美丽女子，仍旧是一个冰雪洁净的人。富裕的生活，得意的生活，愁苦的生活，屈辱的生活，什么都没能使她的心灵变质。她独立在上海的漫长生活中所有能使她变脏的东西之上，成为一个人格优美的莎士比亚专家，现在要是说起中国的莎学

老年时代的张可，在街上走过，是个洁净轻灵的老太太，头发如雪，手背上充满松弛的皮肤。但在她的神情里，那一种没有杂质的坦然仍旧完好地保留着。（摄影：姜敏，1998年）

研究，人们还是不得不提起张可的名字。

如今，那个美丽的智慧的女子头发雪白，不能读，也不能写，我甚至无法和她深入地交谈，只是她端坐在那里，仍然散发着清凉的洁净的气息。我们其实并不知道真正的1930年代的上海是怎么回事，它是一颗阳光下的钻石，每一面都散发着不同的光华，被不同角度的眼睛看到。要是1930年代像音乐人所说的一样，她真的是受惠于那个时代的人。那个细长手指上的皱纹像菊花的花瓣一样多的老太太，就是张可。

那个才情激昂的青年变得儒雅了，他说他有五十年的时间没有真正像他想的那样做学问，现在他感到自己上了轨道。他的书一本一本地出版了，他去书店签名售新书，那本来不是严肃的学问家的擅长，可人潮滚动。他因为学问的精深和仍能不断吸收与开拓，赢得了几代学人的尊敬。那个思路至今清晰奔放、可胜过他的年轻弟子、身上散发着老人身上难得闻到的淡淡清香的老先生，就是王元化。

当他们相对的时候，他们的眼睛里还是闪烁着活生生的、热热的爱情。

这个长故事里有太多的苦难和坎坷了，我说。

"基督教的说法是，人生就是一个苦难的过程。"王元化说。

"夸张了。"张可说。

六、肖像

皮克夫人

　　我是在维也纳见到皮克夫人的,她是现在著名的维也纳大学中文系最老的教授,为中文系工作了四十年,其中有十七年,她是整个维也纳唯一的中文老师。曾因为一生帮助奥地利人学习中文,她的学生遍及奥地利汉学界和外交界,而被奥地利政府授给共和国金质勋章。她一生中的绝大多数时间,是用英文和德文,教人中文。

　　那时我们一同坐在靠近维也纳森林的一个安静小镇上的一家中国餐馆的桌子前,为了我们说话方便,主人把我和她的座位排在了一起。那个春天的中午很好,阳光灿烂,空气芬芳,森林的草地上开着勿忘我。她的白发在太阳里泛出了淡紫色。我们在吃中国食物,在长桌子上把沉重的大陶盘子递来递去,每次我捧着盘子问她要不要,她大都点头。

　　她吃得又多又好,完全不像是八十岁的中国老太太,食量更像是欧洲人,大块吃肉,也喝小镇上新酿出来的葡萄酒。

　　我夸奖她的身体,她的身体像上个时代的上海人那样,是娇小的,穿在精致的淡粉色的毛衣里,依然有着温馨。她说:"不啊,我只有几年时间了,我知道,我的血管都坏了,晚上,我有时觉得血不能流到上半身来,我的日子不多了。"

　　她边吃着自己盘子里的食物,边大声说,可看上去并不自怜。

　　我和她说上海话,我想象里,一个远离家乡四十年、将要终老他乡的上海女人,会喜欢有人和她说说家乡话,会喜欢有从家乡来的人告诉她那里的事。可不一会,我发现她常常说着说着,就把上海话换成国语。

她出生在上海郊区的南汇,在上海启明女中上中学,在南京的金陵女子大学学国文,毕业后在上海做与英文相关的工作。在这时,她认识了从奥地利逃难到上海来的犹太工程师,然后他们结了婚,她从徐小姐成了皮克夫人,接着就去了欧洲。像许多上海女子一样,她们远走天涯之前,并没有到过本国的多少地方。我想起她在维也纳的学生,从欧洲人薄薄的嘴唇里说出来的,也是她的那种有点口音的江南国语。

她甚至也不那热衷向我问起上海的情况。

直到我问她是不是想念上海。

她说:"现在你的上海和我在的那个上海已经不一样了,现在我回到上海去,是一个真正的外乡人,我听了你说的上海话,连话也有所不同。奥地利是我的家,它是我的家乡,我一生大多数时间住在这里。要是说想念,也许我有时会想起从前我的年轻时代,我的小时候,而不是地方。"

她是第一个我看到的不像我们想象的那样思念故乡的中国人。

而且她大声把它说了出来。

我有些吃惊,而她说,生活不是人可以想象的。

1937年夏天,大学毕业后,她回到上海。那时抗日战争爆发,烽火四起,她无法到原来受聘的福州女中任职,所以去了上海女中教书。

原来她可以像大多数上海女子那样教书,直到结婚,成为某条租界大弄堂里小康人家的主妇。可很偶然的一次,一个她中学时代的同学要借她学校的礼堂开会,说是一个中国文字改革方面的会议。因为她是学校职工,所以请她联系。会议开了一天,可到了学期末,校长不再给她聘书。这时别人才告诉她,那天的会有许多"左倾"的人参加。只是因为不知情中帮人一个小忙,她失去了工作。

她进了一家时事月刊做翻译,原来也是为了一份工作而已。这时欧洲战争爆发,通过每日翻译的稿件,她开始了解世界上发生的事,知道欧洲犹太人的命运和他们"到上海去"的口号,她觉得自己也应该出一份力量,帮助被战争迫害的人。于是她转到上海的英国新闻处做翻译,翻译反纳粹的宣传稿到中国报章上发表。

她那样的年轻女孩子,在离乱欢歌的上海,努力过快乐而正直的生活。在翻译之余,为《新闻报》写影评,常常晚上去看最新的欧美电影,在当时,英文和电影是上海的时髦事,想来那样的生活真的是她所说的"顺适"。

又是很偶然的,她给一个流亡到上海来做雨衣生意的犹太工程师做中文老师,他们常常晚上一齐吃饭,喝咖啡,用这时学中文。然后,她成了皮克夫人,犹太工程师的太太。

上海女孩子和外国人在一起,常常让人想到这个城市崇洋的气息,大战中的本地女子和流亡的犹太人在一起,常常又让人想到同情和奉献。

而皮克夫人说:"我和我喜爱的男人在一起,是因为我们可以在一起说所有的问题,没有什么我们是不能说的,也没有什么我们是不能说到一起去的。是在我和皮克恋爱以后,我才认识了其他在上海的奥地利犹太人,才慢慢地发现,他们温文有礼,各具才能,希特勒要把他们全消灭,那是世界上最残酷荒唐的事。"

大战结束以后,皮克去了澳大利亚,可皮克夫人却因为是华裔奥地利人,而无法同行。于是她去维也纳等澳大利亚"白澳"政策过去,去和丈夫团聚。可她到维也纳不久,皮克在澳大利亚心脏病发作去世。从离开上海以后,她就再也没有见到皮克。

她独自在丈夫的家乡生活下来,不懂德文,没有钱,在瓷器街的唯一一家中国餐馆里为客人挂衣服,和战后欧洲人一起,度过经济萧条的年代,而从来没有想过要回到故乡来。

"那么,在此后的几十年里,你都没有再爱上什么人?"我问她。在经年动荡的等待中,她还能记得和一个叫施瓦茨的人到七重天露天花园跳舞的快乐,至今还记得他约她的时候是隔着窗子吹口哨。

"像皮克那样可以畅谈的男人,不是那么容易可以找到的。"她说,她在吃一大团虾。

"可是你再也没有爱上什么人吗?"我还是问她。即使是在丈夫去世,自己无依无靠的时候,还会随着一对华人夫妇的自备车一起去欧洲大地旅行,如此泰然自若的人,怎么会没有爱情了呢。

"我不能早上起来为我的丈夫做早餐,我要睡懒觉。"她笑着大声说,这次她说了英文,一个餐桌上的人都听懂了,对着她乐。

可是不再爱上什么人了吗? 在这美丽的、古老的、让人心驰神往的欧洲。

"有一个人。"然后,她开始说,这时候,她的脸突然变柔和了,眼光也变了,有一些甜蜜的神情漂浮着,"一个美国人。"她说。

那是皮克去世以后,她又教了一个学生,他是美军在欧洲部队

1946年9月2日皮克夫人的结婚照（摄影：佚名）

的士兵，从密西西比河流域来，是个孤儿。在没有来欧洲打仗以前，他从来不知道世界上还有这么多美好的地方。战争结束以后，他想做环球旅行。为了旅行的方便，他要学一点中文。

当时，他在萨尔茨堡，坐火车到维也纳来，学习中文。

他们在一起的时间只有三次。

第一次他们在一起学了单词，然后说到了到世界各地去旅行的事，这也是她的理想，当然，这是许多人的理想。

第二次，他们说到自己，发现他们有许多地方是相似的，两个从远得不可思议的地方来，偶尔在他乡遇到的人，竟也是相似的。

第三次，他说到了他的旅行计划，他要先到美国去退伍，然后，他去找一家吉普车商资助，然后他到欧洲来找她，他们结婚，然后一起去环游世界。

然后他就跟着部队回美国去了。她收到他一封信，说一切都已经就绪，他就回来。

如果这样进行下去的话，她也许能在美国南部常常到爵士酒吧里去听人唱歌，住在一栋殖民时期式样，内部黝暗的房子里，慢慢地学会做好吃的玉米饼。

可这时，苏伊士运河危机爆发，美国把所有退伍军人重新征召回军队，最后从他那里来了一封信，信里说他被派驻极地，等战争过去，他一定回来找她，一切计划照旧。

一等，是四十年。

她说："我一生不懂政治，从不用政治的角度考虑问题，可是它却左右了我的一生。"

1995年5月皮克夫人八十岁了,除了皱纹以外,生活并没有在她的脸上留下多少苦难忧愁的痕迹,比如眉间的川字纹,她没有。大家仍旧称她维维安,她还是干脆而充满活力的。(摄影:卡明斯基,1995年)

后来,她自己去世界各地旅行,完成她的心愿,只是不再是在吉普车上实现的。许多年后,她去了澳大利亚,可是再也没皮克了;她去了美国,去看了密西西比河,可是再也没有见到那个美军士兵。

"真遗憾啊。"我说。

她说得对,生活不是人可以想象的。

"这是一个无法实现的美梦。"皮克夫人说。当说完她不愿意写在自己的自传里的故事以后，太阳已经移到餐桌的中央，小花瓶里从维也纳森林里采来的鲜花在阳光下很快地开了，从绿色的枝条上垂下来。她的脸上看不出悲伤的神情，在甜蜜的眼神渐渐淡去以后，她的脸非常安静。她说："我有一个女朋友见过他，那是我决定要和他一起去旅行的那次，我请她在我工作的中国餐馆里等着，请他到餐馆来，他们在一起谈了一会儿。然后我的女朋友说，他是一个真正诚挚的人，是个好人。"

"我相信他，他的眼睛非常诚挚。"她说，"一定是什么外力阻止了他，也许是因为1950年代美国的麦卡锡主义，我是从共产中国出来的人，他在美军，他们不让他再和我联系。一定是外力。"

"你怎么想自己的一生呢？你的生活总是被和你毫不相干的东西打乱，国民党时代怀疑你为共产党办事，澳大利亚歧视华人，美国怕你是中国间谍，这些人为的东西使你改变，让你不能左右。而你，实在的，只是一个向往美好生活的上海女子。"

"但是我在这中间度过了非常丰富的一生。"她肯定地、赞赏地说，"现在，我常常在半夜醒来，我感觉到身上的血管流不动血，许多地方，是冰凉的，我想我最多还有两年的时间了。我很满意自己的一生，不后悔自己做过的事。"

她是失去过许多东西，但她还有许多。那不能左右的命运并没能剥夺她的生活。她的身上显示了上海女子单纯而顽强的一面，就是在最失意的时候，她也能现实地接受它，也能找到生活中的风花雪月，堂堂正正地享受它，漂漂亮亮地活下去，直到八十岁的白发上在春天午后的阳光下微微地泛出淡淡的紫色，吹拂在灰绿色的夹大衣领旁。

六、肖像

郭家小姐

她走在我们三个去看望她的女子中间,在一个初冬的中午,我们一起去吃午饭。

我们和她说着英语,因为她是教英文的家庭老师,也因为她更习惯于说英语,即使是在中国生活了七十年以上,她还是这样。她的声音厚而结实,很柔和的胸音,与上海的老太太的声音有些不同。我想起来屠格涅夫对女子的声音的形容。而在1990年代末的上海,屠格涅夫实在离得太远,不知为什么我突然想起了他和他书里的那些女子。

在干净的大弄堂里,遇到一个中年人,他特地从脚踏车上下来,和她说话,也是英文。他温文有礼地俯眼望她,像一个绅士。她八岁随全家从澳大利亚到上海,她的家族在南京路开了永安公司,这家大百货公司标志着华人资本家在上海开始有了地位。而她被送到中西女校读书,那时她说着一口澳大利亚英语,把A这个发音发得很大。而现在在她的口音里不再有那个A的声音了,是在中西女校的时候校正的呢,还是在后来的燕京大学时代校正的,她自己也没有留意。

她响亮而流转地说着,时常突然停顿下来,喘上一口气,有点像急着要说什么的孩子。

她的眼睛仍旧是明亮的,而且是柔和地闪着光,而不像老人们会有的那种明亮到锐利的眼神。有的老人眼睛也是明亮的,像一把飞刀，直逼向别人内心阴暗的那一部分。

她个子矮小，微微仰着脸，雪白的头发曲卷着，穿着一件明亮的蓝毛衣。

她的眼尾长长地向上弯去，很华丽的样子，让我想起了她六十年以前的相片，披着长长的婚纱的，脸上能看出来一个富家小姐的矜持与纯洁，以及美丽。那张相片现在没有挂在她的家里，她家斑驳的墙上挂着她从外贸公司光荣退休的证书，她的婚纱照片被放在她的一个美国朋友家的桌子上，她的朋友热衷于收集上海旧货和上海历史，把她的结婚照片夹在一个质地精良的旧镜框里，放在一百年以前的上海救世军徽章、第一次世界大战以前流落到上海来的瑞士银壳子怀表以及一小块非常精美的顾绣披肩一起。她的脸上并没有笑容，可那是一种很自在的神情，眼尾那样长长地向上弯过去。

我们告别中年人，继续向餐馆走去。然后，我们三个走在她四

Daisy的中学时代在中西女校度过，那是女子贵族学校。宋家三姐妹也在那里受教育。当时许多有钱人家把女儿送到这里接受教育，还有一些不那么有钱的人家也把女儿送到这里接受熏陶，希望女儿从此更上一层楼，有贵气，可以嫁得好人家。而Daisy则在那里渐渐明确了自己的准则：不求人帮助；不向人要求对自己负责，自己对自己负责；一生自主。到老年时她只愿意独自住在上海而不愿意随女儿住在北京，亦不愿意随儿子家住在美国。自己养活自己，不要儿女的接济。她否认儿女对自己有赡养的责任，她从来不要儿子从美国寄回的钱，在马路上走，从不喜别人帮助她。上海室内冰凉的冬天，她有时冻到紧抱住老式电热丝的取暖器，取暖器烤焦了她的毛衣毛裤，但她从不要求孩子将自己送到酒店里去过冬，像现时有钱的年轻人做的那样。Daisy直到现在仍旧不愿意接受别人的帮助。与她相熟的人常警告来看望她的人说："千万不要扶她过马路。"

PAGE (437)

1918年，澳大利亚富商郭家应大总统孙中山之邀，举家离开澳大利亚来到上海，发展华人资本。郭家兄弟开设的上海永安百货公司，成为华人资本家开创上海华人资本的标志。离开澳大利亚之前，郭家兄弟姐妹留下一张合影，坐着的女孩当时不会说一句中文，也只有一个英文名字：Daisy。她边上的男孩日后成为南京路上著名的永安公司的继承人，1952年外逃时，匆忙中将办公桌里留下的一柄手枪留给Daisy处理。Daisy的丈夫将它埋在花园的树下，在一个月高风清之夜，最后为它病死在看守所里。长发的女孩曾是第一任上海小姐，做过宋美龄婚礼的女傧相，在年轻时代很出风头。但在她参加选美时，Daisy在燕京大学读书，曾写信回家，劝姐姐不要做"无聊的事"。按照这种说法推算下去，她很可能像陈布雷的女儿一样，走上革命道路。然而她没有，她在1949年以后的漫长岁月中一直是革命的对象。这照片中的五个孩子，再也没有回到过他们出生的地方。

1972年在上海江苏路的郭宅前的合家欢。隔了七十年之后,这张合家欢又开始在一些关于旧上海的文章与画册中露面。许多看到它的人都回想起现在仍旧伫立在江苏路上的这座尘封破败的老房子,和仅留下来衰衰黄草的屋前草坪,对照着老相片,方才发现居然从前它是这样气派过。一个作家曾说过,这张照片,在1990年代经济腾飞,有钱人开始购买别墅、汽车和产业的时候,让她想起,应该给它起个名字,叫《回到未来》。而这张照片里的Daisy,不再住在老房子里了,她住在第二任丈夫遗留下来的一间屋里,那是老式的公寓,她住的那套公寓里还有别人合住,合用浴室和厨房。她没有回到老房子里的梦想。只是不断地扔掉东西。许多她扔掉的东西被人收去当古董卖,有人劝她保留一些,她说:"从前我有一栋房子,现在我只有一间屋,我没有地方放。从前我有许多的东西,许多珍贵的东西,现在已经全没了,剩下来的蹩脚货,我没兴趣保存。"

周的女子,都发现,我们像是三个男子。我们粗声大气,笨手笨脚,面容坚韧,慌慌张张,而她不是。她八十岁了,但依旧洋溢着女子的爱娇与精美。

像她这样的女子,在劳苦大众翻身做主人的新中国,会有多少妒忌和仇恨产生的故事紧紧相随?

从前她有成群的仆人照顾,后来她有十年时间要用二十四元人

1934年四月，Daisy与自己选择的丈夫在家里举行盛大的订婚礼，草坪上放了上百张桌子，大宴宾客。郭家小姐就要出嫁，嫁给她喜爱的那个清华学生，没有多少钱。Daisy也许一直是生活在锦衣玉食之中，所以她从来不觉得嫁人要先看看他有多少钱。六十四年以后，她说起现时的上海，到处都听到人津津乐道怎么挣钱，仍旧觉得不理解，她仍旧觉得在人的一生中，钱并不是最重要的。她说自己常常不满意现在的生活，但根本原因不是因为自己一无所有，而是因为自己老了，老年才是真正可怕的事，皮肤又松又干，眼睛看不清东西，吃菜不再胃口好，身体不灵便，你想要做的事，大都力不从心了。这些更使她怀念年轻时代，那些茶舞会，那些高跟鞋，那些恋爱时的美好感觉，那些冰激凌。

民币养活自己和孩子，她的儿子在大学里读书，每个月最低生活费是十五元，她要花三元钱买月票，所以，那时她每月的生活费是六元钱。

　　从前她住在江苏路延安路上的一栋大房子里，有几十间房间，和一个大花园，那是她长大的地方。后来她住在定西路的棚户区，是一间亭子间，没有厨房，没有水，没有厕所，她用脸盆接水回到

1920年代，Daisy在上海中西女校读书，这时她刚刚开始穿中式的衣服，汉语还说得很不流畅。1920年代有许多人企图绑架郭家的人，所以她的社交圈一直很小，只与上海的荣家和宋家姐妹相熟，只要出门，总有保镖和防弹车相随。谁都不会想到，五十年以后，她被送到上海郊区挖鱼塘，因为她带着些行李，带队的人让她跟着装行李的小船去劳改地。于是，她一个人跟着一条装满煤与行李的肮脏小船，在青浦的烂泥河道里走了几个小时。现在回忆起来，她还能记起的是小船两岸那深深的绿色植物和绿色的河水，那种乡野绿色平静的景色让她觉得非常美丽。有一次，她接到上海看守所的通知，要她回上海听消息。她在独自一人乘小船原路返回以前，一个和她一起劳改的女孩警告她说，在回家与看守所的警察见面以前，务必通知留在上海的亲属自己的去向，保护自己不至于失踪。在那次原路返回的时候，她看见一个小女孩，穿着旧衣服，在河边玩，还采了野花戴在头上。她觉得那小女孩子很幸福。

房间里洗，然后出去倒水。

　　从前她去法国总会玩，那时候在法国总会吃一顿大餐，给侍应生的小费是五元，可以供一家人吃一个月的大米。后来她晚上下班以后，总是路过八仙桥那里的一家吃面的小饭馆，油腻的大玻璃窗上热气腾腾的，想要在小饭馆里吃一餐面，站在红漆的木头柜台前，算了自己每天可以用的开销，才知道自己只能买八分钱的阳春面。

　　从前她被家里人逼着学习做一个上海的富家小姐，她学钢琴，学骑马，学开汽车，有一次她的第一个未婚夫从国外为她带来了新式丝袜，对她赞美了一句美国丝袜的结实，说："这袜子能穿几年不坏。"她就和他疏远，以至断绝。因为她想，这个人居然要我几年只穿这样一双丝袜，这么小气。以后她有好几年到上海郊县挖鱼塘，

　　1934年11月14日Daisy在上海的葛瓦斯基照相店里拍了婚纱照，美丽富有的新娘出嫁了。那上海有名的俄国摄影师将她拍得像当时的好莱坞明星。
　　1950年代，丈夫被捕以后被判清还财产，房子没收，房内所有物品悉数抵还，Daisy的婚礼服亦被没收。
　　1960年代末，"文化大革命"抄家，照片被撕得遍地都是。过后，Daisy的姐姐来收拾残局，有人指着这张照片问："这是谁？"没人认识。姐姐说："这是我妹妹啊。"于是拾回来一张。1990年代，新加坡的一个亲戚从Daisy处借去这张相片，当时所有的人都预言这个口碑不好的亲戚一定不会将这张照片还回中国来。过了好几年，老年Daisy想要将自己的旧照片再收集起来，看一看。她向散落在世界各地的亲友去信要照片，也去信新加坡。有亲戚将辗转带出上海的照片输进了光盘，寄给她的是电脑印刷出来的；有亲戚的孩子说老人已经故去，海外成长的孩子对从前上海的生活没有兴趣，也不认识黄旧照片上的人，于是都扔掉了；新加坡的邮件带着Daisy六十四年以前的相片回到上海。
　　Daisy说等她临死前也要销毁这些照片，因为别人对不认识的人的相片是不会有兴趣的。有年轻的上海史研究者建议她出版自己的旧照片，她说："我不想让别人知道我的事。"

PAGE (443)

几年以后，她手指所有的关节都走了形。

　　她一生中，这样戏剧化的起落不胜枚举，听着这些故事，我在自己心里常常捉到一种感慨，并不是不平，也不全是怜惜，而是一种吃惊和旁观的笑意。要是她像她的老熟人郑宪那样，对自己被剥夺了成箱的丝绸，成栋的洋房，高人一等的生活有无穷怨怼，也许这种感慨就更倾向于幸灾乐祸，而她以大家没想象到的坦然接受了自己的命运，经历一贫如洗，一任丈夫死于看守所，因为在她家花园的树下埋了一把当时无法处理掉的枪。另一任丈夫在"文化大革命"前期死于癌症。她长期被社会歧视，以二十四元的收入照顾一个工程师儿子和一个跳芭蕾的女儿长大，她自己长长地活下来，烫着整齐的银色短发，而且偶然穿起长裙，将手臂向身后弯起，撑在后腰上，微微抬起下巴，依稀还有从前的华美。说这些事时，她的脸上也浮现出笑意，一些自嘲，一些惊叹，还有一些顽强的宁静。于是，坐在她对面，我心里的感慨有时就是尊敬，养尊处优的人，也可以有坚忍的耐力。

　　现在她独自住在上海的一条安静的大弄堂里，以一个退休老人的养老金和家庭英文老师的授课费生活，还保留着喝下午茶的习惯，在她家靠窗的小圆桌子上，放着曲奇饼和茶杯，那时也曾说起她在没有烤炉的情况下，怎么用锅蒸自制蛋糕，她至今喜欢自己做蛋糕，那是七十年前在中西女校学习来的。

　　她有一间套卫生间的房间，用写字桌和椅子把房间隔成了卧室区和会客区，屋子里有一个漆成绿色的简陋的餐具柜子，她请我们下午吃蛋糕时从那里拿出一些形状各异的老式叉子。不知道是不

1930年代的职业女性郭婉莹,结了婚仍旧工作的大小姐。靠一口地道英语、美好的面容和熟悉的社会关系,开了一家女子时装店,在当时豪华之至的花园饭店(今国际饭店)边上,用中国纺织品做上海女子时装,可刚刚开张,日本军队进攻上海,商店的合伙人去国避战,时装店关了门。然后她为中华医学会拉广告,拿外国药商的广告,她最喜欢与德国人一起工作,因为他们实在,有信用。接着,她的丈夫开始做国际贸易,她和丈夫在一起工作。全国解放时,他们的生意做得正红火,所以没有像许多亲戚那样离开大陆。接着,她家的贸易公司并入上海外贸公司,她当英文秘书,而后,当打字员,再而后,当外贸学校的英文教员,直到退休。

是从她那大房子的家里保留多年辗转传下来的。

她说,有一次她梦到"文化大革命"又来了,在梦里,她想到自己的孩子,她焦急地想他们该怎么办。然后她醒来。夜很安静。她问自己要是现在"文化大革命"又来了,她怎么办,她发现自己还能再承受一次。然后她想到在美国的孩子,她想既然自己能再承受一次,那她的孩子们一定也能再承受一次。

她说,要是她一辈子安安静静在延安路上的大房子里度过,她永远不会知道自己原来能坦然承受那么多生活里的崩塌,这一辈子,她的生命使她懂得自己原来是坚强的人。

她指着她家族1943年在大房子前的花园里拍的一张合家欢说:"这里的人,十八个人,只有我和一个晚辈活着,其他的人,大多数跑到国外去了,可也都死了。"

为什么她能活下来?

照片上她的小哥哥,穿了深色的西装、白色的长裤和镶拼皮鞋,是从前上海富家少爷的样子,机灵,时髦,温顺与不羁。他继承了永安公司,在1953年逃往国外,将办公室里自己留着的手枪交给妹妹,后来成为妹夫的一条主要罪状。1955年在美国去世。从前他是一个玩遍上海所有高尚时髦的人,他曾经推动他美丽的妹妹们一定要去学英国式骑马,大家都去学了,就是她不去,因为她不觉得有什么必要学习骑马,而且也太贵了。可是他说,因为这是上海上层社会里年轻人的时髦,是社会地位的一个标志,所以她必须去学,所有的费用由他来付。

于是她就去学骑马了,她也喜欢它,因为对她来说,这是个很

1946年的合家欢，摄于上海奥斯卡照相馆。一个殷实的、不卑不亢的上海家庭，并不大把挣钱，但并不缺钱花，亦不想狂热地发家，送女儿去白俄舞蹈学校学芭蕾，用美金付费，给儿子最好的营养，穿高品质的衣裳，做自己在行的生意。这时郭婉莹已经学会了上海话，把"我"说成"伲"。

1950年代，照片中的男主人死于上海看守所，1980年，他的问题搞清，证明是错判。

1960年代，照片中的小女孩去北京跳芭蕾，从此生活在北京。1980年，照片中的小男孩前往美国留学，几年后，从大陆接走了下乡时结婚的妻子，又几年后，接走了留在奶奶家的女儿，从此留在美国。

如今家里的墙上，只有郭婉莹一个人面对这张照片。

独自在上海度过自己的晚年，郭家小姐常在下午教授英文，她的学生常常在她生日时带给她蛋糕和小礼物。

现在她的眼睛不再像几十年前那样无邪，只是仍旧直率而且勇敢。有三次，她被送到医院，因为医生认为她即将中风，可是三次都没发生什么，就安然回家来了。但她不再长途旅行，不再去美国，因为她不想住美国那三百元一天的医院病房，甚至也不再去北京。她在上海自己的家里等着中风那个时刻的到来。

她自己去市场买菜，修眼镜，寄信。听别人商量要去看同性恋酒吧，她表示自己也想去看看，甚至抱怨陶陶餐馆给她刀叉吃广东餐，太不伦不类。有时她抱怨："我等中风那一天等得烦死了，要来，就早一点来吧。"她说。

好的运动。

也许因为她和非常在意自己的上层社会身份的哥哥不同，她从小习惯于华美的生活，可从来没有把它当成生命，她并没有蔑视她的生活，然后成为一个真正的革命者，她只是一个被逼着天天在家弹琴的美丽小姐，看轻了生来就有的那一切，更没有穷孩子的那种

这张报名照用于郭婉莹自青浦归来以后，上海上下班用的公交月票。许多年以来，每个月三元的公交月票是她的一笔重大开支。她穿着那个时代的女子服装，小翻领，蓝罩衣，齐耳短发，还有脸上被人踩过一脚似的神情。翻捡又从世界各地的亲友们家中回到她身边的老照片，她常常全然忘记了自己是在什么时候拍过这样一张相片，什么也想不起来了。于是她靠自己在照片中穿的衣服来判断照片的年代，穿旗袍的，是1949年以前。穿长裤的，是1949年以后。然后，小小的平翻领，紧系着第一粒扣子的，是抄走了所有衣物的1950年代末期。就是穿着这样的衣服去安徽乡下看望在那里下放的儿子，她还是被农民们追着看，看一个与众不同的女人。

发誓要过上奢侈好日子的野心，所以她也可以去挖腥臭的河泥。拿走了她的奢华生活，并不算拿走她全部的生活。

照片上她的姐姐，在"文化大革命"中去世，她们两姐妹是全家最后留在大陆的两个人。她们一同在中西女中学习，她的姐姐嫁给了有钱的小儿科医生，在家里做太太。她在中西女中毕业以后，也有了一个未婚夫，他也是世家子弟，可是她不爱他，她退了婚，后来嫁给了一个自己喜欢的清华的学生，他没有什么钱，也不会挣钱，但是可爱。在嫁给他以后，她就决定自己也出去工作。于是她与她的姐姐们开始了不同的生活道路，她开着自己的自备车，成为上海滩上极少数广告人，用自己的社会关系找广告，拿高额佣金，做职业妇女，而她们留在家里做太太，在宜人的下午去咖啡馆喝荷兰水，会朋友，逛大百货店。

那时，许多晚上一起在法国总会的派对上碰头的阔朋友说："你看你落到了出来抛头露面的地步。"神态是多有同情，或者讥笑。而她觉得很好，因为她从来就不要靠别人，想要靠自己生活。直到现在，外国记者来采访，回去写了报道说她如今生活靠国外亲友接济，这句话惹得她勃然大怒，她说自己的一生都不吃白食，这是她的光荣和骄傲。

她的思想，常常让人想到那些出自豪门、投身革命的女学生们，可是她说大概是因为从小丰衣足食，心高气傲，才有了对自己的信任与尊重。有一天有人拿走了她的房子、车子和钱，可她在心里仍旧有自信。但她仅仅是一个不那么守富家常规的小姐，对自己的人生，没有使命感，也没有建功立业的野心。爱美，爱漂亮东西，直到

六、肖像

现在，去看望她的人，常常买了外国的点心和巧克力送她，瑞士巧克力是她到现在为止喜欢的甜品。

她活下来了，而且还保持了自己的习惯，只是现在她吃蛋糕的叉子不那么配套；她用来配上白发的冰蓝色的毛衣襟上有安徽保姆没有洗净的污迹；她自己去菜场买菜，在那里有一个老人总是跟着她，有一天对她说，能不能请她到自己家里去坐一会，他喜欢她。而她气愤地红了脸，说："什么乱七八糟的人，我为什么要和你说话？"在她和你说话的时候，说到什么有趣的事，她会扬起手来轻轻打你的手臂一下，非常爱娇。

去看望她的人觉得她是个奇迹，而她却坦然解释：

"我只是不觉得真的有那么苦，既然你不得不要过这样的日子，那么就把它接受下来。那时候，大家都一样的苦，别人能这样生活，我也可以。"她的确是一个没有野心的富家小姐，经历了这样的一生，在八十岁的时候，仍旧说不出很哲学的话来。

许多像她一样背景的人，后来都离开上海去国外了，她的孩子也去了国外，她六次去美国，大家都觉得她再也不会回这里来了，她甚至到现在都不能用中文阅读，她的英文始终比中文要好许多，她那样的背景，那样的遭遇，不会回来了。

可是她每次都又回到了上海。

"为什么呢？"人人都这么问。

她说是因为她从来在国外就没有钱，上海是她的家，真正没有钱的日子，六块钱也可以过下来，可在外国，没有钱就不能活。在中国，她用的每一分钱就是自己劳动得来的，而到国外，她没有钱。她是有许多亲人在国外，包括当年用二十四元钱养大的儿子，可是她不要用别人的钱，这是她一生的准则，什么都不能破坏。

我劝过她写回忆录，她说在我以前，已经有许多人劝过她了，在美国，平时闲得无事，她也写过一些东西，可是一旦真正安静地坐下来了，心里会有许多东西涌出来，她不知道先写什么是好的。鼓励她写作的儿子说，就把那些涌出来的东西写下来吧。于是她就写了。后来，她决定要放弃。因为她发现她写下的那些东西全是抱怨，而她，不喜欢抱怨。

有一次，我在她家里一直到天暗下来，她拉开遮阳的窗帘，窗外一片绿色，大树在潮湿的春天空气里抽出了新芽，她拉着窗帘的一角，说："我很喜欢窗外的景色，多么绿啊。"

这是真的，从窗外一直涌进来新叶的芳香。

桌子上放着一个法国女人从家里带来的巧克力蛋糕，特意为她烤的，很香。我们坐在窗子前，上海春天的黄昏很短，可很清凉宜人，她告诉我她直到二十岁，才有一个中国名字，叫郭婉莹，是随了作家谢婉莹的名字。这个中国名字对她来说一直没有当真正的名字用过，她出生时就有一个英文名字，叫Daisy，是一种单叶的雏菊，常常开在春天的草丛里。她说着拿了一个小镜框来给我看，那是一幅小小的油画，在暗暗的底色上，雏菊单纯地开着白花。

1999年，我为戴西的故事写了一本书，《上海的金枝玉叶》。这本书的写作来源于以上这篇文章，书采用的是照片说明的方式。因为写作，我一直在戴西最后的岁月中与她保持着联系，直至她遗体捐献仪式后才与她告别。她度过人生的方式一直鼓励着我。

六、肖像

王家妹妹

在晚会上，意大利红酒把她圆圆的脸激红了，她的圆眼睛在厚厚的黑发里面闪光。她是活跃的，不知道她从哪里认识了那么多在上海的外国人，各个国家的人都有，每个认识的人与她碰一次杯，她就喝得不少。和人碰杯的时候，她手上的一大串西藏来的银手镯丁冬有声地向手肘退了下去，那些饰物是奇异而粗糙的。

一个刚刚演奏完的德国人靠在钢琴边和人说着什么，白色的手指长长地绕在玻璃杯子细长的脚上，像握着一枝红色盛开的玫瑰。他的眼睛在琴上的烛光里，变成了深深的蓝色，他的侧影像一个一晃而过的梦境，在我和她的眼前突然出现。

她放下酒杯。望着他。

她拿出小小的照相机，对着客厅外面那个宽大的门廊，那里烛光闪闪烁烁。可是她好久都不曾下手，然后我意识到原来她从那里面看着那个正和人说话的钢琴家。

当她侧过脸来，她的脸上出现了一个深深的酒窝，说："我喜欢他。"

"去和他说话。"我鼓励她。

"行吗？"她望着我，犹疑而兴奋地问。

她是一个画家的女儿，是家里唯一的女孩子，从小受到很好的教育。后来成为一个木偶演员，在《白雪公主》里演呼吸道过敏的小矮人，响亮地打喷嚏，响亮地咳嗽，在王子把白雪公主吻醒的时候，她发出一声由衷的惊叹。

在她很年轻的时候,爱上了一个从乡下上大学学画的男孩子,那是她的初恋。但是当她母亲第一次看到她的男朋友,就开始殊死反对,直到把她从家里打出来,她找到妇联,从妇联开了证明,才和她的男朋友结婚。因为她爱他,他与自己完全不同的经历,有时候也是一种魅力。还有来自家庭的反对,她认为母亲非常俗气,这是她不能同意的。

她那时什么也没有要,走出了自己的家,跟丈夫住在音乐学院的学生宿舍里,有学声乐的学生在公共盥洗室里一边洗衣服,一边大声唱意大利歌剧,她觉得很好。

丈夫只身到荷兰去学绘画,很快地,为了留在荷兰变了心,他和一个德国女人同居,然后有了孩子,他从她的生活中失踪。而她在很长时间里,还要想象着他在荷兰安顿下来以后,自己也去荷兰。像那个年代的大多数上海女孩子,她也想到欧洲去看看,那是她从小向往的地方。而他为了不让她找到他,在荷兰撤销了她已经做好了的外国学生经济担保,使她连护照都无法申请。

周围的人都知道她从前轰轰烈烈的爱情,这时,大家都想起来她的妈妈,想到她那时候拼死的反对,直到此时,她都不能回家。这时,他们看着她,对她说:"简妮,好好活着,要坚强。"她说好。有两年,大家都觉得她会发疯,她把自己的圆脸瘦成了一条线,在街上走过。然后,她从甘甜的上海女孩子成了一个风情而孤寂的女子,她一直独自生活着,仍旧活泼敏感,只是没有爱情。

"没有爱情,真的很寂寞。"那次她说。

六、肖像

　　她说,她并不真正恨丈夫想留在荷兰的愿望,而是恨他的行为,和他的无耻。

　　然后,她开始有了德国朋友,他们常请她参加晚会,她很乐意去,她的性情比一般中国人开朗大方,让人喜欢,于是她又认识更多的人。按照现时合理的猜想,她应该是在找一个她爱、也爱她的德国人,最终让那个真正爱她的男子领她到德国去,这对别的上海女孩子,是一个理想的实现,而对她来说,还有着复仇的意义。然而,她一直没有。

　　她红着脸,犹豫而快乐地望着我,又望望他,那个德国人还在愉快地闲聊,烛光把眼睛照得很蓝。

　　我说:"你去呀,去。"

　　旁边也有凑趣的人,说:"来,我来为你们介绍。"说着就伸手去扶她的手肘。

　　她笑着乱摇手:"不可以,我怕!"然后紧紧地靠着椅背坐,怕有人会把她拉起来。"我不好意思。"她的脸越来越红,这时大家发现她的那句"不好意思"不是现在女孩子挂在嘴边的客气话,就赶快放过她。

　　等大家散开去,她望着那个人,她起身走向门廊。她穿了绿色大裙的身影在上海老房子的褐色木门停了停,让过那个人被跳跃烛光照亮的脸,悄悄转向他的侧面,闪光灯亮了。

　　她好像被它吓了一跳,赶快把小照相机握进自己的手里。

　　过了一会儿,闪光灯又亮了。

　　它照亮了我的回忆。那张脸像二十多年以前阿尔巴尼亚电影里的一个老师，会弹吉他，是个斯文的革命者，他是当时上海少女的偶像，唯一可以看到的欧洲人，寄托了一些上海少女的青春理想：一个卷发碧眼的远方的偶像。

那时，她一定也在心里细细想过他，就像现在满街的女孩子想着张爱玲在旧照片里穿着的清朝马蹄袖子。

那时喜爱阿尔巴尼亚电影里弹琴人的女子，在人人只能穿蓝色制服的上海，是那种晚上用粗电线把刘海夹起来弄卷的女孩子，是偷偷找欧洲小说看的女孩子，是夏天把家制布裙子一圈一圈往腰上卷起来的女孩子。如今的上海女孩子早已经沧海桑田，再不把那个欧洲既小又穷的山国放在眼里，比起春天时分穿着露脐衫逛专卖店的一代新人，三十年前的上海女孩真的是古典，这个词包括了浪漫，笨拙，迂和其他。

那个德国人看了她一眼，以为她是主人请来的中国记者，她红着脸对他笑笑，就逃回到自己的酒杯旁边。

问她为那个她喜欢的德国人照一些相干什么，她说，用来写日记的。她习惯于顺着照片记录日常生活，经年累月，现在日记有一尺多高了。这也是少女时代会喜爱阿尔巴尼亚电影演员的上海女孩子，生活中总是有一点离开现实的、漫无目的的想入非非。像她这样的人喜爱弹琴人是自然不过的事，只是到了现在，她还会为了他脸红，为了他写几页日记，只是为了要写几页日记，实在让我觉得，她内心生活情不自禁的奢侈。

快要进入冬天的一个上午，我按照她的名片找到了她的家，摇摇欲坠的小木楼，怕是有一百年没有维修过了，从十四年以前离开

六、肖像

家,到现在她一直没有房子,在前夫从前的音乐学院东住住,西住住。小木楼前有一大片阳光,照亮了门前洼地里的积水,一只小虫子在水面上滑行,我走过去时,它无声地飞了起来。然后我看到好像马上要倒下来的木头门上贴着一张从画报上剪下来的照片,达斯汀·霍夫曼在里面笑。

楼梯已经看不出原来的油漆了,踩上去每一块老木头都在响,她领我走着的时候说,三十年前音乐学院的院长贺绿汀被关在这里写检查的时候,这里的楼梯就是这样响了,现在在小楼里住着三个无处可去的单身女人。

我们穿过许多女人的衣服,长的是丝袜,灰色的,黑色的,脚踝的地方亮闪闪地用珠子缀着一只蝴蝶,在风里飘;短的是绣花内衣,白色的,粉色的。

然后经过一扇长窗,上面倒挂着一束红色的玫瑰,已经干了,用缎带绑着。

只能一个人通过的走廊有一个小小的拐弯,那里放了一张小圆桌,铺了绿桌布,她说:"这是我们的起居室,可以请两个客人吃饭,吃意大利面条和四川菜。"

然后我看到一间潮湿的小屋子,里面有一个抽水马桶,我想里面的潮湿是因为她在我来以前刚刚洗了澡,在陈旧的墙上挂着一个小架子,上面放着法国产的洗头水、旁氏洗面奶和一只小花篮,那是清新空气用的。

"好,请进。"她打开一扇刷了白漆的窄门,房间有八个平米,放着一张白色的席梦思垫子和红色的大枕头,两张矮皮椅子,一个两门的衣柜，熨好了的衣服一摞摞挂在里面，我看见了在那个晚会上她穿的那套绿色大裙子也挂在里面。还有满墙的德国木偶，从脸上挂下大鼻子来。一只1970年代出产的中国手风琴，许多盗版CD，卡通录像带、唱机和电视，法国香水和黄色的大耳环，画着黑色的德国风景的小瓷盘子，荷兰的大郁金香灯，从旧货街买来的中国蓝花大瓷缸，一大把正在盛开的鲜花，绿色的高大植物，黑色的灯，以及胡里奥的歌声和在地上一堆堆摞起来的画册和画报。咖啡香。

一刹那，我像是回到"文化大革命"后期的上海小屋，破败不堪的房间里被精心营造出来的情调，那样的反差里让人感到了优渥、无奈和不甘。在那样的房间里，大家压轻声音听听七十二转的老唱片，享受远离现实的、对精致生活向往的优越感。

已经很久没有看到这样的地方了，现在绝大多数有这样心愿的人已不再住在这样小的房子里。大家有了大房子有了钱，在家里盥洗室的地上铺大理石，书房晚上通常不睡人。而从国外挣了钱回来的人，在上海的郊区买了成栋的房子，他们叫它别墅，里面有成套的意大利家具，进去得先光脚。好像是实现了1970年代的梦想，可是我再也看不到那种想入非非的情调，再也没有了。那变大变豪华的上海房子，反面显出了它们的贫穷。

"如果只来了两个客人，我这里是可爱的地方。"她说。

是的，她这里还是优渥、无奈和不甘的。时代是变化了，可是并不是生活在那样的上海小房间里的人的时代。他们曾经以为是，可实在的不是。他们也是一种理想主义者，只是不是政治上

六、肖像

的理想，也不是金钱上的理想。所以，她的优渥是第三种理想的优渥，她的无奈是生不逢时的无奈，而她的不甘是理想主义者的不甘，还有清高与自得。

这间小房间允许她住到冬天，然后，这块黄金地皮要造新房子了。老房子拆掉，应该会给住户新的房子，可是她和音乐学院没有一点点实在的关系，她只是已经出国不再回来了的一个音乐学院老师的前妻，音乐学院不可能照顾到这样的关系。到了要拆掉房子的那一天，怎么办？她演小矮人，每个月有一千元的工资，没有钱买一间房间；因为单身，也不能以结婚的理由从单位分到一间房间；没有丈夫，不能靠男人得到房间；要是连一间房间都没有，在中国她怎么生活下去呢？

在她的小房子里，我们听着胡里奥的情歌，讨论她的房子。

许多她的朋友都说，不如出国去，一走了之，也许找到一个新天地。

但她不知道谁可以为她发一封邀请信。

"你有这么多朋友！"我说。

"是，可是我们是在一起聊天、吃饭、听音乐会的朋友，一起骑自行车郊游的朋友，我不好意思开口让他们帮我到外国去，我怎么说？你担保我到德国去好吗？我怎么说得出口？这也太实际了，别人会以为我一开始和他们交朋友，就像现在的上海小姑娘一样，是利用他们。"她说。

"那你到底为什么和他们做朋友？"我说。

"是因为他们与我们不同，他们身上带着欧洲的文化，而我喜欢欧洲的文化。"

是的，到底是在少女时代喜欢阿尔巴尼亚电影演员的一个上海女子。想入非非是她生活中至关重要、也是致命的一点，她像油一样，就是被打得再碎，也不能与水成为一体。越来越多听到在酒店工作的女孩子两年以后差不多都搭识了外国人，跟着出国去了，她是几任德国领事的座上宾，可不好意思说她想要到德国去这句话。越来越多听到女子为了更有钱的男人和自己的丈夫离婚，可她一个独身女子，却找不到一个可以给她房间的男子。而她是一个有风情的女子，她能说一口德语。

后来，又一次看到她，问到她的房子，她说没有一点办法，她打算真的到德国去了，正在办邀请。可没有说怎么办，我想她是不想说，因为她很快就把眼睛转开去了。

再后来，又看到她，她说，要到德国去了，计划是冬天。

为什么冬天，天那么冷。

她说是要去那里过圣诞节。那是她二十年以来的梦想了。二十年以前，上海刚刚开始有人在私下过圣诞节，有人从外国寄来圣诞卡，上面的雪是用银粉刷上去的，手指一摸，粘许多下来。二十年以前她学会了《平安夜》，她觉得真好听。那时开始，她就向往着有一天能够真正地过一个圣诞节，在欧洲。

"大雪，音乐，红衣服白胡子的老人在街上摇着铃，圣诞树上的大星星。"她说，"我想要看一看去。"

"然后呢？"我问。

"我就回来。"她说。

六、肖像

传教士的私人相册

这是一本横三十二开的相册,它的封面已经没有了,剩了一个黑色的硬皮子底,上面压着烫金的花纹。像所有的老相册一样,它的每一张硬纸上,都有一张极薄的纸衬着,使那些手工冲放的照片不至于在天气潮湿的时候黏在一起。真不能相信这是一百多年以前的照片,那么清晰,那么明亮,那么好的镜头,至今仍能看到照片上那穿着拖到地上的长裙子的法国妇人,在中国的温和阳光下笑容上的皱纹,不怎么厉害的皱纹,细小而深刻地从她眉间向额头爬去,使她看上去很有思想,就是那种可以为信仰献身的女子。

照片真正发了黄,估计那是1860年代左右的了,照片的四角用胶水粘着,现在那些胶水都泛了黄,不再有黏性,所以翻得重了,照片会从纸上落下来。

看上去,这应该是一本私人相册,里面常常出现两个女子,一个穿深色长裙,戴着法国式浅浅的白草帽,额头上有着坚毅的细皱纹,另一个是深色头发的,在相册里第一次出现时,她穿着白色的婚纱,仰着脸,独自站着,是个新娘。在照片里,她们有时坐在家里,那宽大的屋子完全是欧洲的陈设,要不是在角落上看到了中国的腊梅插在仕女瓶里,会以为那是从欧洲的家乡寄过来的照片。有时她们在乡下骑脚踏车,那是居里夫人时代的笨重车子,中国南方的稻田里长满了长长的稻子,泥土柔软,不知道要是她在如蛇蜿蜒而去的田埂上摔倒的话,会是什么情形。有时她们在旅途上,她们在中国北方的城门前骑在马上，笔直地顶着头上的帽子，因为是在旅途中，她们身上全穿着黑色的外套，那黑色的小人影，在淳朴巨大的城门前有一粒米那么大，可拖着长长的影子。旅途中，她们一定进山去看了庙，那时她们比较活泼了，脸上笑着，在满目苍翠的山坡上和中国轿夫合影，那群轿夫的脸上也全是笑，愉快而纯洁地闪着他们白色的大门牙，绝不是可以装出来的，看上去，他们并不怕那相机会把他们的灵魂勾了去，不像野史书上说的那样愚蠢和封闭。

这里面还常常出现两个小孩，一个很小，刚刚会走路的样子，戴着宽檐的凉帽，对着为他照相的人欢笑，捏了两手泥巴。还有一个少女，在木头做的秋千架上站着，静静地看她前面的空地上，两对夫妇在用木头棍子击小球，像玩高尔夫那样。他们是1860年左右的小孩，现在不知尸骨在什么地方，也许他们早就回了国，可也许，他们躺在上海的外国人陵园里，在虹桥。小旅行箱大小的石碑躺在上海的泥土里，上面爬满了野常春藤，碑上的姓名也常常被刻错了，因为没有亲属照顾的关系吧。不过，上海还是为他们保留了一方小小的泥土。许多这样的小石碑一起躺着，一块块地，被忍冬墨绿地围着。那是一百多年以来，死在上海的外国人的墓地。从欧洲漂洋过海到上海来，每个人都有自己的目的，而这两个孩子，是因为父母来了上海，他们才来的。

这应该是个法国传教士的相册。照片里常常能看到在中国的什么地方新建的教堂，它们一定是刚刚造好，一砖一瓦都在天光下闪着光。还可以看到当时驻扎在徐家汇的法国兵营，照片上一队队戴着无檐小帽的军人在帐篷前站着，仔细看，能看到队列里有些黧

上世纪的某一个下午，在上海徐家汇的某一处郊外，某些树下，某个供在上海的外国人郊游的度假村，就像现在又在上海更远的郊外陆续修建起来的度假村，为在上海工作的外国人郊游用，孩子在保姆的陪同下荡秋千，大人们玩球。只是在复制的照片上，孩子后面的法国保姆看不清，她的白色的脸和头上的白色扁帽子与背后的树叶子混为一谈。也许我们对当时的事物的探索也会遇到这种情况吧，在相册里清晰可见的面容严峻的老妇人在复制中消失了，如果不是与原件对比，她就是一大片朝着阳光而闪出亮光的大树叶子。无法身临其境，甚至无法找到当时的资料的时候，我们错过了一些什么真相？误解了什么人什么事？在相册里，记录了这些在徐家汇生活的法国人怎样郊游，怎样在家里布置了中国式的古董和日本式的大扇子，一个穿着婚纱的新娘怎样有一点茫然地站在薄薄的竹片帘子前，垂下双手来。望着那些照片，我才发现原来他们不光在幽暗的教堂里翻着绿眼珠子想着不可知的事，还有私人的生活。

黑的人，让人想起法国的阿尔及利亚雇佣军。操场中间，有一个没有光着头的黑人，挺着肥大的肚子走过，帐篷上搭着草草晾在太阳里的衣裤。

相册里有不少照片是和中国老百姓一起拍的，有坚毅皱纹的太太和一个光着两腿的农民一起站在坡上的中国式白房子前，那是刚刚去拜访了一户人家。也许他的家信了天主。一个小脚女人，坐在木头纺车前纺线，她手里拿着白色的线团，温和自如地看着照相的人，还带着一些新奇和天真。以那个时代中国女子的腼腆与拘谨，她和

我推测这个女子是传教士的太太，在相册里她是出现得最多的一个人，她总是出现在每一处情景的变化之中，带着传教士太太应该具备的坚忍而大无畏般的神情，在山林小道上，在大庙飞檐的巨大阴影下，在船上。他们一定一同看见了一条邻近的船，张着百孔千疮的帆，真正的百孔千疮，网似的张在旧木船上，因为在她坐在船上的相片后面就是那张帆的照片。按说他们是去布道的，可是他们沿途也了解了这个国家，记录了这个国家，那种沉睡般的宁和之气。

是她这张脸帮我认识了一直躲在镜头后面的传教士的脸，他们端庄古典地坐在一起。

照相的人，应该熟若家人。也许这也是一个信了上帝的教徒；还看到盛装的旗人贵妇轻盈地站在高高的木头鞋上，倚着花团锦簇的花园月亮门而立；一个年轻英武的红顶官吏与凤冠霞帔、遍体罗绮的夫人在家里的合影；甚至还看到上海名妓在房中抚筝，圆圆的脸上有一种灵动的神情，眼光温柔如水，眼角像中国亭子的飞檐一样，高高地向鬓发挑过去。接下来的一张，是她倚在一张法国卧榻上，像拿破仑妹妹一样的姿势。可她更宁静，看不见恣肆的欲望，也没有风尘气，她

中国在这本现在勉强维系在一起的小相册里,是那样一个奇妙的地方:宁静而混乱,朴素而颓唐。上海农村的小院落里,那江南雕花而腐烂的木门,那白蚂蚁吃空了木头轴的花格子窗被草草卸下来,地上不整洁,那地方既奢侈又原始,让人不知如何是好。就从这样的小院落里,传教士渐渐走向有平原的地方,那里城门是方方正正的,风尘仆仆的,坚不可摧然而百无一用的。他也拍了一些河流的照片,那上面的船是浮在晶亮透明的水面上,倒映着渔夫,那渔夫宁静地垂着一根渔线,好像是为了消磨时光来钓鱼的。传教士的镜头里,一百多年以前的中国人那种宁静倦怠的生活真的让人着急而感动。

那跷着小脚的自在妇人是不是知道,如今,那花格子窗,那老纺车,那在潮湿中渐渐肿胀腐烂的雕花木头门,包括她的尖头小脚布鞋,都是年轻人精心收集的古董。

应该是卖艺不卖身的书寓。要是她就是因为偏好接触洋人,而渐渐学会说英语的陆兰芬,外国人那时称她为"支那美人",是没有叫错。

当时,大概传教士是在中国真正接触中国民众的外国人了,听说他们传教不光是在教堂里,而常常走到教徒家里,走到中国人生活的地区里去。有书上说,在女孩子出嫁的第一夜,传教士常常会

这张照片被传教士放在相册前面几张，让人想象这个从法国来的传教士一定对这秀美的中国美人十分惊叹。将自己的一生奉献给上帝，并不表示失去了对美丽女子的欣赏权利。这个青楼女子含蓄地在法国人的镜头前笑着摆出上几个年代的姿势，在镜前托腮，在榻上斜倚。

　　按照相册的照片排列，仿佛可以感到传教士是拍出一些来，冲晒以后，集中到相册去。这么说，他到上海来，最先接触到的，就是这些面容清纯宁静但放任自流的女子。最先使他惊奇的，亦不是东方的山水树花，而是遥远地生活在放任自流中的人。

　　这张照片与其他的几张，已被旧上海生活的画册广泛使用，只是当你知道这些青楼的纯情女子的照片出自传教士的黑封面的私人相册，是否会更有一分好奇？

　　和女孩子单独待上一夜，向她传教，并让她把上帝带到婆家去。当时的江南竹枝词，对外国传教士的这种作为，多有讥讽。而在上海做生意的外国人，早早地设法建立了一个海外的欧洲，把自己小心躲在里面。一个爷爷在上海度过青年时代的德国女子告诉我说，她的爷爷晚年回忆上海时曾非常怀念上海，可是他不喜欢豫园周围的中国城，他说那时在上海的外国人不去那地方，因为觉得在中国的街区中国人的文化里，不那么自在，也不那么安全。也许就因为他的传教士身份，才在这本相册里有不同阶级的中国人很私人化的

传教士的相册里有许多中国民俗的照片，都被上海史有关的画册反复使用，比如妓女出局，让龟奴背着，有个老妇人跟着；比如在闹市中心的木头柱子上，成串挂着被砍下示众的人头，不连着脖子的人头看上去很怪异，像一个倒着写的逗号；比如黄色车夫；比如卖小笼包子的露天摊贩，多少年以前那卖南翔小笼包子的人，就是红红胀胀的一张宽脸，也像跟着蒸汽鼓起来了一样。

生活照片。他甚至还领着一大堆朋友去了豫园，他们在假山上照了相，像中国的中学生去豫园玩常常会做的那样，大家在湖石假山上各自站好，留下的照片，像一群猴子在猴山上，即使他们庄严地穿了齐膝的礼服，还拿着手杖。

　　在差不多相隔了两个世纪的上海，那个下着冻雨的下午，我小心翻着偶尔保留下来的相册，想象着从前用照相机留下这些照片的那个人，那个传教士。我老是看到那个穿旧式长裙的女子，渐渐地开始想象那个为她照相的人，他是什么样子的？

　　从他的镜头里，我看到了长满了野草的京城大殿和坚实的长城；看到了木头铺的上海城隍庙的九曲桥；看到满街挂着娟秀毛笔字幌子的南京路上，一个大汉肩扛着年轻的妓女出局，现在这张照片可以在各种版本的上海史书里看到，原来是出于这里；看到了一台崭新的燃气火车头在中国大地上像刚擦好油的新皮鞋一样闪闪发光，下面有个穿马褂垂小辫子的男人默默地看着它放出大团白色的气来，他并不像我们现在设想的那样瞠目结舌；还有长江上的小扁舟，上面立着一些缩着肩膀的鱼鹰，撑着船的，是面容古朴的男人，将辫子盘在头顶上，穿着斯文的大襟褂子；甚至还有一架美丽的花轿和花轿下的新娘在乡野的阳光下活泼地站着，后面乱乱地跟着一队人，拿着东西，抬着东西，远远地从一片田地的垄上走来。在他眼睛里的中国不那么满目创伤，而有一种风尘仆仆里的安详无争以及伟岸，实在是像一个久睡的狮子。那时的天空好像比现在要清朗许多，万物都那么清晰，河水清亮地倒映着太阳光，植物的表面发着油亮的光。他是一个很好的摄影师，喜欢宏大的构图，很少有特写，北方的一段长城在画面上游龙走蛇，雄壮而飞扬。在一百多年以前，是什么样的传教士，受了什么样的教育，才有这样好的照相机，这样好的摄影技术？我想，他并不是一个仇视中国的人，他的镜头很严谨，没有贬义。

相册里的照片，渐渐多了一条平静的大江，江上有帆船。然后里面有了红顶的官吏带着听差在路口迎候的照片，那年轻的官吏严肃而谦恭地看着前方，四个听差举着托盘，里面装满了中国古代的金银宝贝，我看不懂那些到底是什么。这次旅行一定是受到了中国官府的礼遇，以后，他为祈年殿照了相，甚至还去了颐和园，那是老佛爷的花园，他远远地为湖边的铜牛照了相，还有许多高官迎送的

六、肖像

场面，那些清朝的高官，穿着貂皮斗篷，沉着色厉内荏的脸。这是照片里面出现过的最难看的脸色。甚至还有进了皇宫的照片，他用闪光灯照了高悬着"正大光明"的大殿，还有汉白玉石阶中间的盘龙浮雕。他参加了许多列强与清朝政府接触的场合，这也是一个天主教传教士的工作？在一张照片上，我看到了外国公使晋见皇上的情形，从那些背影看，公使们的仪态远比电影里的文雅有礼，皇上看上去也不那么懦弱。

历史书上说，上海的徐家汇天主教区，是西教向中国内地扩张的重要基地，我想这该是没有说错。他们从上海去了北方，照片上沿江的新教堂上，有一个在法国的北部常常可以看到的彩色玻璃大花窗，和麦茨的教堂玻璃花窗一模一样。然后他们去了日本，印度，还有朝鲜和台湾。他们还去了中国的庙。因为有许多张照片是寺庙，其中有一张，是隆重地披着袈裟的和尚和许多年轻的小和尚，看上去他们迎在大殿外面的空地上，他们双手合十，望着镜头，或坦然，或逼视，或戒备，或诘问，他们的眼睛不那么友好，可是有礼有节，姿势谦和。那是中国传统的含蓄。这就是中国文化在一百多年以前面对外来文化的眼神，他们全然没有同时代中国民众面对同一架相机的那种天真。

这个传教士到底什么样子的人？我从他的眼睛里看到了那时的一部分中国，一页页地翻着照片，好像渐渐地就感到了他的角度和他的眼光，他从来不用人为的仰视或者俯视的角度，他构图精良，他对眼前的事物有一种发现的惊奇，就像隔了许多时代，又翻开了他的照相本的我，面对他的照片的心情。他虽然死去多年，可他那时看中国的目光，还在相册里活生生地闪烁着。

又是一个阴雨的下午，又是一个偶然的机会，我看到了一本画册，关于上海历史的。有一张照片，上面是在一个中国庭院里围桌而坐的两对男女，一对是中国人，另一对是外国人，那个女人穿着深色的长裙，她的脸让我熟悉，她的眉心里有一些细小而坚毅的皱纹向额头爬去。然后我想起来她就是从法国教区流落出来的照相本里的那个女子。然后我看到她身边的那个人，穿着教士的黑色长袍，腰上拖着有流苏的带子，细高个子，留着络腮大胡子，长长的脸上，有一对大张着的眼睛。照片下有一小条说明："天主教堂的传教士夫妇和上海地方官员"。因为相册上的女子，我终于见到了他。他放在桌上的手指是细长的，就是它们为了那本相册，按动了许多次的快门吧。可这张照片又是谁照的呢？

六、肖像

上海人杜尔纳

杜尔纳先生坐在露天的咖啡桌子前，抱着他那高大的狗。他很老了，他老得眼角向下重重地落下去，显得那犹太大鼻子更像悬挂在脸上似的。从前看欧洲战争的小说，纳粹杀人的时候，常常说："一看你的鼻子就知道你是犹太人。"他递给我一张名片，在上面用中文写下自己的名字："杜尔纳"。难为他，那个"尔"，还是用繁体字写的。

他看到和我一起去的皮克夫人，便用奥地利德语问她是不是去了萨尔茨堡的会议，那是上海犹太人的一次重聚活动。1937年以后，在欧洲的许多犹太人坐意大利船逃往上海，当时上海是世界上唯一不拒绝犹太人的大都。上海接纳了两万五千个犹太难民，是当时加拿大、澳大利亚、印度、南非和新西兰接收的犹太难民人数的总和。1945年以后，他们在国际犹太人遣返委员会的帮助下，离开上海回到欧洲。他也是那些人中的一个，像水银从温度表的密封玻璃里逃出来一样奇迹，像水银落地一样迅速逃匿，像水银即使被碎成粉末，也会很快再汇集成完整而晶亮的一大滴一样的顽强。

他是奥地利人，欧洲排犹开始的时候，他是个二十岁的青年。1940年经历了从奥地利翻过雪山逃向瑞士，在当时的中立国他找不到地方住，找不到地方工作，瑞士没有把他送给纳粹，但不给他生活下去的可能，它像雪山一样美丽晶莹而寒冷地旁观他的挣扎。于是他从瑞士再逃往上海，在当时的法国租界里一条高尚的街区落了脚，弄堂里的中国孩子在他上街的时候常常追着他叫"大鼻头伯伯"，那是种孩子温和的戏谑，惹他注意他们。1943年他被日本军从复兴中路的住宅赶进虹口犹太人隔都居住，直到战争结束。1945年他离开虹口犹太人隔都，和中国妻子一起住在徐家汇，他在上海结了婚，有了家，学会写中国字，喜欢吃上海的家乡小吃。1952年，他随最后一批犹太人离开上海。他和妻子去日本，在日本生活七年以后离开日本去美国，在美国生活了三年，离开美国回到故乡奥地利。所以，他会说奥地利德语，日语，美国英语，卷着他的舌头。他说着说着，突然对我说："不过，倪是上海人。"

他说了一句老式的上海话。然后，他说起了上海。

有时夜里做梦，又好像走在上海的马路上，法国梧桐树，在夏天的时候把太阳全都遮住了。复兴中路上有一个法国公园，里面的玫瑰园在黄昏时候香到园子外面来。拉都路上有一个犹太新会堂，里面有高背木头椅子，听拉比传教的时候可以很安静，听说1993年的时候，发生了火灾，把会堂烧毁了。

我说是的，那是我中学时代的大礼堂，我们排着队到大礼堂去听报告，总是把身体缩到高背椅子里面，这样，老师不知道我们到底在做什么。有时我们到礼堂的楼上去唱歌，楼上全是褐色的护壁板，一走动，老地板就吱吱地响，尘土飞扬。当时我们都知道原来这是个教堂，可不知道是犹太人的。同学们都不敢一个人上楼，觉得那些幽暗的角落下会藏着什么可怕的东西。

他说沿着那条路走不远，就有一家犹太人开的餐馆，老板也是从奥地利逃过来的，里面的东西好吃，所以在上海很有名，听说那

杜尔纳把自己的名片放在咖啡桌上,从我手里要过笔去,在自己的英文名字下,写了三个中国繁体字,那个"尔"是那么难写,他记不全了,于是写错了。然后,他把自己的名片向我推过来,他希望我能记住他的中国名字。

那个春天维也纳温暖的黄昏里,他望着金环大道上的人群,说他不喜欢欧洲,不喜欢欧洲人,不喜欢日本人,不喜欢美国人,而怀念年轻时代在上海度过的那些日子。那是一个风雨飘零的犹太人的温情,还是一个细心的老人对我的体贴?

(摄影:陈丹燕,1996年)

时在上海很红的宋家姐妹,也去那里吃过饭。在窗台上,逢犹太节日,就点上犹太人的九枝蜡的铜烛台。周围还有一个犹太人医院,有从欧洲来的最好的医生。还有一个犹太人俱乐部,即使是在战时的上海,遇到节日,犹太人也穿上自己最好的衣服,用水梳齐自己的头发,到这里来开舞会。那里的地板是细条子的,房屋高大,窗外有花坛,音乐响起来的时候,常常会让人忘记这里是上海的什么地方。

我说是的,现在那个餐馆找不到了。那时的医院,现在是上海五官科医院,当时的房子,现在还在用着,刷成了白色。那犹太人俱乐部,现在是上海音乐学院的一栋楼,风尘仆仆,细条子的地板现在仍旧平滑如初。外面的花坛现在也还是花坛,只不过里面的玫瑰花,现在又瘦又小,种已经退化了。有犹太人留下来教中国人小提琴,成为音乐学院的提琴教授,而上海音乐学院的提琴,一直是强项。1994年上海犹太人从世界各地回上海重聚的时候,他们还特地回犹太人俱乐部参观,当年的人拿着照片回来,照片上在上海出生的孩子,在上海长大的孩子,在上海有了爱情的青年,现在平安地生活着。

"跳舞的时候也会有惊险的,那时晚上上海灯火管制的,开灯要先拉黑布窗帘,要是忘记了,外面就有宪兵叫,将电灯暗掉。"杜尔纳先生说。

我很吃力地听着他的话,他常常不自禁地把德语、英语和上海话混在一起说。我说:"那时候已经有了英特电脑了?"

他说:"没有。"

我说:"那怎么说暗掉呢?"

六、肖像

他说:"你怎么不知道上海话? 我是说要把电灯暗掉。"

啊,是的,那是老式上海话里,灭掉电灯光的意思。

他说到虹口,纳粹德国特地派员来上海督促日本占领军在崇明岛建立死亡营,可日本人没有听,他们将虹口划出一块地方来,建立犹太难民隔都。那是些红色的老楼房,紧紧挤在一起,那是教会的房子吧,上面有十字架。小巷子又长又窄,只能过一个人。周围有舟山路的集市,从早到晚总是熙熙攘攘,中国人和犹太人挤在一起卖所有日常的东西。中国人的生煎馒头,在油里炸着小葱,香透了一整条街道,犹太人开的路意斯咖啡馆里,可以买到最好吃的掼奶油。

我说是的,我去过虹口的犹太人隔都旧址,现在那些红砖的大房子里还住满了人,我去的时候是中午,阳光灿烂的,隔都的围墙上,当时日本人造的铁栅栏门,现在生了厚厚的锈,可还用着。走到里面,小巷子仍旧很挤,窄小的水泥空地上有人用钢丝床晒着棉被,那是从前犹太人搭着木头桌子做饭的地方,我看到过一张照片,是当时住在这里的犹太人保留下来的,有一个女子,穿着长大衣和皮鞋,站在一个正忙着的男人边上,她一手叉在腰上,一手搭在木头桌子角上,和四周的拥挤窘迫格格不入,就像一粒灰尘落在豆腐上一样。

现在那些房子几乎和犹太人离开的时候一模一样,只是更老,更旧了,1994年有一个夫人回到这里,发现那时她家贴上去的犹太人密苏扎门饰,还留在当年她出生的房间门上。她用手去摸,里面有一些陈年的灰尘,再摸进去,好像就和小时候她的手指印

虹口犹太难民隔都正面的房子,面对它的是霍口路儿童公园,在那里,拉宾总理曾立碑纪念上海隔都,感谢虹口庇护了两万余犹太难民,使他们免于流浪。(摄影:陈丹燕,1994年)

子合上了。推得门进去,里面雕了菱形花纹的楼梯扶手上全是灰尘,在天晴干燥的时候,就是没有人走,它们也会兀自发出一些声响。斜斜的阳光像水一样泼进来,不知道哪个关着的门里传出细小的音乐声,站在那里,会突然感到一种宁静的感伤,就像在波兰的那些空空的犹太人隔都里可以感到的一样,那是一种与犹太人紧紧相随的东西。

隔都外面的舟山路,现在还是一样的拥挤,找不到路意斯咖啡馆了,可街上还有生煎馒头的香味。在这里我遇见了一个老人,和

犹太人虹口隔都的房屋内部，楼梯的扶手里虽然积尘重重，几成灰色，但还保留着原来的木头雕花的扶手，让你想到那被灰尘久久遮埋的底下，曾是年轻的犹太人杜尔纳用手摩挲过的地方。（摄影：陈丹燕，1994年）

他说起了犹太人，他从小就住在这里，他说那时候犹太人在集市里摆小摊卖肥皂，价钱便宜。为了快一点卖掉，他们常常说自己这是快要离开了，才压低价钱的。"犹太人会做生意，会吃苦。"老人说。这里还有许多老人记得犹太人，有过犹太孩子做童年朋友。

他说犹太孩子在上海，是动荡的，也是安全地长大了，就是在隔都里，还是有一个儿童公园，妇女带着小孩子在这里晒太阳，聊天。也有几个学校，孩子在这里学习意第绪语，每年都有孩子从学校毕业。还有一个公墓和一个摩西会堂。死在上海了，可以睡在同胞中间安息，还可以在墓碑的正中间刻一个六角的犹太星星。墓地虽然小，可不必像布拉格的那个一样三层四层地将棺材堆上去。在活着的时候，则可以信仰自己的宗教，那四百个从欧洲奇迹般地集体逃亡上海的米尔经学院的师生，在上海保持了犹太教。常常还有上海女孩子做了犹太青年的女友，穿着花旗袍到隔都里来，大家就一起去维也纳咖啡馆坐坐，许多人是从奥地利来的，后来，就把虹口叫小维也纳。犹太人在上海又开始了自己的生活，虽然不容易，可是有尊严和快乐。

我说的那个儿童公园，现在还是一个儿童公园，站在入口的地方就能听到孩子在旋转木马上的尖叫声。只是多了一个黑色的纪念碑，是1994年回来的那一批犹太人在的时候落成的，当时他们都去参加了揭幕仪式。

维也纳咖啡馆已经不在了，中国人不习惯露天坐着喝什么。不远处的维也纳皮鞋店还在，连墙上的幌子都是原来的样子，写着"维也纳的鞋"，画着一个世纪初的欧洲鞋子。

摩西会堂现在是一个犹太人隔都的小博物馆，陈列着可以收集到的当年的照片。来上海的犹太人，都会到这里来看一看，费肖夫先生在这里看到了当年自己在虹口的难民身份证。这里比维也纳的犹太人纪念馆，纽约的犹太人博物馆，就像一间乡下的故居，老木头地板，很少的照片，自然的天光照亮室内的一切，一到黄昏，屋角落满了阴影，你好像能看到从俄国来的白胡子大拉比多年以前在这里走动的影子，可以闻到香油被燃烧时的气味。

战后，在隔都的墙上贴过大屠杀幸存者的名单，让上海犹太人可

六、肖像

以找到亲人的下落。现在在那墙上,不知哪个孩子用从教室地上拾来的粉笔写着"春天,紫红色的,大义凛然,张红是好人,武晨是坏蛋"。

公墓现在也成了一个平淡的小公园,看不出从前公墓的样子,可听说前几年,偶尔还能在公园的某一块石头上发现刻着一个六角星星,退休了的老人们在那里下棋。只是站在薄薄的发黄的草地上,望着对面深绿的忍冬林子,能感到一些什么。那些葬身上海的犹太人,能说这里是异乡吗?在上海出生的卡拉斯诺说,不说国籍的话,上海是她生于斯长于斯的故乡。而上海又当真是他们的故乡?这就是无乡可归的犹太人呐。

他说:"我把自己当成上海人。我喜欢上海人。全世界我觉得上海人是最好的。上海人懂得Tolerance。他们会为别人让出一块空地出来,他们是最好的人。"

杜尔纳先生抚摩着他的大狗,说:"我想回上海去啊,我不喜欢维也纳,可是我要死在这里。"他摇着头,"欧洲人是多么小气啊,他们真的小气,连你门外的擦脚垫子都不能移过去一分。战争是过去了,可是他们并没有改变什么。上海人不是这样的。"听他说真的十分困难,他不知什么时候就从英语变成了德语,又夹着上海话。我和朋友小心听着,然后把话复述一遍,我告诉朋友她所不懂的上海话的意思,而她告诉我德语的意思。

傍晚时候,我们在咖啡馆分手,杜尔纳先生把他的大狗放下来,一身摇摇欲坠的狗毛,狗也老了。他身后的歌剧院灯火明亮,发黑的雕像雄壮地站在屋顶上,被灯照亮了,大街上的花坛里开满了大朵的郁金香。我大声用上海话说:"当心一点,大鼻头伯伯。"

1997-2007，肖像十年记

十年里，我访问过的人，大多不在上海了。

张可女士2006年秋天去世，皮克夫人2004年春天去世，郭家小姐1998年秋天去世，王家妹妹1997年持旅游签证去了德国，2000年嫁给一个德国人，从此长居德国。杜尔纳仍旧活着，我最近一次听到他的消息，是2005年6月，在维也纳。但他已不良于行，我们没有再见面。我合唱队的老师家里拆迁，从此失去消息。

如今我能仔细讲述的，大概就是我所敬重的女士们的葬礼了。

戴西的葬礼在上海第一医学院的人体解剖实验室里举行。那是一所低矮简陋的房子，在校园墙边的一隅。那是初秋爽朗而温暖的日子，让人想起《夏日里最后一朵玫瑰》这支歌。解剖实验室里堆满了鲜花做的花圈，大多是从常熟路上的丽丽鲜花店里订做的，许多人选择了百合，因为知道她喜欢百合花。我至今都记得百合花散发出的强烈香味和绿色根茎的截断处散发出的腐烂的气味，那就是葬礼的气味。我站在芳香而败坏的气味里，回想起最后一次见到戴西，她站在浅绿色的柜子前，在玻璃花瓶前整理白玫瑰的情形。她白发如云，变形的手指以上个时代上海女子的妩媚姿态握着花束。如今，她的尸体将要捐献给医学院的学生，作为一年级生的解剖课教学样本之用。她将没有坟墓，也没有骨灰，所以，这一天，我们与她，是真正的永诀。

六、肖像

在她的葬礼上,我提到要为她尽力写一本书。这就是后来出版的《上海的金枝玉叶》,这个书名,来自于她的挽联。那副挽联,是我的朋友连夜写出来的,就挂在她遗像的两侧。

她的儿子中正低垂着花白头发的头,他脸上依稀可见照片上的那个大头大脑的小男孩的样子。但戴西去世后的第二年,我在洛杉矶再见到他,他的头发竟然全都白了。

葬礼结束后,人们陆续离开,我一直看着戴西最后仰面长卧的样子,她终于安息了。我心里这样想,她终于光荣走完了一生。最后,她将自己的身体作为最后的礼物,献给那些未曾谋面的医科学生们。我那时想过效仿她,也去红十字会捐献自己的遗体,但我终是不愿意将自己的身体交给别人摆布,因为那天我看了她很久,她就躺在解剖台上,那是淡黄色的水磨石台子,两边带有凹槽,大概为了解剖时体液的引流,也便于最后的冲洗。少年时代,我也曾修过解剖课。如今看戴西静静躺着,等待她最后意愿的实现,感到不忍。

中正来带我离开。我们去了一家江苏路上的餐馆。这是为戴西的最后一次聚餐。我得到了一只漂亮的小饭碗,还有一枚调羹。按照葬礼的规矩,这是死去的长辈留给小辈的福分。

戴西给我的碗和调羹,一直收藏在我家的餐具橱里,和外公去世时给我们的小碗与调羹放在一起。有时,在冬天阴冷的傍晚,我坐在餐室里的取暖器旁,取暖器上火光熊熊,照亮着餐室里的器物,在戴西和外公馈赠的小碗上闪烁。这个时刻,令我想起戴西的白发和天蓝色的毛线外套。在冬天的傍晚总是独自一个人,好像回到了孤独的少年时代。我总是猜想,戴西是怎样度过一年又一年的冬天。

皮克夫人去世的前一年，已经在有条有理地准备自己的墓碑、墓地和棺木了，她对自己将要在一年里去世深信不疑。她一生都喜欢巴洛克风格的卧具，她的大床是白色描金边的，所以她为自己选择的棺木，也是白色描金边的。她给我看了棺木的照片，它看上去更像一张华丽的单人床。

那时我正在维也纳大学做访问学者，在她的指点下，我去了她当年遇见那个美国兵的中国餐馆，还找到了当年她下班后与他去跳舞的咖啡馆。她答应要将自己保留多年的信物，他的来信和他在美国的地址都给我。我在她家客厅里坐着，吃着从中国寄来的月饼，她起身去卧室拿那些东西。跌倒受伤以后，她的动作迟缓了许多，但她仍旧因为我来访细细化了妆。她与戴西一样，都喜欢那种鲜红的口红，都描弯而长的眉毛。

我靠进沙发，心里有光突然闪过，我觉得自己看不到那些信了。

她空着手走出来，大声说："我找不到了，也许我已经处理掉了。这一年我一直在处理我的东西，也许我将它们烧掉了。当我的脚摔坏了，知道我再也不能旅行了，我就知道我们此生不会见面了。"

果然我看不到它们了。

"好吧，没关系。"我安慰她说。

"我和他，终于是无法再见。"皮克夫人轻轻地落座。我目睹

六、肖像

过不少老人死之将至时的样子,他们的身体,风中之烛一样轻盈飘忽,好像你用一根手指轻轻一点,他们就会仰面倒下。皮克夫人的身体那么轻,好像一片叶子。我想,她的预感是对的,她就要死了。

"你遗憾吗?"我问。

"是的,我遗憾。"她点点头,"我原以为我们一定会再见面的。但是终于是绝望,我想也许他已经死了。"

"也许发生了什么事,他不愿意见你了。"我说。要是我,会这么想的。

"肯定是发生了什么事,但他如果活着,就一定会来找我。他是一个诚挚的人。"皮克夫人说。她至今都相信他的品行。我想这就是上个时代的人。

"你满意自己这样的一生吗?"我问。

她想了想,回答说:"我满意。我的一生,比我幼时梦想的还要丰富。"

后来,她取了一本墓碑的样本来,与我讨论自己墓碑的式样。她喜欢体面的墓碑,但必须是在自己的钱可以承受的范围里。她解释说,希望以后来墓地的人,能看到一个中国人样样都舒齐的坟墓。

"你难道怕自己给中国人丢脸吗?"我问。

"我不能让中国人觉得不体面呀。"她认真地回答,"你知道,下葬的时候,大使也会去的。我不能让大使觉得寒碜。"

过了一年多,我收到一封寄自维也纳的电邮,得知皮克夫人已安稳地去世了。

第三个葬礼，是2006年夏天，张可女士在国际礼拜堂的基督教追思礼拜。

追思礼拜在一座1920年代建的美国风格的基督教堂里举行，离张可的家不远。教堂墙上爬满了常春藤，也与美国的大多数教堂一样。张可小小的骨灰盒，安放在十字架右侧，被白色的玫瑰和百合环绕。那些白色的花朵让我想起她满头的整齐白发。她的晚年饱受病痛折磨，缠绵病榻，读写皆废。如今死亡解脱了她。她是基督徒，从此住在上帝的家里。

但我心中仍有凄楚慢慢升起来。这种心中寂静细密的悲伤让我想起戴西的葬礼。什么抱怨的话也说不出，只是感到凄楚，感到自己像个放在邮局里的纸箱，虽无不妥，却很孤独无傍。

沈牧师领着满满一教堂的人起立，唱第194首赞美诗。通常在葬礼上，我都是沉默的，这是我第一次在葬礼上唱歌。

"愿主同在直到再相会，主为良师常指导你。主为牧人常养护你，愿主同在直到再相会。"

我渐渐感到，张可透过这首赞美诗与我交谈，这是奇妙的感觉，张可的声音通过我的歌声传达给了我自己。我听着自己的歌声，另一个我在说："好的，我的姐妹。"

我见到张可的时候，她已经不能真正表达自己了。所以，可以说我从未与她真正地对话。当年做访问的时候，她只说简单的词，由王元化先生转达她的意思。王先生肯定是懂得她的，但他们的风格不同，我知道这些意思要是由张可说出来，一定会用不同的词，

六、肖像

不同的语调，那是一个远远避世的女人的表达。可是我从来也没有听到过她的语调。我知道自己又错过了机会，去接触一个完美的人。

此刻，我感受到这是张可在说话，透过我嘴里的歌声，安慰我的凄楚。

"再相会，再相会。靠主恩得再相会。再相会，再相会。愿主同在直到再相会。"这也是我心里的声音。我或许能在天堂与她再相会。那时才能弥补我的遗憾。

我看到王先生的博士生们散立在人群中。他们跟王先生做学问，但都号称自己属于母党，因为他们都爱戴张可，都愿意站在张可旁边。我初见到傅杰时，他还是个机灵的青年，此刻突然发现，他已是低垂着头、似乎无所适从的沉郁男人了。他当年最拥戴他的师母，当年就是他，在老师的书橱里看到张可年轻时代的照片，惊为天人。

"主展全能羽翼护你，主赐日用粮食养你。愿主同在直到再相会。"满教堂的人同声唱着，似乎张可正在歌声里安慰整个教堂为她唱歌的人。"生活危难虽侵扰你，仁爱圣臂必卫护你，愿主同在直到再相会。"她借众人的歌声，一一交代了自己离开以后的事，令人不再害怕生活中因为有人去世而留下的黑洞。王先生穿着丧服，坐在张可的遗像前，他看上去更像一个失去母亲的男孩，他的悲哀里带着倔强和愤怒。他以后怎么办呢？他一直恋家，出国访问，只要必须参加的会议一结束，他一定马上返程回家，从不单独旅行。现在，张可不在了，他的家已经散了。张可护卫了王先生一辈子，如今如何再护卫他呢？

"爱的旌旗常率引你,死的冷波不能伤你,愿主同在直到再相会。"歌里是这样唱的,但愿今后的日子真能这样安全。

张可去世后,有时我去看望王先生,他突然真的衰老了。他抱怨皮肤病的困扰,医生建议他不要每天洗澡,减少对皮肤的刺激。"这怎么行呢,我和张可,我们一生都是每天洗澡的。在最困难的时候,就是冬天洗冷水,也要每天洗澡。现在不让我洗澡,我真做不到。"

他像孩子一样抱怨,不像老人那样怨怼。老人的心,有时会因为无力而变得歹毒,而不是像孩子那样只管仰面祈求。我看他四肢皮肤上的浅浅疤痕。"我不喜欢自己这样,好像癫皮狗一样。"王先生引得我们都笑起来,他自己也摇着头笑。旁边的茶几上放着张可的照片,如雪的短发,脸上笑着,如雪那样碰不得似的干净。我想起来,当年她静静坐着,听王先生说什么,她笑着,简短地评价说:"夸张了。"她如安静而清澈的大湖,细波潋滟,镇定着山河人心。这时,她即使只存在在照片上,也能安顿房间里的气氛。

我说:"你仍好看。"这个八十七岁的老人,身上的气息还是清爽的。

"不好看。"王先生否认。

"好看。"我再说。

张可还在这里。

六 肖像

2008-2015，肖像再八年记

还是在1992年，我陪伴一位台湾人在附近的街区闲逛过。这次漫步促成了《上海的风花雪月》中第一篇文章的写作。那天从乌鲁木齐中路拐向复兴西路，向武康路走过去，我们路过一排梧桐树后黄墙斑驳的老公寓。我们望着污迹斑斑的红钢砖楼梯，它通向一扇同样污迹斑斑的半圆形木门，它旧有的精致和曲线优美的门把手在久未擦洗的雨痕和积尘里，有种因为颓唐破败而惊心动魄的美。那里就是作家柯灵的家，对台湾人来说，他的身份是张爱玲的旧相识，文化人知道得略多一点，所以还知道柯灵是1940年代上海杂志《万象》的编辑，他编辑过张爱玲的小说。《万象》杂志在台北的旧香居旧书店里有过收藏和流转，算得上是中华文脉。

那种颓败的洋房情形在这个老街区习以为常，但那抒情的台湾人仰面长啸："哇噢。"

2000年冬天，为探访旧电影明星上官云珠故居，我走进过这栋建筑，那时我在写《上海的红颜遗事》，"上海三部曲"中的最后一部。它的楼道里有成缕的积尘从灰白色的天花板上挂下来，随风飘拂。那一年我路过二楼柯灵家大门时，柯灵去世不久，柯灵太太陈国容希望将来柯灵故居可以向社会开放，此时她已不移动丈夫书房里的东西，直到自己去世。在那个寒潮滚滚的下午，我在楼道里感受姚姚放学回家的气氛时，也许年迈的柯灵太太移动着她沉重的身体，在厨房里为自己做了一杯加奶的热茶，她端着茶杯慢慢走

在衡山路历史风貌保护区里最有代表性的路上景观就是这样的，已经长了八十年的梧桐树在初夏时节如穹隆般遮蔽了天空，路上的阳光是青绿色的碎影，这时的复兴中路是一条时光隧道，柯灵的家就在这里。（摄影：陈丹燕，2014年）

过家中拥挤的书柜和茶几，来到面向复兴中路的客厅窗前。她曾在"文化大革命"中自杀未遂，从此腿脚不便，人的性情容貌也大变，她走路总拖着双腿，发出踢踢踏踏的声响。冬天去过柯灵家的人都说那里彻骨的寒冷，老人们在家里也穿着呢大衣。

这次，房子还是原来黄墙斑驳的老公寓，只不过如今它是历史街区的历史保护建筑。红钢砖还在原处的楼梯上，它们还是那样污迹斑斑地通向那扇门洞，门洞处的积尘仍没人好好擦洗过。每次我去，在敞开着的楼梯窗那里，总能见到一束长长的竹竿穿窗而出，搁在半空中。那是上海人晾晒衣物的工具，只是通常大家都放在自家阳台上，不侵占公共空间，更不用说带有优渥造型的椭圆楼梯窗。现在它们还在原处，仍旧颓唐而粗鲁。这次我们带着柯灵家的

失去了主人因此也失去了客人的客厅还保持着最后一次接待客人的样子。这里保留下了都会特有的斯文与摩登趣味。门厅口摆着Art Deco的方茶几，靠窗有Art Deco的大菜台，矮柜上安放着十九世纪初新艺术风格的铜持灯女雕像，主人布置过一个很精致舒适的客厅。（摄影：陈丹燕，2014年）

大门钥匙。我们打开了它。

时光养大了园子里贴墙生长的青藤，它们爬上二楼，爬满了柯灵书房的小阳台，拉扯着从墙体里突出去的小阳台摇摇欲坠，并且封死了久未打开的长窗，又向四周蔓延，封死了隔壁浴室的窗子。在浴室里只看到喝饱了雨水的粗壮枝蔓紧紧趴在玻璃上，蜘蛛网似的密密麻麻纠缠着枯叶，天光艰难而无辜地穿越重重腐殖败叶，带来隐约的蓝天，这就是柯灵幽暗的书房，公寓里最初保留下来的房间。放在书橱顶上的白色毛泽东石膏胸像高高俯视着这间房间，只是后来屋角失修漏雨，天花板阴湿发霉，白色的石膏像上落满了褐灰色的水渍。

柯灵用的写字桌是柯灵太太从娘家带过来的铁写字桌，原来

他们的遗像在自家客厅里等待多年，等待自己的家向公众开放的那一天。这是柯灵1959年因为电影《不夜城》受到持续的批判，1966年因为特务嫌疑被关入思南路看守所，命运并不顺遂。将自己的家捐献给国家，作为柯灵故居保存并开放，是柯灵太太陈国容至死维护丈夫荣誉的心愿。这对共患难的夫妻最后的遗像并排放着，但是不同的尺寸，属于两次不同的葬礼。（摄影：陈丹燕，2014年）

是银行里用的，非常沉重坚固。柯灵从1950年代开始，一直用到去世。那些坚固的抽屉里放满了他的信件，便条和笔记，以及《文汇报》从前用的方格稿纸和红蓝铅笔。现在除了稿纸受潮后生出些细小的褐色霉斑，一切都按照生前柯灵的习惯摆放着，它们仍旧散发着一个经历坎坷的文化人细腻敏感的私密空间气息。

桌上还留下半瓶美国产深海鱼油丸，二十年前这种保健品曾是从美国回来送老人的体面礼物。虽然早已过了保质期，塑料瓶里的丸药看上去却安然无恙。

在柯灵书桌的玻璃板下端端正正压着一张娟秀小楷抄写的贺卡。这是1992年钱钟书夫妇寄来的新年礼物。他们夫妇是1940年代柯灵做编辑时的作者，与张爱玲一样。想来，柯灵一定是个爱惜

六、肖像

作者的编辑,直到1980年代,他还为钱钟书的小说《围城》写文章,希望文学界不要忘记这部质地精致的长篇小说。也为在大陆刚刚被人想起的张爱玲写了《遥寄张爱玲》,向当年一知半解的张迷介绍他的这个旧作者,带着真挚的感情,做出理性公道的评价。他一定也是个宽容的人,能容忍知识分子的狷介,甚至能理解刻薄之词后面的那些不足为外人道的痛苦,所以他记人论事总是温文尔雅。

书架里的书,有许多关于上海历史和地理的,这大概就是柯灵晚年为写上海百年史诗准备的资料。他在七十岁后一直想写一部上海百年风云录,但未得以完成,只在1994年的《收获》杂志上发表了第一章《十里洋场》。1994年,正是上海出发去寻找自己城市记忆的前夜,经历了多年忧患重重的生活,柯灵仍顽强地保留了一个作家敏锐的感觉,甚至比他1950年代写作《不夜城》时对时代的感觉更准确和中肯。柯灵晚年的文字平实而优雅,经历了因文字获罪多年的痛苦磨练,他的用词变得极为平静准确而且内涵丰厚,为读者爱戴。他出版的散文集曾取名《昨夜西风》,想是来自"昨夜西风凋碧树"的诗句,现在想来,这也是他晚年时对自己一生经历的回望。

柯灵太太陈国容保留了柯灵书房的完整模样。她似乎一直想要证明自己1960年代自杀前,写给丈夫的那句遗言:"亲爱的,我们是无罪的。"柯灵去世后,她多活了七年,最后,她不光留下了完整的书房,也留下了完整的卧室。她使它们成为一块像柯灵这样的上海知识分子生命的化石,她相信有一天她家里留下的一切会被人理解,被人纪念,被人缅怀。

书房里高高在上的毛泽东石膏胸像。柯灵是追求进步的文人，中国民主促进会的创始人之一，《文汇报》副总编辑，电影艺术研究所所长，全国政协常委。曾与毛泽东同桌吃饭，但也因统战部的需要写作电影《不夜城》而遭受批判。他书房中的毛泽东像一直放到去世也未移动。他始终未能忘记他。（摄影：陈丹燕，2014年）

柯灵先生晚年写《回看血泪相和流》，1991年发表在巴金先生主编的《收获》杂志上。这篇文章痛苦不堪地记述了"文革"中在这间卧室里发生的事，所以在我还未见到这间卧室时，就已经在柯灵先生的文章里认识了它。后来，我又辗转听到柯灵太太对那段日子的回忆。他们夫妇的回忆在我心中可以彼此参照。所以在我心目中，这里是柯灵夫妇在剧烈痛苦与屈辱中保持灵魂自洁的所在，一窗一镜都是见证，都留在旧时光里。

从1966年夏天说起。柯灵先生突然被叫到作家协会办公室，旋即就被人带走关押。对柯灵太太来说，活生生的人突然就没了下落，而且不知死活。为了找到丈夫的下落，她曾终日奔走于在上海各处召开的批斗大会，希望在被批斗的人里找到丈夫。居然还真的在

客厅里的书与书房里的书有所不同。客厅里保留着许多1949年前的书和古籍,书架也是Art Deco的,可以看出当年《万象》编辑宽阔的阅读背景。但书房里的书架是粗重的手工书架,里面的书也大都是1980年代后的出版物,装帧带着热烈而笨重的对现代性的追求,印刷和纸张都因为成本与工艺而粗糙。(摄影:陈丹燕,2014年)

书房里留存的柯灵作品。对老友们的缅怀是晚年柯灵写得最出色的散文作品,怀念赵丹、傅雷、马思聪、张爱玲、陈西禾,都是他阔世经久孕育出来的珍宝。这里应该是柯灵保存自己作品的地方,那些书大多出版于1990年代初,他获得上海文学艺术奖的终身成就奖前后。作家总留些自己的书以备签名送人之用,这些书却是被永远地留下了。(摄影:陈丹燕,2014年)

一次文化广场召开的大型批斗会上,她见到柯灵的身影。日后回忆起来,她还记得那次她拼命朝前挤,想让丈夫也看到自己。但她滑倒在泥沼中,被人踩掉了鞋。

三年后的夏天,柯灵被释放回家。"我回到家,满目凄凉,恍如隔世。客厅、书房都贴着封条,只保留了一间四壁萧然的卧室。在那样地老天荒的年月里,国容罗掘俱穷,没有拖欠国家一文房租。那时不知有多少人家被扫地出门,我仗着国容,出狱后才有这一片容身之地。""我和国容历劫重逢,怎么也没想到,她会发生这样剧烈的变化。不但容貌变得我不认得了,而且丧失了语言能力,说话佶屈聱牙,格格不吐,完全像洋人生硬地说中国话。她本来健谈,

留在书房写字桌玻璃台板下的钱钟书抄录的小楷和柯灵的眼镜。眼镜的一侧托架脱落过,那时在上海已配不到象牙的托架了,他只配到一只半透明的塑料托架。柯灵与钱钟书在1940年代的上海结下友谊,并保持了一生。(摄影:陈丹燕,2014年)

却变得沉默寡言。又学会了抽烟,一支一支,接连不断,没日没夜,把自己埋在烟雾弥漫中。她绝口不谈过去的事,我一谈,她就用眼色和手势制止。""有一晚,我靠窗坐着,窗上映着我头部的剪影,忽然一声锐响,我遭到了射击,没有击中,落在地上的是一粒小铅球,想必是邻家的孩子干的,那时这样的恶作剧很流行。国容惊魂甫定,轻声说:我们给人家当作特务在审查,你知道吗?四面都有耳朵。说时神情惨淡,和我泪眼相向,久久无言。""那天我们谈得很晚才休息。将近破晓,我在睡梦中被一阵钝重的抨击声惊醒,开了灯,只见国容躺在长沙发上,用毯子蒙着头,我过去揭开一看,我一生也没有经过这样的打击,天崩地裂也不会使我这样吃惊。"

现在这是间四处挂满灰尘,气味潮湿的卧室,窗下的沙发椅上

柯灵家厨房里的碗橱，里面还留着大半瓶泰康黄牌辣酱油。与大多数上海人家一样，在碗橱外面挂着筷子筒。直到此刻他家的筷子筒还挂在原处，里面还插着洗干净的竹筷。（摄影：陈丹燕，2014年）

堆满杂物，我就站在他们的大床旁边，此刻似乎也令人恍若隔世。柯灵太太自尽未遂的情形，柯灵始终不忍写明。可是，柯灵早年曾两次被日本宪兵队抓去关押用刑，他并不是没见识过可怕的事，他理应比一般生活优游的知识分子坚强。他写了自己经历的重重屈辱，但他还是不忍复述。读他这段文字时，我一直联想到巴金先生写"文革"中妻子受难的《纪念萧珊》，它们是一样的悲愤与怜惜交织，令人读得心惊肉跳。

我听到早年结识柯灵先生的人说，他晚年为人处事十分宽厚和清醒。经历命运熔炼，他没有怯懦反而更勇敢，更向往真实。在大是大非的问题上，他说真话并不含糊。他晚年与巴金先生往来很多，也许这不光是因为他们两家住得近，也是因为他们劫后余生，对

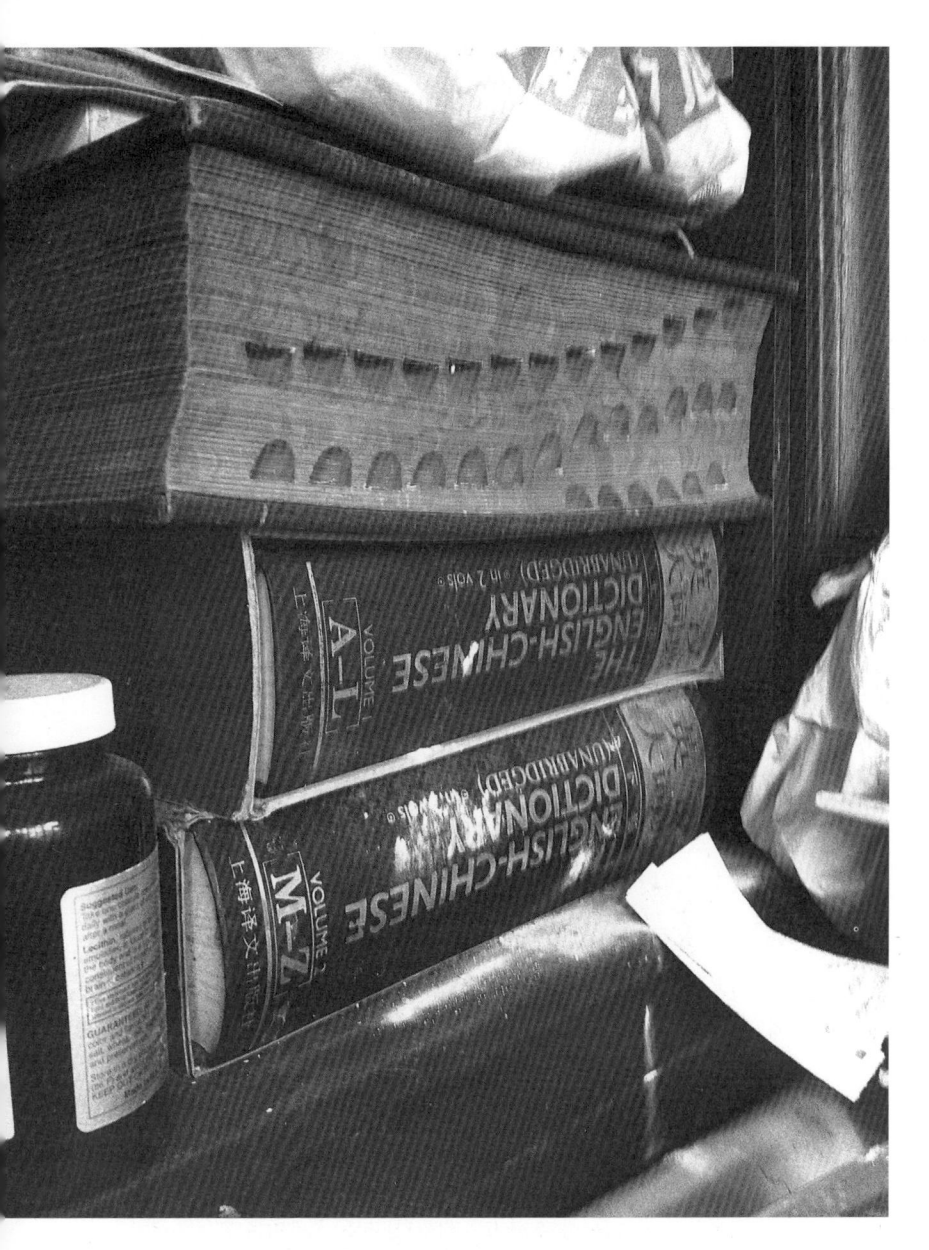

连书房也被查封的1960年代末期,柯灵夫妇在卧室里公用的这个小写字桌里保留着他们最基本的工具书,吃了一半的药瓶,往来的通信还是用牛皮纸的信封。旧糖果铁盒子里保存着亲友的照片和计划经济时期必用的粮票。我去过世界各地许多名人故居,但从未见到过保留得如此完整、细节处处动人的故居,它是历史街区的宝藏。(摄影:陈丹燕,2014年)

处在不平凡时代中作家的使命有了一致的认识。

连书房也被查封的1960年代末期，柯灵夫妇在卧室里公用的这个小写字桌里保留着他们最基本的工具书，吃了一半的药瓶，往来的通信还是用牛皮纸的信封。旧糖果铁盒子里保存着亲友的照片和计划经济时期必用的粮票。柯灵家厨房里的碗橱，里面还留着大半瓶泰康黄牌辣酱油。与大多数上海人家一样，在碗橱外面挂着筷子筒。直到此刻他家的筷子筒还挂在原处，里面还插着洗干净的竹筷。与卧室相连的浴室天花板几乎受潮坍塌，但浴缸上方的木头十字衣架上还晾着一条上海产的丝光毛巾，面盆架的刷牙杯子里还插着一副用过的牙刷和牙膏。我想这是柯灵太太被送往医院的前一晚用过的，那是夏天，所以她的床上还罩着毛巾毯，她的矮柜上还放着一叠公共事业费用的账单。

我去过世界各地许多名人故居，但从未见到过保留得如此完整的故居。

柯灵卧室由于久未有人居住，落满了细尘。1991年柯灵写下的对于这间卧室的回忆却渐渐从被遗弃的荒芜气氛中渐渐浮现出来。当年柯灵默写给妻子的诗，妻子写下遗言的小书桌就在窗边，他提到过的床尚在原处，但我没看到长沙发。不过，在沾染积尘的空气中似乎还能闻到柯灵描写过的妻子吸食纸烟的苦涩气味。这让我想到固定在琥珀里的那些气泡，那本是古老的空气，早已无处可寻的空气，但它由于空间与细节的存在而被保留下来。有些人有些事，也好像是金子那样，需要时间和锤炼来成就他们。

2015年春天，在阳光灿烂百花盛开的下午，站在柯灵家敞开的厨

楼道里寂静无声。在寻旧者眼里,这里有优美的旋转楼梯和粗鲁地戳出窗子的晾棉被用的竹竿之间的对比。在复旧者眼中,这是个一旦修缮完成,将会非常精致的西区西班牙式小公寓。在柯灵太太饱受摧残的心中,这里曾经布满了侮辱,以及惊恐。他们曾经的邻居,苦干剧团的演员上官云珠跳楼自杀了。(摄影: 陈丹燕, 2014年)

久未打开的书房窗子被底楼的植物密密封住,这是最先震动我的情形。在这扇窗前,一种世事纷纷飞逝,但复兴中路上尘封的公寓中琥珀渐成,只待细细擦拭便光芒明澈的感慨浮上心头。如果没有1950年代对柯灵的批判,没有1960年代"文革"期间对他家的查封,没有2000年后柯灵太太饱受摧残的心中捍卫清白的信念,这里就不可能最终成为上海的琥珀。(摄影:陈丹燕,2014年)

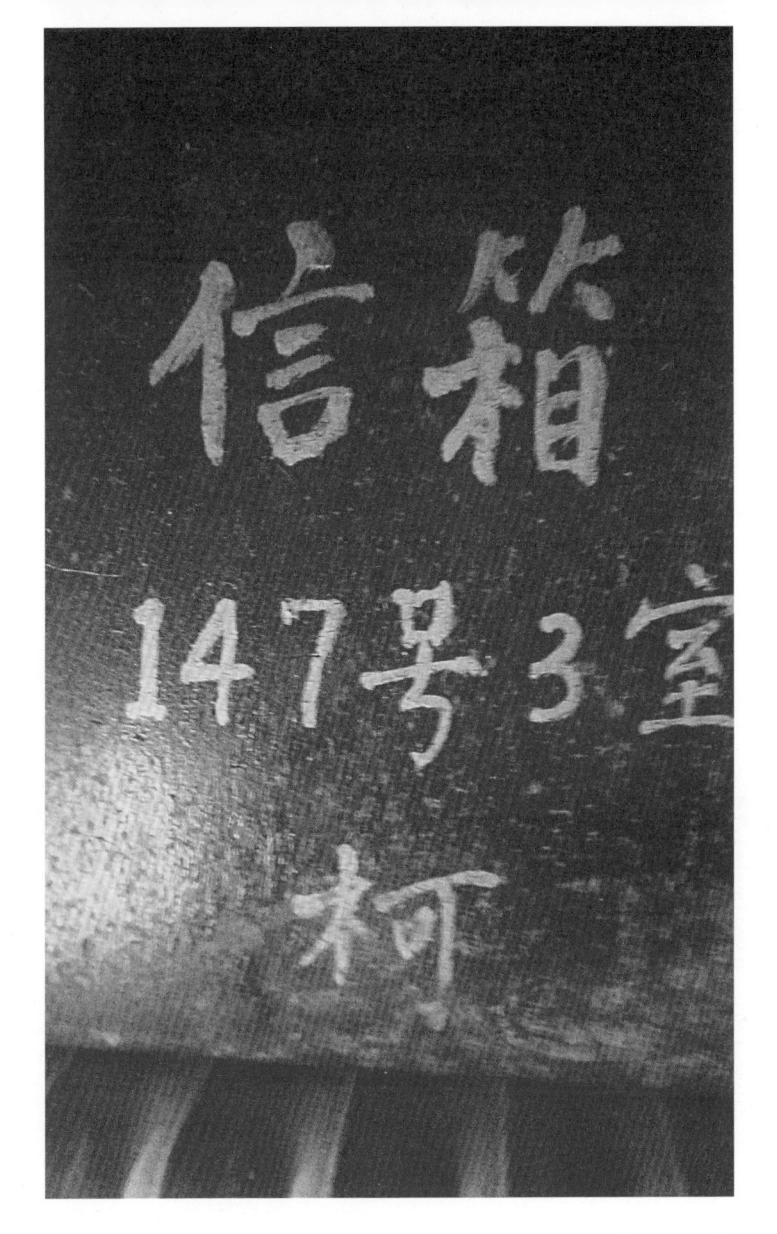

门边的信箱还是柯灵自己用油漆写上去的。他家的邮件多是书报，楼下的小信箱不够用的。（摄影：陈丹燕，2014年）

柯灵家的楼梯。2015年春天,阳光灿烂百花盛开的下午,楼梯下放着旁边酒吧的小圆桌,桌边坐着喝红酒晒太阳享受好天气的年轻人和外国人。现在街道安静优美,是上海历史风貌保护区中最令人喜爱的历史街道。我相信他们不知道,就沿着这条楼梯走上去,二楼,曾经住过一位久居上海的作家,他漫长的人生见证了从太平洋战争中的陷落到经济腾飞后的上海巨变,以及知识分子在这样的时代里经受过的荣辱。我相信当故居向公众开放的那一天,他们就会慢慢知道了。(摄影:陈丹燕,2014年)

六、肖像

房窗前，隔着一个1940年代的洗碗池，和靠在水龙头旁边的一只细竹丝编成的淘米箩，我望到楼下梧桐深深的复兴西路，街对面有家新开的红酒馆，几个金发的洋人在桌前望着外面，桌上放了一本蓝色衬底的孤星旅行书和耐克的防水背包。现在来上海旅行的外国人也懂得去过外滩和豫园后，应该在历史风貌保护区里花更多的时间，寻找自己独特的上海体验。如今这里的街道安静优美，是上海历史风貌保护区中最令人喜爱的历史街道，柯灵家的楼梯下也沿街放着旁边酒吧的小圆桌，桌边也坐着晒太阳享受好天气的年轻人。但我相信这些人不会知道，就沿着这条楼梯走上来，二楼，曾经住过一位久居上海的作家，他漫长的人生见证了从太平洋战争到经济腾飞的上海巨变，以及知识分子在这样的时代里经受过的荣辱。

　　站在窗前，我觉得自己是站在琥珀中心的小虫子的角度，向外面张望。有人透过这不寻常地大敞的窗户望到了我。他们好奇而平静地望向我，于是我们互相张望着。我相信他们看到了琥珀难以复制的时光之美，而我看到的是沉淀于琥珀中永恒的悲欣。

　　我相信有一天当他们也能走进来，才能看到这个街区的琥珀之美。

2016—2020，肖像新记：

袁筱一

那是2008年，一个温和的黄昏，我回去华东师大做了一堂讲座。

在丽娃河边见到袁筱一，她带我去她工作的外语学院看了看。到底是大学，即使黄昏时候，建筑里都没有人了，还是能闻到一股象牙塔的气息，那是年轻人聚集时朝气蓬勃的特殊气味，加上粉笔和书本的气味，还有一股外文系教室里传统的飘飘荡荡，辽辽远远的气息。

那一年，袁筱一已经是法文系的教授了，无名指上戴着一个戒指。

而我只想到她十八岁时的样子，她十六岁就进了华师大法语，十八岁时，用法文写的小说在法国青年作家小说比赛中得了奖。那时候我认识她了，一个满脸警惕的小个子姑娘，有点闷。在小说里，她用文雅到令人服气的文笔，敏感而清晰的细节，造就了一个不知为什么异常绝望又异常秀气的女孩子，我总是觉得，那个女孩就是袁筱一自己。但是一点证据也找不到，她小心翼翼地切断了所有考证的途径。

2008年时，她给她的学生上了十一堂法国现代文学课。我只跟着她，在走廊里掠过了她上课的教室。

六、肖像

1989年   2002年

　　此刻是2019年了，读到她当年的讲课笔记时，我还能找到当年去图卢兹领奖的天才少女的影子，她对文学的敏感都在那里，她遣词造句时，仍旧毫不吝啬地用了自己对生活丰富的体会。这次，也许她不是面对我这样一个大她许多的人，而是面对着小她许多的学生，她更放松，也更真挚地，用对那些著名法国故事的理解，贡献了她自己在生活里的经历，以及所得。她仍旧保留着对自己所讲述的一切的感性，毫不干燥。她轻轻地，就将一个法国故事送到了普世的同情与理解之上，剥掉了异国情调带来的隔膜。这样的文学课，充满了生活本身的汁水，有时候，能感受到写作者与生活之间的联系，灵感来到右手指尖，生活中的所得将要流泻出来。这是讲着讲着故事，自己也想写个故事的状态。她的确仍旧是个写小说的。

她又常常告诫学生们将作家写的故事和作家本人的故事区分开来，防止一种失望的产生，或者是肤浅的理解。看上去，在谈论萨特或者杜拉斯的时候，这是微不足道的题外话，其实，这却是必不可少，会令人会心一笑的行内话。甚至，也是护卫一颗读者浪漫的心不被自己喜爱的作家辜负的技巧——要认真追随过自己喜欢的作家的读者，才能发现这样的技巧，而且还要经历过幻灭。

　　这件事，对袁筱一来说一定不是小事，所以并不啰唆的她，说了一遍，又忍不住再说了一遍。

　　这么多年过去，那个敏感的女孩子，长成了风趣的法文教授。但一脉相承下来的，是她对文学由衷的依恋和仰仗。

　　那天她一直都在摸她的脖子，抱怨颈椎真的很痛。我却不能适应她也有了伏案工作的人才会有的职业病这样的现实。我忽略了她不光是一个法文教授，还是一个出色的法国文学翻译家。她的译文总有一种我偏爱的灵动和文学气味，轻松地超越了大多数译文的蜡像化，保护了原文的体温和体味，让它们活着变成了中文。我享受她的翻译，却忘记了这是个孤独漫长的写字桌前的工作，她主业是教书，副业是翻译，她怎么会不脖子疼呢。

　　我缓慢地在午后读袁筱一的讲课笔记，她与其说是在讲萨特、波伏娃和加缪，还不如说是在讲她自己对生活和人生的体会。在字里行间，总是让我想起我的老师们。

　　我1978年春天进入华东师大中文系读书，当时，学生有白底红字铁皮的校牌，不别在衣襟上，不得进入校园。老师们则是红底白

六、肖像

字的校牌。

说起来,我本科的老师真的是一些好老师,教我唐代文学的,是施蛰存老师;教我现代文学的,是许杰老师;教我现代文学作品选的,是钱谷融老师;教我俄罗斯文学的,是王智量老师。他们各自说着带有各种口音的普通话,文学讲到眉飞色舞时,总是在跟他们自己的生活经历相照应。我坐在大教室的第二排,看得到王智量老师在说到普希金的长诗,和十二月党人的妻子们在大雪中,跟着流放的丈夫前往西伯利亚时,眼睛里闪烁的泪光。因为老师的泪光,我们这些女生,会在三十年以后,在老师的生辰庆祝会上,争相朗读达吉亚娜的信。也许我们班上的女生,一生都不会忘记老师教过的这首俄罗斯的长诗。

我为袁筱一讲的课感动,而且惊奇。我没想到那个小心翼翼维护着自己的女孩子,会在课堂上,就像感情奔放的王老师那样讲文学作品,将自己对生活的理解和盘托出,时而告诫,时而提醒,时而引领,时而喟叹。她不光是在教学生们如何读一部小说,也是在教学生们如何面对生活,在许多段落,还能体会到,她在教学生如何锤炼生活中的细节,使它成为文学可用的材料。但是等她说到杜拉斯,她突然英勇地谈及她十八岁时,杜拉斯给她带来的震动,影响和蛊惑,以至于要过许多年,她才能平静地处理杜拉斯作品里第一人称带来的影响,将它转换成第三人称,阅读到了这时,才趋于平静。我在袁筱一十八岁的时候遇见了她。要到现在,我才读到,那时那个天才的法语生,如何与法国文学作品产生了文学与读者之间最纯正的联系。看到文学与读者以及译者之间,有着这样充满感情的联系，真是令一个作家感到安慰：也许我没有写得那么好，但是，我一辈子从事的这个职业，文学的本身，有着一种令人感动的尊严。

也许，要是我没有见到过十八岁的袁筱一是如何紧紧护着自己的文学理想，生怕别人碰触，我不会在读到她上杜拉斯这堂课的讲课笔记时，这样被其中的真挚触动。

学生们太年轻了，生活都还没来得及开始，所以，老师的讲述里充满了她自己生活的痕迹。不知道她有没有担心过，学生们其实没听懂。但是学生们在年轻懵懂的时候，就有这样一个教授，教授过这样的文学经验，对他们来说是提前得到的礼物吧，以后他们会慢慢消化，成为自己生命中的力量。我想。

华东师大最出色的文学教授们，在讲文学课的时候，都会和盘托出自己的赤子之心。我读袁筱一的讲课笔记时，正是我的古汉语老师徐中玉先生辞世之时。他是我们的民国教授里最后一个辞世的。华师大中文系的校友们都知道，正派又温存的先生，陪了我们，直到他一百零五岁了，我们不能再贪心更多。但是，嗒然若丧的感受弥漫在许多人短短的交谈声里。所以，读到袁筱一笔记中的拳拳之意，真是为我的母校高兴。这个十六岁就来到丽娃河畔的袁筱一，现在也是纯正的华师大教授了。

读她的讲稿，让我想念起教过自己的那些老先生们了：如今回忆起徐中玉先生穿得方方正正的蓝色卡其布中山装领子，施蛰存先生身上的古龙水气味，还有王智量先生用俄文大声朗诵普希金诗歌的喘息声，还有钱谷融先生笑得满脸生辉的样子。袁筱一是在

六、肖像

讲堂上和他们一样的先生了。这样的老师,讲课不是为了标榜自己的学问。

其实,讲课时候,老师的冷或者暖,听者是可以感受得到的。

相信她的学生们是明白的。

也许要过许多年,和我一样,才能明白更多。

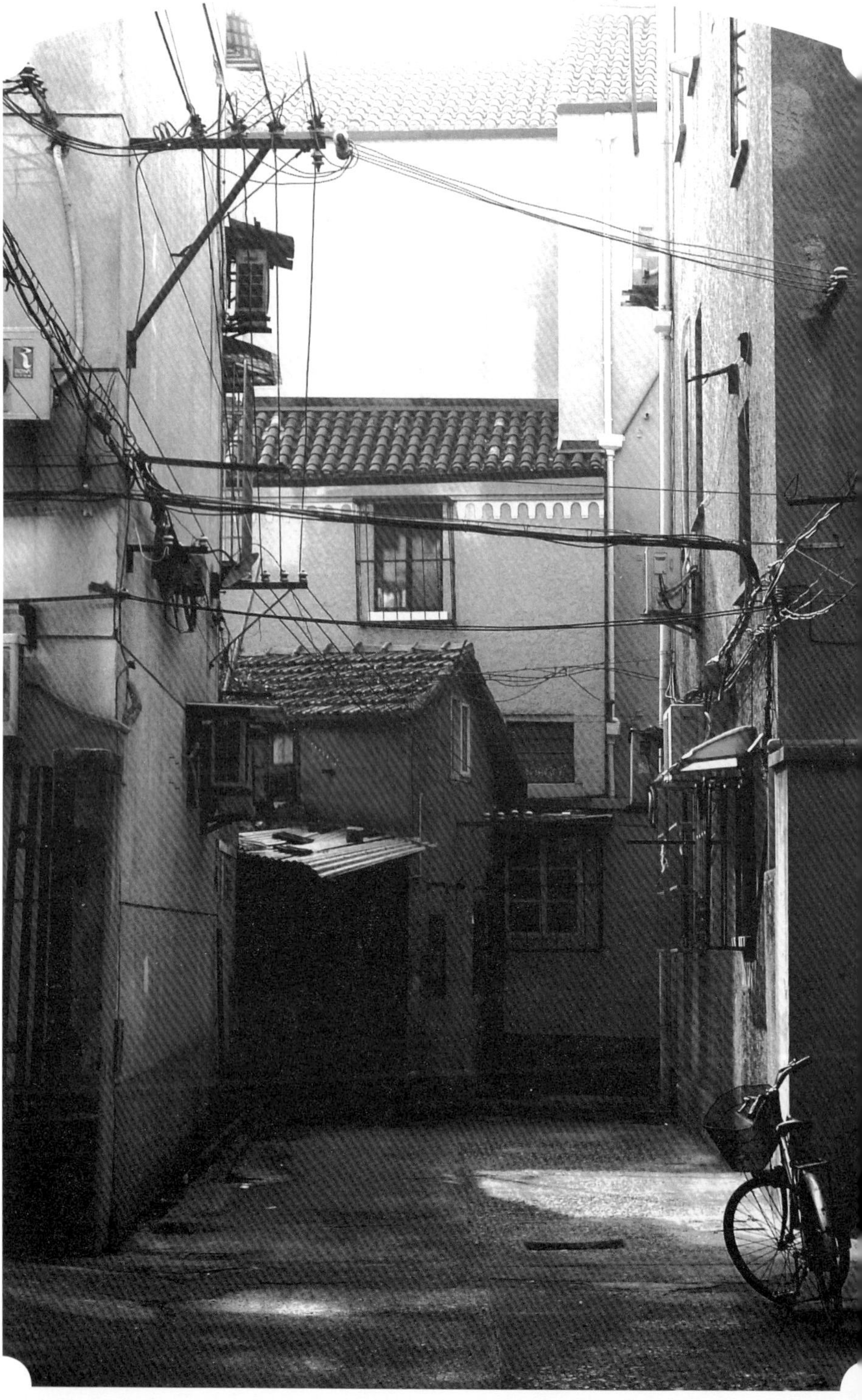

* SHANGHAI MEMORABILIA *

Appendix

POST-SCRIPT

七

跋和其他

跋一（1998年）

　　这本书写得比较辛苦，从1993年开始，到1998年的春节后结束，总也有四年之久，为了这本书的写作，看了多少书，请教了多少人，采访了多少人，找了多少次旧照片，拍了多少次新照片，已不太能够一一回想起来。

　　但这本书写得非常愉快，比以前写小说的日子还要愉快，因为有一种发现、学习、吸取的惊喜。记得有一次到街上去照相，拿着的相机是每年出门旅行时用的，那重量、那姿态都是一样，可看城市的眼光却变了，真是奇怪，那天我突然发现了从前没发现过的美，苍苍茫茫的美。这种发现的惊喜是为了这本书的写作而带来的，为此我喜欢写这本书的过程。

　　从前在开始写作时，就盼着写最后一个句号的那天，那个时刻，听着老机器在copy那刹车似的声音，心花怒放。可当为这本书写最后一个句号时，内心很是不舍，因为我要告别这种充满学

七、跋和其他

习与探索乐趣的写作方式了。有一点失落。离开了这本书的写作的那个早晨,我走来走去,有点不知道干什么好,是有点寂寞了。

写这本书,对我,像进了一所学校,学的是上海这个城市。许多人帮助过我,帮助我联系、约会,接受访问,提供照片,帮我按照文章去配照片,光是为我提供过照片的,就有姜敏、莫束钧、尔冬强、陆元敏、张伟、汤伟康。我曾经那么想做一本有照片的好看的书,可要是没有他们的帮助,我怎么做得到!要谢谢他们。

要谢的人真的很多,真的。记得在采访中我买过三束玫瑰,呈给我的被采访者,非常漂亮的玫瑰花束,第一束送给王元化和张可老师,感谢他们让我看到了纯净坚强的人生;第二束送给了郭婉莹女士,感谢她让我看到了坦然的人生;第三束送给了草婴老师,感谢他让我看到一个知识分子知耻的精神。人说赠人玫瑰,手留余香,我希望花的余香留在我日后的写作生活里。

1998年2月28日

跋二（2007年）

十多年前，为了自身的困惑与需要，我开始写一些关于自己生活的街区的散文，我描绘它们，玩味它们，对待它们如同自己的熟人，心情是喜爱、调侃和疑惑的，感情不那么单纯。写完以后，能在当时的《上海文学》和台湾《中央日报》的副刊上发表，心里有知遇之喜。

断断续续地，这样的文章写到1996年。遇到我的编辑林金荣，她说，那么，我们来将它集成一本书吧。那就是《上海的风花雪月》。那时，上海的书还很稀少，它还是一个颓唐的城市，有大把无法功利的时间，大把沉默的记忆，这里，那里，在港口多云的天空下，到处能看到历史对接时讥讽的微笑。我因为它的颓唐和那些反讽的机锋而喜爱在那些街区漫游，如同一个拾荒者，捡拾散落四处的沧桑。它们如同雨后地上留下的水洼，断断续续地倒映着遥远的蓝天白云，我最难忘那含蓄的距离。在我心里，那就是上海这旧通商口岸城市的动人之处，它脂粉与污秽下带着体温的真实肌肤。

真没想到，它成了当年的全国畅销书。

但它对我来说，仍是一本漫游时的心得记事簿。茫茫人海中偶遇能翻越脂粉与污秽而来的知音，我们便隔着成千上万的书脊微笑致意。

如今，《上海的风花雪月》已经出版十年了。

十年后，它得到了再版的机会。十年前一起工作的人，编辑，设

七、跋和其他

计师和作者,又聚在了一起,这些人,是十年里和我一起工作,也一起成长的人。对我们来说,是个检查自己的机会,也是个检查城市的机会。这十年,我们在变老,城市在变得生机勃勃而嚣张得意。当年那些明亮的水洼,现在被人指认为巴洛克宫殿壁上的镜子。

无论如何,时光在这一年变成了一座螺旋向上、通向过往的楼梯,拾阶而上,我又得以再走当年漫游的那些街道,再经过当年驻足的那些房子,再探访当年相识的人们。看那些养育我的街区如何再经历沧海桑田,看那些曾充满了时光的拼图游戏的旧楼如何被翻新成乏味的租界一景,也看当年骑一辆旧脚踏车在窄街上蜿蜒而过的我的感情,从十年前带有爱意和幻觉的玩味,如何转化为如今心中渐渐锐利起来的失落之痛。当一幢老房子被修好,如白先勇从前的家,当一个默默无闻的族群被人惊艳,如1970年代卓尔不群的时髦青年,当一种生活方式被终于认同,如小资情调,那在边缘时的清秀苍茫之气,立刻成为热气喧哗的世故与市井。这仍旧是个功利高于一切的城市啊。

两相比照,那当中的沟壑与泥沼,以及失重的、纷纷坠下的落体,我想,这便是十年中的上海与我的变化。

这个春天,上海国际文学节,演讲关于上海外滩的写作,将要出版的新书。作为上海作家,再被问及对上海的恨。提问者问:"那你可能设身处地地为它想一条出路,它能怎么做?"

我想了又想,只是不知道它该怎么做,才能既活力四射,又保持住苍苍茫茫的风,花,雪,月。

2007年10月

跋三（2015年）

　　1992年夏天，当我开始写《上海的风花雪月》中第一篇文章《上海法国城》时，无论如何也不会想到，这是一本书的第一篇文章，也不知道这本书在出版了十年后，有机会做一个新版，有机会将自己送到新读者手中，被他们阅读，收藏在新的不知名街上的一间公寓的一个书架上。我更不知道，这样过了八年之后，这本书竟然还有机会再出新版，我还有机会再为新版书写点什么。

　　我不知道这本书这样长寿，这真是个惊喜啊。要是这座城市没有活力，我的书也不可能得到这样经久的注目。所以上海，这个书中唯一的主人公，它这些年来焕发出的无穷生机，是这本书长寿最基本的原因，然后再加上一点点运气。当我写我熟悉的街区时，它们只是城市历史街区，城市历史即被虚无化，街区也就是颓唐而神秘的，是这些边缘散发出来的不甘最初吸引了我，也是对寻找自己成长的密码有兴趣，我才在此漫游与写作。结构全书

七、跋和其他

时，全凭什么打动我，就结构什么样的小辑。

可就是这无意中，我让这本书有了个开放的结构。所以每次新版我都获得机会重访第一版时写到的那些街道，那些咖啡馆和那些人。在这次新版里，我为十年前在每一辑后面写的"十年记"加上了一个"再八年记"，因此我看到这二十年里建筑与街巷的变化，人群生命与境遇的起伏，我不知道自己会以这种方式感受到地方史形成的过程。新版之后再做新版，一个十年过去了，随后又过去了八年，一本书教会我认识作为作家的幸运：看到自己的创作长销。

我不知道这本书竟这样能干。这真是个惊喜啊。

这次，我只谢谢这本书本身。谢谢它带我一次次去认识自己的城市，也认识了自己。

2015年3月

跋四（2020年）

又是五年过去了。《上海的风花雪月》迎来了再一次新版。我迎来了再一次机会，用一己之目力来检查这五年，我曾经写到过的人与事，街道与建筑，经历了什么变化。从1998年2月到现在，这样持续的新版与增补方式，让我见证了这座城市的巨变，得以纪念逝去的人物和流淌的时光。

这些持续的修订版，把一本书的写作与修订，慢慢变成了一个人的目击历史记录，这是我没想到过的写作方式。如上海这样的城市，只管沧海桑田地拼命向前，有时自己也不认识自己了。但是，上海不哭天抢地，倒总是乐天地抱有希望。所以它的风花雪月里从来没有字面上的飘飘荡荡，有隐喻在里面，或者，这根本是句反问。这算是个谜面，谜底要费些心思。这些年，这本书倒是销得一直好，谜语却是慢慢才有人猜出来的。前些年，怕是都猜错了的。

不过不要紧，开放结构的书比较经得起时间的洗刷。

所以，这次还是照旧，每个章节做修订文章，这次的修订，持续大概一年多了。做到一半的时候，我突然发现，这次我去探访的街道倒变化不大，第一版时那轰炸般的巨变停止了，可采访的人物却不同了。第一版的时候，我采访的人物大多要比我年长，草婴先生

七、跋和其他

活着，王元化先生活着，戴西小姐活着，皮克夫人活着，犹太人杜尔纳活着，来上海的那个台湾编辑活着。现在，他们都去世了。这次我采访的，竟然都是比我年轻的人，他们有时会告诉我，他们小时候读过《上海的风花雪月》，上初中的时候，或者更早。他们是新一代上海人了。

他们对城市的理解，对城市生活的理解，对城市空中的理解，为这本书增加了辽阔的代际交流空间，有时候，我觉得他们借由我，对话着1998年还活着的老人们。

我们这三代人，在书中有一线相牵，这是对自己居住城市的在意。简单的爱意，大约只能在旅行路过的城市里获得，在城市突然陷入危机时，才会强化成爱本身。但对自己的家乡，爱恨交织才是正常的感情，因为它真实地属于你，承受着你的日常生活，自我认知和生老病死之事。

写《上海的风花雪月》这二十五年，我渐渐认识了它的面容，体会到了它的伤痕所在，以及它的心灵。它是我的上海。

2020年3月20日春分

1
2
3
4
F
E
D
C
B
A
静
安
上海展览中心
华山
上海音乐学院
上海图书馆
上海交通大学
中山
上海医大
光启公园
徐
汇
区

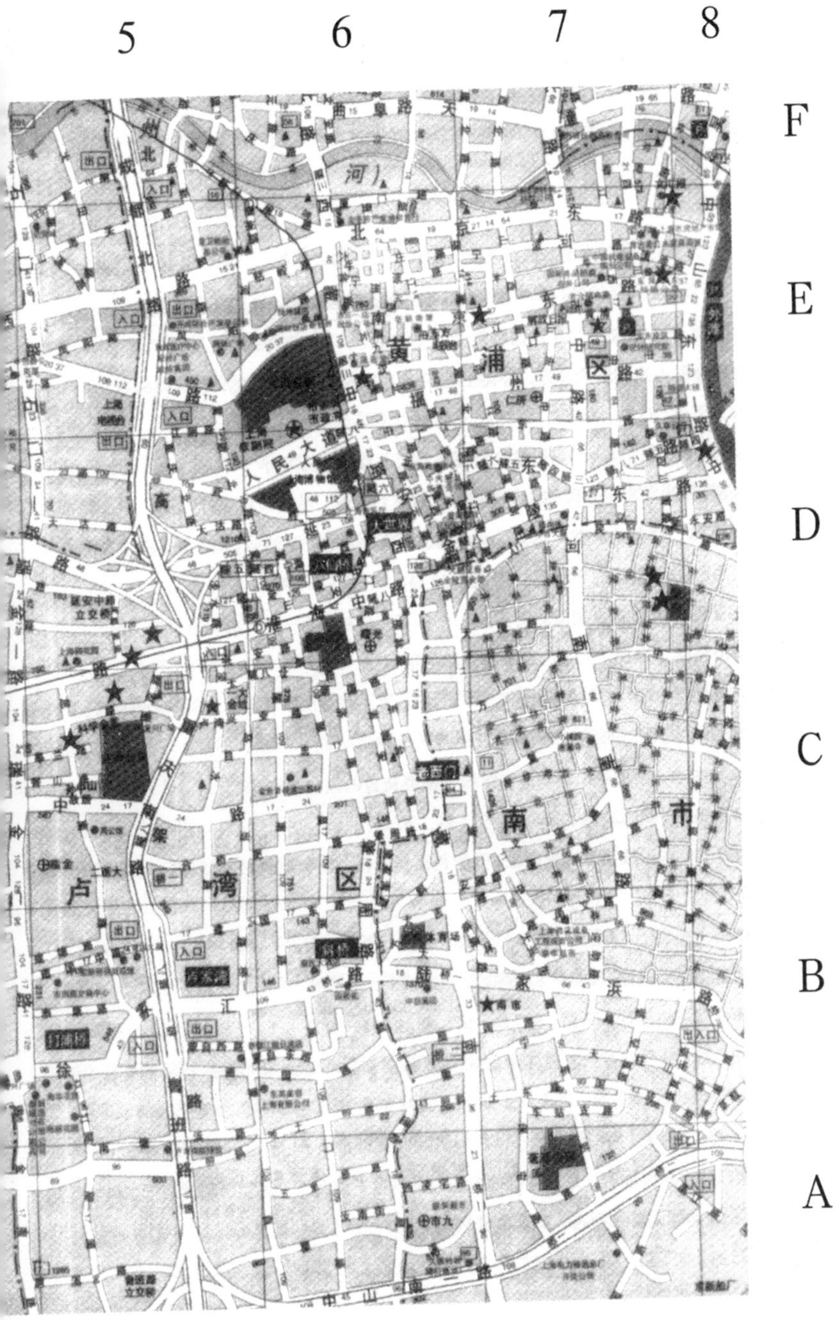
5
6
7
8
F
E
D
C
B
A
黄浦区
人民大道
卢湾区
南市
河

地图星标志的说明

A1. 徐家汇天主教堂,当年法国传教士居住的地方,一百多年以后,发现了他遗留下来的黑面烫金私人照相册的地方,亦是上海年轻人在圣诞夜一拥而进,凑热闹的地方。

Ⓑ 徐家汇站: 93路、50路、122路、725路

C2. 武康路: 法国城中旧屋以常春藤缠绕着的"罗密欧的阳台"。

Ⓑ 武康路站: 126路、926路、96路

C3.桃江路,爱尔兰酒吧,以蓝绿两色刷出不同的墙色,酒馆名: O'malley's。

Ⓑ 常熟路站: 126路、926路、93路、15路、49路

C3. 岳阳路,有普希金铜像的街角。

Ⓑ 衡山路站: 49路、15路、903路、830路

C3. 华亭路。

Ⓜ 常熟路站,Ⓑ 126路、926路、911路、15路、45路、49路、315路、830路、93路

C3. 淮海中路: 新康花园中被绿色雪松与寂静掩盖的颜文梁的客厅。

Ⓜ 常熟路站,Ⓑ 126路、926路、911路、96路、45路

C4. 新乐路: 东正教圣母大堂旧址,天蓝色拱顶尚在,但内部已成为宽阔的证券交易所,教堂痕迹荡然无存。

Ⓑ 45路、94路、49路

C4. 茂名南路南昌路: 1931'咖啡馆。

Ⓜ 陕西南路站, Ⓑ 126路、911路、926路、42路、96路

C5. 皋兰路: 张学良故居,是张学良戒除鸦片、同情共产党、决心投身抗战的最后的温柔乡,现为小型酒店。

Ⓑ 926路、911路、96路

C5. 南昌路: 江青故居,是江青以外来艺人身份在上海沉浮、追逐名利时期所居的弄堂房间,在此与情人唐纳同居,从此离开远走延安。

Ⓑ 926路、911路

D3. 华山路: 中英合资红宝石面包房。

Ⓑ 华山路站: 15路、45路、94路、903路、830路、48路、113路、104路

D3. 富民路: 武警部队礼堂"沪警会堂"下边门地下室里的"裘德酒馆",现更名为"基地酒吧"(Base Bar)。

Ⓑ 49路、94路

D3. 万航渡路: 百乐门舞厅,现成为百乐门电影院,"文革"时期改名为红都电影院。百乐门舞厅在1940年代曾是上海舞厅中设备最好的舞厅,1945年中国内战时期,渐次萧条,至上海解放前已奄奄一息,勉强维持。

Ⓑ 15路、315路、94路、903路、21路、45路、20路、57路

D3. 静安公园: 原万国公墓,后万国公墓迁移到虹桥。

Ⓑ 15路、315路、94路、903路、20路、21路、72路

D3. 常德路: 常德公寓张爱玲故居,张爱玲和姑姑合居的小型公寓。张爱玲在这里爱上她第一个丈夫胡兰成,并写下《公寓生活

记趣》。

Ⓑ 15路、21路、37路、49路、315路

D4. 新乐路: 葡萄园餐馆, 供应上海风格的家常菜。

Ⓑ 45路、94路、49路

D4. 茂名南路卡乐路: 老锦江饭店, 有非常古典的建筑和餐室, "文化大革命"结束以后, 最早恢复的咖啡馆"梦", 开在锦江饭店沿街的房子里, 相当长一段时间, 出入的人被市民认为是外国人与行为不端者。

Ⓜ 陕西南路站, Ⓑ 126路

D4. 淮海中路: 时代咖啡馆。

Ⓑ 926路、911路、42路

D4. 淮海中路: 上海时髦女子的散步大道, 街边皆商业区, 始于白俄在上海经营各色商店的时代, 上海女子的时尚信息, 在没有一本时尚杂志的时代, 就是靠在这条路上散步的女子散发到全市。

Ⓜ 常熟路站、陕西南路站, Ⓑ 926路、911路、45路、42路

D7. 福佑路: 上海古董、旧货小市场, 起于民间旧货和古董买卖, 数度经受公安部门冲突而不散, 最终政府因势利导, 形成有市场管理与税收的古董、旧货交易市场。

Ⓑ 926路、126路、911路

D7. 豫园: 租界时代的中国城, 是上海最古老的城市发源地, 至今保留着江南小城的那种杂乱而清秀、简陋而奢迷的气息, 是上海最具中国本土风情的地方。

Ⓑ 926路、126路、911路

七、跋和其他

D8. 中山东路: 东风饭店, 旧时上海总会, 是上海最高级的娱乐场所, 许多富家小姐喜欢到这里跳舞和赌钱, 是外滩三轮车工人常常经过, 但在1949年以前从未进入过的地方, 后为美国肯德基炸鸡店, 周日人满为患。

Ⓑ 71路、55路、65路、127路

E4. 陕西北路新闸路: 都城大排档餐馆。

Ⓑ 15路、21路、315路

E4. 南京西路: 梅龙镇广场顶楼, 大都市舞厅, 这是上海唯一的一家在原址上推翻重建并冠以旧名的舞厅, 虽然从前大都会舞厅的气氛已荡然无存。

Ⓜ 石门一路站, Ⓑ 21路、37路、15路、315路、112路、20路

E6. 西藏中路: 慕尔堂, 中共地下党员王元化与张可, 于1948年在此举行基督教式的婚礼。

Ⓜ 人民广场站 Ⓑ 49路、18路、66路、318路、46路

E7. 南京东路: 华联商厦, 旧永安公司, 上海著名的商厦, 由澳大利亚归侨郭家兄弟合营。

Ⓑ 49路、20路、37路

E7. 南京东路: 和平饭店

Ⓑ 49路、20路、37路、42路、55路、65路

E7. 圆明园路: 圆明园路上的红砖房子和里面过厅的五十七只木头信箱, 错落相连, 蜿蜒而上, 是上海年轻人怀旧的理由。

Ⓑ 21路、17路、61路、49路、126路、65路、220路

图书在版编目（CIP）数据

上海的风花雪月/陈丹燕著;-上海：上海文艺出版社.2015.8(2022.2 重印)
ISBN 978-7-5321-5747-1
Ⅰ.①上… Ⅱ.①陈… Ⅲ.①纪实文学-作品集-中国-当代
Ⅳ.①I25
中国版本图书馆 CIP 数据核字（2015）第 172633 号

发 行 人：毕　胜
责任编辑：陈　蕾
装帧设计：杨　军

上海的风花雪月
陈丹燕 著
上海世纪出版集团
上海文艺出版社 出版
上海市闵行区号景路 159 弄 A 座 2 楼　201101
上海世纪出版股份有限公司发行中心发行
上海市闵行区号景路 159 弄 A 座 2 楼 206 室　201101　www.ewen.co
常熟市华顺印刷有限公司印刷
开本 889×1194　1/32　印张 16.75　插页 2　字数 279,000
2015 年 8 月第 1 版　2022 年 2 月第 8 次印刷
ISBN 978-7-5321-5747-1/I·4581　　定价：68.00 元

告读者　如发现本书有质量问题请与印刷厂质量科联系
T：0512-52605406